出山

杨晋林 著

山西出版传媒集团 北岳文艺出版社

·太原·

图书在版编目（CIP）数据

出山 / 杨晋林著 . —太原：北岳文艺出版社，2024.5
ISBN 978-7-5378-6837-2

Ⅰ . ①出… Ⅱ . ①杨… Ⅲ . ①长篇小说—中国—当代
Ⅳ . ① I247.5

中国国家版本馆 CIP 数据核字（2024）第 062972 号

出　山

杨晋林 / 著

//

出品人
郭文礼

选题策划
高海霞

责任编辑
高海霞

装帧设计
张永文

印装监制
郭　勇

出版发行：山西出版传媒集团·北岳文艺出版社
地址：山西省太原市并州南路 57 号　邮编：030012
电话：0351-5628696（发行部）　0351-5628688（总编室）
传真：0351-5628680
经销商：新华书店
印刷装订：山西万佳印业有限公司

开本：787mm × 1092mm　1/16
字数：326 千字
印张：21.25
版次：2024 年 5 月第 1 版
印次：2024 年 5 月山西第 1 次印刷
书号：ISBN 978-7-5378-6837-2
定价：68.00 元

第一章

1

在东峪，阎来锁的名头很响，就像吊在阎家祠堂门口那棵老槐树上的大铁钟。

比方说，大人只要一提阎来锁，随便一个吃奶的娃娃，也会在大人怀里使劲往外挣，一边挣，一边奶声奶气地说，吃肉肉吃肉肉。

可在村里，在阎家坪，他就火不了。

有一次，阎根有站在五道庙的滴水檐下，当着几个村人的面儿说，来锁那两把刷子，糊弄死人还差不多，伺候活人，他差远了。

阎根有说这话，下巴上的胡子如扬场的木锨，不停地上下颠动。

当时，几个村人都愣住了，都站下，拿眼瞅阎根有，以为他喝醉酒了。

阎来锁的手艺不咋地，大家早有共识。问题是，在阎根有之前，还从来没有一个人，当面站出来揭阎来锁的老底儿，都给他留面子。

阎根有在五道庙的滴水檐下，口无遮拦说阎来锁坏话时，阎来锁正在他家的院子里，调教他的大儿子阎守富。他一边用拳头巴掌感化守富，一边还嘚吧嘚吧数落守富，显得他打人多么讲道理。

守富，你不要以为我打你心里痛快，我每抽你一巴掌，五根指头起码有四根，让你的颧骨硌得生疼，你他娘的脸上怎么连点肉都没有？你都吃我八年和子饭了，干的，稀的，甜的，咸的，那么多和子饭都入狗肚里去了？你个狗日的，到底不是我阎来锁的种。

阎来锁最后一句话总戳到阎守富的痛处。

只是这种交流方式，对父子俩来说同样是把双刃剑，阎来锁揍完守富，总要用嘴吹那四根被守富的颧骨硌疼的指头，一吹就是半天。

除阎根有讨厌阎来锁，好像村里人都喜欢围着阎来锁听他吹牛。很多时候，阎来锁如同一块隆祥斋刚出炉的槽子糕一样诱人，大家都喜欢往他家凑。

阎来锁把装有炊具的麻布褡裢，丁零哐啷往院当中的石磨上一丢，把那件油腻腻的水裙从身上解下，用力抖一抖，踮脚挂在核桃树的一截树杈上，活像挂上去一块令人垂涎的腊肉。

从山田里收工回来的村人，顾不上从猪圈挑两担猪粪，顾不上垒一垒塌下来的院墙，也顾不上帮女人往鸡窝里轰一下夜不归宿的鸡，像贪恋某个蛊惑人心的狐狸精一样痴迷，叼着旱烟袋，陆陆续续朝百丈崖下聚，围着那棵两人合抱不拢的核桃树坐下，笑眯眯地听蹲在石磨上的阎来锁说事情。

间或，有人皱着鼻子，拔长脖颈，使劲在空中嗅一嗅，如同一只闻到肉味儿的狗。

来锁，你给东家做豆腐包，过了几遍油？

一遍。

一遍能行？

咋不行？豆腐包不是烧豆腐，油多了腻歪，再说他家也穷。

油大了好吃。

那也得看是做啥菜。

村人在百丈崖下不尽是听阎来锁一个人闲谝，更多的是一问一答。互动环节的内容很杂，村人想起什么问什么，当然都是围绕宴席的细节展开讨论，讨论的结果往往是大家不约而同咽下一大口口水，肚里咕噜噜滚过一阵肠鸣，狗剩婆姨在巷子里朝百丈崖方向吆喝自家男人，狗剩儿，吃饭啦。

好笑的是，阎来锁不像阎根有那么能说会道，没影儿的事儿能编出一本书来。笨嘴拙舌的阎来锁，讲着讲着就讲不下去了，上下两片厚嘴唇，用力抖动着，他想让他并不精彩的话题延续下去，使劲咽一口唾沫，他看到七八个村人都没有动，唯独村长阎老实把屁股从核桃树下的一块捶布石上掀起，做出要走人的样子。

回呀，回呀，不听你厨子瞎咧咧了，还不如回家日老婆去。

有人蹲在地上，把草鞋丢在一边，耐心地搓着脚指头缝儿里的泥垢，张开黑洞洞的嘴，嘿嘿地发笑，眼睛却意味深长地盯了趴在猪圈墙上喂猪的曲美英。

阎来锁转脸往街门口看，他的大儿阎守富正嬉皮笑脸地从二儿阎守财手里抢夺半个米窝窝。一股血唰地涌上脸，他咬着牙巴骨，从一直蹲着的磨盘上跳下。听他闲唠嗑的村人，以为他要去茅房撒尿，有人还打趣说，来锁的尿泡没有酒盅大，刚尿了又尿。谁都没料到，厨子不是去尿尿，而是去打儿子，大家眼睁睁地看见阎来锁伸出蒲扇似的巴掌，恶狠狠地抽在阎守富嘴巴上。

那时候，阎守富已经成功地从二弟阎守财手里抢走了半个米窝窝，嗤嗤地笑着，还没来得及把米窝窝塞进嘴里，阎来锁一巴掌抽在嘴上，米窝窝好似一只生了翅膀的麻雀，在七八双眼睛的注视下，划一道仓促的弧线，紧急降落在猪圈里了，把正在喂猪的曲美英吓一大跳。

曲美英吃惊地看见她喂了大半年的大白猪，一口吞掉半个黄灿灿的米窝窝，就想，谁这么败家的，好好的米窝窝不想吃，就随手丢给猪了？然后，听阎来锁嘴里不干不净骂道，也不撒泡尿照照，照照你那熊样儿，就你那熊样儿还吃米窝窝哩，你也配。

阎守富毕竟还是个孩子，细胳膊细腿不经打，竟给他老子一巴掌打飞了，撞在宽不足五尺的街门上，吧唧一声，又重重地摔在石头门槛上。

大家啊呀叫起来。

有人吸着凉气说，来锁，你疯了？守富是你儿。

不怪阎根有瞧不起阎来锁，这个厨子的确是疯了，他连娃娃们之间的小纠纷也要插手，而且还偏三向四的。

你们给我评评理，阎来锁摊开两手，上下抖动着，人家是多子多福，我这小子，天生是给我添堵来了；人家的老大啥好吃的都紧让着老二老三，我家这老大，他吃着碗里的，瞅着锅里的；人家的娃娃都记打，我家这狗日的，记吃不记打。

阎来锁这么骂骂咧咧地平息众人的不满，他总能找出各式各样理由，佐证他打人的合理性。

阎来锁不喜欢守富，阎家坪的村人都能看出。大家看出来也没多大意思，阎守富是阎家老大，守富喊阎来锁爹，又不管别人叫爹，打抱不平的村人只能背地里声讨几句、谴责几句、同情几句而已，并不影响整个事件的走向。老子揍完儿子，照样是儿子的老子，儿子被老子揍完，也照样是老子的儿子，他们之间的关系无法用拳头巴掌切割，仿佛切割村前流淌着的滹沱河一样徒劳。

从地理学上看，滹沱河是流经东峪的一条驱走风尘的河流，如蚕食桑叶的河道，时缓时急的流水，还有岸边一成不变的景物，身临其境会让人感受许多腐朽而原始的压抑气息。

阎家坪是散落在东峪半山腰上那无数个七高八低的村庄之一，阎来锁是阎家坪土生土长的村人之一，区里征赋纳粮，摊派官差，免不了叨扰这个土里土气的名字。寻常，阎来锁只是个耍手艺的厨子，只是个跑红白事宴的厨子，整日烟熏火燎地被椒盐麻油浸淫着。

东峪的厨子都是些土厨子，这样的厨子基本没有接受过系统的烹饪理论培训，往往是家传手艺，调凉菜，炒热菜，炖烩菜，就那么固定的几道，或十几道。顶住天，也就能做出两桌不重样的大路菜，全然不像后来从某某烹饪学校或某某技校毕业的那些头戴白色高帽子的职业厨师，他们把一棵其貌不扬的大白菜，都能做出上百种新花样。阎来锁的厨艺摆不上大雅之堂，好比狗肉不上席一个道理。

阎来锁的事业蒸蒸日上的那些年，东峪的大人小孩儿都喊得来他的名字，那是个象征酒肉白馍丸子油糕香喷喷的名字哦。你想啊，不管是穷人富人，不管是大户小户，哪家不做事宴？生老嫁娶都需要一种用猪油与葱花烹饪出来的热闹且排场的仪式做铺垫。但凡事宴就离不开鼓捣宴席的厨子，如此一来，长一双眯缝眼儿的阎来锁并不缺东家。

这么一个很吃香的厨子，在阎家坪人眼里却饱受非议。别的不说，就拿他打孩子这一条说吧，谁家都有孩子，谁家都有淘气孩子，谁家大人气急，都可能出手如电揍一顿自家孩子，就像吃饭不小心咬了舌头边儿一样在所难免，可一般人打孩子都是雨露均沾，棍扫一大片，不管你是老大还是老二，不管你留光头还是梳辫子，只要你喊我爹，喊我婆姨娘，自然免不了吃我一记老拳，而且出手的力道恰到好处，打人的解了气，被打的长了记性。偏偏阎来锁不按套路出牌，他家有三个男孩儿，他每一巴掌扇出去，都会落在固定的一张娃娃脸上，势大力沉，不留情面。时间久了，那张娃娃脸往往要比一般孩子的脸大，估计是消肿没有消彻底。这个脸大的孩子就是阎守富。

阎守富是被揍大的。

2

阎守富八岁那年，一个格外清爽的夏天，忽然被阎来锁一巴掌扇坏心情。人这东西其实是个怪物，别看平常，什么罪什么苦都受得了，可就是不能糟践心情，心情坏了，就会万念俱灰。

那天，阎守富就是让他爹把心情搞坏的，一时看倦滚滚红尘，在村里失魂落魄四处寻找解脱的办法，转悠一阵子，在河堤上惶恐不安地观望了一阵子，忽然看到一些男人鱼贯而来，相跟着要出村，便悄悄尾随其后。大人过河，他也过河，大人上山，他也上山，大人说话，他扎住嘴一声不吭。

山越走越高，山下的村庄越来越小，最后变成火柴盒那么大。阎守富把手伸向那个火柴盒，用力一抓，紧紧握住，直到手里攥出水，觉得那个他并不喜欢的村子，连同他并不喜欢的阎来锁，已被他揉作齑粉，松开手，朝手心吹一口气，所有他不喜欢的东西，转眼间消失在空气里了。

他突然变得开心起来，跟随村人做一次远行的态度也变得更加坚决。

这伙人从头至尾有七八个，粗衣烂衫的，高绾了裤腿，肩上挎着绳子，后背上驮着木头架子。这些人，守富有叫上名儿的，也有叫不上名儿的，叫上名儿的只有两个，一个是看祠堂的阎二本，一个是住在他们家前院的阎根有。

守富起初并不知道他们要去什么地方，要走多远的路，后来从他们或高或低的对话里听出端倪，他们要去一个叫窑头的炭厂驮炭。

路上除了零星的鸟鸣，剩下的就是刷刷的脚步声。

阎二本走在队伍最后。

阎二本朝前面喊，都走快点，这么慢慢吞吞的，到了窑头都过晌了，返回来更不好走，身子又重，又是上山，又是下山，还要过十八盘，赶不到落脚的客栈天就黑透了。

阎根有走在队伍的最前头，他还牵了一头从阎绪家借来的花毛驴。他转回头说，二本，你急啥，这么着急，怎么不让你娘早生你几年？

阎二本说，我要让我娘早生几年，我成你爹了，你是我儿了，你驮炭就是替我驮呢，还用我远路风尘做这苦力活儿？

阎守富也知道，驮炭是件苦力活儿，驮一回炭，脱一层皮，体质差的，想都不敢想这事儿。

这些人都带着绳子、麻袋和干粮，边走边大声说笑。

从东峪到窑头炭厂，除了上山就是下山，大家走得辛苦，吭哧吭哧的，不时要用袖子揩额上的汗。阎守富怕被人发现，赶他回村，付出的心机和体力比大人更多，既要拿捏好不远不近的距离，又要手脚并用跟上去，以免掉队。其实阎守富飘忽不定的身影，早引起阎二本的注意。阎二本一直以为有一条诡计多端的狼，把他们盯上了，便藏在一个石砬子后面，等阎守富走近，突然跃出，碗口粗的棒子几乎砸向阎守富的脑瓜顶，这时才发现他袭击的对象是个娃娃，而且是厨子阎来锁家的大儿。阎二本硬生生地把棒子收住，破口就骂阎来锁炒菜把心肝肺炒黑了，这么小的娃娃也敢放出来乱跑，不怕给狼吃了？

阎根有未卜先知说，不是怕给狼吃了，是迟早叫狼吃了。

路程远了，村人也不好把阎守富撵回去，只能当累赘带着。路上你一句我一句数落阎守富不懂事，数落阎来锁不惜子，他们都不是瞎子，都看到阎守富头上鼓起的大包了。

咿呀，阎根有故意一惊一乍，守富，你头上怎么长包了？是你不小心自己碰的吧？

守富不说话。

村人从守富眼里涌动的屈辱的泪光和不停颤动的肩膀已经看出，他们的猜测是正确的。他们异口同声地骂阎来锁不是人，是头牲口。

一路无话，返程却出了问题。也不是阎守富出了问题，而是经过十八盘时赶上下暴雨，瓢泼似的雨水从天上直往地上倒。十八盘又是羊肠小路，一路都是下坡，左边是山，右边是涧，山高不可攀，涧深不见底，空手走路腿肚子都哆嗦，何况驮了那么多炭。

阎根有牵的毛驴是从阎绪家借的。这件事为什么要提第二遍？因为阎根有家也有毛驴，可阎根有告诉阎绪，他的毛驴不吃不喝光在驴圈里转磨，估计活过今天，也活不过明天了。本来他不想借阎绪的驴，这也是没办法，阎二本非要约他去驮炭，他又不好意思拒绝，乡里乡亲的。

阎绪说，你小子想借驴就借吧，还扯这些？

村里人都知道阎根有会过日子，是那种借别人钉耙都想掰下两股齿的人。这不，他想一次多驮点炭，让驴驮子码成了小山。

阎二本看到驴的四条腿都开始向外跐，忙提醒阎根有差不多就行了，它也是条命呐，小心回去阎绪跟你急。

阎根有不以为然，毛驴也就一畜生，开不得口，拉多拉少由不得它，你不说我不说守富不说，咱们一块出来的伙计们都不说，阎绪知道个屌？

阎二本摇头，我看你是想吃驴肉火烧了。

不过，阎根有也没让自己轻松多少，他背的炭块比谁都重，走路像在砸夯，嗵嗵嗵的。他还把两块牛头大的炭用绳子拴好，一前一后搭在阎守富肩膀上，说，你帮根有叔把这个背回去，我让你婶儿给你烙烧饼吃。

阎二本爱管闲事，看到后直嚷嚷，守富这么小，你想压坏他呀?!

阎根有说，叫守富早点吃苦，免得大了找不到赚钱的门道，反正来锁也不稀见他。

阎根有和驴在前边走，驴屁股后面紧跟着阎二本，阎二本后面是阎守富。

老天爷在跟受苦人作对，出炭厂时天气还好好的，可一踏上十八盘，就开始下雨，而且雨势渐猛。

阎二本发现前面的驴腿一个劲晃，像喝醉了酒，他担心走着走着，咔嚓，驴腿折了。可驴腿没折，驴却一足不慎直往山涧滑去。阎根有还背着那块炭，舍不得扔掉，撅着屁股死死拽住驴缰绳，撕心裂肺地喊阎二本快来搭把手。阎二本把身上的炭驮子往涧里一丢，忙去帮着拽缰绳，他看见缰绳套几乎把驴脖子都拉长了，驴一边在崖壁上胡乱蹬踹，一边痛苦地哀号。

雨越下越大，空山水顺着羊肠步道哗啦啦淌下来，阎二本觉得脚底打滑，他担心自己也滑下山崖。幸运的是他没滑下去，阎根有却脚底一崴，打了个闪，阎二本眼疾手快，腾出一条胳膊去抓阎根有的衣领子，就听嘣一声，驴缰绳断了，连同那头毛驴连同雨水滚石，一股脑儿坠下烟雨蒙蒙的山涧……

阎根有没死，他福大命大造化大，是阎二本抓住他的衣领子，他奋力挣扎着总算站稳了脚跟。可是救了他一命的阎二本，却呼天抢地地躺在驮炭的山道上，鱼一样打着坚挺，他拽驴缰绳的那条胳膊，就像撕裂了一样，软塌塌地提不起来。阎二本哭爹喊娘的样子，把后面背着两块牛头大炭块的阎守富吓傻了，吓得呜呜咽咽直哭。别人只顾照料阎二本，没注意拖在末尾的阎守富哭成什么样子，何况当时还下着暴雨，雨水和泪水根本分不清。

回到阎家坪，不知是淋了苦雨，还是受了惊吓，抑或是累坏了，反正阎守富病倒了，即使病倒，也没吃上阎根有许诺的烧饼。不过也正是因为阎守富生病了，阎来锁才饶他这次离家出走。这次，守富病得很重，高烧不退，几乎快焐熟鸡蛋了，嘴里说着胡话，眼睛一吊一吊的，白多黑少。曲美英一点办法都没有，眼睛哭肿了，肿成两颗桃子，紧紧搂住浑身滚烫滚烫的守富，以为搂紧了，守富的魂魄就溜不走。也亏了岭子底的郎中郑雄黄，碰巧来看表姐曲美英，见外甥这副德行，也慌了神，又是扎针，又是灌药，又用艾条熏，连续几天疗治，总算把阎守富从鬼门关上拽了回来。

3

厨子营生不因季节变化而分淡季旺季，婚丧嫁娶，定亲满月，庆寿周年，起房盖屋，都按着事件的排序安顿事宴。有时营生赶上，挤一块了，一家挨着一家，阎来锁忙得陀螺似的连轴转，油勺子掂上掂下，快把胳膊都脱臼了。有时还有一天接两家活儿的，比方白天是赵家庄做泥炉子的赵德万娶媳妇，到了晚上，还有几桌边家岭边少贵替死去的老爷子送行的晚宴，东一单子，西一单子，宴席的丰歉各不相同，只有一个阎来锁，总不能把他一劈两半吧？偏偏这家伙胃口大，照接不误，好在时辰宽裕，尚可调剂。

往年，或者更早以前，东峪有名的厨子并非只有一个阎来锁。说起好厨子，挂在人们嘴头上的是人家白玉沟的白拉柱、河南坪的郝二嘎、边家岭的陶麻子，阎来锁算老几？他顶多算个偷学手艺的半吊子货。

这话不假，阎来锁祖上以经营石材为生，与厨子八竿子打不着一竿子。后来是阎来锁眼馋邻家丧宴上的五盔四盘，才翻着小眼对蹲在炕沿上抽烟的阎狗蛋说，爹呀，你让我学个厨艺吧。

阎狗蛋一听，愣一下，他端详儿子在豆油灯里马马虎虎的模样，说，你这娃倒精，知道大旱三年饿不死厨子。

话虽这么说，去哪里拜师学艺却难为了石匠阎狗蛋。他知道东峪厨子的手艺一般不外传，都是传内不传外，传子不传女。但阎狗蛋不想冷了儿子一颗热扑扑的事业心，先去白玉沟老白家，又去河南坪老郝家，后去边家岭老陶家，一共碰了三鼻子灰。阎狗蛋抹了抹脸上的汗，没灰心，他对走得腿肚子直抽搐的阎来锁说，当初孙猴子拜菩提祖师学艺，也费了九牛二虎之力才学成的，铁拐李不收，咱找吕洞宾去。阎狗蛋的大手牵着阎来锁的小手饥肠辘辘返回阎家坪，爷俩吃饱喝足，又打算去一趟永兴寺。走到半路，阎狗蛋让儿子回去，他一个人去了寺院，他想找尖牛方丈求个签，算算儿子的师傅大致在哪个方位，以方便接下来有的放矢。不想，尖牛方丈敲了一声铜磬，说，施主不嫌路远，去五台山的显通寺吧，我师兄在显通寺做住持，去了提我的法号，准行。这样，阎狗蛋牵着阎来锁一路北上，风尘仆仆地走了两百里山路，来到五台山。在林立的寺庙群里找到显通寺，找见住持把来意一说，住持让人唤来当家僧，又把尖牛方丈的话复述一遍，阎来锁成了积香厨的一名俗家弟子，跟一个胖大和尚学手艺。

大和尚原本是不惜艺的，对初来乍到的阎来锁也疼爱有加，但仅仅几天，就把阎来锁看扁了。阎来锁不是默不作声地帮他舀水生火洗碗涮锅做这做那的，而是靠在厨房门板上，像主持春闱的主考一样，问大和尚这菜叫什么，那菜叫什么，这菜怎么在滚水里煮一煮就成了，那菜怎么还下油锅炒两下？大和尚舌头长，说话像含一枚煮熟的鸡蛋，所以不大喜欢与人对话，而是喜欢用动作教人怎么做菜，偏偏阎来锁犯了这个忌讳。

大和尚狠狠地白他一眼，意思是要眼睛做什么？

阎来锁眼小，没看出大和尚白他一眼的意思，还那么烦人，除了问这问那，还喜欢磨叽一些羊不上树蹿垄背跑的废话，师傅呀，这是什么蘑菇，个头怎么这么小？比我们东峪的蘑菇小了好几倍，我娘说蘑菇炖肉好吃，你怎么不炖肉啊？我不爱吃羊肉，羊肉有膻味，我爱吃猪肉……

大和尚开始没理他，后来憋不住了才说，出家人不动荤腥。

阎来锁说，荤腥是个啥玩意儿？

大和尚说，荤腥就是肉，肉就是荤腥。

阎来锁把一个蘑菇掰开来给大和尚看，师傅师傅，这蘑菇里还有虫子哩，虫子也是肉吧？

大和尚一把夺过阎来锁手里的台蘑，丢进簸箕。

阎来锁没有引以为戒，又说，这是黄花菜吧？我认得黄花菜，过大年，我娘用它做供菜，是给天帝爷灶王爷还有财神爷吃的，前不巴年后不靠节的，师傅你做了给谁吃？

大和尚毒辣辣地又白了他一眼，心说这娃娃是个话痨。

又听他说，师傅师傅，你们当和尚的也吃甜苣菜啊？我跟我娘经常去河滩挖甜苣菜，我娘不让我插手，说我挖的都是苦苣，我分不清啥是甜苣啥是苦苣……

大和尚叹口气，恶狠狠地吐出一句话，你他妈的真烦人。

这样，阎来锁被大和尚打发去了离显通寺不远的清水河畔，他不是去淘米的，也不是去濯菜的，而是在绿茵茵的野草丛里辨认哪个是甜苣，哪个是苦苣。

认了能有七八天，大和尚心说这娃娃该接受教训改邪归正了，就让他重新回到积香厨。可让大和尚想不到的是，阎来锁狗改不了吃屎，他不问大和尚斋饭的做法了，而是磨缠着大和尚给他讲经。偏偏这个积香厨的大和尚也是个半吊子和尚，除会炒一道金针菜，会炖一锅山药蛋台蘑烩菜，会蒸一锅发面馒头外，经文一概不会。阎来锁不清楚这点，只要看到大和尚蹲在大白塔前晒日头，就非缠着大和尚给他讲经不可，他以为和尚念经也是在讲故事。

说一个嘛师傅，说一个嘛师傅，和尚哪有不会说经的，我娘常给我说傻女婿相亲，我爹一开口就是傻闺女闹婆家，你也说一个嘛，说和尚娶媳妇也行。

娶你娘的头，滚一边儿去。大和尚生气了。

阎来锁分不清大和尚是真生气还是假生气，眨巴了半天小眼，又说，师傅，你是不是不会讲经啊？我从来没听你说过一句经文。

大和尚这回不是烦了，不是恼了，不是生气了，而是逼急了，厚嘴唇嘟噜着说，你他娘还有完没完了？谁说我不会念经？南无阿弥陀佛南无阿弥陀佛南无阿弥陀佛，听没听见你？你个小兔崽子。

很少有人知道，积香厨做饭的大和尚在没出家之前，还做过一年半的陕西蓝田知县。后来不知怎么的，让人把官帽摘了。摘了就摘了吧，小小知县他也不怎么稀罕，干脆打了绑腿，渡黄河，跨汾河，涉过滹沱河，一路跋涉来到清水河畔的五台山，清心寡欲做了一名厨僧。大和尚的确是看破红尘了，只是无心也无力去摆弄那些刻在故纸堆里的经文，闲来无事习惯蹲在大白塔下晒日头。

大和尚平静安逸的日子却让一个叫阎来锁的小徒弟给打破了，他板着脸对长了一双小眯缝眼的阎来锁说，你不该来显通寺，你该去悬空寺当道士唱道情去，不过你爹既然把你送来，总有他的道理，我不管你爹有什么道理，反正既吃僧家斋饭，就得替僧家做事，以后不要在厨房待着了，去后山打柴吧。

大和尚的话，阎来锁不敢不听，只好提溜一柄锈蚀的斧头，背一圈麻绳，上山砍柴了。

春去秋来，阎来锁把显通寺通往后山的一条本来不是路的路也踩成了平路，总是空着身子出去，重着身子回来，巴掌磨厚了，肩膀磨平了，小小体格，健壮如牛。三年工夫，大和尚愣没让他沾过一回菜案。

有一次，阎狗蛋去显通寺看儿子，在柴房里找到正在劈柴的阎来锁，问他手艺学得怎么样，啥时候能出师。

来锁摸了半天后脑勺，支支吾吾说，我学会切土豆丝了，还知道大火小火了……

阎狗蛋一听翻脸了，一巴掌扇过来，抽在他脖子窝里，狗日的，叫你好好跟人家大师傅学，三年了，你学成个甚？切土豆丝，是个人就会，还大火小火呢，火你个大板头啊。

阎狗蛋揪着阎来锁的耳朵出了积香厨，出了山门，连大和尚咬着舌头喊他都不应，还不住嘴地骂，这鬼地方尽是糊弄人，啥出家人不打诳语，这帮秃驴没一个实诚的。

4

台城有个东冶镇，东冶镇有个饭铺叫庆春堂，掌柜是阎狗蛋姥姥门儿上的一个亲戚。

阎狗蛋央告亲戚让儿子来当学徒。亲戚有点为难，又不好一口回绝，推脱说，学徒好当，就怕大师傅藏着捂着不让来锁学，我虽是掌柜，可当初跟大师傅谈好了，只使唤人家的手艺，不授徒。

阎狗蛋不以为然，不授徒就不授徒，只要叫来锁在边儿上伺候大师傅就行，好好瞅，瞅多了，不会也就会了。

掌柜的不好再说别的，便点头，行，叫来锁给刘二当下手吧。

刘二是五寨人，一年四季戴一顶小白帽，左眼大，右眼小，性子比较直。熟悉刘二的人，都知道他是个人精，一般炒菜倒是当着阎来锁的面儿做，可有几样拿手菜，比方龙凤席上的叫花子鸡、口水鱼、台蘑炖小鸡之类，下锅之前要清场，阎来锁灰溜溜的像一只苍蝇让人一次又一次轰出灶屋，难免有些狠巴巴的心灰意懒。猫是老虎师傅，就是不教上树。但是不要紧，有了在显通寺的教训，阎来锁也多长了个心眼儿，不敢靠着门板一是一二是二地问话了，而是刘师傅长刘师傅短地哄刘二开心。刘二困了，把事先卷好的旱烟递过去；刘二腿酸了，把一条板凳塞他屁股底下；刘二缺葱了缺蒜了缺姜了，把早已预备好的葱姜蒜递过去。一来二去，刘二对这个打下手的小伙计，也就另眼相看。

平常，阎来锁准备好几顶高帽子给刘二戴，师傅，你知道外边吃饭的都说你啥了？都夸你做的黑肉烩菜地道呢；师傅，你是这个，阎来锁跷起大拇指说，我看东冶镇再没第二个大师傅能赶上师傅你了；我听刚才出去的那个薄掌柜说你做的菜真香啊，香得都没法说了……

刘二说，来锁，不用你给我拍马屁，不知道东家是咋想的，我是东家花钱雇来炒菜的，你是东家雇来做啥的？不会是专门哄我寻开心的吧？不过不是师傅跟你吹，不要说东冶，就是整个台城，还真怕找不出第二个能做这道菜的大师傅呢，这是我爹手把手教给我的看家菜。

阎来锁抽了抽鼻子，我娘不行，我娘炒的肥肉太腻，吃多了伤人。

刘二说，肉要在冷锅里放，小火慢煎才能出净油，肥肉不出净油哪有不伤人的？等肉炒白，再加糖，再放葱姜蒜……跟你个毛头孩子说了，你也不懂，白费我的唾沫。

阎来锁一双眯缝眼弯成两个小月牙，摆出一副真不懂的样子，你们当大师傅的真不简单，一道菜有一道做法，料不一样，火不一样，顺序也不一样，哪记得住啊？单说这道菜吧，怎么在锅里煸了还要上笼屉蒸啊？

刘二有时候答得细，有时候答得粗，有时候答非所问，答得细是为了在阎来锁面前显摆，答得粗是他也道不出个所以然来，答非所问是故意把阎来锁往岔路上引，以免手艺外流。但双方交流的回合多了，刘二难免把前一次答粗的又答细了，把前几次答错的又答对了，反反复复，阎来锁心里有了底儿。大师傅不在灶上，他就翻腾那些佐料罐儿，哪些常用，哪些不常用，哪些味重，哪些清淡，他都用心记下；大师傅的拿手菜出锅后，他还会偷偷观察罐里的佐料哪个少了，哪个没动，然后凑近鼻子闻一闻菜的咸淡鲜陈寡浓，日子久了，也基本摸索出几样大菜的做法。可有一样，眼高手低，阎来锁没办法改变现状，只有等待时机。

时机总是留给有准备的人。到了某年秋天的一个落雨天，庆春堂的大师傅刘二没来出工。掌柜的原以为刘二因涨工钱的事儿故意在房里跟他闹别扭，便让人去宿舍催，去催的人回来说大师傅病了，脸烧得像猴屁股，浑身筛糠似的抖，三床被子盖上去都直呼冷。掌柜的知道刘二真病了，害伤寒了，忙吩咐人出门去请郎中。

郎中好请，大师傅的空缺谁来顶？一般的，大师傅病了有二师傅，庆春堂原来也有二师傅，可二师傅跟大师傅合不来，斗了几次嘴，还险些抡菜刀酿成血案，出于对彼此生命的尊重，二师傅撂挑子不干了。眼看午时将近，食客要上门，掌柜的一下慌了神，搓着两手在饭店的大堂里转磨磨，这真叫过大年借笼屉，到哪儿找合适人呢？

这时，少年阎来锁主动站出来救了庆春堂的急。阎来锁像个小大人似的有板有眼说，实在找不到合适人儿，让我试试得了，炒不好菜总比炒不出菜强吧？

也是急病乱投医，掌柜的没法子，只好让阎来锁披挂上阵，却不歇嘴地在一旁唠叨，唠叨的意思就是从本质上否定这个初出茅庐的牛犊子，来锁，你能行吗？你连勺子都没掂过能行？可不敢瞎逞能，甭把庆春堂的牌子给搞砸了，实在不行，干脆歇业一天得了。

阎来锁小眼眯虚成一条缝儿，故意说，大师傅这病怕一时半会儿好不了，这个得你拿主意，我也不敢给你打包票，你也知道大师傅手紧，从不让人沾他的炒勺。

掌柜的死死盯住阎来锁的脸，眼珠子一眨不眨，最后一跺脚，死马当活马医了，来锁，抄家伙。

几十年后的阎来锁，已记不清他第一次越俎代庖替刘二掌勺的情景了，只记得掌柜的到了年底，额外给他十五块现大洋，因为刘二没过几天就痊愈了，阎来锁该干嘛还干嘛。

阎来锁是十四岁在东冶镇庆春堂一炮打响的，当然也不能说有多响，不就是做了几天刘二的备胎嘛，但这样的实践经验已足够他日后驰骋厨场了。

转年，二月二龙抬头，阎狗蛋又找到庆春堂掌柜，说来锁这狗日的不想干了，老给他捎口信，嚷嚷着要回去跑事宴呀，儿大不由爷，随他去吧。

掌柜的本意是想留下阎来锁，有朝一日大师傅撂挑子不干，一时又找不到合适的替补，就拿来锁顶杠子，可听了阎狗蛋的话，掌柜的转变了主意，留得住人，留不住心，就拿眼瞅阎来锁。

阎来锁其实并不想走，蹲惯的茅坑不嫌臭，便瞪着小眯缝眼问他爹，谁想跑事宴了，爹？谁给你捎口信了，爹？

阎狗蛋一巴掌扇过来，抽在阎来锁的脖子窝里，好汉做事好汉当，说了的话还能收回去？瞧你那出息劲儿，能跑事宴么？谁家做事宴敢用你个榆木脑袋哩？

掌柜的也是明白人，忙说，不要打，来锁没错，伺候人总不如伺候自个儿，十里长宴，总有散席的时候，回去吧，混好了，啥都不说了，混不下去的话，还来庆春堂。

阎狗蛋带着阎来锁回阎家坪。路上，阎狗蛋对儿子说，不要记恨你爹，爹也是为你好，师傅领进门，修行在个人，往后呢，全靠你自个儿扑闹了，别的忙，爹也帮不上。又说，天底下，谁不是自个儿为自个儿着想，哪有伺候别人一辈子的？

阎来锁不领阎狗蛋的情，心说，你既然帮不上我，砸我的饭碗做什么？

5

万事开头难，这话不假。

阎来锁初出道那阵儿，白玉沟的白拉柱、河南坪的郝二嘎、边家岭的陶麻子早就名满江湖，有谁知道阎家坪还有个半路出家的小厨子叫阎来锁？没人敢把事宴交代给一个无名小辈来操持，不用说外村人了，连阎家坪人都不买他的账，谁家有事宴，首先想到的是赶紧派人出村订厨子，不管白厨子郝厨子陶厨子，只要是厨子就行，但阎厨子不行。阎来锁不能主宰东家的意志，可猪朝前拱，鸡往后刨，各有各的道道儿，他的道道儿就是黏人。

阎老实他爹阎绪就领教过阎来锁的厉害。

那年，阎绪要给儿子阎老实娶媳妇。老实比来锁年龄大几岁，十八岁成家，娶的是长舒里老刘家的闺女。阎绪前些日子派人去白玉沟订好了厨子白拉柱，临近完婚的前几天，阎来锁才听到风声。他去找阎绪，阎绪正在醋缸前用醋拐子搅和米醋。

阎来锁说，绪伯伯，老实在不在家？

还没等阎绪说在与不在，阎来锁又说，老实的事宴订好厨子没？

阎绪用指头蘸了一点醋在嘴里抿了抿，说，成了，挺酸的。又说，误啥不误啥，也不能把厨子落下，早订下了，白玉沟的拉柱，脸上有白斑的那个，菜丸子做得地道。

吃席又不是光吃一碗菜丸子。阎来锁眨巴着小眼说，绪伯伯，你看我也出道了，我炒的菜不比谁差，我师傅是东冶镇庆春堂的刘二，论起名望，东峪的厨子加起来都不够我师傅的指甲盖大。

阎绪把醋拐子搁在醋缸上，挥手驱赶着几只绿头苍蝇，又用牛皮纸苫住缸口，嗞了口气，来锁啊，前些日子是听你爹提过这事儿，可你大娘说你狗日的还是个生手，怕把事宴做砸了，没敢动用你的贵手。

绪伯伯，我总得练手呀。阎来锁说，一回生，两回熟，你不赏我机会，咋往熟里练呀？

吔，看你这话说的。

阎绪有点不高兴，他准备回屋里，却扭转身子对阎来锁说，大侄子，听你这口气，我没用你做事宴是我的错？你跟我家老实也是从小玩大的，总不能安啥坏心眼吧？给老实娶媳妇是件大事儿，一辈子说不定就这一回，我把一辈子攒下的辛苦钱都搁这儿了，总不能在厨子这块儿让狗日的你练手吧？做好了还成，做糊了，丢的是我阎绪的脸面，你赔我钱还是赔我丢了的脸面？再说，你就是赔，也赔不起……

阎绪说完，回屋了。

阎绪原以为阎来锁经他这一说，也就打了退堂鼓，哪想到，阎来锁一直跟着他进了北屋，还从他家的八仙桌上端起一碗茶，咕咕地喝了两口，一抹嘴说，你咋知道我能做糊了？我要做好了咋整？

阎绪被阎来锁噎得说不出话。半天，不尴不尬地笑了笑，笑出满嘴黑乎乎的牙，狗日的，你小子是赖上你绪伯伯了，你咋好赖不分哩？你看我挺忙的，又得派人接老实他姥姥姥爷舅舅妗妗，又得接待亲家送来的箱柜陪嫁，还得把大花饼让人给亲家送过去，老实的洞房也没安顿好，我也顾不上支应你，你想帮忙，等白拉柱来了，你给他打打下手吧。

依惯例，娶亲前一天，厨子会出现在东家厨房里，准备第二天的宴席。东峪的席面习惯五盔四盘，五盔四盘看起来简单，做起来却需要充裕的时间，猪肉要红烧，牛肉要红烧，豆腐也要红烧，萝卜丸子的工序更加复杂，用板擦擦成萝卜丝，入开水锅煮烂，拧了水，剁成末儿，加入淀粉、肉末、调料，一颗一颗攥成球形，码入笼屉中，蒸半个时辰出锅。这样的丸子才是个半成品，或入烩菜，或重新配汤料单另入碗，麻烦着呢。但有一样，一个厨子一个味儿，一个厨子一做法，但哪个厨子都不是神仙手，都得一道工序一道工序地慢慢来。白拉柱的菜丸子在东峪厨子中间算是一绝，阎绪有一多半原因是奔着白拉柱的菜丸子去的，但白拉柱那天没来阎家坪，倒是阎来锁一早就像看门狗一样圪蹴在阎绪家的街门外了，顶了一头露水。

头一天黄昏，有个阎家坪的老汉，去白玉沟找见白拉柱，给了白拉柱两块现洋，说阎家坪的事宴不做了，男方听说女方有狐臭，临时改变了主意，这两块钱是退事宴钱。白拉柱无话可说，人家亲事都退了，要厨子有屁用。

阎绪即使捂上十床被子都梦不见这回事儿。他事先已经按照白拉柱列出的食材单子，把需要用的蔬菜猪肉猪油佐料等等杂七杂八的东西都准备妥了，连白馍油糕都该上笼的上笼，该入缸的入缸，只等白拉柱一来，荤案素案、凉菜热菜地细分了，可等到后半晌，还不见厨子过来张罗，阎绪跟他儿子阎老实说，白玉沟的厨子不能遇事。

事宴上的凉菜第二天可以现调，有的热菜也要现炒，可有的烧菜炖菜非好几个时辰做不出。好在阎来锁不用旁人招呼，自己动手把该洗的洗了，把该择的择了，把该切的也切了，该蒸的烧的煮的也依次做了，然后，天黑了。阎来锁揩净炒勺炒瓢笊篱肉叉菜刀对阴沉了一张脸的阎绪说，绪伯伯，我回呀。

阎绪愣了一下，浑身一激灵，醒悟过来，却有点过意不去，今儿可全亏大侄子了，明儿你一早就来，他白拉柱爱来不来，就是来了，也得有个说法才敢用他。

阎绪原想，白拉柱既是答应下的事宴，就没理由给他唱一出空城计，即使真有事脱不开身，也该捎句话过来，不该让东家望眼欲穿的。可到了第二天，娶亲的队伍快要出发了，起马宴也该开席了，白拉柱还没来。新郎、伴戚、娶亲人、炮手都已更衣入席，他们吃的是阎来锁做的五盔四盘，文火慢炖的红烧猪肉红烧牛肉格外香，除了萝卜丸子，又加了一道生炸肉丸子，蒸肉码出双喜状，清烹的莲藕也摆出了笑脸的样式，豆芽粉丝用北方人不大采用的辣椒煸了，淋了白醋，盘子四周又用几叶青菜点缀了图案，不管是坐席的，还是周围观看的，都在啧啧称奇。

阎老实跟做伴戚的姐夫说，不用不知道，一用吓一跳，来锁这手艺不赖嘛，以前咱可看走眼了。

这样的效果，让阎绪一直悬在嗓子眼的心落了底，也说，多亏狗日的白拉柱没来，他来了，鬼知道来锁还能干了这个。

人说好事不出门，坏事行千里。其实不管好事坏事都能传千里，阎来锁的一桌起马宴，让东峪人称赞许久，后来好多人都是慕名他的起马宴才来订他做厨子的。但没有不透风的墙，白拉柱还是拐弯抹角听说了这件事，起先他真以为阎老实的亲事黄了，后来听人说阎老实还是那天娶的媳妇儿，只是厨子换了。白拉柱气得直咬牙，他拿了那两块现洋专门跑了一趟长舒里，找到阎老实的老丈人，一五一十把那个老汉的原话翻腾给阎老实的老丈人，并把那两块现洋摊开给阎老实的老丈人看。老丈人听罢，又看罢，半晌无语，突然咔咔地咳嗽起来，胡子拉碴的黑脸嘶得紫红，指着阎老实的丈母娘说，这就是你时常挂在嘴边千好万好的亲家，你跟咱闺女说，他阎绪不把狐臭这事儿掰扯清楚，老子跟他老阎家没完。

阎老实的丈母娘到底没跟闺女讲这事儿，嫁鸡随鸡嫁狗随狗，都嫁出去的闺女了，扯这些闹心事做甚？以后阎老实每次去老丈人家，总觉得老丈人对他挺冷淡的，一副待理不理的样子，忍不住问媳妇儿，媳妇儿也迷糊，说以前不这样啊，以前一提你阎老实三个字，满脸都是笑啊。又过了好久，直到阎老实当上阎家坪村长，有一次老丈人来看望外甥女，喝了一壶二锅头，话匣子一开，数落起亲家阎绪的不是。阎老实一听，泼了一脸猪血，他当然知道事情的来龙去脉，结结巴巴说，爹，这事不能怨我爹，爹你冤枉我爹了。

老丈人听不懂女婿的车轱辘话，吹胡子瞪眼，照你这么说，我们一家老小真有那鞑靼人传下的狐臭？

阎老实忙说，爹，我说的不是这个，我是说，一准是他狗日的阎来锁背后搞的鬼，我爹压根儿没派人去辞退过人家白拉柱，那个传话的老汉，十有八九是阎狗蛋，这俩狗日的，剥了皮都不对我的心事。

而那时，不仅阎狗蛋下世了，另一个当事人阎绪也久不在人世，倒是阎来锁因一场事宴名声大噪。

第二章

1

细说起来，东峪并不大，无非三个寨子三道弯。

滹沱河打平川而来，一入东峪，就开始转弯儿。在台城坪上村向西折流，在边家岭、戎家庄、阎家坪对面一个叫六节寨的山脚兜一个圈子，转向东流；顶到头是七节寨，山下是赵家庄和七节村，河对岸是南庄；过了南庄，然后掉头西流，在河南坪、长舒里对面一个叫八节寨的山脚又拐一道弯向东走，一直到岭子底才直溜溜往南去了，南面已是盂县地界。七节村看风水的牛厚登，一提起东峪，抑制不住满腔激动，他说左盘青龙，右卧白虎，前横案山，中居明堂，前有流水，后有靠山，天底下少有的风水啊，咱东峪全占了。

当然，也有不怀好意者阴险地指出，哪是什么风水宝地，你仔细看嘛，东峪就是两瓣大屁股。

凡事不可细究，东峪人从不细究这个。

小时候的阎来锁爱磨缠人，话匣子一开就关不住，等他成家立业了，慢慢有了城府，也懒得再找人磨叽，遇到烦心事，就拿儿子阎守富出气，遇到开心事就擦拭炒菜用的家伙什，烦心事开心事都遇不到时，就喜欢蹲在院里的磨盘上给村人讲事宴上的见闻；哪天没人来他家，他就一个人蹲着喝茶，眼睛盯着窑顶上面的百丈崖，出神儿。

崖顶常有一只缺耳朵的灰狼，灰狼在那里蛰伏，俯瞰下面的阎来锁。一人一狼，四目对峙。狼总有失去耐心的时候，便仰天长嚎，嚎完，转身走了。狼走了，阎来锁无路可走，忽然也吼一嗓子——头戴黑来，身穿黑，浑身上下一片黑——这是梆子戏里的一句唱词，哪段梆子戏，他不知道，他甚至搞不懂是生角唱的还是花脸唱的，只觉得有气势，就从别人嘴里挪来用了。

说来也怪，阎来锁自打走单跑事宴以后，就很少走出东峪地界。他倒不怕平川上的东家难伺候，也不是他买卖多得一桩接一桩，压根儿顾不上出远门，而是他爹阎狗蛋不让他往外跑。阎狗蛋也没别的意思，无非是有句老话叫他挺纠结的，东峪的厨子不出山。这话说得没头没脑的，说不来从哪朝哪代传下来，是因为山里厨子见不得大世面，还是因为东峪的厨子习惯节俭，在饭菜的做法上不像平川厨子那样奢靡，做出来的席面不受平川人器重？真是说不清，连阎家坪私塾教书的白文昌都捋着胡须，表情凝重地半天道不出所以然，反正是白玉沟的白拉柱、河南坪的郝二嘎、边家岭的陶麻子都信这个。

阎狗蛋也信。

白拉柱他们都是祖传厨子，出门前，无一例外要给祖师爷彭祖敬香。敬香的时候，把一天或几天内的日程安排在祖师爷跟前做一番交代，交代的重点是北不出边家岭，南不过岭子底，即使碍不过人情世故，出了边家岭，出了岭子底，但万万不会走得看不到六节寨、七节寨、八节寨的山尖尖，当然也要跟祖师爷说道说道他们的下家其实都不是外人，是咱们东峪沟沟叉叉里嫁出去的姑奶奶或姑奶奶生下的外甥子，人虽不是东峪人，血脉却联系着东峪的水土。

阎狗蛋不让阎来锁出山，阎来锁真就不出山，外面的世界大了去了，可阎来锁不稀罕。等到阎狗蛋下世，阎来锁挑起家里的大梁，三个娃都慢慢长成愣后生，也有了出山碰碰运气的打算。

2

虽说阎来锁并不把阎守富的前程放在眼里，却在曲美英一再坚持下，让守富念了三年私塾，从八岁念到十一。阎守富本打算一直往下念，不想，先生白文昌在端午节后的某一天，找到他爹阎来锁，挑个背静地方，拍着阎来锁的肩膀语重心长说，来锁啊，有件事我想跟你拉呱拉呱，你愿听则听，不愿听拉倒，可有一样，听了，甭拿守富出气，不一定劁猪的劁不出个状元郎来。

两人相对而立，阎来锁手里捏着一枚圆锥形的小米粽子，一边剥碧绿的粽叶，一边听白文昌说事。

你看我白某人，三岁能诗，五岁能文，七岁诗词歌赋一挥立就，十岁应了童子试，五场过后得中生员，也是时运不济，科举作废，可我白某人不甘自专所学，开办私学，广收门徒，有教无类，不敢言桃李满天下，也算是学子遍四方吧。

阎来锁咬一口香喷喷的粽子，朝白文昌眨了眨小眯缝眼，满脸带笑说，白先生，跟我，不用扯这文绉绉的事儿，我又不懂，有啥事，你直说。

我知道你来锁是痛快人。白文昌盯着阎来锁已经咬了两口的粽子，咕咚咽一口唾沫，说，我也没工夫跟你绕弯子，是这么回事，你家守富哇，是个好娃，好娃归好娃，可他天生不是块念书的料。你呢，这些年跑事宴，估摸着也攒下点积蓄，想让娃学会四书五经出人头地哩，可有些钱该花，有些钱呢，不能瞎花，好比是拿着白洋打水漂，糟蹋东西。

阎来锁说，我还是弄不明白先生想说啥，你直接说事儿。

就说守富念书吧。白文昌盯着阎来锁脸上粘的一撮儿黄米粒，开始激动起来，我教守富念“王华行池畔，见地有遗金”，你听他念的什么？兄弟辛酉金，子孙辛亥水。我说你念的是什么？守富说他念的是回头相生。我的爷呀，我摸了摸守富的脑门儿，不烧嘛，又摸了摸我的脑门儿，也不烧，我心里犯开了嘀咕，琢磨半天，哎。

白文昌这个时候猛不防拍一下巴掌，声音不是很清脆，却把对面吃粽子的阎来锁吓一跳。

来锁啊，我琢磨出来了。白文昌挥着手说，你家守富天生不是块念书的料，他走邪了。咱们两家，父一辈子一辈的交情，我是真心为你好，有这闲钱，不如让守富学门手艺合算，算命打卦可不行，那是下三烂的勾当。

不能哇白先生？阎来锁嘴里塞满粽子，像嚼了一嘴木头一样不对味儿，我平常看守富学得挺带劲的，书不离手，手不离书，过大年家里贴的对联都是他亲笔写的，我还给他研过墨呢。

那叫对联吗？那是鬼画符，丢我白文昌的脸哩。

阎来锁皱了皱鼻子，把粽子叶扔在街门口的垃圾堆上，他觉得先生没理由给守富头上扣这个屎盆子。

辞别先生，他像个没事人一样，把在院子里叽里咕噜背增删卜易的守富喊来。阎守富缩了缩脖子，脑瓜子忽然又开始嗡嗡作响，预感到皮肉又要受苦，却听他爹和蔼可亲地说，娃，咱明儿不上学了，我带你去岭子底，见你表舅郑雄黄去，跟他学号脉吧。

阎守富最近迷上打卦算命，学得神魂颠倒的。听了爹的话，一时没转过弯来，瓮声瓮气说，是白先生不让我念了？他老是看我不顺眼，我还看他不顺眼哩。话虽这么说，守富心里却想，不让念就不让念，谁稀罕？成天不是“鸠乘鹊出，占居巢中”，便是“徐湛之出行，与弟同车”，我都能倒背如流了，他还在那儿摇头晃脑地瞎哼哼……

阎来锁这一回真就懒得动手修理守富了，只说，守富呀，不是我说你，你是只死狗，扶不上墙头，我花钱供你上学，不是叫你学算命的，你既然不学好，我也没话说，尿道屎道，是自个儿走出来的，将来后悔了，甭怨老子没给你铺路。

阎来锁刚把狠话撂下，老二阎守财刚好从街门外探进头来，手里提一副弹弓，左裤腿撕开一条缝儿，忽扇忽扇连大腿都露白了。阎守财本打算把头再缩出去，不想被阎来锁发现了，小眼一瞪，吼了一嗓子，你他娘给老子滚回来，你敢走，看我不揍死你。

阎守财勾着脑袋站在阎来锁跟前听训。

守财倒不怕阎来锁，可看见他爹火上墙了，也不敢过分造次。

守财，我问你一句，我是你爹，还是你是我爹，我有点糊涂了，你跟我说说这事儿。

阎守财哧地笑了，又赶紧抿住嘴，用鞋尖不停地揉搓一片核桃叶子。

你还笑，你还好意思笑？我看你成心想气死我。

那时，老三阎守田正在自家红薯地里跟母亲曲美英拔狗尾巴草和苦坡草呢。

阎守田那年刚满六岁，梳的是马鬃头，脑后留一撮儿后纠毛，裤腿儿一条长一条短。

六岁的阎守田不像大哥那样书呆子气，也不像二哥那样调皮捣蛋，他像一根尾巴似的黏人，整天拽着曲美英的后衣摆，在谷子地里、红薯地里、土豆地里瞎忙乎。他问这草叫什么，那花叫什么，这是蚂蚱还是螳螂，红薯地里怎么只长红薯不长土豆，土豆地里怎么只长土豆不长红薯……他的求知欲很高，他什么都不懂，什么都想知道，小嘴一天到晚不歇，问这问那的。

曲美英说，你比你爹小时候都烦人。

曲美英说完这话，自己都笑了，她又没见过小时候的阎来锁，她是从婆婆嘴里听说的，知道阎来锁小时候那张嘴不招人待见。

不过对曲美英而言，守田的表现已经相当不错了，她也没指望守田帮她干活儿，守田在她眼里就是个伴儿，他这个年龄能知道“糜锄两耳谷锄针”吗？能知道“立夏种胡麻，九股八个杈”吗？你让他拔草，他能把苗子都给薅掉，简直是在帮倒忙。可在山田里干活儿，没个伴儿还不行，枯闷不说，最担心冷不丁从草棵子里蹿出一匹红眼狼或一头花斑豹来。

从阎家坪去岭子底，沿河走二十里，要经过赵家庄、南庄、河南坪、长舒里，最后才到岭子底，中间还要经过两座山神庙、一座河神庙、两个临时搭建的木板桥、七八股泉水、三四道瀑布和两三条深沟，随处可见成片的花椒林、柿子林和核桃林，至于路边山崖上的柏树林杏树林白杨林榆树林桦树林李子林就不说了，多得数也数不过来。简而言之，从六节寨到七节寨，再到岭子底，脚程快，不左顾右盼都得走半天。如果翻山呢，直接从六节寨翻越七节寨，再顺河东行，少说也能省下十里路。阎来锁那天带着阎守富就是翻山走的，他们去岭子底找郑雄黄拜师学艺。

按说，连白文昌都不肯要的阎守富，又如何打动得了神医郑雄黄？其中有个说道，郑雄黄的奶娘是阎来锁婆姨曲美英的亲姨娘，曲美英小时候常在岭子底姨娘家住，她比郑雄黄大一岁，郑雄黄喊她英英姐，她喊郑雄黄郑羊鼻子。郑雄黄的鼻梁从眉心开始往下走，一路走高，忽然又一步步矮下去，在鼻尖处打个勾。别人看郑雄黄觉得他鼻子好笑，郑雄黄看不见自己的鼻子，觉得别人对他的态度很友善，都是笑眯眯地待他，他也笑眯眯地待人。有一回，郑雄黄来给曲美英看病，曲美英随口说起守富是跟阎来锁跑事宴好，还是另谋条生路好。郑雄黄一时仗义，便插了一嘴，说厨子虽好不养家，顶多混个肚儿圆，要不嫌弃，让守富跟他学看病吧。当时，阎来锁也在场，阎来锁是护脸面的人，他听了郑雄黄的话，只淡然一笑，他还没有潦倒到央求郑羊鼻子的地步。

3

那年，阎老实给阎绪老汉过三周年，事先没通知阎来锁，临近几天才想起厨子还没订，忙让闺女变芬去跟阎来锁说一声。

本来嘛，村长家的事儿还用村长亲自去几顾茅庐？派人去知会一声也是对他的抬举。可让阎老实想不到的是，变芬去了没多久，折回来了，回来就埋怨他爹没早告诉人家来锁叔，咱定下的日子人家那天有主顾了。

阎老实当时只是冷笑一声，心说算你狗日的识趣儿，你狗日的要真来了，我非把那年你们狗日的父子俩设下的计谋给戳穿不可，看你狗日的阎来锁怎么跟我解释，嘴上却说，死了张屠夫，不吃带毛猪，少了他阎来锁，还不给你爷爷过三周年了？

回头，阎老实派人去白玉沟，定下了白拉柱。

到做事宴那天，手脚麻利的白拉柱把七八桌席三下五除二做妥，人们在酒桌上猜拳行令吃吃喝喝，少不了议论红烧肉怎么样、菜丸子怎么样，听在白拉柱耳朵里的都是溢美之词。

白拉柱擤了把鼻涕抹在鞋底上，又揪了揪裤腿，圪蹴在房檐下抽烟。抽着抽着，问起旁边照席的东家阎老实，说，你那年娶媳妇儿，原来定下我跑事宴，可不知怎么，中途变卦了，没用我。

又说，没用就没用吧，还跟我编了个谎，说你老丈人家有狐臭。

又说，阎村长，这话传出去，好说不好听啊，也是我嘴紧，听了这话，烂在肚里了，真要传出去，你小舅子还怎么娶媳妇呢？

旧事重提，让阎老实脸上挂不住，他鼓着腮帮子说，狗日的，一言难尽呐，我没想过阎狗蛋父子会做出这种事儿，不过嘛白师傅，来锁那天做的起马宴，还真叫了好。

白拉柱伸手在裸露的小腿肚上啪啪抽了两下，咧着嘴笑道，他做的饭，你们也能下得了口？

村长盯着白拉柱那张满是白斑的脏脸问，白师傅，这话怎讲？饭还有不能下口的？

白拉柱嘿嘿直笑，露出满嘴红红的牙槽，那不能怪你们，没见过世面么，他那手艺，喂猪还差不多。

阎家坪的人向来喜欢搬弄口舌，可村长阎老实却真把白拉柱的话憋在肚子里了，没跟第二个人翻捣，只是自觉不自觉地又看轻了百丈崖下的厨子阎来锁。

郑雄黄不比白文昌，他认为阎守富学算卦没什么不好，他自己都信这个，每次出门给人看病，或上山采药，都要卜一卦，卜卦是为了心安。即使病人家属催得急，来不及摇卦，他也要扫一眼黄历，看看时辰凶吉，宜不宜出行。而且出了家门，还要观一观天象，云朝哪儿走，风朝哪儿吹。

当然，他叮嘱阎守富时，远不像看待算卦这事宽容。他对阎守富说，既在江边站，就要有望海心，看病不比念书，也不比算卦，脉号不准，药方子多了一味，少了一味，都能要人命呢。

阎守富也争气，没过多长时间，药柜里的犀角、羚羊、泽泻、海藻、菊花、射干、薏苡、藕节、瓜蒌子、车前子、地骨皮、吴茱萸、乌贼骨等等一揽子原药认得八九不离十；又没过多长时间，六十六种寒性药，六十种热性药，五十四种温性药，六十八种平性药也入脑入心了……

郑雄黄一边给病人号脉，一边说，守富，悠着点，一口吃不出个大胖子，慢慢消化。话虽这么说，心里却打开小算盘。

七月十五，郑雄黄带阎守富出门采药，在七节寨山脚，正好遇见阎来锁带阎守财去赵家庄跑事宴。

阎氏兄弟俩多时不见，亲热得不得了，头碰头、脸对脸地坐在一块儿，嘘长问短的，娘身子还好吧，弟弟上学没有，行医最远去哪儿，等等，而更多的是询问彼此手艺学得怎么样。

郑雄黄跟阎来锁坐在一棵歪脖子柳树下抽烟，先是讲了些东家长西家短不咸不淡的废话，后来就转入正题。

郑雄黄说，姐夫，你看我娶过媳妇都这么多年了，婆姨不会生养，草药吃了几十服都不管用，去七岩山的七女洞捞过儿也没用，我算是死心了，我有这么个想法，你看中不中？你有三个男娃，多一个不多，少一个不少，要不干脆把守富过继给我得了，我看哪，我这身本事，迟早要靠守富往下传了。

阎来锁先是拿眼觑郑雄黄，觉得郑雄黄那张脸太厚了，比城墙都厚。龇牙笑了笑，说，我这人没出息，一上岁数就恋子，守富小时候，我揍他跟揍一条死狗似的，老觉得他跟我拧着来；守富大了，我也老了，夜里常梦见守富抱着我的两条胳膊哭，要我不要揍他，他听话着哩。每次都是美英把我推醒，说我哇哇地哭什么，跟小孩儿似的。

郑雄黄笑眯眯地端详着眼前这个脸孔黝黑、有一双小眯缝眼儿的厨子，不置可否。

阎来锁以为，郑雄黄只是说说而已，并没在意。

等到那年八月十五，郑雄黄备了一担新打的谷子、一丈平山青布、一斤广西红糖、一包凤台咸盐、一盒炉食月饼，雇了个脚夫挑着，相跟了阎守富，去阎家坪拜见阎来锁夫妇。

曲美英娘家在山外的芳兰镇。娘家穷，听说山里田多树多，遇上灾荒年景，一棵核桃树能救得了全家人的命，执意把曲美英嫁进东峪。可自打嫁给阎家坪的阎来锁，曲美英就开始受苦。阎来锁的厨子营生不一定日程会排得满满当当，不管忙与不忙，阎来锁从不下地干活儿，也不做家务，闲来无事，不是在院里跟村人闲谝，就是去阎家祠堂看人下棋，要不就是蹲在磨盘上抽烟喝茶。曲美英忙完家里的，又忙田里的，忙完田里的，又忙生孩子的事儿，一年到头手不闲，脚不闲，身子不闲，一口气给阎来锁生了五个娃儿，一个害天花没出满月夭了，一个五岁上跟街坊的娃娃到河边玩，掉河汊里淹死了，后来生的守富守财守田倒好养活，没灾没病活蹦乱跳的。

可一听郑雄黄的话，曲美英艳阳高照的脸一下阴沉了，像挂了块黑布帘子。因为郑雄黄有恩于守富，她不好明说，一边用枣木拐子缠棉线，一边拿眼去瞥阎来锁，阎来锁是当家的，说九说十要阎来锁拿主意。

阎来锁蹲在门槛上，小眯缝眼眯觑着，乌烟瘴气地抽旱烟，也不言语。

曲美英又用眼角的余光睃守富，想看看守富的态度。

守富越来越懂事了，他既不想让爹娘为难，又不想得罪师傅，只好撇转脸看窗户纸，麻纸裱糊的窗户被秋凉风吹得一鼓一塌的。

郑雄黄干咳一声，姐，姐夫，强扭的瓜不甜，我只是有这个念想，不强求你们，行与不行，你们给个痛快话。

这时，阎来锁在鞋底上磕掉烟灰，吹了吹烟杆里的焦油，不冷不热说，养儿防老，多子多福，我信老人们的话，我只有三个儿，不嫌多。

4

郑雄黄不是一般的郎中，阎来锁亲眼见过郑雄黄救活过死人，这个死人是阎二本的婆姨。

阎二本打年轻起，一直在看祠堂。他除了看祠堂，还帮人抬棺，村里死了人，需要两班人马抬棺，一班至少十二个，两班二十四个，二十四个壮劳力在村里还真不好找，所以阎二本的营生也很吃香。可惜后来坏了一条胳膊，一下变成废人，废人是不能抬棺的，只能坐在祠堂里与祖宗们隔墙对望。墙上的先人都替阎二本叹息，说他流年不利啊，三十岁之前为娶不下婆姨犯愁，三十岁之后倒是成家了，却又为婆姨看病犯愁。没过几年，他的胳膊不中用了，又没过几年，他的婆姨死了。

阎二本的婆姨没过门之前是个病秧子，过了门之后还是个病秧子，整天药罐子不离手。这倒也罢了，偏偏腿走不得，手还提不得，坐着都嗞嗞地犯喘。

有一回，这女人坐在祠堂门口的台阶上跟曲美英说话，只说了句秃子剃头白忙乎，竟软溜溜地颓顿在台阶上了。

曲美英吓得脸煞白，忙喊，二本二本，快来看你婆姨。等阎二本着急忙慌跑出来，人已经过去了。

对阎家坪的村人来说，阎二本的婆姨活着和死了没多大区别；可对阎二本来说，区别可就大了去了。

可怜兮兮的阎二本哭得死去活来，一边哭一边数落女人给他的生活所带来的质的飞跃和翻天覆地的变化；又哭他自个儿的命苦，为了医治这个女人，他把几乎所有积蓄都垫进去了，到头来，却是竹篮打水一场空，他连买棺材板的钱都没有。

听得周围的人不住地揉鼻子。

后来，是厨子阎来锁、剃头的阎本顺、开豆腐坊的阎满堂张罗着买来一口棺材，把山东女人盛殓起来。

停灵三日，送行出丧，都要依前按后一件一件来。

阎二本只顾哭了，其他事不闻不问。丧事只能靠阎来锁阎本顺阎满堂他们布置。倒是阎根有，连面儿都没照一下，虽说阎二本用一条胳膊换了阎根有一条命，可阎根有不想让这事儿拿他一辈子，他婆姨跟村人解释说，根有出山打短工去了。至于去哪儿了，鬼知道呢。

隔了三天，临出殡的清早，要钉棺材板儿了，阎来锁要阎二本再看一眼婆姨。阎二本摇了摇头，长叹一声，哽咽道，人都没了，看她有屁用，钉吧。

谁知这时候，郑雄黄出现了。

郑雄黄不是来阎家坪给人看病的，他是去六节寨的山顶上挖贯众采连翘的，下山后忽然想起住在阎家坪的英英姐，打算拐进村看看。路过阎家祠堂，听阎二本哭得恓惶，临时改变了主意走进祠堂。

他围着棺材转一圈，闻了闻味道，转脸问旁边的阎满堂，人没了几天了？

阎满堂说，三天，今儿该出殡了。

郑雄黄却让人把棺盖揭开。

阎本顺伸手一拦，你谁呀你，你又不是孝子，揭棺材干吗？

没等郑雄黄说话，阎来锁替郑雄黄说了，他是岭子底的郎中，我家里的亲戚。

阎本顺说，郎中怎么了？郎中也不能想看谁就看谁吧？这是二本的媳妇，又不是他郎中的媳妇。

郑雄黄也有郑雄黄的脾气，没人帮他掀棺材盖儿，他自己掀。伸手翻了翻死者的眼皮，又在脖颈上按了按，冲着阎二本喊，不要哭了，不要哭了，人没死，你哭啥？

当时，在场的人都惊呆了，有人说郎中不会是疯了吧？人都死三天了，就是饿都饿死了，还能说没死？

郑雄黄不管人们怎么吵吵，取出随身携带的银针，在女人头顶捻了两针，肚脐眼捻了一针，脚底板捻了两针，然后用艾熏。一炷香没完，那女人放了个响屁，眼珠子一转，活了。

众人惊得大呼小叫的，说，不会是诈尸吧？

又说，真神了，真神了，死人还能给治活？

当然，阎二本婆姨死而复活的故事没有延续太久。又过了半年，病歪歪的女人到底咽气了，这一回阎二本没哭，而是提溜着一条胳膊，甩打着另一条胳膊又去请郑雄黄。他怕郑雄黄不出诊，把阎来锁也叫上。

当时，郑雄黄正在积善堂给一个鹤皮秃发的老乡号脉，他一边号脉，一边问阎二本，你婆姨咽气前吃啥了。

阎二本说，啥也没吃，只吃了半碗莜面栲栳，浇的是羊肉哨子，她说想吃芫荽，我切了一棵芫荽给她，她吃完说胸口憋得难受，要我帮她搓搓，没搓几下，她眼就吊了。

郑雄黄说，哭吧，没得救了。

阎来锁忙说，二本恓惶，死了女人他没法活，你给看看吧，多活一天是一天呢。

郑雄黄不再搭理两人，而是忙着给那老乡开药方。

不管怎么说，郑雄黄有两下子。

其实也真不怪曲美英，想当初，阎来锁就是奔着郑雄黄的名气才决定让守富学徒的，只是事到临头，阎来锁高低咽不下这口气。

细究起来，阎来锁生的还不全是郑雄黄的气，他有一多半是生自己的气，他气自己不争气。这么些年，他成天背一把炒勺、一把沉甸甸的炒瓢、一把铁丝笊篱、一把钢水不错的菜刀和两股肉叉子在东峪河道两岸转来转去，路上的鹅卵石都让他的千层底鞋磨光了，可三个儿子里没有教出一个可以继承他衣钵的徒弟。

他每次出门总要带一个儿子去当学徒，有时是守财，有时是守田，不管带哪个，总是听他一路磨叽。不是说这个要文没文、要武没武，还这山望着那山高，将来准没出息，就是说那个脑子里长了一只壁虱，叫你往东走，你却偏往西走。

守财不听他唠叨，只顾观察天上的飞禽、山上的走兽、河里的游鱼，发现猎物，从腰里抄出弹弓，瞄都不瞄，嗖地射出一枚石子，猎物应声坠地。也有意外的时候，比如距离远，石子力道不足，猎物打中了，却没伤到要害。狐狸往往狡猾，头上挨了打，用爪子护住脸，哧溜一下钻进灌木丛里了，身上挨了打，便捂住肚子，一个滚儿，不见了；黄羊比较傻，被石子打疼犄角，站立原地不动，等脑子慢慢清醒，然后才蹦蹦跳跳逃走；狼呢，本来是龇着牙的，一脸凶相，忽然着了疼，会嗷地叫一声，翻转身，夹着尾巴，向来路遁去，一边跑，一边回头张望。阎守财又是拍巴掌，又是跺脚，又是打口哨，又是大呼小叫的，还要向狐狸或狼做出追击的姿势，直到他爹返回来踹他一脚，这才塌着一个肩膀，似笑非笑地重新上路。

守田比较听话，他爹训他，他只管听，听不明白的时候就问，守田属于那种打破砂锅问到底的求知狂，总会把阎来锁问烦，问烦了就不再磨叽守田，可守田没有完，时不时还有新的问题要咨询他爹，他爹又不是百事通，怎么能回答出守田那些稀奇古怪的问题呢？后来跟人说，守田是个话痨，比我还能说，不能招惹。

5

每天黄昏，男人们会自觉地来到阎来锁家的院里，排成一溜蹲着，等跑事宴的阎来锁打道回府。阎来锁有说不完的趣闻轶事，大都是从事宴上听来的，又鹦鹉学舌讲述给村人听。

当然，村人最感兴趣的还是他的原创，只要有人挑个头儿，问他今儿又上哪村跑事宴了，红事宴还是白事宴？他便蹲在磨盘上，一边喝茶水，一边眨巴小眼，讲东家是红事还是白事，红事是娶媳妇还是聘闺女，媳妇是大脚还是小脚，头婚还是二婚。若是二婚，话可就长了，头一处是哪村的，男人是怎么没的，身边有无累赘，落没落下偷汉子的坏名声等等。还有新女婿是精是憨，偷盅筷的新郎是偷一双筷子两个酒盅，还是只偷一双筷子，忘了偷泰山大人的小酒盅了，泰山之筷可夹九州菜肴，泰山之杯可斟四海佳酿，缺一不可啊……

也一定要说坐了几桌席，是盒子席，还是六六席，本来预估几桌席，不想有亲戚没来或亲戚来多了，席面是赢了亏了，再有就是安席时，大戚人坐没坐上席，给没给东家出难题，小舅子插帽花，伴戚忘没忘给红包，拉草把火的是不是把铺在院里的红毡点着了，等等。当然，更重要的是，男女双方八字合不合。

说到八字，阎来锁会一遍一遍地重复那句口诀，自古白马怕青牛，羊鼠相配一旦休；金鸡不与狗相见，青龙见兔泪交流；蛇见猛虎如刀锉，猪猴相见不到头。不过在阎来锁印象里，很少有男女双方八字不合的，或者即使不合，在大庭广众之下，也要隐瞒或窜改年龄或生辰八字。

一家是一家的故事，一家是一家的说道，村人爱问，阎来锁爱说，几乎每个黄昏，百丈崖前的核桃树下，总有人聚在那里长时间听阎来锁眨巴着小眯缝眼摆龙门阵，一摆就是多半个时辰，直到谁家的婆姨在暗地里扯着破锣嗓子喊自家男人吃饭，接着有狗吠一声声传来，大家才说说笑笑一哄而散。

夜气泛滥，河道里的水声越发响亮。远远的，从对面六节寨的山巅传下吆喝牲灵的声音，有耳尖的，还能分辨出是某村的谁谁驮炭回来了。

第三章

1

靠山吃山靠水吃水，东峪的猎户村村都有。

东峪人把打猎的称作打牲人。

十二岁的阎守财无所事事，迷上了打牲人周保全。曾有几次，三星都偏了，阎守财仍在猎户家听猎手讲他打猎的所见所闻，后来是阎来锁找遍阎家坪每一条苍凉的石巷，终于看到周保全家的麻纸窗户还影影绰绰亮着灯，推门进去，见阎守财阎三文阎福文阎七毛哥几个，幸福地趴在周保全的石炕上，双手托着下巴，专心致志听周保全吹牛。阎来锁不跟周保全搭话，上去赏了守财一耳掴子，嘴里骂道，你个王八羔子，作死也不看看时辰，给你二两颜色，想开染坊了。

阎来锁把守富送到岭子底后，想把手艺传给守财，但他很快就看出老二的抵触很汹涌，很直接，一气之下，嘴里便骂，给脸不要脸的东西。骂完，又恨恨地吐口唾沫。

以往，阎来锁跑事宴都是单枪匹马，挎一个褡裢，前边是炒勺菜刀肉叉子，后边是一把生铁铸的炒瓢和铁丝笊篱，脖子后头斜插二尺长的旱烟袋，通身上下黑袄黑裤，腰里勒根黑布腰带，脚脖儿用黑皮筋系牢，鞋是踢死牛布鞋，成年累月在滹沱河两岸走动。路上行人稀少，空谷里只有鞋底与石板路的磨蹭声。偶尔有放羊人见了，隔河跟他打招呼，来锁，又跑事宴哪？他答，是哩，赵家庄走水槽边儿上的张六灯，给孙子做满月。放羊的问，盒子席还是五盔四盘？他答，五盔四盘，拢共坐不了几桌，省也省不下几块钱。一问一答在山谷里回响，人过去半天，声音还萦绕在那里。

到了阎守财被阎来锁揪着耳朵跑事宴之后，阎来锁仍寂寞着。守财不说话，老大不情愿的，脸总阴悒着，像谁欠他几百吊钱似的。阎来锁看了他的表情就来气，来气就懒得跟他拉呱，心说你个浑小子，以为学手艺是给你老子学呢。出门在外，难免有人问起阎来锁，是你徒弟？他看都不看守财一眼，说，人家是我师傅，我哪敢收人家做徒弟，你看那脸沉的，都能刮下二斤霜。

戎家庄开磨坊的任学孔给老娘做寿，请的是阎来锁做事宴。

戎家庄的人都知道任学孔小气，小气不单说他对外人在钱财上八米二糠精于算计，他吃饭连自己都觉得肚大，一日三餐都要从淘米的勺子里，把本来不多的一点小米再捏出一小撮儿，放回米缸。

到了任学孔老娘八十岁时，突然想起要给老娘做个大寿，而且是他一人出钱出工，其他兄弟姐妹坐等吃席就行。这样的改变让老娘受宠若惊，知道他过日子小气，便说，不要大过了，老也老了，啥事儿都看开了，给我蒸个寿桃，吃碗长寿面得了。

任学孔说，那哪行？小时候您是怎么疼我的？一颗鸡蛋我们兄妹四个分，我吃一半，他们三个分另一半。如今您岁数大了，日子都数着过了，我不给您做个大寿，眼瞅着没机会了。

老娘不再说什么。

只是任家人已积习难改，任学孔的侄儿给任学孔出主意，说给奶祝寿，图个喜庆，挑起红灯笼，点上红蜡烛，贴上红对联，再请一班响器，晚辈们提溜着寿面、寿桃、寿幛什么的在奶跟前一行礼，已经够热闹了，寿宴大可不必太铺张，有长寿面，有油炸糕，再有个大杂烩就蛮不错了，厨子嘛，可请可不请。

这样的主意是成心替任学孔着想的，如果在没请阎来锁之前，说也说了，任学孔依着做也做了，人家怎么铺排，都是人家的家务事，阎来锁再难缠，也干涉不到的。偏偏出主意的侄儿喜欢在人前指手画脚，瞅着阎来锁把炒勺、炒瓢、肉叉丁零哐啷搁在肉案上，掰着指头检点任学孔食材准备得怎么样时，那个侄儿竟当着阎来锁的面儿说了些活人眼里戳拳头的话，任学孔瞟了一眼旁边默不作声的阎来锁，显尴尬了，说，定好的宴席不改了。

还是简单些好，侄子说，咱们自家人能做，最好不要麻烦外人，花钱不说，倒把便宜都让给了厨子，做出的饭菜，未必有多香。

当时，阎来锁的小眯缝眼睁大了不少，说，做什么有做什么的规矩，跟我们厨子讲究的猪不放姜、牛不放蒜、羊不放酱一个理儿，做寿哪有不摆酒席的？老人一辈子省吃省喝，把儿女们拉扯大，图个啥？总不能过寿光吃碗大烩菜吧？

阎来锁凑过脸去与那个侄子眼对眼，又说，这位小哥我不认得你，我要认得你，一锅泔水泼你脸上了，哪有老人做寿，你上门来给人添堵的？

侄儿是半个东家，听阎来锁这么一呛呛，也毛糙起来，指着阎来锁的鼻子说，你不就是个吃百家饭的厨子嘛，有啥了不起的，不用你就不用你，你咧咧个毬啊。

那天，任学孔家人挺多，阎来锁怕一个人应付不过来，把阎守财也带在身边。守财一直冷眼旁观那侄儿，有心飞起一脚踹翻那人，又觉得强龙压不过地头蛇，他和他爹再神勇也打不过人家一院人。他忍着忍着，到底忍不住了，低吼一声我日你娘的，兔子一样蹿出去，却被他爹一把薅住衣领子，说，大人开玩笑，你掺和啥？看把你日能的，还想动手打人哩。

任家的寿宴并没有因任学孔的侄儿横插一杠打了折扣，也没有因阎守财的犯罪未遂而降低标准，原来定的菜一样未改，如数上了糕桌。可在回阎家坪的路上，父子俩起了争执。阎来锁埋怨守财不懂事，大人的事情瞎插手；阎守财奚落他爹的肚量太大，人家都在你头上拉屎了，还能一忍再忍。

阎来锁直摇头，小眯缝眼快粘成一条线，说，你小子太嫩了，要不咋说姜是老的辣？就知道跟人打架，咱出门不是与人置气，是赚他老任家的工钱，捡进篮子都是菜，能为一口闲气，把财神爷晾一边儿去？

阎来锁拍拍守财的肩膀，又说，别的不说，我那句话，也够他小子喝一壶了，得饶人处且饶人，不吃亏。

2

阎守财没被阎来锁说服，他有点看不起他爹的窝囊样儿，夹着尾巴做人，让他学他都不想学。他甚至觉得厨子们都把脸藏在裤裆里了，做在人前，吃在人后，见了东家总是低三下四的，人家穿得齐崭崭的，又吃又喝又乐呵，厨子呢，油渍麻花的又是炒菜又是端盘子，让人小看不说，心里也不舒服。这些话他没法跟他爹交流，而是把他的看法说给了曲美英。

曲美英正在大铁锅里炒花椒，满屋子淤塞着一股酽酽的椒香。

曲美英透过炒花椒的烟雾，对一脸不服气的守财说，娃呀，你还小，不知道外边做事的艰难，你爹说得对，不要说当厨子跑事宴，做啥都一样，伺候人哪有不低头的，你不低头就要碰眉棱骨。

有一段日子，阎来锁教守财学厨艺是下了功夫的。没事宴时，阎来锁便在院里拎着炒瓢掂着炒勺，一边叮叮当当乱敲，一边告诉守财爆炒是怎么个爆炒法儿，佐料怎么放，汁酱怎么攒，热锅热油，猛油急火才能爆出香味儿来；或告诉守财，炝锅时搁多少油，用葱花怎么炝锅，用辣椒怎么炝锅；或告诉守财怎么用慢火收汁，怎么用卤水汁入味，怎么用油泡，怎么过水，怎么挂霜，怎么拔丝，怎么走油等等。他认为他说得够细乎了，够翔实生动了，即使一块顽石，也该频频点头了，可阎守财一只手托着柿子树，肩膀斜塌着，一条腿与另一条腿交叉着，一只脚的脚尖垂直于地面，整个儿一副二流子样儿。

阎来锁想一炒勺砸过去，可他忍住了，守财不比守富，他真舍不得揍守财，他朝那个不三不四的守财说，你小子走点心吧，我嘚吧半天，唾沫都干了，为谁？我把看家本事一件不落都教给你了，你不要说你不稀罕。

边家岭的边龙康是东峪有名的白花闯汉，你说他见人说人话，见鬼说鬼话行，你说他既走黑道又走白道积德事儿缺德事儿什么事儿都干也行，反正在东峪一带，龙康是有名的恶霸。

那年春三月，边龙康的老爹死了。

边龙康的爹喜欢吃黑枣，黑枣是那种外形酷似羊粪蛋蛋的，肉质也酷似羊粪蛋蛋的果实，只是口感极甜，又不易消化。龙康的爹每次吃黑枣总要在家人监护下方可食用，否则会不停嘴地吃下去，这一次他趁家里人不备，趴在储藏黑枣的黑陶釉罐前，一把一把抓了黑枣吃，最后把肚子吃成一个圆鼓鼓的球，然后就撑死了。

阎来锁没想过龙康会请他做事宴。可龙康偏不找白玉沟的白拉柱，也不找河南坪的郝二嘎，甚至连家门口的陶麻子都不找，竟然舍近求远给阎来锁下了帖子。

这让阎来锁既有点自得，又有点惴惴不安。只是得意过后，全剩下不安了。

龙康家的白事做得张扬，报丧帖子几乎遍撒滹沱河上下。出丧那天，竟有两百多里外的代州琉璃井的周老板送来挽联，河边川至中学校长曲禄祥赠送一班响器，二区区长武贤堂亲自带着挽幛进山来捧场。这些人都是有头有脸的，是走路都地动山摇的；倒是边家岭的村人大都坐在核桃树下，摇着芭蕉扇看热闹，人们脸上露出不合时宜的微笑，这些人其实都等着宴席一完，好去给边老爷子舁棺。

阎来锁抽空出去撒了泡尿，龙康家的茅房里有人占着，轮不上他，他只能出去撒。他看见傻子武平也来戎家庄凑热闹，武平骑坐在一棵歪脖子树上笑嘻嘻地说，死了好，死了好，又吃馍馍又吃糕。

树底下有人说，武平武平，可不敢胡说，小心龙康把你的嘴缝上。

武平用袖子揩一下鼻涕，笑着说，缝你娘的 × 哩。

外面的喜庆气氛当然影响不到纸幡飘摇的龙康家。

龙康跪在灵前，一边与武区长拉呱闲话，一边注视灵堂对面的厨房。

阎来锁知道龙康家的戚人多，事先让龙康准备了充足的猪肉、牛肉、粉条、豆腐、豆芽、茴子白、莲藕，以及葱姜蒜椒盐油醋什么的，事先把所有需要多道工序的食材都进行了前期加工。

眼看客人纷纷落座，阎来锁吩咐守财先上四道凉菜，再上红烧肉、酱猪肘子、红烧排骨和四喜丸子，这些都是现成的，简单在笼屉里加热一下就可以上桌，后面还有四道炒菜要等客人酒过三巡后再往上端。

阎来锁是依照龙康下的菜单，做的十三花席，他为做这十三道菜提前一天住在龙康家，就怕哪个环节出了差池，让把柄落在龙康手里。可他万没想到，自己仅一泡屎的工夫，儿子守财把他前面所有的努力化为灰烬。

等上完肉丸子和八宝粥后，应该有一道拔丝红薯。这时，阎来锁觉得小肚子一抽，一泡屎逼近屁眼，想忍一忍却身不由己。他知道大便来得不是时候，可憋又憋不回去，紧着把红薯上浆炸熟，用笊篱捞出，叮嘱守财把白糖放入油锅熬成糖稀，再把炸好的红薯放糖稀里拌一下，就能往桌上摆。

听守财闷闷地答应一声，他捂着肚子急匆匆往茅房跑，当时茅房外面还等着一个人，说明茅房里边还有另外一个占茅坑的。

等茅房里的人出来，他前面那个人进去，他看见有人已经开始往桌上端拔丝红薯了。

阎来锁事后一直在嘀咕，守财怎么会把碾成碎末的咸盐当作白糖倒入油锅里熬了呢？

可守财偏偏这么做了，他把过了油的红薯在熬好的盐油里翻了翻，开始码盘。

大家都知道，拔丝红薯一定是甜的，而且每夹一块红薯都要有透明的糖丝从菜盘里拉出来，偏偏阎守财心不在焉的，然后就出了问题。

有人吃一口盐红薯，呸呸呸把嘴里所有食物残渣都吐了，吐得相当彻底。

这些人与东峪的乡民最大区别在于，吃一点苦头会拍案而起。首先站起来的是河边村的曲禄祥。曲禄祥嚷嚷道，这叫拔丝红薯？咸了吧唧的，还让不让人吃了？不想让人吃明说么，来阴的还算是人养的？

龙康是个无赖，他的客人也好不到哪儿去，别看客人来的不少，可许多客人都与龙康有过节儿，有过节儿不等于交情断了，有红白事宴还照样来往。江湖上的人就这样，表面都是朋友，背地里指不定使什么阴招儿呢。曲禄祥以前吃过龙康的亏，吃过亏就想在龙康的事宴上冒冒坏水儿，不巧让阎来锁赶上了。

龙康一直提防有人使坏，他最担心厨房出问题，偏偏问题出在厨房里。他又不能指责曲禄祥的不是，只能杀鸡给猴看，他让人把还没来得及进茅房的阎来锁推搡来，说，姓阎的，我不问你成心还是失手了，反正桌子上有几盘拔丝红薯，你和你儿子都给我吃了。吃完，啥事儿没有；吃不完，我把你们父子俩一块儿活埋了，就当替我爹陪葬呢。

阎来锁父子俩后来是被人用门板抬回阎家坪的。

一副门板下面挂着炒勺炒瓢和笊篱，另一副门板下面拴着菜刀和肉叉，而门板上面的两个人，肚子都撑得溜圆，如同十月怀胎的妇人，脸上没有一丝血色，裤裆却全湿了。

抬门板的人把两人臭烘烘地放在院里那盘石磨上，把炒勺炒瓢之类的物件堆放在磨盘下，然后不声不响提着门板走了。

曲美英当时正在窑里用小石磨磨粉面，听见动静，让守田出去看。眨眼工夫，守田在院子里喊她，娘啊，你快来，我爹我哥断气了。

曲美英心里咯噔一下，觉得天旋地转，她摇摇晃晃跑出窑洞，稳了稳心神，这才看到磨盘上趴着两个人。她知道一个是她男人，一个是她儿子，但她不知道两个人怎么会趴在磨盘上一动不动，以为真没气了。

我的天哪。

她两手一拍大腿，铺天盖地地哭起来。

哭了一阵儿，却意外发现其中一个人身子抽搐一下，另一个人嗷嗷地干呕起来，一些琥珀似的块状物，不断从两人嘴里吣出，噗噗地落在地上。家养的公鸡母鸡争先恐后围拢过去，啄食的声音格外响亮。

整整半个月，阎来锁和阎守财没出门半步，一来是在家养病，二来是在家面壁思过。

第四章

1

民国二十二年，河边村的阎书堂做了一回七十大寿。

阎书堂做寿本来碍不着东峪厨子的事。河边村属台城管辖，东峪是襄城地界，人家有事该动用，该麻烦的也是台城的资源，跟你襄城八竿子打不着一竿子。但世上的事情就是这样，容易做到的未必能想到，不容易做到的未必想不到。

那年，襄城县长陶封骐想巴结阎省长这根高枝，听说阎老太爷准备做寿的事儿，就亲自骑马，带着秘书刘文奎去拜见阎书堂。

拜见的结果是，阎老太爷的寿宴给襄城县政府揽了回来。

两天后，陶封骐派刘文奎送去一纸做寿方案：

到时候要给阎府请八班子响器，两台戏班，提前在石沟街摆起擂台，对着吹，对着唱。寿宴准备摆在东花园的一院二院三院，一院款待亲朋好友，二院接待地方政要，三院盛宴贵宾主家。三处院，院院摆的是清一色的花梨木糕桌。一桌六人，八盘八盔的席面，不外乎海参鱿鱼江珧柱莲子百合什么的。说是八盘八盏，但又不是出自一个厨子的手艺，一盘一个厨子，一盏一个厨子，分工明确，各负其责，总共十六个厨子。这是宴席的最大亮点，也是陶封骐两天两夜没合眼琢磨出来的主意。

主意落实成方案，方案又送达阎书堂，阎书堂又派人寄送给儿子阎省长。阎省长看罢，竟拍案叫绝，这个壶关家（陶封骐是壶关人），鬼点子倒蛮多的，就依他吧。

一句就依他吧，可忙坏了陶县长。主意好出，眨巴眨巴眼珠子能挤出一嘟噜，但具体落到实处可就难了。

首先是十六个厨子从哪儿找？

按理说襄城那么大，三区十八都一百零九村，找十六个厨子不算困难，可这是阎书堂的寿宴哪，总不能找些做家常便饭摊煎饼炸油糕蒸馒头的老娘们儿滥竽充数吧？十六道菜，十六种做法，十六个做得出拿手菜的厨子在襄城真不好找。

陶封骐掐算了好久，那时的襄城有四大古镇，芳兰镇、寿禄镇、霍庄镇、凤台镇，每个古镇都有一两家有特色的饭铺，什么广生源、永和源、文盛园、天义兴、永茂元，再加上县城的会仙园、聚仙楼、老饭铺、义盛永等等，就算一家饭馆一个好厨子，也不过十一二个。至于那些夫妻饸饹店父子包子铺的鸡毛小店，陶封骐压根儿没去考虑，他们支应跑马卖解走卒贩夫的寻常顾客还凑合，能把八八席做出新鲜味道来，做出风格讲究来，做出前无古人来，做出独此一家别无分店来，那可就难了。

那些天，上自县长承审员管狱员，下到公安局长财政局长教育局长以及各区区长，都忙一件事，外出找厨子。找来找去，距离十六个厨子还差两三个，这可难坏了出主意的老陶。

有一回，秘书刘文奎给陶县长提来一壶开水，推门进去，见陶县长正拿手抽自己嘴巴子，抽一下，咕哝一句，他娘的，叫你贱，叫你贱。

刘文奎心疼县长的脸，说，咱们襄城厨子不够，不妨从忻县、台城临时抽调几个救救急吧。

陶封骐认真听完秘书的进言，想了想，摇头，不中不中，依你那样，是要让人笑话的，阎省长会说我们襄城真穷，穷得连十六个厨子都找不全，好事都变成孬事了。

老太爷的寿诞日益临近，可厨子还缺最后一个，而且厨子们还没有具体分工，十六道菜谁做哪道，谁不适合做哪道，都还没有眉目……

从来不爆粗口的陶县长第一次骂娘了，他娘的，什么破地方嘛，连个做饭的也找不全，难不成襄城人都扎住嘴不下馆子了？

设在县城刘家巷的戒烟所有个彭所长。彭所长的婆姨是东峪戎家庄的，听说县长找厨子的事儿，一下想起东峪的厨子不出山的老话，想着想着，扑哧笑了。

彭所长问婆姨有啥好笑的。

婆姨说不笑个啥。

彭所长说，不笑啥？那你笑啥呢？

婆姨说，笑我们老家有厨子也不敢出山的老规矩呢。

彭所长觉得婆姨话里有话，再追问下去，知道东峪的老话不太讲究，厨子是做万家饭的，哪有不能出山的死规矩？

转天，彭所长在酒局上把东峪的厨子不出山的事儿，当笑话跟做亲家的农会主任讲了；农会主任的小舅子想去县国立中学教书，要姐夫出面跟教育局长提一提，农会主任在与教育局长谈完小舅子求职的事儿后，顺便把东峪厨子的穷讲究也当笑话讲了。教育局长没把这个话题当笑话听，他想得很深，最近县里两所中学的学生正闹学潮，陶县长大发雷霆，说你平息不了学潮，就不用干这个局长了，我找个人来顶替你。局长不想丢了乌纱帽，但又跟陶县长说不上话，正急得火烧眉毛呢，农会主任的笑话对他而言，不啻是一阵及时雨。东峪的厨子既然不喜欢出山，说明那个地方囤积了好多厨子，只要有富余的厨子，县长的心病就好治，县长一高兴，学潮算个鸟？这么一想，教育局长心里一阵窃喜，赶紧去找刘文奎。

教育局长见到刘秘书时，看见刘秘书嘴上起了个黄水疮，一问，才知是急出来的。

局长咕咕地直乐，说，不要慌来不要忙，没有日头有日光，刘秘书，你这个疮起早了，我手里有清热解毒的药方，不过我这张药方可不是免费的，你得帮我在陶县长面前多多美言几句。

刘文奎嘴上说，咱兄弟俩谁跟谁呀？你的事就是我的事，我的事也是你的事，你把药方说来我听听。

教育局长把他的想法跟刘秘书说了。

刘秘书停顿了一会儿，样子是专门摆给教育局长看的，意思是你这药方灵与不灵还两说呢。

后来，刘秘书一拍脑门，叫道，一语点醒梦中人，我怎么把东峪的厨子给忘了。

倒好像，没有教育局长的提醒，刘秘书也会慢慢想起东峪的厨子似的。

转脸，刘秘书就把话传到陶封骐耳朵里了。

东峪有厨子怎么不早说？

陶封骐面沉似水，表面上在责备刘秘书的后知后觉，暗地里却长长舒了口气，心里说，东峪也是襄城的地盘儿嘛，看把我急的，以前，一天拉一泡屎；最近，一天能拉五六泡屎，这下好了，总算有救了。

陶封骐兴奋地在县公署踱着方步，每一步都踱得优雅从容。他让刘秘书把二区区长武贤堂找来，第一句话就是责备武贤堂故意隐瞒不报。

武贤堂虽说是二区区长，因为东峪是块飞地，加以路程远，很少去那边走动，听了县长的话像吞了只活苍蝇，忙解释说，真不是县长想的那样，东峪的确有几个跑事宴的厨子，一方面都是些没见过世面的山汉，怕在老太爷的寿宴上丢了丑，担当不起；另一方面，东峪的厨子都不肯出远门，他就是阎家坪人，打小至现在，还没听说有哪个厨子肯出山跑事宴的。

你不用搪塞我，事在人为嘛。

陶封骐冷着脸，用不容置辩的眼神盯着武贤堂。

2

进东峪一般有两条路可走。一条是北路，从台城建安村贴着河道一路东行再南行，过甲子湾，过神西，过坪上，再兜个圈子西行，拐入东峪。路窄，且时有时无，经常是走着走着一脚踩水里了。不想走水路，须翻越几座大山，而除采药的砍柴的驮炭的，一般人是不会走那条山道的。还有一条是南路，从李家庄进山，经马家窑、南涧村，横穿桃花沟，翻过五仙山，顺着地宫沟一路往里走，走着走着一抬头望见八节寨的主峰了。这一路走得跌宕起伏坎坎坷坷的，时有狼群出没。

武贤堂回东峪走的就是南路，怕路上有闪失，特意带了两个区警。

一路无话，半后晌才走进东峪；又用了半个时辰，才走回阎家坪。来不及喘一口气的武贤堂，赶紧吩咐村长阎老实，派人把白玉沟的白拉柱、河南坪的郝二嘎、边家岭的陶麻子都统统喊到阎家坪村公所来议事。

厨子们都认得区长，就算有不认得也听说过，一迭声儿奉承说，区长比去年胖多了，发福了嘛，越长越像区长了。

扯不扯。武贤堂翻着白眼说，照你们这样讲，兄弟我以前就不像区长了？

厨子们都哧哧地笑。

武贤堂却没心思跟他们说笑，开门见山把县长的指示说了，三个厨子顿时蔫了。

陶麻子觉得后背痒痒，想把胳膊反过去挠一下，却吸吸溜溜直呼疼，说人不走运，喝凉水都塞牙，胳膊弯子老疼，都疼好些日子了，也找郑雄黄看过，说是湿痹，要静养，不敢做重活儿。如今他掂炒瓢都很吃力，一道菜本来一气呵成的事，因为胳膊疼，只好分成两个三个步骤来完成，菜出锅，一看就知道是欠火候，口感也不行。郝二嘎说他伤风都有个把月了，好不了，还传染，喉咙里一痒痒就要咳嗽，就要流鼻涕，他先是干咳一声，再干咳一声，接着绵绵不断地咳嗽起来，他一边咳嗽一边说，他闺女坐月子了，婆姨去亲家伺候闺女月子，家里还有个傻儿子，还有一口猪，都是张口货，一日三餐都要他事先给做好，这些天他在东峪跑事宴，当天去当天回，从不留宿的；白拉柱用手抹了抹脸，脸上的白斑扑簌簌地往下落皮屑，他说，老太爷肯定是个讲究之人，他要不嫌我脸脏，我给他炒菜去，素菜也能给他炒出荤腥味儿来……

武贤堂一阵冷笑，冷笑完又挨个儿盯着三个厨子的脸，他用手重重地拍了拍陶麻子的肩膀，又拍了拍郝二嘎的肩膀，轮到白拉柱时，他没有再拍，轻蔑地说，甭跟兄弟我来这套，就是有天大的理由，轮到谁当差就得当差，你们三个，三选一，选不出来，都给兄弟我出山，让老太爷定人。

那时的武贤堂还年轻，年龄比几个厨子都小得多，可官位摆在那里，显得比厨子们都要稳重，说话也有板有眼，蛮有气势。三个厨子见状，不再言声。

武贤堂见好就收，语气立刻缓和下来，告诉陶麻子他们，差事是县里的硬性任务，不去是不行的，去了还必须做好，看起来是巴结人家阎老太爷的，实际上也是替东峪的厨子脸上争光。人嘛，心胸要放宽广一点，不要尽往坏处想。武贤堂最后说，一也打墙，二也动土，反正你们想躲也躲不过去，倒不如好好商量一下，谁去谁不去。

陶麻子揉着胳膊弯子说，照武区长这么说，不去还真不行，可区长你也是咱东峪出去的干部，应该知道那句老话，厨子不出山就是不能出山，谁出去谁倒霉。

迷信，全是迷信。武贤堂直摇脑袋，陶县长要兄弟我转告你们，谁讲迷信，让谁出山。

陶麻子却不认武贤堂的杆子，他说，老人们的话哪是迷信呢？不听老人言，吃亏在眼前。

武贤堂不耐烦了，一挥手，麻子，你少扯这些没用的，不是兄弟我要难为你们，是人家陶县长看上你们的手艺了，兄弟我也没办法，我只是个跑腿的。

话说到这份儿上，几个厨子也都认了，谁让他们是厨子呢？

后来，那个满脸白斑的白拉柱又提出另一个问题，说武贤堂没有把厨子叫全，该叫的都该叫来嘛，落下谁都不好，不公平。

武贤堂面色一沉，兄弟我哪点不公平了？除你们三个外，谁还敢自称是厨子？

郝二嘎不咳嗽了，直起腰说，区长，你是贵人多忘事，你们村的阎来锁你怎么不叫上？叫上来锁不就四选一了，四个选一个，我们没说的。

武贤堂愣一下，忽然轰地笑了，说，你哪壶不提提哪壶呀，你说那个阎来锁哇？你提他做啥？他手艺不如你们，想当初他给龙康跑事宴，一道拔丝红薯把名声都搞臭了，要不是他们父子俩命大，早死好几年了。

阎来锁丢脸的事情大家都听说过，这件事一直被大家津津乐道着，经武贤堂一提，陶麻子忍不住大笑起来，嘎嘎地乱笑一气。他亲眼见过阎来锁父子被人用门板抬出边家岭，他当时心里还说，活该你个臭嘴厨子。

一旁的白拉柱却开始为阎来锁鸣不平，他说，区长你是有眼不识金镶玉呀，来锁在东峪的名气可大了，论手艺，他拜的师傅最多，学的手艺也比我们杂，杂而不乱，我们会做的菜，他会，我们不会做的，他还会，他既会做肉席，又会做素席，既会台城菜，又会五寨菜，还会东峪菜，是个多面手哩，你说是不是麻子？

武贤堂见白拉柱朝陶麻子挤眉弄眼的，没好气道，数你白拉柱鬼点子多，兄弟我把阎来锁也喊来，你们四个一起抓阄，谁点儿背，谁支差，看你还有啥话说。

阎来锁是被村警阎福利请到村公所的。

去阎府跑事宴，阎来锁一百个不愿意，听说抓阄决定谁出山，他扭头就走，却被门口站着的两个区警用枪挡住。

武贤堂把他拉在一边低声说，来锁叔，抓一下嘛，走个形式，四个人哪能你说抓就抓住，这不还有侄儿我吗？我能胳膊肘朝外拧？

阎来锁是听了武贤堂的撺掇，才勉强答应抓阄的。

他看见白拉柱眉毛跳一跳，脸上敷一层意味深长的奸笑，知道这里头一定有猫腻，可他信了武贤堂的话，他见武贤堂用指头挠着太阳穴朝他直眨眼皮，就第一个去抓，不想中了头彩。

阎来锁想把抓阄的手剁掉，转念又想，这事真他娘蹊跷，哪能一抓一个准呢？细想想，他这一辈子可从没这么手气好过，何况他是最后一个出现在村公所的，说不定武贤堂他们事先已经下好了套，就等他阎来锁钻了。这么一想，知道上当了，上武贤堂眨眼皮的当了，嘴里嚷着，不行不行，这回不算。

这可由不得你，陶麻子有点幸灾乐祸，噗地笑了，笑出满嘴唾沫星，来锁，谁让你在家里不洗手，鼓弄了屁眼的臭手来抓阄，自作自受嘛。

说完，陶麻子笑眯眯地看武贤堂。

武贤堂挠了挠鼻梁，有点难为情，他用胳膊拢住阎来锁的肩膀，低声说，我事先跟他们有言在先，谁抓住就是谁，不能重来。

贤堂，你这不坑我吗？阎来锁瞪着小眯缝眼，想把武贤堂的胳膊推开，你不说有你吗？有你就是叫你来锁叔往火坑里跳呀？贤堂，做事可不兴这么做呀？

夜里躺在炕上，阎来锁翻来覆去睡不着，呼呼地吹气。

曲美英被他吹得也睡不着，睡不着又不敢劝他，怕他急。

阎来锁真生气了，不是气自己手气不好，也不是气陶麻子拿话噎他，而是气武贤堂跟外人合伙骗他。人说不恨杀人的，只恨帮刀的，他认为武贤堂就是个帮刀的，想着想着就冲着黑黢黢的窑顶骂开了，老武，你个老王八，前辈子没做好事，生下这么个灰小子，跟外人合伙陷害本村人。

阎来锁还想接着骂下去，睡在炕尾的老三守田开口了，爹，你想骂武贤堂，怎么不去他家窑顶上骂呀？你怕他揍你吧？他敢揍你，让二哥拿弹弓射他的巧鸡子，我把他爹的夜壶砸了……

阎来锁出山那天，天上堆满火烧云，照得百丈崖上五颜六色。

曲美英在五颜六色的霞光里看见阎来锁光着个脑袋，风在他脑袋上盘旋，心里咯噔一下，赶紧回窑取了一顶六合小帽，让守财追出去递给阎来锁。

武贤堂和两个区警早等得不耐烦，说，赶紧上路吧，看你磨蹭的。

又说，这不是押你去法场，倒好像是我真心要害你似的，你当时没注意我的眼神儿嘛，怪就怪你眼拙。

阎来锁自顾自说，你叔将来要有个三长两短，守富、守财还有守田会找你爹讨要说法的。

武贤堂愣了一下，接着拍着胸脯打包票，叔啊，这个你放心，你去了绝对能挣好几块现大洋，还保你毫发无损。

你说的比唱的好听，我不信你。

阎来锁冷眼睃着武贤堂。

事实上，阎来锁不相信武贤堂是对的。

那天，几个人走得都挺急，阎来锁是为了走完差尽快回山，武贤堂是为了尽快交差，他们仅用半天时间就把七十里山路走完了。

路上遇上开春第一场雨，几个人经过马家窑时，都像从河里捞出来似的。

阎来锁已经埋怨了武贤堂一路，他一会儿说武贤堂和外人合计着害他，一会儿说武贤堂挑选的日子不对，一会儿又说早上一睁眼，左眼皮就乱跳，估计这一路不会太平。走着走着阎来锁不埋怨了，觉得口干舌燥，每经过一个村，总要进村讨一碗水喝，一边喝水，一边骂水里有沙子。

过了李家庄，望见一马平川，阎来锁不渴了。

黄昏时分，武贤堂把阎来锁带进河边村的阎府。

第二天是做寿的良辰吉日，全县十六个厨子都已各就各位，在阎府的当仁堂里，就着嘶嘶作响的气石灯，正听曲清斋给他们分别布置任务。

3

民国二十二年仲春，阎省长的老爹阎书堂做了一次轰轰烈烈的寿宴。

十六个从襄城民间海选上来的厨子，翻手为云覆手为雨，煎炒烹炸各显其能，做出十六道刀工不同、色泽不同、火候不同、格调和风味俱不相同的菜肴。

阎来锁做的是一道红烧豆腐。

其实，红烧豆腐的做工也没多少讲究。在襄城，有许多心灵手巧的农妇，做完田里的活儿，扛着锄头或夹一抱喂猪的青草，顶着红红的日头，一进家门，忽然想起儿子要过生日，也不急躁，让躺在树荫下歇晌的男人不要睡了，赶紧去豆腐坊称一块鲜豆腐；让攀梯子掏鸟窝的儿子不要光顾贪玩，去菜地拔一棵胡萝卜，顺便摘只红辣椒；农妇自己也手脚不闲，先拾一把柴火，在灶膛里生着火，锅底淋几滴麻油（麻油是农家金贵之物，非过大年或做事宴不奢侈一回），趁着锅底尚凉，取一颗原平紫皮蒜，剥掉蒜皮，切片，找姜时颇费点周折，橱里没有，碗里没有，窗台上也没有，好不容易从风箱下面摸出一枚沾了泥星的枯姜，抠掉泥，在案板上切成碎末。等男人把豆腐用一块蓖麻叶包回来，清水一淋，手起刀落，豆腐变作厚薄均匀的无数块状，几滴麻油也汇流浅浅的一摊，锅热了，油也开了，然后豆腐入锅，翻炒至金黄捞出。这时，儿子把胡萝卜红辣椒都洗净放在案板上，农妇再往锅中点几滴麻油，不慌不忙依次爆煸蒜片干姜辣椒，注入清水，搁一点白糖，沸水如菊一样绽放，农妇把豆腐胡萝卜片黄盐粒统统入锅，炖一炖，翻两翻，红烧豆腐算是大功告成。

阎来锁的手艺不比农妇高明多少，只是做多了，熟练了，有了点功底，在当仁堂的其他十五个厨子眼里，也显不出手拙。

寿宴按部就班进行。

从宾客那里反馈来的信息，让二院做执事的县长陶封骐乐不可支，觉得一块大石头总算落了地。一院二院糕桌上的宾客反应可以忽略不计，设在三院贵宾席上的声音是最具说服力的。

陶封骐从不同侧面了解到那些重要宾客的身份，有国民革命军海陆空司令部何参谋长的代表，绥远省政府徐主席的代表，行政院冯副院长的代表，第四集团军李总司令的代表，他们众口一词都在褒奖襄城厨子一级棒。

轮到厨子们讨赏钱。十六个厨子轮流给老太爷多加一道菜，这道菜不包括在八八席的八碟八盘里边，而是每个厨子真正的拿手菜。

阎来锁虽然还是那道红烧豆腐，但名字照例要起得喜庆一点，叫作金镶玉。他是把一道家常的红烧豆腐当作一道大菜用心做的，几乎使出吃奶的劲儿，把从庆春堂偷来的手艺都用上了，烧出的豆腐自认为色香味俱佳，他得意地瞟了瞟其他厨子盛在盘里的菜，在他看来，这些平川上的厨子也不过如此嘛，未见得哪道菜有别出心裁的效果。

但在陶封骐眼里，十六个厨子都做得不错。十六个厨子十六道菜，十六道菜有十六个喜庆名字，八八席上已摆满菜盘菜碟，另加的十六道菜只能由佣人端着，临时让老太爷品尝，尝完就要撤回厨房。老太爷也知趣儿，本来烟瘾上头了，一点食欲都没有，但每一道菜上来，都夹一筷子意思意思，一样的微笑，一样的颔首，一样的吉利话：做的不赖嘛，大伙儿都尝尝。说完，示意一下曲清斋，打赏。赏钱事先包在梅红纸里，一个包里六块现洋，加上工钱也是六块钱，有“六六大顺”的隐喻。

情况一直向最好的方向发展，所有在场的人，包括老东家阎书堂都拿捏得恰到好处，啊啊地打着哈欠，也只能用一块手帕捂住嘴脸。

阎省长亲自过来搀老太爷往后院走，一边走，老太爷还回头劝酒桌上的客人吃好喝好，喝好吃好。

但让陶封骐没想到的是，寿宴临近尾声，事情来了。

先是何参谋长的代表，一个精瘦精瘦的戴眼镜的年轻人不声不响地去找茅房，接着是赵戴文和孙楚捂着肚子往茅房跑，后来又有冯副院长的代表……

他们在纷纷往茅房跑的时候，阎省长已经搀扶着老太爷回后院歇息去了。而阎府的茅房开始人满为患，蹲茅坑的党国要员们，在享受着哗哗尽情排泄的舒畅时，还忘不了互相调侃一下对方，笑着笑着，孙楚的脸绷住了，说声不好，菜里有毒。

陶封骐的脸刷一下就绿了，第一反应是厨子里有奸细。但在阎府又不好问案，他想把厨子们带回县城严加审讯。去请示曲清斋，曲清斋做不了主，又去请示阎省长。阎省长挥了挥手，恼道，壶关家搞毬甚哩？一顿饭都让人吃不安省，跑肚拉稀不算个甚，闹出人命来，他还想不想在县长位子上混了？

在当时，襄城有一个共产党地下组织叫革命互济会，互济会里有个会员叫王世烈，是十六个厨子之一。最初，王世烈是想带一包耗子药去的，要么不做，要做就做个动静大的，即使药不死他个屌省长，也要让他惊出一身冷汗。但后来又想，那么大的事宴，除那些脑满肠肥的党国要员，肯定还有随了份子钱的村民，谁能保证撒有耗子药的那道菜正好让他吃了？这么想着，就把耗子药换成了巴豆粉。

为避免伤及无辜，王世烈只在三盘菜里偷偷撒了药。

负责端盘子的有十多个阎府的长工，王世烈一个一个询问他们是给哪个院上菜，当问到一个是专门给三院贵宾席送菜的长工时，他把下了巴豆的红烧狮子头放在那人端着的木托盘里。

王世烈做得很隐蔽，事发后他也装得像没事人似的，这可苦了其他十五个蒙在鼓里的厨子。

从河边村到县城四十里路，每走一步，阎来锁在心里就骂一句武贤堂，我日你娘的。

武贤堂的耳朵，无缘无故火辣辣地烧了半天。他搞不懂耳朵烧的原因，也没心思思考这些，他一直悬着一颗心，怕阎来锁受不住逼供，被迫招认了。阎来锁一旦招认，他这个伯乐还能落个好？

可阎来锁直到被押往襄城监狱的途中，都弄不清自己犯了什么罪。他瞪着小眼问其他被麻绳捆起来的厨子，咱这是咋的了？做饭做出罪了？

义盛永的厨子大老张也是火暴脾气，早憋不住了，一听阎来锁的话，就大声嚷嚷，还讲不讲理了？咱们一没杀人，二没放火，做一天饭，工钱没落着，连肚瓤子还没填呢，咋给逮起来了？

负责押解厨子的是从太原调来的杜春沂的警卫师。这些士兵听大老张在人群里吵吵，用枪托捣他的屁股，悄悄地走吧，就你有张嘴，小心一枪崩了你。

牢房暗无天日。

三尺厚的砖墙，拇指粗的铁栅栏，拎着警棍来来回回巡视的狱警，都让阎来锁恍如梦中。

半夜的时候，他对躺在身边的王世烈一惊一乍地说，哎呀，我想起来了，阎书堂是买卖人出身，他一定不想付给咱们工钱，才把咱们捉起来的。

躺在稻草铺上的王世烈只是笑，笑得不明不白。

旁边的大老张却说，不至于吧？他现在有的是钱，山西的银行都是他家开的，要不给就不给咱们赏钱了。

我以为我的脑子够笨的，阎来锁说，原来你比我还要笨，有钱人的钱，都在肋骨上穿着哩，你也不想想，他给的赏钱不早让他们收回去了？

有道理，咱们不该给他加菜，一定是他嫌赏钱给多了，后悔了。大老张摸摸头皮说。

厨子们连夜被单独带去审讯，一个一个走马灯似的轮流来。

王世烈是走着出去的，嘴头还挺硬，大声喊，刀快不杀没罪的人么。回来时是让狱警架着的，只剩下断断续续的呻吟了。

阎来锁本来不想尿，忽然有了尿意，说尿桶在哪儿？我尿呀。

朝墙滋滋吧，还尿桶哩。大老张说。

阎来锁解开裤子，面对墙站着，半天挤不出一滴尿。

这时，狱警开始喊阎来锁的名字。

4

第三天头上，阎家坪的曲美英去找村长阎老实打问情况。

老实老实，你给俺说说，都过三天了，人咋还不回来？

阎老实嘴里唔唔着，胡乱答应曲美英，他正让阎本顺给他剃头，胸前围一块脏兮兮的油布。

阎本顺把剃刀磨得能照见人影儿，阎老实怕曲美英分散剃头匠的注意力，忙说，你狗日的不见我正剃头吗？剃完头再说。

等剃完头，热水洗净脑瓢儿，点一锅烟，抽两口，阎老实这才笑眯眯地对曲美英说，骚娘们，你说你浪不浪？当家的刚出山两天，你就憋不住了？

你名字叫老实，可你一点都不老实，曲美英一本正经说，我想他做啥？往常出去跑事宴，顶多住一夜准打来回，如今都走三天了，还不见他人影儿……

阎老实替曲美英掰着指头掐算日子，往常是在山里跑，这回是出山做事宴，七十里山路，你以为一步就跨出去了？路上少说也得走一天，来回就是两天，到地方还不定是不是准日子，万一推后两天呢？阎书堂做寿不比常人，亲戚朋友多，席面又大，弄不好第二天还有一桌席哩，安心等两天吧，来锁一个大老爷们能让山外的娘们儿抢了去？还是能让山豹子叼了去？

曲美英想想也是。

又过了两天，曲美英正打算再找村长问一问，不想村长自己来了。阎老实一进院子，也不往窑里走，只在院门口站下，反剪了双手，冷着一张倭瓜脸，一声一声喊来锁家的。

曲美英粘了两手苞谷面，站在檐下说，老实，进屋坐。

可不敢进你家坐，还是站这里保险，阎老实不冷不热地说，你当家的有准信了，他在人家寿宴上下毒了，蹲大牢了。

曲美英哆嗦一下，脸白得像纸，失声叫道，不能吧老实，你不会吓唬我吧？我可不经吓的。

吓唬你？是你家狗日的来锁把我吓破胆了，乖乖隆咚的，敢在阎省长眼皮子底下投毒，我还真没看出来锁还是条好汉哩，这回算长见识了，这狗日的。

这天，郑雄黄正打算上山采药，门外有人捎话说守富他娘病了，不吃饭，心口疼，还头晕。

郑雄黄原以为他的英英姐的病只是暑湿所致，要守富抓一剂解暑药带回去。未曾想，阎守富回去后又让人捎话说，他娘病得不轻，非三五日不能奏效。郑雄黄便推开手头营生，拄根荆杖翻山去了阎家坪。

5

阎来锁蹲了两个月零八天大牢。

进去时，树叶子还没有吐出新绿，他的头脸还干干净净的，无须无发，腿好，脚好，胳膊也好；出来时，东大门对面那泓水塘旁边的槐树，已一派春意盎然。他头发乱糟糟的蓬松着，婆姨给他的六合小帽不见了，满脸络腮胡子，腿上的伤好利索了，左胳膊却抬起来比较费劲儿。别的都好说，最让人难堪的是裤子太破，也太脏，将近七十天的时间，没从腿上褪下去洗过，又被提审了几回，每回都被摁在板凳上用白蜡杆泼命地抽，再结实的家织布裤子也经不住棍子抽。等他走出东大门，在水塘里照了照脸，没认出是谁；等来到那条小南门街上，也没觉得有风，可屁股蛋却凉飕飕的，伸手一摸，两瓣瘦肉在外面露着，露着也没法子，总得一步一步走回东峪。

从监狱回来，阎来锁整个人全变了，像经霜的茄子。

白玉沟的白拉柱有一次在赵家庄碰上催讨杂捐的武贤堂，说起阎来锁蹲东大门的事儿，仍一脸困惑，说，看不出来嘛，这来锁还敢在阎府闹这么一下子。

武贤堂歪着嘴冷笑，那你是高看他了，来锁有那胆儿早出息了，他是替人背锅了。

白拉柱忙问，没查出真凶？

武贤堂摇头，能查出来，早把他放了。

白拉柱说，真是厨子们干的？

武贤堂说，那还用说？厨子们都在当仁堂做饭，县公安局的在蓝炭堆里搜出一包巴豆，审来审去，没一个承认的，都是些硬骨头。

白拉柱那张白花花的脏脸上露出躲过一劫的侥幸，笑着说，搁我，我也不说，说出来就没命了。

这倒也是，武贤堂说。

还是那句话，好事不出门，坏事传千里。一时之间，东峪谁家做事宴，都不再请阎来锁。不管传言真假，不管阎来锁在老太爷寿宴上下没下巴豆，反正是蹲过东大门的人。有了案底，即使真冤，也冤不到哪儿去。倒是曲美英的病，看上去好了不少，已经能下地干活儿了，只是偶尔还头晕。

守富要随师傅去岭子底。临走，叮嘱他爹记得给他娘熬药，药渣子不要倒掉，等风干以后，丢灶膛里烧掉。

阎来锁点头，揉眼，没吭声。

曲美英却说，我能做的就不劳驾你爹，他身子骨金贵着哩。

阎来锁脸一红，仍不吭声儿。

等到曲美英扛着耧犁要去种谷子，阎来锁坐不住了，说，歇着吧，地里的活儿我来做。

曲美英叹口气，肩头扛了耧犁，胳膊里夹了半袋谷种，说，我歇不住，再说你也干不了，你啥时候抡过锄杆摇过耧呀？我是天生受苦的命，认了。

说是认了，曲美英还是盼望阎来锁陪她一块下地，不为别的，单为让他出去散散心。可阎来锁光说不练，屁股死死钉在磨盘上，旁边放着一碗茶，压根儿没有下地干活儿的意思，当然也没有仰起脖子吼一嗓子的意思。

已经有些日子，村人不来百丈崖下听阎来锁闲谝。村人从他身上很难再嗅到令人垂涎的厨子味儿。

阎来锁忽然懒了，其实就是一口气泄了，像皮球被绣花针戳了一下，噗地瘪下来。

谁都知道，以前的阎来锁可不懒。营生好的时候，事宴一家挨着一家，他连喘口气的空儿都没有，曲美英却从来没听他发过一句牢骚。即使头疼脑热跑肚拉稀，也不舍得歇一歇；退掉一家事宴，等于把财神爷往门外推。而这一趟出山，对阎来锁来说，损失惨重，不仅名誉扫地，营生一落千丈，而且连跟随他几十年的一把油腻腻的炒勺、一把虎头虎脑的炒瓢、一把铁丝笊篱、一把精铁打制的菜刀、一把两股肉叉子，还有那只麻布褡裢都一股脑儿丢阎府里了，最要紧的是，把他的精气神也给弄丢了。

这些年，一路踉踉跄跄走来，对跑事宴这个行当，阎来锁已摸得门儿清，闭着眼都能做一桌荤素搭配的宴席。虽然地方上席面丰俭不同，有钱人家讲究八盘八盔、六盘六盔，主菜不乏爆炒鱿鱼、干锅海参、莲子百合银耳汤之类的稀罕菜肴；寒酸人家有四盘五盔就不错了，食材选择也多退而求其次，海参鱿鱼莲子百合摇身一变换成牛驴卤肉或猪肉土豆蒸肉、凉拌石花菜、醋腌莲藕。可阎来锁觉得自己样样得心应手，厨艺归厨艺，熟练归熟练，不能一概而论。但一场牢狱之灾，让阎来锁一直绷着的神经，忽然松弛下来。他开始习惯“三天打鱼，两天晒网”的生活。其实不习惯也不行，已经很少有人找他跑事宴，红事宴没有，白事宴也没有，这对一个土厨子的打击是致命的。

为让阎来锁重拾自信，曲美英找赵家庄的铁匠赵三娃，又打了一把炒勺一把炒瓢一把笊篱一把菜刀和一把肉叉，并用碎布头重新缝制一个杂色褡裢。偶尔有人来请阎来锁，曲美英亲手把褡裢给他搭在肩上，听着炒勺磕碰肉叉菜刀的声音，阎来锁的眯缝眼里会依稀露出一点精光。当然，大多数的情况下，那个装有崭新的炒勺炒瓢笊篱菜刀和肉叉的褡裢，也只能无人问津地丢在角落里蒙一层薄薄的尘土，打眼看过去，像一个被打入冷宫的过气妃子。

时间一长，阎来锁的懒，渐渐有了名气，甚至超越了他当厨子的名声。

阎家坪的老少爷们儿都知道，阎来锁懒得筋疼，婆姨在田里受苦，他在磨盘上蹲着喝茶。喝茶就喝茶吧，婆姨背一捆山柴进了街门，他连欠欠屁股的姿态都不摆，任凭那个苦命的女人嗨呀一声连人带柴仰面倒在柴火垛上。

他的儿子们也很久不拿正眼打量他，喊他的时候，就一个字，喂。

曲美英骂守财少家没教的，谁让你喊你爹喂了？

骂完守财又去骂守田，你以前可不这样，你哪能当着外人的面儿说你爹懒鬼呢？不是他辛辛苦苦跑事宴，攒下点积蓄，咱家能砌起新窑洞吗？

曲美英指的新窑洞是百丈崖下的三眼石窑。

前几年，阎来锁用跑事宴的工钱雇人打了三眼窑，说好是留着娶媳妇用的，守富守财守田，哪个有媳妇，给哪个装修一间。山里人穷，一般人家都有早娶媳妇的习惯，给阎守富说的是白玉沟郝七存的闺女郝久莲，本来已经送过契，行了聘礼，就剩择吉成婚，不想郝七存变卦了。

第五章

1

岭子底的郎中郑雄黄家有个铜脸盆，是一个潞城铜匠赠送的。

阎守富第一次用郑雄黄的铜脸盆洗脸，还是他十三岁那年秋天。他在村前一股清泉里接半盆水，肩头搭块羊肚子手巾，把脸盆放在一个锤布石上，一片蓝天和一架青山倒映于盆底。

在他猫腰撩水的时候，忽然发现清幽幽的水面上颤动着一张脸。那张脸有一个中间微隆，两边下沉的羊鼻梁。谁的鼻子？阎守富吓一跳，他从没在水里或镜子里端详过自己的模样，他一直以为他的鼻子跟阎来锁阎守财他们一样是狗鼻子，但铜脸盆是不会说谎的，里面的鼻子千真万确摆在那里，随着水纹颤动，微微有些走样儿，可再怎么走样儿，羊鼻梁就是羊鼻梁。

阎守富的脑瓜子嗡嗡作响，从那一刻起，他忽然对自己的身世产生了本质的怀疑，他爹阎来锁肯定对他的鼻子也有过深入细致而愤怒的研究，只是研究后的结果没有向他公布而已；或者早已经公布过了，阎来锁每一次揍他时，明显是下狠手的，守富能感觉出来，只是没有走心。

好笑的是，他的师傅郑雄黄也有这样有趣而滑稽的鼻子。

难怪岭子底的村人只要来找郑雄黄看病，都会自觉不自觉地打量一阵儿他的五官，然后冲着郑雄黄傻笑，笑容里蕴含许多让人费解的深意。

还有就是师娘对他的态度。

师娘待他总是不冷不热的，无论他怎么巴结师娘，师娘看他的眼神儿都像瞅贼一样，警惕着什么，提防着什么。

他原以为师娘一直赞成师傅收徒，应该说，师傅的手艺，只有师傅的儿子来继承，可惜师娘自嫁给师傅后，既不开花，也不结果，只好默认了阎守富的身份。

现在他知道了，知道师娘何以要那么看他。

阎守富在郑家过得不愉快，可时间却滴滴答答从他眼前溜走了。

等到阎守富十八岁那年，他的师娘干脆把这层窗户纸给捅破了。

有一次，他替师傅坐堂，师傅说跟师娘有事商量就去了后院。

不巧，来的病人是边家岭的白花闯汉龙康，要看牙病。阎守富和颜悦色地对龙康说，我师傅不看牙病。

龙康也和颜悦色地对阎守富说，不看牙病挂那个牌子做啥？那谁，你用竹竿把那糊弄人的玩意儿给我挑下来。

积善堂房檐下悬有一匾，仁心仁德，是县知事吴荣萃于民国五年题写的。

龙康要陪他一块来的那谁撬掉那匾，那谁四处找竹竿挑匾。

阎守富急了，忙说，我师傅除了不看牙病，啥病都看，再说这匾跟看不看牙病也没啥关系呀。

龙康捂着半边脸，坏笑，我不跟你废话，把你师傅喊来。

阎守富去后院喊师傅，走得着急，直到踏上后院北屋的台阶，才想起应该咳嗽一声，这时却听师傅师娘“嘈嘈切切错杂弹”的吵架声。

师傅说话像号脉一样慢条斯理，吵架也是温文尔雅一团和气；师娘是大户人家出身，慢声细语惯了，生气时除了偶尔争辩两声，一般是长时间的啜泣。

而这一回，师娘显然怒到极处，竟然高声嚷起来，你休了我吧，我早看出来了，你拿我就当田头刨出来的一截甘草苗，想切就切，想剁就剁，丢在脚底下也不可惜，我没本事给你生个男娃，你把野种接回家，还把浑身本事都教给他，这我都能忍，可你不能得寸进尺呀，想要个娃，咱问谁要不好，非得把你那野种儿过继来？你让我怎么想呀？我心里堵得慌。

师傅跺着脚说，你把嘴巴放干净点，再野种野种的小心我抽你。

师傅从来没有这么呵斥过师娘，一定是被师娘惹急了师傅才这么说的。

可不管师娘的话，或者师傅的话，都像巴掌狠狠落在阎守富脸上，他彻底懵了。这让他立刻想起洗脸时看到的羊鼻梁，如此说来，自己原来不该姓阎，而该姓郑了。

郑雄黄，我日你娘的。龙康在前院骂上了，骂得难听极了。

明知道老子牙疼，故意把老子晾这儿不出来，信不信我一把火烧了你这破房子。

那天上午，岭子底的村人都听见龙康的咒骂了，可很快又听见积善堂那里传来激烈的打斗声和龙康略显空洞的恫吓声，还有一些村人的劝架声。

好多没下田的村人都纷纷跑来看热闹。人们看见从阎家坪来岭子底拜师学艺的阎守富，把一个叫龙康的家伙压在身下，举着钵头大的拳头，雨点般砸向龙康的后背和后脑勺。

龙康起先还挣扎着想翻起身，到后来，只有挨揍的份儿。

那个龙康带来的人，想飞起一脚把阎守富从龙康身上踹下去，反让眼疾手快的阎守富一把拽住脚孤拐，扔出一丈多远，摔在石板路上半天没有任何反应。

平素，阎守富在大家印象里是个挺木讷的小子，不多言，不多语，师傅说茶来，他端来事先沏好的茶，师傅说抓药，他在药厨前一通忙乎，在街头与乡邻们碰面，他总是憨憨一笑，大家都说郑郎中收了个好徒弟。可那天的场景让村人对阎守富有了新的认识，都说人不可貌相，看不出这小子还是个刺头，都敢揍龙康了。

后来是郑雄黄从后院急匆匆地跑来，在阎守富后脑勺上抽了两巴掌，一场鲁提辖拳打镇关西的好戏算是告一段落。

当然，事情还没完。龙康是谁？东峪的太岁，还没听说过谁敢在太岁头上动土的。

出于息事宁人的考虑，郑雄黄要亲自带守富去边家岭负荆请罪。

但阎守富不去，说不去就不去，而且态度十分冷淡地拒绝了郑雄黄的苦口婆心和语重心长。

郑雄黄火冒三丈，拍着桌子说，你连师傅的话都不听了？

阎守富鼻子喷出一股气，看都不看郑雄黄一眼，转身走了，回他住的窑洞睡大觉去了。

这样的事情以前从未发生过，郑雄黄一时傻眼，以为守富吃枪药了，正想发作，突然意识到什么，脸色顿时阴沉下来。

郑雄黄指派不动徒弟，只好另作打算。他请县政府秘书刘文奎，二区区长武贤堂，河边川至中学校长曲禄祥，还有边家岭村长边少贵作为调停人，从中说合，并备了二斤瑞成信槽子糕，用油纸裹了二十块现洋，不说赔礼，只说替龙康压压惊。

龙康当着几个调停人的面儿，摔了一只瓷茶壶，撅断一根支窗户的白蜡杆儿，说了一大堆刀枪棍棒剥皮抽筋的硬话。临了，还是收下了二斤点心和二十块现洋。

2

阎来锁杵在磨盘上，像一只颓废的老鹰。

脚边的瓷碗里没有茶水，碗底儿贴着几片核桃叶子，还漂了一只绿颜色的虫子。

他往后推了推屁股后面的褡裢，听见一些铁器叮当作响。

曲美英不让他提守富退婚这事儿，可那个丢在窑洞角落里的红包袱，总让他感到不舒服。

退婚这件事说起简单，听起不光彩，尤其对阎来锁来说，实在是个扛也扛不住的打击，他搞不懂郝七存心里怎么想，说彩礼少吧，你郝七存也不是家缠万贯的财主人家，凭什么说一对镜子一对梳子两包针两个顶针两块红蓝布料一对戒指一对手镯一对耳环和三块现洋还少？

不是嫌彩礼的事儿，那就是嫌守富太憨。

守富这小子啥都好，就是性格上不随老子；还有一样，阎来锁感到不寒而栗，莫非郝七存是嫌他蹲过大牢？

阎来锁又往后推了推褡裢，磨盘本来不大，他的屁股占了一多半，剩下的位置更显狭小，随着稀里哗啦的声响，那些勺子菜刀叉子被勺子菜刀叉子的主人一股脑儿推下磨盘。

圈里的大白猪被一阵乱响惊醒，忽地睁开眼，激灵一下站起，支棱着耳朵倾听院内的响动。

赵家庄零散地搁置在河岸上。

一进村，有一道高于头顶的走水槽。山上的泉水下来，要经过水槽流入滹沱河。走水槽边儿上住着一户人家，主人是在大同府做皮革生意的张六灯。张六灯老了，干不动了，把买卖铺子交给儿子经营，他自己则告老还乡做起老太爷，见天拖着孙子的手在街头巷尾转悠，听的闲话也多。

有一回，张六灯在走水槽下，遇见来村里催账的阎来锁，就替厨子鸣不平，老阎，又来催账了？嘿，真是世道变了，从来还没听说过，厨子的工钱有欠下不给的，都是事宴一完，钱账两清。你记得不？我孙子做满月那会儿，是我亲手把工钱交你手上的。

阎来锁脸一热，不想说世道坏了，只说，不妨事不妨事，谁也有手头紧的时候，欠个仨月俩月的不算回事，顶多是我多跑跑腿。

张六灯转而又说，老阎哪，听说你家大小子的亲事黄了？

阎来锁不想提这事儿，随便点点头，说，有钱三十为尊长，没钱八十是下人，人家嫌我穷么。

张六灯却不这么认为，我可听说了，你家大小子的亲事，是有人背后给鼓捣黄的，你跟白玉沟的白拉柱有多大仇啊？

张六灯随后把自己听来的消息告诉了阎来锁。

阎来锁那张脸，顿时像面条似的拉长了，小眼睁得溜圆，破口便骂，我日他白拉柱十八辈子祖宗，见我阎来锁倒了霉，也往我头上拉屎，人常说，宁断十条路，不拆一门亲，他狗日的倒好，把守富的亲事给破了，我叫他姓白的吃不了兜着走。

阎来锁没心思再催账。返回阎家坪，对曲美英说，我出去报个仇，少则一半天，多则三五天，回来了，啥也甭说，回不来，你让守财守富他们去白玉沟道儿上，帮我把尸首抬回来。

说完，也不管曲美英怎么大呼小叫，怎么苦苦阻拦，毅然决然地拎着一把肉叉，握着一把菜刀走离百丈崖，走离阎家坪。

曲美英急火攻心，头一晕，扑通坐在地上，心跳如鼓，靠着门扇歇了半天，才有力气喊守财守田的名字，快，快去白玉沟，把你爹截回来。

白玉沟不在滹沱河的河道两侧。

过八节寨，有一股山泉水从西边一条沟里流出，那条沟叫白玉沟。沟长十数里，漫山是树。沿溪逆行五里是尧泉村，再逆行五里是白玉沟村。尧泉和白玉沟都生长在草莽之间，杂树簇拥出一些白墙青瓦，炊烟缠绕于树冠，有狗在林间吠叫，有裹脚的妇人在溪畔浣衣，有农人在密林遮蔽的山坡上给谷子地锄草。

阎来锁蹲在尧泉与白玉沟之间的一道土塍上，一边慢条斯理抽烟，一边瞪着小眼睛凝神观望通往白玉沟的碎石路。

肉叉和菜刀摆放在他的左脚和右脚旁，是一种以逸待劳的姿态。

阎来锁脑子里一直是乒乒乓乓血肉横飞的火爆场面，一遍一遍演示着见了白拉柱如何打招呼，如何出其不意一剑封喉，如何把脑袋砍下来当球踢，如何在溪水里冲洗净肉叉和菜刀上面的血迹和骨头渣……

这么轰轰烈烈地想着，一些白玉沟的村人从他脚下的碎石路上走过，都奇怪地瞟他几眼，甚至有认识他的还亲热地跟他打招呼，老阎，我们村谁家做事宴呀？

他含糊答应着，胡乱解释着；遇上一根筋的，不问出所以然誓不罢休的，他只好说不跑事宴，是来找人。

找谁呀？找人咋不去村里找？

那狗日的脏，我怕一刀下去，狗日的那脏血把你们村给埋汰了。

一根筋的村人还要问，这狗日的是谁呀？

阎来锁没好气地说，除了狗日的白拉柱，还能有谁？我找姓白的谈点事。

一开始，阎来锁就没打算进白玉沟村。并不是忌惮白玉沟人出面阻拦，而是不想把事情解决在村子里。他也是爱干净的人，即使不是白玉沟人，也不愿把仇人斩杀在白玉沟村里，他跟村里人没仇。

但他与村人的交流，最终坏了他的事儿，他没能杀成白拉柱，白拉柱一直没在碎石路上露面，或许是有人返回村告诉了白拉柱，阎家坪的厨子阎来锁在半路上截杀你呢。白拉柱是做贼心虚，当然知道阎来锁找他的目的，也知道两人如果碰在一起的后果。

阎来锁在白玉沟村外的碎石路上，连续守了两天两宿，另加半个白天。期间，阎守财和阎守田哥俩儿来了无数次，每次要么是给他送水送饭，要么是爹呀咱回吧，左一声右一声磨缠他。但是，白拉柱却连个照面儿都没打。

白拉柱是东峪的大忙人。郝二嘎没事宴说得过去，陶麻子没事宴也属正常，白拉柱要没事宴，那可就反常了。东峪人到底还娶不娶媳妇了？嫁不嫁闺女了？发不发丧了？过不过满月了？只要有人娶，有人嫁，有人发丧，有人过满月，就会有人想到白拉柱，想到白拉柱最拿手的菜丸子。但白拉柱的腿瘸了，是他走夜路从崖头摔下去摔瘸的，难怪阎来锁白等了一场。

3

岭子底的郎中郑雄黄让徒弟阎守富去白玉沟看一个病人，说是从山崖上掉下去摔坏了腿。

阎守富带了专治跌打损伤的草药和药膏，径直去了白玉沟。他走过尧泉村，进了白玉沟，一路上没有看见他爹阎来锁。其实阎来锁已经失去耐心，第三天上午，他带着肉叉和菜刀回阎家坪了。

白拉柱的腿是折了，当他知道给他上了膏药，又用一副木头夹板固定那条伤腿的郎中，竟然是阎来锁的大儿阎守富时，半天没说一句话，连郎中嘱咐他什么时候换药，什么时候拆夹板，什么时候进行恢复性锻炼，他都没听见，一直傻傻地躺在石炕上，眼望着黑乎乎的窑顶，觉得有只硕大的蜘蛛，从窑顶垂着一条透明的丝线，降落下来，眼看要掉进嘴里，却没人替他驱赶一下。

那时，白拉柱的婆姨正千恩万谢把郎中送出家门，送出院子，站在门楼底下，一边拍打衣服，一边对一个街坊说，别看后生这么年轻，接骨头的手艺真不赖，嘎巴一下把死老头子的断腿接上了。又说，你晓得不？七存家的闺女久莲，原来是给这后生说的媳妇儿，七存老汉鬼迷心窍了，也不晓得听哪个烂嚼舌头根儿的一搅和，挺好的婚事吹了，这后生，打着灯笼都难找呢，我要有个闺女呀……

阎守富在白玉沟的村口遇见一个人。这人他认得，是郝七存的闺女郝久莲。

郝久莲听人说，给白拉柱看腿伤的郎中是郑雄黄的徒弟，她瞒着爹娘偷偷来到村口守候。郝久莲原以为阎守富看见她会躲开的，即使不躲，也会剜她一眼，亲事都退了，还死乞白赖站在村口堵人家后生做什么？可她没想到，阎守富并不清楚退亲这事。其实阎守富从白拉柱家出来，就想拐进未来的老丈人家坐坐，只是想不出个恰当理由，碍于脸面，只好作罢。他怏怏地往村外走，突然被一棵核桃树后闪出来的郝久莲吓了一跳，他咦地叫一声，直愣愣瞅着突然出现的郝久莲。一边脸蛋上有个小酒窝，一边脸蛋上没有小酒窝，梳一条乌溜溜的大辫子，黑葡萄似的眼睛呼闪呼闪看人的郝久莲，让阎守富一时看傻了，等看清是他朝思暮想的那个人儿时，就憨憨地笑了，脸上一片红一片白的，摸着头皮说，你怎么知道我来你们村了？

郝久莲看了阎守富的样子，立刻放心了。放心以后的郝久莲没有跟阎守富说话，而是把一个绣了一对戏水鸳鸯的烟荷包，塞在阎守富手里，她噘了噘嘴，似乎想说什么，迎面走来一人，那人牵一头驴，走得不紧不慢，郝久莲慌慌张张跑掉了，大辫子在后背上一闪一闪。

4

东峪的河道上，过来一支南军，打着青天白日旗，有马队，也有步兵。

东峪人把中央军习惯称作南军。

这支南军看样子是从盂县开来的，只在岭子底村外做短暂停留，说是马上要上前线打仗呀，前方吃紧哩。

至于前线在哪儿，属于军事机密，没人敢问。

趁伙夫埋锅造饭，部队原地待命的空儿，有当官的命令手底下的士兵在村口石头墙上张贴布告。

白纸黑字的布告上写着，家有壮丁，抗日出征，光宗耀祖，保国为民。

村人开始是在各家街门口远远地张望，他们担心当兵的会踹开门抢粮呀抢鸡呀。

看了半天，觉得这些兵还算守纪律，他们便三三两两往村口聚集，他们从来都不缺乏看热闹的热情。

已经有人站在布告前看上了，当然大家都在瞎狗看星星，星星认得瞎狗，瞎狗看不见星星。

慢慢的，也会来一个半个识文断字的，这些识字的大都是阎家坪白文昌教过的学生，他们一字一板念着布告上的字，磕磕绊绊，反反复复。

有当兵的听得不耐烦，操着河南口音说，别念了，别念了，都他妈念破苦胆了，我们是高军长的十七军，马上要上前线打仗，沿路要招兵买马，凡满十六岁的男丁，都要踊跃参军。

哦，敢情是抓壮丁哩。

不说则已，一说，哗啦一下散去不少，剩下的大多是些走路都颤巍巍的老汉。

有个背着苞谷杆的后生从对面山坡上走下来。

当兵的席地而坐，一直望着苞谷杆沉入河道，想看那后生怎么背着苞谷杆过河。

河水有三丈多宽，因河槽起伏，不断有波澜泛起。

这时，村口发生一件事，把士兵们的视线引开了。

岭子底有个猎户叫郝来全，他在白玉沟的深山里打到一只黄羊，是用老套筒轰死的。羊死了，却看不出致命伤在哪儿，估计是把羊脑子崩坏了，导致颅内出血。

郝来全扛了死羊快进村时，那羊居然又活了，扑棱棱挣脱他的手，落在地上，打个滚儿，站起，定一定神儿，忽然撒开蹄子跑了，如一只疯狗一样向原地休息的士兵奔去。

黄羊没有杀伤力，一只死而复活的黄羊却让荷枪实弹的士兵乱了阵脚。他们本来懒洋洋地坐在地上打盹儿，怀里虽抱着汉阳造，却连一点防范意识都没有，忽然有人喊羊来了，大家纷纷抬头，见一只黄羊剽悍地冲来，他们丢盔卸甲向两旁躲闪。有的连枪都不要，起身要跑，身子立不稳，把前面的弟兄都撞倒了，类似多米诺骨牌效应，一倒一大片。

气势如虹的黄羊大鹏一样掠过士兵的身体，汹涌澎湃地冲进滹沱河，看样子要往对岸泅渡。

那个背苞谷杆过河的后生把苞谷杆一扔，在激流之中将迎面而来的黄羊抱个满怀，搂个正着，而他千辛万苦从山上背下来的苞谷杆，却被流水冲散了，飞速向下游漂去。

这样，后生在众目睽睽之下，抱着不再负隅顽抗的黄羊上岸。

当兵的看到抱羊的后生鼻子很奇特，是个羊鼻梁。

郝来全从腰里抽出一把青条子，握住黄羊的犄角，庖丁解牛般把黄羊的脑袋割下，血淋淋地给了后生，说，守富，给你师傅拿去炖了，下酒。

民国二十六年十月，一支往忻口前线开拔的中央军，在东峪岭子底村口，抓了两个壮丁，一个叫郝来全，一个叫阎守富，都是长官一眼相中的人，不想当兵都不行。

郝来全在花名册上摁了手印，对村口一个抱娃娃的妇人说，菊花，你告我娘一声，说我当兵走了，不能给她老人家煮黄羊腿吃了，她一顿不吃肉，胃口就烧。

阎守富也对菊花说，菊花嫂，你把羊头给我师傅送去，再让我师傅给我爹我娘捎句话，说我让当兵的抓走了，等打完仗就回来。

菊花不敢伸手去接那个血淋淋的黄羊头，只是撇嘴说，你爹你娘我不知道，你师傅肯定舍不得你走，你是他家不花钱的长工。

第六章

1

战争是在一个烟雨蒙蒙的早晨，通过枪弹于瞬间迸发出的声音，隔山隔水最后传入东峪山民耳朵里的。中间的过程并不长，或许就是傍晚与清晨的长度，有人开始绘声绘色讲述他们听来的关于战争的小道新闻。

村里人说，距离襄城七八十里远的忻口，打仗了，国军和日本人打得难解难分。

村里人说，靠近忻口的村庄，天天有炮弹落在房顶上。

很多人都在田里收割熟透了的庄稼，然后听见有炮弹从山那边呼啸着飞来，醉鬼一样落地，然后看见村里的房子着火了，而几乎所有人家的窗户纸都被炮弹的爆炸声撕裂了，几乎所有人家的鸡狗兔猪羊马驴在短暂的沉默之后，突然发疯似的兴奋起来，飞呀叫呀跑呀跳呀，一时间热闹得不行，活像九岁红唱了一出五雷阵。

因为隔着山隔着水隔着数不清的村庄树木和庄稼地，除了几个讲述战争的人，大部分东峪山民都很难身临其境地体验到战争的危害性，即使忻口战役打得再激烈，再扣人心弦，即使从忻口到襄城的黄土路上，抬担架的民夫神龙见首不见尾，即使日本人的飞机扔一颗炸弹把两辆花轱辘大牛车掀上半空……东峪人却耳根清净地在山坡上或河套里，不温不火地摘柿子，采花椒，打核桃，收拾苞谷地。

累了，蹲在树底下吸一袋烟，与隔着一堰山田的街坊说说柿子的收成，说说花椒的行情，说说儿女婚姻，说着说着就扯到某某不能实交往，开春欠他一升苞谷，如今收秋了都不见还的具体人具体事上。

只是不说战争。

白文昌在五道庙前看人下象棋。

下棋的是村长阎老实和看祠堂的阎二本。

白文昌不会下棋，却喜欢看人下棋，看得多了，也自认为下棋容易，经常在边儿上指点这个怎么下，那个怎么下，下棋的都不搭理他，他说着说着也就闭嘴了。

白文昌心思不在棋盘上，便四处张望。这一张望，便瞭见走下坡来的阎来锁。他远远跟阎来锁打招呼，来锁，跑事宴呀？

阎来锁听见白文昌喊他，却故意不言声，只当没听见。

他懒得搭理白文昌。

守富被抓壮丁，说九说十跟白文昌脱不了干系。想当初，要不是白文昌逼守富中途辍学，他肯定不会让守富去岭子底拜郑雄黄为师，守富不拜郑雄黄为师，郑雄黄不可能指派守富去山坡上收秋，守富不去收秋，就不可能在滹沱河里截住郝来全的黄羊，也不可能抱着黄羊上岸去自投南军的罗网，守富如果不是被南军抓壮丁，他阎来锁就不可能被曲美英磨磨叽叽磨磨叽叽从磨盘上磨叽下来，披了褡裢去找郑雄黄要人。

阎来锁本不是个小气之人，但在守富被抓壮丁这件事上，他恨不得吐白文昌一脸唾沫。

来锁，我问你话呢，白文昌见阎来锁神情淡漠，有点不高兴，你怎么老不理我，走路都绕着我。

你问我话了？阎来锁一脸茫然，我没听见呀，你说话像蚊子在哼哼。又说，你声音这么低，难怪教不出好学生。

白文昌从没听有人敢说他教不好学生，而且是从平素还算说得来话的阎来锁嘴里说出来的，一下被说愣了，脸也红了，说话开始结巴，来……来锁啊，我是没本事，教不出好学生，你有本事做个好厨子也行，可你还不如我哩。又说，乡里乡亲的不要说话这么刻薄，我是听出来了，你是记恨我，你不知道啊来锁，有人天生适合做木匠，有人适合做石匠，有人适合做泥瓦匠，比方让我砌堵墙，我真砌不了，猪圈墙都垒不起来，大佛三百六，各有成佛路，指不定守富做个李时珍呢。

李时珍？阎来锁鼻子里喷出一股气，冷笑一声，头也不回走掉了。

他一边走一边想，不就是个破教书匠嘛，有什么了不起？教了四五十年书，未见得教出一个半个知县来，倒是学生越教越少，都快成孤家寡人了。

白文昌是东峪最有名的教书先生，教的好坏搁在其次，他的名气主要来自他对学生实行优胜劣汰的筛选法上。一茬一茬的学生经他亲手辞退的不下数十个，因脑子笨的，因上课常走神儿的，因顽劣不羁打架斗殴滋事扰民的，因故意不背课文或写仿胡乱涂鸦的，因把他插在茅房里的茅桩锯断让他坐在粪坑里的，当然还有像守富这样不务正业专走旁门左道的，这些孩子被辞退的理由各式各样，即便你是区里县里的干部，你也有各式各样的理由试图阻止白文昌辞退这些孩子，但白文昌鼻孔朝天，不买任何人的账。

2

阎来锁去找郑雄黄那天，郑雄黄并不在家。

郑雄黄的婆姨说她男人一早被一个盂县人接走了。

阎来锁压根儿不信，他说他就是把积善堂翻个底儿朝天，也要把狗日的郑雄黄找出来。

可积善堂的门上挂着一把小铜锁，郑家前院的一棵枣树上栖了两只斑鸠，院里的石碾上落着一只麻雀，东西厢房都不住人，郑家的后院有一排窑洞，窑洞里除郑雄黄的女人外，就剩下一只蜷成一团的猫了。

阎来锁拍了拍郑家中堂里用桐油漆出来的八仙桌，瞪圆小眯缝眼，对一直坐立不安的郑雄黄婆姨说，守富他婶儿，我跟你不熟，我先报个名儿，阎来锁，阎家坪的厨子，守富他老子，我来找你家主事的。当初是我亲手把守富交到他手上的，想跟他学点看病的本事，一晃过了这么些年，听说你们待守富不错，不管学没学成，反正旁人说起守富来，一口一个郎中，这我知足了。可我是让他来你家学手艺的，不是让他去当兵的。守富让南军抓走了，你家主事的也没亲自去阎家坪跟我和美英说道说道，我都弄不懂他郑雄黄到底心里怎么想的。

郑雄黄的婆姨哦了一声，忙说，敢情你是守富他爹啊，我没看出你是守富他爹，那你坐吧，雄黄走了都两三个时辰了，兴许看完病已经在回家的路上，你歇一歇，我给你做饭，吃面条还是吃饺子？

阎来锁说，我哪有心思吃这吃那的，守富如今是死是活还说不定，你不知道守富他婶子，我家美英这两天不歇气地哭，嗓子都哭哑了，我是担心她万一哭出个好歹，往后我阎来锁的日子怎么往下过呀？

那女人张了张嘴，没找到合适的词儿回应阎来锁。

阎来锁是晌午时分走进岭子底的，可直到晚归的放羊人赶着羊群经过积善堂前的石板路，郑雄黄还没回来。阎来锁只好对堂下一遍一遍给他烧水的女人说，我不等他了，他要回来，你跟他说，阎家坪的阎来锁找他要儿子了，他好歹也得给个交代，要不我在美英跟前交不了差。

回到阎家坪，已是深夜。

曲美英还在油灯下给守财补裤子，听见门钌铞当啷一响，猛地抬起头，竟脱口说道，让你去问问情由，没让你去了不回，我还正嘀咕呢，该不会你说话不中听，让人家扣下了。

阎来锁窝了一肚子火，心说我摸黑走这么长的路，不问累不累，饿不饿，遇没遇见狼，劈脸给我来这么一句，倒好像我在外面混女人了。

3

二区区长武贤堂回到东峪那天，漫山遍野都飘着杨花柳絮。

他走的还是那条南路，是从八节寨下的山。看到河对岸的长舒里如同一只惬意的猫，懒洋洋静卧于一片盎然新绿里。几乎所有人家窑顶的烟囱，都冒白烟，一缕缕，水草一样袅娜着，各成体系，等上升到一定高度，慢慢散了，化了，融化在空气里，形成若有若无的云翳。

武贤堂没去长舒里，也没翻山回阎家坪，而是径自去了南庄。

武区长那天穿一件挺括的中山装，头发梳得油光水滑，中间划一道线，像两片黑瓦并排扣在脑袋上。也是世事弄人，原来呼风唤雨的武区长忽然变成孤家寡人，身边没有区警相随，身上也没带枪支，骑一头骡子代步。在他身后，还有两乘骡驮轿，一个轿子里坐他媳妇儿，一个轿子里坐着他们共同的女儿，赶骡子的是两个临时雇佣的脚夫。

南庄村长梁仁尚抱拳相迎，武区长啊，你可是稀客呀。

武贤堂说，梁村长，你说的不对，兄弟我是二区区长，管的就是东峪这一亩三分地，怎么能说是客呢？

梁仁尚连忙掌嘴道，该打，看我这张嘴，想溜勾子，溜胯上了。

几句寒暄后便指着武贤堂身后两个打扮得既入时又妖冶的女人说，武区长好福气，把两房太太都带回来了。武贤堂吔了一声，忙给梁仁尚介绍穿旗袍的是他贱内，穿学生服的是他小女，又说，老梁你这眼力也太差劲儿了，兄弟我什么时候娶了两房太太？

梁仁尚又打一下自己的嘴，说声得罪，心里嘀咕，三十多岁的女人打扮成十几岁的模样，有意思吗？嘴上却说，我这山野村夫没见过世面，让武区长和区长夫人见笑了，听说山外头都乱成一锅粥了，张县长也不好好管管？

武贤堂轰地笑了，老梁你是身居桃花源，不知有汉，无论魏晋啊，兄弟我就羡慕你这个，如今哪有什么张县长，县长都换好几茬了，张县长换成郭县长，郭县长换成任县长，任县长换成党县长，党县长换成李县长，李县长上任仨月不到，也随南军跑了，如今是日本人的天下，老梁啊，不是兄弟我说你，你他娘都跟不上形势了。

梁仁尚龇牙咧嘴一脸苦笑，说，山中只七日，世上已千年。

忽又忧心忡忡说，日本人会不会打到咱山里来？

武贤堂给他因地制宜地分析，日本人想进东峪，只能走两条路，一条水路，一条山路，水路不好走，山路也难于上青天，只要没人给带路，日本人就是插上翅膀，也休想飞进咱东峪来，即使进得来，也未必能待得住。

梁仁尚放心了，他望望天色，说，武区长走了这么远的路，一定饿坏了，我带你们一家三口回我家吃饭吧，我婆姨蒸的花卷连跑事宴的厨子都赶不上。

梁仁尚的小气，在东峪也是出了名的，他能够邀请武贤堂回家吃饭，已经够大方了，偏偏武贤堂不领情。武贤堂说，外面还有两个脚夫，去你家吃饭不方便，还是在村公所将就一下吧。

梁仁尚一听，头就大了，知道一桌酒席是躲不过的，只得点头，也行，也行。

平常，梁仁尚自己吃饭都嫌肚大，他很少与东峪的其他村长们在酒桌上交流感情，这就显得他有些不合群。可那天中午，南庄村长梁仁尚还是扯着鹅脖子，大声把村警老智喊来，要老智去白玉沟请白拉柱过来做一桌酒席，再顺便去苏记缸房赊一坛二锅头。

老智领了指示往外走，还没走出村公所，又让武贤堂喊住。武贤堂要他多跑些山路，把长舒里、赵家庄、河南坪、白玉沟和尧泉村的几个村长都一并请来，他要开个小会。

老智走离村公所，回头恶狠狠吐了口唾沫，我日你亲娘的，给你把厨子请来，再七拐八拐跑二十几里路，把这么多人叫来，想累死老子？

嘴上骂归骂，却不敢不听武贤堂的，老智亲眼见过武贤堂带人把他们村的田有福打得满嘴吐血沫子。据说是武贤堂的舅舅盖房占了田有福的半堵墙，因为半堵墙，两家人起了争执，而占了别人地的人没事儿，被占了地的反倒吃了冤枉官司。

区长请村长吃饭，没有不到场的理。天交午时，村长们陆陆续续到了，长舒里的牛福，赵家庄的赵天赐，河南坪的戎显贵，尧泉村的苏二娃，白玉沟的郝书太，除了这些村长，还额外多了个牛二白。

牛二白既非村副，也非村警，只是河南坪一个赖皮。见老智请戎显贵吃饭，牛二白也非要跟着不可，戎显贵做不了牛二白的主，只好带他来了。

早年间，河南坪的牛二白因替区上征收杂捐，得罪了一搅子村人，被人装了麻袋，把一条腿打断了。腿没断之前，牛二白像只螃蟹横着走，断腿之后，就成了没人尿的烂夜壶，成天在村里拖曳着一条瘸腿挑衅村人。村人知道他不讲理，处处让着他躲着他，他以为村人都怕他，反而比没断腿之前更讨人厌了。

武贤堂以前没见过牛二白，却听人说起过牛二白的事儿。这回亲眼见了，还听戎显贵跟他嘀咕了一遍牛二白的事情，他哦了一声，没有吭声，而是不动声色打量着二白。

牛二白其实也不认得武贤堂，更没把武贤堂放在眼里，他伸手从八仙桌上取来瓷茶壶，给自己倒了一碗茶水，咕咚咕咚喝尽，又倒满，却不喝了，一抹嘴说，苦里吧唧的，这也叫茶水？

见武贤堂瞪他，牛二白又说，显贵跟我说过，咱二区这些年没少从东峪捞到油水，种地收田赋，卖地卖房收田房契税，抽烟喝酒收烟酒税，还要收啥巡警费差徭费牲畜捐的，卖几把粉条，卖几斤柿子花椒核桃，都得交他娘粉条花果捐哩，我牛二白天天帮你们在东峪各村跑，跑来跑去得罪了一河滩人，啥好处都没落着，反叫人把腿给敲断了。武区长，凭良心说，我这腿断得冤不冤？该不该问区里要点赔偿？你甭跟我吹胡子瞪眼，老子替你们二区征钱征捐，把一条好腿都搭上了，你不闻不问，我倒要问问你这当区长的，这算不算失职？

戎显贵是给牛二白缠怕了，见牛二白这么冒犯武贤堂，竟没敢吱声儿。

倒是做东道的梁仁尚没有领教过牛二白的厉害，他冷笑一声，你这人说话怎么这么难听？你让村里人打断腿，跟人家武区长有一毛钱关系？要怪就怪你做事不周全，得罪了村里人，再说又不是武区长派人敲断你的腿的，一码事归一码事，哪能搅和到一块儿呢？

梁仁尚这时故意把目光转向武贤堂，说，这也是遇上咱们武区长了，换个人你试试，早一麻绳把你捆起来送东大门了。

牛二白先还笑嘻嘻地听，听着听着忽然脸色骤变，他摸了摸腰，腰里没插斧头，就抡圆胳膊，侧着身子朝对面坐着的梁仁尚那张脸搧去。

当时，武贤堂的婆姨和闺女都文文静静在角落里坐着，用秀气的眼睛观察这些深山里的父母官，从她们故作轻松的眼神上可以看出，这种口舌之争她们见得多了。只是等牛二白突然发起飙来，两个女人都害怕了，尖锐地叫着，身子向后退缩。

好在戎显贵他们几个反应及时，七手八脚把牛二白拦下。牛福黑着脸说，二白二白，你冷静点好不好，也不看这是啥场合？你还想不想吃这顿饭了？这可是人家梁村长做东道呀。

牛二白打不上梁仁尚，只好跳着脚骂，谁理他凉村长热村长的？我跟人家武区长说话，碍他毬的事儿，他出哪门子风头？

又歪着脑袋气咻咻地说，啥玩意儿么，敢跟老子叫板，不服气咱出去单挑。

武贤堂一直忍着，忍着忍着忍不下去了，这种场面让他当区长的很没面子，他使劲咳嗽一声，对几个村长说，你们放开他，兄弟我看他敢动老梁一指头？

话音不高，不响，但很有分量。

牛二白到底被武贤堂不怒自威的气场震慑住了，他见大家都撒了手，便把自己抡圆的胳膊转换成指点的姿势，仍点着梁仁尚的鼻梁怒不可遏，不要以为老子好欺负，我是看在武区长面子上，放你一马的。

这场争执就算草草结束。

武贤堂没有正眼看牛二白，他面对几个村长说，做事要稳重，要踏实，不要毛毛糙糙的，不要动不动想用拳头吓唬人，不管在区里还是在县上，兄弟我见不得有人拍桌子抡拳头，好像天是老大，他是老二似的，对这种人，兄弟我一般不跟他说二话，先把他绑起来，塞黑屋子里饿他三五天再说，还不服管教，拉出去一枪崩了算了。

屋里安静下来，只听到牛二白呼哧呼哧的喘气声。

武贤堂扫视着村长们的脸，他恰到好处地转移了话题，当然喽，这种情况也不能全怪二白。戎村长，你们村里怎么不把情况上报到区里？区里会给二白做主的。要搁在以前，兄弟我批个条子就把抚恤金解决了，可现在不比从前，县长都跑了，区里成了空壳，要钱没钱，要人没人，我也无能为力了。

武贤堂把目光定格在牛二白脸上，他左手的指头不停地在桌子上跳动着，话锋又一转，不过嘛，二白，你也不要灰心，兄弟我从今天起，正式回东峪办公了，区里有能力也有义务帮助你解决好以后的生活问题。可有一条，你不能再胡来，兄弟我这人有个赖毛病，怕软不怕硬，谁不听兄弟我的话，兄弟我整死谁。

屋里一片死寂。

一张八仙桌，坐了十个人，武贤堂居首席，左手是他婆姨闺女，右手依次是梁仁尚，牛福，赵天赐，苏二娃，郝书太，牛二白，戎显贵，一个桌边坐两个，下首的两个拐角又各坐了一个，有点挤，但也不算太挤。

两个脚夫和村警老智都蹲在厨房里吃。戎显贵说，他可以跟脚夫们一块吃，不在桌子上挤了。赵天赐和苏二娃也说他们来时候都吃过了，不饿，也不坐了。

牛二白说，你们都吃过了，那还来凑啥热闹？

赵天赐和苏二娃都看着武贤堂。

武贤堂说，二白，兄弟我叫村长们来，不是为了吃这顿饭，是来商量事情的。

又说，你们都给兄弟我坐下，挤点不算啥，都不是外人。

武贤堂看上去很高兴，一点没把刚才发生的事情放心上，他解开中山装纽扣，露出里面的白布汗衫，欠起身，给六个村长满酒，赵天赐赶紧把酒壶抢过去，我来我来，哪有区长给村长满酒的道理。

酒过三巡，六个村长外加一个牛二白，纷纷起身向武贤堂敬酒。

等大家都敬完酒，再夹两筷子菜塞嘴里，嚼两口，武贤堂咳嗽一声，环视一圈在座的人，说，兄弟我有这么个想法，想跟伙计们议一议。如今这世道，乱糟糟的，官不是官，民不是民，咱不去管这些，咱们干咱们的，咱们集合一些年轻人，组成一支保安队，再共同出资买回些枪来，先把东峪的治安维护好。各村的老百姓呢，该支差的支差，该纳税的纳税，还跟寻常一个样，所不同的是，差事都由区里统一安排，税款都要缴到区里，以后咱们每个村的村长，都是副区长了，大家有福同享有难同当嘛，你们以为如何？

民国初期，襄城行政区划仍沿前置，共十八都一百零九村；从民国七年起，襄城初设三区，统领一百三十二村，一区管辖县城以南以西三十八村，二区管辖县城以东以南五十九村，三区管辖滹沱河以北三十五村，东峪属二区管辖。区长是县长以下最大的官衔了，大家面面相觑，觉得一顶副区长的乌纱帽也来得太容易，以为武贤堂在开玩笑。

梁仁尚怕冷场，见几个村长都不言声，只好自己先表个态，说，我赞成武区长的想法，如今天下乱了，连县长都撂挑子不干了，可自古道，国不可一日无君，家不可一日无主，东峪好赖也有十几个村，再不组织起来，人心就散了，该缴的契税收不上来，该支应的公差分派不下去，咱这村公所可不成空架子了？

有梁仁尚开头，其他人也不好提出异议，都说武区长到底是见过世面的人，谋的点子高人一筹。

牛二白喝高了，醉醺醺地朝武贤堂不住作揖，喷溅着饭菜渣子，说，武区长，你给我个警察局长当行不行？我要是警察局长，东峪的老少爷们谁敢随便放个屁？我要是警察局长，你就是东峪的皇帝了，我告你说武区长，天底下我他娘谁都不服，可我就服你武区长，你是我亲爹好不好？

4

武贤堂回到老家的第二天，又召集东峪各村村长村副村警们开了一次扩大会议。会上夯实了建立临时区委会的事情，并开始着手组建区保安队。

中午，大家在阎家坪村公所打平和。

打平和就是谁吃谁掏钱，按后来人的说法就是AA制。武贤堂兜里没钱，阎老实也不想做冤大头，吃饭的费用只能共同承担。

厨子没动用旁人，武贤堂让阎老实把阎来锁喊来。

牛福小声跟梁仁尚交流，说武区长到底是跑过码头的，阎来锁都敢用？不怕菜里掺上砒霜？

梁仁尚说，老太爷那回使唤了十六个厨子，是谁玩的猫腻也说不准，再说这回就阎来锁一个，他有那贼心，也没那贼胆儿。

阎来锁是懂得感恩的。阎老实告诉他，武区长点名要他主厨，他愣了好一阵子，随后把对武贤堂的怨恨，一笔勾销了。为了保证一桌饭不出问题，阎来锁不用村警阎福利出去买办食材，是他自己来回步行十六里路，去赵家庄赵屠夫那里割了二斤猪里脊肉，又从曲美英种的菜地里摘回油菜茄子和洋柿子。他亲手将菜叶茄子洋柿子择了捡，捡了洗，洗了切，肉也是用菜刀剔去猪皮，洗净血污，一片一片切好，铁锅直接端到七步泉刷了又刷，涮了又涮。他做了四桌饭，每桌饭自认为做得色香味俱全，没想到，饭吃到最后，牛二白还是把粗瓷碗给砸了。

事情很简单，牛二白吃面条时，咬到一粒碎石子。

事后，阎来锁也估计过，八成是石磨上遗留的小石子，他一时着急，忘了用面箩筛一下了。

咔嚓一声，牛二白把粗瓷笨碗砸在地上，接着义愤填膺地说他腿瘸了，婆姨跑了，啥也没了，就剩一副好牙口了，可这口好牙还让石子给崩了，是阎来锁做的炝锅面把他仅有的一口好牙毁了。

他说，来锁啊来锁，你成心要我好看不是？

他张开嘴，让大家看他被崩坏的后槽牙，说，我跟来锁没仇没恨的，崩了就是崩了，还能平白无故冤枉他？

牛二白原来就有口臭，而且是吃了大蒜的，牙色黢黑，没人愿意探过头去查看他的伤情，就显得更加落寞和决绝，他非要让阎来锁从地上碎裂的破碗里，找出把他崩坏牙齿的那粒石子不可。

阎来锁手握一把油腻腻的炒勺，站在村公所东侧的一间窑洞前一动不动。

大家也看不出阎来锁迷惘的表情里到底藏没藏着恐慌，倒是村长阎老实觉得牛二白过分了，吃饭吃出石子的事情常有，谷子也罢，麦子也罢，高粱也罢，哪一样粮食不是在泥土里滚了又滚，吃在嘴里难免有土屑石子，大家都不是金銮殿上的老佛爷，不可能喝糖水澄泥，吃白面剥皮的，犯不着这么不依不饶。阎老实就有替阎来锁发声的打算，他说，二白二白，你消消气，来锁也不是成心的，你看他做这顿饭费了多大工夫，脸上的汗都顾不上擦……

给你脸了不是？我跟厨子说话，你插啥嘴？牛二白梗着脖子，脸红得像猪肝，倒好像阎老实是阎来锁的同谋似的，你是他爹，还是他儿，你着急个毬啊？

阎老实那张黑脸也腾地红了，正想骂两句，却听戎显贵呵斥牛二白，二白，你狗日的还有完没完了？白面条也堵不住你那张臭嘴？

牛二白看都不看戎显贵一眼，仍斗鸡似地瞪着阎老实。

大家都把焦点集中在牛二白和阎老实这里了，谁也没有注意有个少年从东边的窑洞窜出来，不声不响绕到牛二白身后，忽然飞起一脚，竟将牛二白踹出去足有一丈开外。在人们一片惊呼声中，那少年扑过去一脚踏住牛二白的左脸。这样，牛二白的右脸紧贴在地上了，他胡乱舞动手臂想把少年的脚从他脸上移开，但少年脚上有功夫，死死踩住不放。后来是阎来锁吼了一声，少年才放脱牛二白。

牛二白那天是在故意找碴。在座的都是村长，唯独他连个屁都不是，均摊饭钱时，戎显贵不愿替他出，戎显贵有充足的理由拒绝替牛二白拿钱，既然武区长答应管牛二白的事，以后牛二白就不能像癞皮狗一样，老缠着他戎显贵不放，何况他又不欠牛二白一文大钱。

牛二白只好涎着脸去向武贤堂要。武贤堂冷笑一声，什么话都没说。牛二白觉得自己的尊严受到了侮辱，原来挺好的待遇，让这个武区长一搅和，他连毛都没抓住一根。他看谁都觉得不顺眼，他嘴里骂骂咧咧的，但又不敢当着武贤堂的面儿骂，一会儿瞪着这个，一会儿瞪着那个。

至于牛二白挨打的事儿就更复杂了，这件事的对与错，谁都不好评判，但明眼人已经看出，牛二白是只纸老虎，他未必斗得过那少年，少年一点都不惧怕他。

其实在场的许多人都认得少年，少年是阎来锁的二小子阎守财。

阎守财那天，也随父亲在灶上做饭，四桌菜都是阎守财一盘一碟端上去的。当时，他发现这个闹事的牛二白最活跃，尖嘴猴腮的样子招人烦，猜拳行令的声音，异常生猛，一边出拳，一边喝令，脖子上的青筋裸露，瘸腿搁在凳子上，另一条腿放在桌子下边。阎守财虽涉世未深，却一眼看出这人不讲究，不地道。

事情好像就这样偃旗息鼓了，骂也骂了，打也打了，可牛福觉得不过瘾，他笑着对赵天赐说，捞鱼鹳死三年了，也就剩一张硬嘴了。

武贤堂瞪了牛福一眼，嫌他多嘴。

牛福不敢再言声，不尴不尬，摸出一条二指宽的麻纸，蹲在一边，卷喇叭烟。

这时，牛二白做出又一个惊人的举动，他卸下板凳上的一条木腿，攥在手里，身子一歪一歪奔着阎守财去了。

阎守财正收拾桌上的碗筷，没提防有人背后偷袭他。

戎显贵喊了一声，二白，不敢胡来。

牛二白没听见，或者听见了，装作没听见，或者也不是装作没听见，而是压根儿没理会戎显贵的提醒，他手里那根胳膊粗的木棍，朝少年阎守财的后脑勺，狠狠地砸过去。

那天中午，阎家坪村公所伤了个人，据说是被一把从不远处飞来的油腻腻的炒勺，击中后脑勺打晕的。被打的人是河南坪一个无赖。那无赖整整在炕上躺了三个月，等他战战兢兢能下炕走路时，已是这一年的夏秋之交了。

第七章

1

张耀山回东峪没有骡子骑，是徒步回来的，同时还相跟了两个人，一个是准备来东峪筹建贸易局的地下党员贺永昌，一个是中共襄城县委的通信员小郭。三个人都挎着驳壳枪，枪插在木套里，枪把儿上无一例外，都飘着一穗红绸绸，煞是惹眼。

张耀山是赵家庄人，自然把两个人带回了赵家庄。没进家门，而是穿过走水槽，直奔村公所去了。

村长赵天赐和几个村人正在屋里摸牌，摸一圈，输一圈，由不得左手抽右手一下，右手又抽左手一下，说，叫你臭，叫你臭，顶风都臭十里，再臭我削你。然后感觉有人挑开门帘进来了。

起初，他还以为是村里的闲人，没太在意，后来发现其他摸牌的人都抬头直愣愣地看他身后，一转脸，瞥见张耀山左胯处的驳壳枪了，不禁吓了一跳。仔细一打量，他龇牙笑了，耀山，你这买卖人啥时候挎上二尺半了？还带上警卫了。

张耀山的衣服还是庄户人惯常穿的黑衣黑裤，只是头上戴了顶直筒加围的圆顶军帽，正面有两颗纽扣和一枚青天白日徽。还没等张耀山开口，身后的小郭抢先说，这是咱们四区区长张耀山，你们哪个是村长？

张耀山回头对小郭说，不用介绍，一个村的，哪有不认识的？天赐哥是村长。又对满是疑惑的赵天赐说，咱们东峪过去属旧政府二区管辖，如今县里成立了新政府，把东峪划归了四区管，我也是刚刚走马上任，希望大家多多支持我的工作。

赵天赐开始研究他手里的牌，皱着眉说，阎家坪的武贤堂你认识吧？武贤堂这回是升了还是降了？

张耀山说，时代变了，凡是旧政府封的官，一律罢免。又说，天赐哥，麻烦你派几个人，给东峪各村村长捎个口信，说咱们明儿在这里碰个头，研究研究下一步四区的工作。

赵天赐无动于衷。头天，武贤堂还从赵家庄催走一笔庚帖捐和烧锅捐，并要他赶紧把村里的保安队员名单报回区上。便说，耀山哪，不是哥说你，做买卖有赔有赚，千万不要做买卖做赔了，就琢磨歪点子赚钱，那不厚道。做啥不好呢，非要装神弄鬼的吓唬人，如今世道是乱了，可总不能自己给自己封官吧？你说你是区长，谁信啊？

赵天赐朝打牌的人挤挤眼，脸上似笑非笑，你们说是不是这个理儿？

打牌的村人都咧着嘴笑，呵呵的，显得很开心。

赵天赐接着说，不是我小看你耀山，我们只认得武贤堂是管我们的区长，没听说还有什么新政府，人嘛，我倒能给你通知，就怕人家都不买你的账，到时候把你晾在二梁上，你是飞呀，你是跳呀？摔坏了算谁的？

天赐哥，老黄历翻不得，张耀山拍了拍赵天赐的肩膀，耐心地解释说，日本人还没打过忻口关，阎省长的县长就溜之大吉了，跑得比兔子都快，武贤堂也不是什么好货色，溜进东峪想成立自己的小朝廷。天赐哥，你不信我，也有道理，等我把武贤堂这个假悟空打回原形，咱们再谈工作。

武贤堂是在阎家坪村公所的北窑洞里接待张耀山的。

武贤堂也不信张耀山的身份，他随手翻看一本《太上感应篇》，慢悠悠地说，真的假不了，假的真不了，你说东峪属四区管，我还说东峪属我家闺女管呢，信口开河的话谁不会讲？你的区长大印呢？你的委任状呢？

张耀山当然有委任状，是襄城抗日县政府颁发的。其实他能够把委任状一字不差背出来，可张耀山不愿给武贤堂看他的委任状，只说，李仲酺都不是县长了，你说你武贤堂还是不是区长？

少跟我来这套，武贤堂把手里的书本啪的扔在八仙桌上，冷笑道，也不撒泡尿照照你自己，一脸穷酸相还当区长哩，我告诉你耀山，区长可不是谁想当就当得了的。

张耀山抽出驳壳枪，打开保险，拍在桌上，怒视着武贤堂。

我倒要看看，我这副穷酸相，能不能当得了区长。

武贤堂乜斜着眼，睃了一下那把蓝幽幽的驳壳枪，咽了口唾沫。

关于张耀山一语惊走武贤堂的消息，没出半日工夫，传遍整个东峪。阎家坪的男人，围坐在阎家祠堂前的老槐树下，听阎老实讲故事。本来，故事并不精彩，经阎老实那张嘴一渲染，也就立体了，生动了，有了大风大浪的细节。更有人看见武贤堂牵着一头骡子，驮了一大一小两个女人，悄无声息往村外的河滩走了。武贤堂七十多岁的老娘出来送行，而他八十多岁的老爹却没露面。这样的发现，更加坐实了武贤堂被惊走的传闻。

2

日本人占领襄城是这年五月的事。这些异国军人从南城门走到北城门，仅一袋烟工夫，杀了八个人，烧毁一座襄城书院，然后选中晚清秀才辛殿元的老宅做司令部。六月，四百多日军在城北三道渠，同新二师打了一仗，双方各有伤损；而到了八月，黄草开始抽穗，夏果逐渐成熟，一直与日军僵持不下的新二师，忽然奉命退往盂县，共产党领导的襄城县委和县政府只好从平川地带搬迁到东峪。

搬迁的前几天，连续降了十多天雨，滹沱河洪水滔天，上游的河水越过堤岸，吞噬了县城附近七八个村庄。

临近出发，雨又大了，河面越来越宽，一些临河的村庄开始进水，陈旧的土墙经不住水淹，一节一节垮塌，露出院里的树木和房屋。

县委书记韩玉林拄着拐棍对县长胡富华说，屋漏偏逢连夜雨，这事弄的，还进不成山了。

十几里外，传来一阵密集的枪声，胡富华知道，那是鬼子与基干自卫大队交上火了，自卫大队那几杆枪，能抵挡几时？他明显有点急，说，鬼子眼看打过来了，实在不行，咱们蹚水过河得了，总不能让小鬼子把咱一锅端吧。

韩玉林想了想，说，走不了北路咱走南路，活人还能让尿憋死？

两人一合计，还是决定改变原来走北路进山的计划。只是，走南路势必要翻越好几座山，山形陡峭，山路大多盘绕在半山腰上，而且呈一边倒趋势，朝一侧的深沟倾斜。花轱辘马车过不去，独轮车也使不上力，两套班子的文件资料，办公设施，军事配置，日常用品和行李衣物，只能靠大家肩扛背挑，或动用毛驴马骡驮运。

从李家庄进山，一直到马家窑、南涧村，乃至草木丛生的桃花沟，都还算好走，翻越五仙山却费了老鼻子劲儿。炊事班的行军锅就是在过五仙山时遗失的，以至于进了东峪，雨势渐减，准备在靠近山根儿的地方埋锅造饭时，却发现锅没了。事务长老姚头怀疑队伍开拔时，遗忘在老乡家里了，他埋怨通知他们出发的通信员小郭，老是催，老是催，整个儿一催命判官，这下好了，锅也忘拿了，还吃哪门子饭？

小郭是县委书记韩玉林的通信员，前些日子随四区区长张耀山入山开展工作，好不容易熬到任务完成，刚出山正赶上县委大搬家，又要重返多见石头少见人的东峪。小郭憋了一肚子委屈，他一心想去基干自卫大队打仗，韩玉林不同意，说你要干一行爱一行，先做好本职工作再说。小郭不爱听大道理，心里不痛快，就把怨气宣泄到炊事班，难免催得有些急。

不过，炊事员小周不同意老姚头的看法，他说他亲手把铁锅放在老姚头后边挑米面的箩筐里了，反扣在一只风箱上，怕锅滑下去，他还用麻绳横七竖八把锅与箩筐系在一起。可现在，筐里只有风箱，上面的锅没了，绳子也没了。

老姚头是事务长，走在炊事班后面，他后面跟着通信员小郭，小郭一路上不高兴，嘟嘟囔囔催促炊事班快走。

这时，小郭瞪着眼说，你看我做什么？谁见你的锅了？你把锅丢了就赖我？赶明儿你把老伴儿弄丢了，我还赔你个老伴儿不成？

老姚头也火了，有你这么说话的吗？谁让你赔老伴儿了？丢了老伴儿你能赔得起吗？

两个人一吵，民政科、财政科、实业科、教育科、交通科、秘书室、石印室、警卫排的科长助理员收发员秘书们，都拔长脖颈往这边看，每个人都是浑身湿漉漉的，却有心情看热闹。

隔一条河，阎家坪的老乡们，居高临下站在自家的街门口，越过脚下次第矮下去的窑洞，越过水汽蒙蒙的大河，朝对岸瞭望。他们一辈子未必见过那么多人，不知道那些人在细雨里等待着什么。

阎来锁蹲在阎根有的窑洞顶上，望着河对岸的人影，对院子里编箩筐的阎根有说，那是些啥人呀？黑压压一大片。

阎根有一边用细荆条编箩筐，一边头也不抬说，啥人？打了败仗退下来的晋绥军呗。

阎来锁一激灵，他想起被南军抓走的儿子守富，说不定这伙人里会有守富哩。正打算往河岸上走，却听阎二本在他身后说，你俩就会瞎猜，要是晋绥军，早过河来抢东西了。

后来是阎老实纠正了大家的猜想，大家才知道那是新政府的人。阎老实若有所思说，往后哪，政府搬到咱东峪住了，谁家丢了鸡丢了牛，谁家婆婆虐待小媳妇，谁家婆姨偷汉子，我断不了的官司，你们直接找县政府断去。

阎根有笑嘻嘻地说，真那样，你这当村长的该失业了。

他们后来看见那些人分开两拨儿，一拨儿沿河往北走了，听说去了戎家庄，另一拨儿往东走了，听说去了八里开外的南庄。而去戎家庄的是县政府机关，去南庄的是县委机关。

3

一些从平川地带前来避难的老乡，忽然在一个秋日的清晨，三五成群地涌入东峪的河谷，他们的出现给静谧的东峪带来莫名的恐慌。这些人隔河眺望对岸的村庄，不知该去哪村落脚。他们问那些忙于收秋的山民，这村儿叫什么，那村儿叫什么。山民们手握镰刀镢头说，你们不要问这村那村叫啥了，想住的话，赶紧过河问房子吧，迟了，怕牛棚也有人占了。于是，逃难的老乡纷纷向河里涌去，如同下了开水锅的莜面饺子。

也不需要多长时间，东峪大大小小七零八落的村子里，都住满山外来客。阎家坪天天有陌生人涉水过来问房子，他们风尘仆仆可怜巴巴的样子，让对什么都不大感兴趣的阎来锁都于心不忍。山里人好客，尽管自家都住得憋屈，也尽可能腾出一间半间窑洞或房子，供这些素昧平生的难民居住，而且不会收取一文钱，谁都知道出门在外的难处。唯独阎根有门户紧闭，一而再再而三叮嘱他的三个儿子，谁也不许往家里带陌生人，谁往家带，谁晚上睡河滩地。

那些天，阎守财阎三文几个半大后生，吃罢饭就不见踪影。他们不是下河摸鱼，不是上山打兔子，他们对打猎的周保全也不再迷恋，而是天天往戎家庄或南庄跑。到了晚上，他们会把许多官方信息汇总起来，挑一些有趣的，传递给他们各自的父母。比方戎家庄有青抗先了，边家岭成立儿童团了，南庄也有青抗先也有儿童团了，县委书记亲自给南庄的青抗先授旗哩，生成永货栈要开业了，货栈经理老贺说要招工哩，谁有力气谁跑得快就招谁，唱戏的九岁红也给货栈赶起骡子了，赵家庄的赵天赐拉着张耀山的胳膊去见胡县长，人们以为是要胡县长断官司,后来才知道赵天赐想邀请县政府去他们村办公哩……

阎守财和阎三文都是有思想的好青年，他们把一些费解的问题首先抛给了各自的父母，比方像他们这种年龄的人，该参加青抗先好，还是参加儿童团好？参加儿童团有点委屈自己，参加青抗先还差几岁，回答阎守财的是他爹阎来锁，阎来锁没好气地对儿子阎守财说，哪儿都不准去，安省的给我在家里待着。阎根有更直接，他对阎三文说，参加你个骷髅头啊。顺手就给了三文一巴掌。

训完阎守财的阎来锁，蹲在磨盘上，用草纸一遍一遍揩拭炒勺和肉叉上的油腻。生意又不景气了，娶媳妇聘闺女的风头转眼过去，像被一股风吹跑了，已经有好些天没人请他跑事宴，而他对厨具的清洗也缺乏了当初的热情，常常是用完都懒得整理，直接插进褡裢里，任其慢慢生锈。

长舒里有户人家嫁闺女，席面不大，却要他提前一天过去，说是要帮忙炸油糕。照以往，炸油糕这种粗活儿，厨子一般不插手，也是阎来锁名声坏了，营生大不如前，东家说什么就得做什么，只能顺着东家的意思来。他打算天黑前去长舒里，他一边擦拭炒勺，一边喊守财，喊了几声，没听到守财答应，曲美英反倒嫌他嗓门高，惊着她了，说，你就不能轻点声，我心口跳得敲鼓一样难受，快给我一碗铁锈水，压压惊。

阎来锁恼不是，怒不是，嘴里嘟哝着，臭小子，看回来我怎么收拾你。正打算动身去长舒里，听阎根有在街门外骂开了，来锁，你耳朵叫驴毛塞住了？怎么吼塌天都听不见你答应？

别看平时阎来锁和阎根有有说有笑的，关系很融洽，其实两人只是表面上应付。在阎家坪，阎来锁顶不对眼儿的就数阎根有，觉得阎根有这人不厚道，不值得交往，谁跟他交往谁吃亏，即使你是阎根有最要好的朋友，也防不住他会疯狗一样乱咬你。

阎根有喊阎来锁，阎来锁的确是听见了，却装没听见，圪蹴在磨盘上用草纸使劲擦拭着炒勺炒瓢和笊篱。一把炒勺擦得锃光瓦亮，还要擦，直到阎根有进了院门，走到他眼前，弯下腰来，脸对脸问他，来锁，你莫非跟上狐仙了？我都喊破嗓子了，你连屁都不放一个！

阎来锁抬起头，一脸茫然，倒好像他果真没有听见似的。他皱了皱鼻子，你放屁了？我说咋这么臭呀。

我放屁？你以为我说话是放屁吧？你就待理不理的。

阎根有真想伸手抽阎来锁一巴掌，但他忍着，心平气和说，你又打算擦干净勺子跑事宴吧？你跑事宴是想替你家守富、守财、守田三个娃攒钱娶媳妇儿吧？我也有三个娃，大文、二文和三文，大文有媳妇了，可二文三文还是光棍儿呢，他们也要娶媳妇，我整天忙得脚踢后脑勺，连饭都顾不上吃，你家守财倒好，他把我家三文日哄得当兵了，当兵是要掉脑袋的，保不住啥时候吃枪子。来锁啊，你说这事该咋办吧，你得还我三文呀！

阎来锁一头雾水。

起初他还以为阎根有是眼红他擦炒勺呢，后来才听出是寻守财的麻烦来了。

守财有多大本事能把三文日哄得当了兵？

厨子对阎根有说，你把话说清楚，守财一不是村干部，二不是区干部，他凭啥能把三文日哄得当了兵？真像你说的话，我倒小看我们家守财了，等守财回来我问问他，看是不是跟你说的一样。

你是故意气我吧，来锁？阎根有不客气地用指头点着阎来锁的鼻子，甭跟我装糊涂，你能不知道守财也当兵了？你以为我傻，三句话能把我傻根有打发走是吧？呸，你个不要脸的老东西。

你吐我唾沫做啥？阎来锁急了，他腾地从磨盘上站起身，怒视着阎根有，有话好好说，咋说着说着骂上了？你说我不要脸，我还说你不要脸哩。

阎根有说，我骂你是轻的，逼急了，我还打人哩。

你伸手试一试，看我阎来锁一勺子敲不死你。

阎根有到底是个怂包，真被阎来锁的话给唬住了，他没提防阎来锁会跟他翻脸，他的声音顿时低了八度，他说，来锁呀，我不是来跟你吵的，我是来问你要我儿子的。又说，你是真不知道还是假不知道？你以为我骗你呀？不信你去问老实嘛，老实在戎家庄看戏，亲眼碰见的，我又不是讹你。

阎老实去戎家庄看戏确有其事，临走，还拐过来喊阎来锁一块去，阎来锁听说九岁红在戎家庄唱北天门，可又听说是不打脸子的清唱，所以就没去看。

4

戎家庄有座古戏台。

那年头，古戏台不算什么稀罕之物，在东峪几乎村村都有，明朝的，清朝的，明末清初的，清末民初的，年份不同，戏台的样式却大致相仿。

唯有戎家庄的戏台叫二连台子。一般的戏台只有一个台口，戎家庄有两个台口。左边台口上刻着吟风二字，右边台口刻着啸月二字，左边台口的对联是：知音者亦喜亦忧，会意人歌唱歌哭；右边台口的对联是：飞燕蹁跹明月上，西子婉转碧云留。两个台口自有两个台口的说法，五月十三，关老爷要磨刀，在左边台口唱戏，唱的是武戏；逢到久旱不雨或暴雨成灾，在右台口唱戏，唱的是文戏。戏台对面还有三座庙，一座是二郎庙，一座是关帝庙，还有一座是龙王庙。

那天，九岁红是站在左边的台口上清唱的，锣鼓二胡三弦四弦铙钹一概全无，只有县长胡富华带来一副梆子。胡富华人瘦，脸又黑，坐在右边台口里敲梆子伴奏。敲了半天梆子，戏台下的观众，愣没看清敲梆子的是谁。就这，戏台下还是吸引了密密麻麻一大片光头黑脑袋。

阎老实也挤在男男女女老老少少的人堆里。

九岁红在台上唱，戏场对面的关帝庙前是六大队的征兵点。

六大队是直属晋察冀军区第二军分区的一支新队伍，开唱之前，胡富华代表县政府讲了话，还有个叫谢贵山的干部也讲了话，他们俩讲得都不太长，之所以讲话简短，是受了老乡们的影响。老乡们在戏台下嚷嚷，说上三八两句就行了，要长话短说，我们是来听九岁红唱的。

胡富华伸手往下压一压，要大家少安毋躁，我知道大伙儿都是来看戏的，可戏要看，话也要听，打小日本不光是六大队的事儿，不光是县政府的事儿，是在场的大家伙儿的事儿，不要以为东峪眼下安安静静的啥事儿没有，你们随便问一问那些从山外逃难来的老乡，就知道小日本有多么凶残。

阎老实是村长，他有义务记住县长所讲的每一句话，但他也只记住胡富华的那句有钱出钱，有人出人，打败鬼子享太平的话了。

接着是喊口号，有人举臂高呼打倒日本帝国主义，老乡们跟着喊打倒日本帝国主义。至于日本帝国主义是个什么玩意儿，大家一概不知。

阎老实起初不好意思高声亮嗓喊口号，左右看看旁边的人都喊，他也跟着喊了两句。有意思的是，大家都喊完了，离他不远的地方站着一个后生又冒冒失失追加了一句口号，声音单调不说，又赶上变声期，像让屁给崩了一样难听，看戏的村民轰地一下都笑了。

阎老实顺着人们的目光看过去，发现喊口号的是阎来锁的二小子阎守财。

旁边的阎三文推了阎守财一把，大声说，你再喊一句我给你买麻叶吃。

阎守财缩了缩脖子，也推了阎三文一把，喊就喊，就怕你舍不得掏钱。

后来就开唱了。

大家都听九岁红的清唱，把阎守财他们撂一边了。倒是阎老实还一直留意两个小伙子的动静，他听见阎三文要阎守财去问征兵的人，要不要十六岁的。

阎守财挤出人群，去了关帝庙的台阶前。负责征兵的端详阎守财的个头儿，说，要是要，可有一样，必须征得你们家里大人的同意才行。

阎守财说，我又不当兵，我是替别人问的。

随后把征兵的原话大声喊给远处的阎三文听。

九岁红的嗨嗨腔压过阎守财的声音了，阎守财只好跑回原来站的地方，又把方才的话对阎三文讲一遍。

阎三文想了想，又要阎守财去问征兵的，家里没大人的准不准许当兵。

阎守财又一溜小跑过去问了。征兵的说，你把那个想当兵的人叫来，不用你一趟一趟乱跑了。

阎守财大声呼唤阎三文过去。

阎三文看到许多人都扭转脸来看他，窘得满脸血红，低声骂了句猪脑子。

那个负责征兵的也冲着人群里的阎三文喊，小伙子，想当兵你过来呀，跟我们把情况讲一讲，不要羞羞答答的，你又不是大闺女小媳妇。

阎老实对旁边一个中年人说，这俩兔崽子，想当兵还要瞒着家里人，狗日的。

只是那天，阎守财和阎三文都没当成兵。

六大队的新兵排着队，齐刷刷走离戎家庄时，阎老实还看见那两个臭小子垂头丧气地蹲在关帝庙的台阶上咬耳朵。

再后来，阎老实光顾听九岁红唱戏，没留意他们去哪儿了。

阎根有对阎来锁说，他们俩肯定追赶六大队去了，你说怎么办吧来锁，三文是让你家守财挑唆着当兵的，你总得给我个说法吧？

阎来锁突然想起什么，他示意阎根有说话轻点，不要让躺在土窑里的曲美英听见。可他一回头，还是看见曲美英蓬着头，脸色蜡黄地靠着门框站着。院子里没有风，那女人却摇摇晃晃的。

女人有气无力地说，根有，你说守财当兵走了？

阎根有说，他当不当兵我不管，我管的是你家守财把我家三文给骗去当兵了……

不等阎根有说完，阎来锁连忙插话，美英美英，你听谁说守财当兵了？快回去躺着，哪有的事儿，看你整天疑神疑鬼的，守财那么小，当兵谁要哩？连枪都扛不动。

阎根有却瞪着阎来锁说，当兵就是当兵，你还想瞒谁哩？

阎来锁急得直跺脚，又用炒勺点着阎根有的鼻子，想骂句恶毒的粗话，却没骂出口。他看见曲美英贴着门扇的身子抖动了两下，两只手忙去抓门环，没抓住，然后出溜下去，瘫倒在门槛上。

5

曲美英又病了，她经不住一点点打击。

阎来锁知道她的病根儿在哪里，可他没防住阎根有会戳曲美英的软肋。

这件事要换成阎根有，阎根有肯定会跟阎来锁没完的，可阎来锁并不是那种人，他帮别人跑事宴，天天都是高眼瞅人，唯恐做出的饭菜招人嫌弃，唯恐东家说这菜咸了，那菜淡了，这菜没做好，那菜没什么味道，他担心在东家那头没落到好，传出去把自己的饭碗打了。他这么小心翼翼地夹着尾巴做人，慢慢地把他仅有的一点黏糊劲儿都磨没了。眼看曲美英高烧不退，满嘴胡言乱语，阎来锁本不想去打扰郑雄黄，也由不得他不去了。

郑雄黄给曲美英切过左寸脉后没开方子，而是把一包事先准备好的草药交给阎来锁，面无表情地告诉厨子，一共五服药，一次煎一服，水要加满砂锅，微火慢煎，熬到一指深，添一次水，熬到二指深，再添一次水，水开后，放一放就可以服用了。病人日常要忌食油腻，不过你们家也没什么油腻可食用。记住，隔一天，煎一服，等五服药喝尽，我自来复诊。

临走，郑雄黄当着曲美英和阎来锁的面儿，略微迟疑一下，说出一个消息，他听人说守富开小差了，回家路上又让新二师抓去了，后来新二师撤离襄城时，守富跟着他们的班长一块被基干自卫队收编了。

曲美英想从炕上直起身，身子软，没起来，嘴里却叫道，啥是收编了？不会是抓进东大门吧？

她心里最担心的除了死伤，就是蹲大牢，阎来锁把她已经折腾得够呛，她再也经不起这样的折腾。她眼巴巴瞅着郑雄黄，希望郑雄黄解释清楚收编的意义。

郑雄黄说，收编不是蹲牢房，收编是好事情，就是人家把守富接收走了。

曲美英说，接收到哪儿了？

郑雄黄蛮有耐心地解释说，听说是基干自卫队，具体情况我也不大清楚。

这时，阎来锁反倒不耐烦了，他说，你好好躺着吧，守富快回来了。

郑雄黄也说，不管好赖，总归守富有消息了，有消息比没消息强。

等郑雄黄一走，慢慢平静下来的曲美英却又不平静了，她要阎来锁不要在家里窝着，窝也窝不出利息，赶紧出去把守财找回来，找回守财，她的病自然好了。

阎来锁有点犯愁。虽听阎根有说守财他们是跟六大队一块走的，可阎根有又没有亲眼看到，这事的真假还说不准呢。再说，到哪儿找六大队去？

曲美英急了，你老这样敷衍我，你鼻子底下有嘴呀，不会沿路问啊？

阎来锁摸着后脑勺，说，我倒是能去找，可谁来照顾你？我还得给你煎药呀。

我不用你照顾，我自己能煎药，曲美英啪啪地拍着炕沿，说，你赶紧走，赶紧把守财截回来，守财不是块打仗的料。

阎来锁还是不放心曲美英，他迟迟疑疑不肯出门。曲美英挣扎着坐起，你咋还不走？你是成心想急死我呀？你要不把守财找回来，我是不会吃药的，煎好了也不吃，吃不下的，咽下去也会吐掉。

阎来锁实在没辙了，他去了一趟白文昌家，把曲美英托付给了热心肠的白李氏。白文昌的婆姨白李氏，比白文昌小十二岁。这个小脸小脚小身板的女人经常找阎来锁婆姨曲美英串门儿。

人不走运，老天也不照应。阎来锁走出阎家坪没多久，瓢泼大雨就来了。雨势之大，即使暑伏天都少有，何况现在已是深秋，而且裹挟着狂风，本来平静的滹沱河，忽然浪头掀起一房高，哗哗的直往堤岸上拍。

曲美英让守田从角落里翻出布满尘土的斗笠和蓑衣，说，快给你爹送去，估计这时候你爹还没过河呢。

看守祠堂的阎二本蹲在祠堂的门厅里，细致地观察一股股汇流成河的雨水，滂沱地贴着石板路冲下河道。对面牛倾城家的窑顶盛开了细碎的稍纵即逝的蘑菇泡，他琢磨着自家老宅子那几眼破窑洞，会不会在大雨中坍塌，最让他忧心忡忡的是百丈崖会不会滑坡，一旦百丈崖滑坡，不要说阎来锁的窑洞了，就是整个阎家坪都要遭殃……

在他胡思乱想时，忽然雨地里有个人影一闪，像一股旋风飘过去了，眨眼间，闪过前面的五道爷庙，飘下河道去了。阎二本以为是过山水把那人冲跑的，想出去喊救人，让他没想到的是，那个近似虚无的影子，如一片柿树叶子一样，在波浪汹涌的河面上，轻飘飘地掠过去，上了对岸。

这样的情景把阎二本惊得目瞪口呆。

阎二本是第一个看见少年阎守田会走立水的人。

在东峪，自古流传着会走立水的能人。无论河面多宽，水势多急，水流多深，会走立水的人是可以不借用任何漂浮工具，轻盈地从河这边，掠向河那边。事实上，这样的能人少之又少，阎老实说他六岁那年，在赵家庄见过一个白胡子老者，能走立水，当时水深过腰，老者却只湿到鞋面上，裤脚也仅被溅起来的浪花打湿一点点。从那以后，好像再没见过这种能人。阎二本说他看见有人踩着立水过河，已是晚上的事了。当他说这件事时，村里好多人都顾不上听他摆龙门阵，而是乱纷纷地往河的下游涌去，他们要顺河而下，寻找阎来锁的婆姨曲美英。

下雨那阵儿，曲美英心神不宁地在家里坐不住，她跟白文昌的老伴儿白李氏说，我得出去看看，守田送斗笠也该回来了。

那时，雨已经弱下来，由瓢泼慢慢变成淅淅沥沥滴滴答答掉线线。白李氏不知道曲美英身子骨软得起不来炕，她看见曲美英窸窸窣窣从炕上爬起，窸窸窣窣穿了鞋，又窸窸窣窣在屋角找到一条麻袋往头上顶。白李氏正帮着曲美英在窑门口用砂锅煎药，当时她还说，你不舒服就不要动了，我出去找个年轻人替你去村口瞭瞭。

曲美英说她行，她能出去。

曲美英顶着麻袋走离百丈崖，天色已显黯淡，雨也几乎停了，只听得河道里传来阵阵涛声。

白李氏打了个盹儿。

白李氏什么都好，白文昌家里大事小情都是她一个人操持，可有一样缺点，就是爱打盹儿。跟街坊有一搭没一搭唠着嗑，街坊忽然听不见她答应了，抬头看，一定会看到盘腿坐在蒲团上的白李氏，身子向前一倾一倾地打起了瞌睡。

白李氏一个盹儿打完，看了看砂锅里的药汤，还有三指高，往野锅灶里喂了一把山柴，火苗哔哔剥剥在一片呻吟里燃旺了，亮亮地映在她多皱的脸上，仿佛多了一层暖色的包浆。

白李氏突然想起出去有一阵子的曲美英。

没有人看见曲美英出了村口，或站在涨水的堤岸上，连看护祠堂的阎二本都没看见。阎二本一直嘀咕白天看到那个影子是人是鬼，看见鬼当然是不吉利的，不吉利干脆闭眼不看了。他用仅剩的一只手把祠堂的大门合上，一个人在阎氏云房里，给列祖列宗们敬香。

一炷香没烧完，有人在巷子里喊开了，来锁家的让大水冲跑了，快去救人呀。

又有人不紧不慢说，三年了，河里也该收人了。

被大水冲走的曲美英，后来对闻讯赶回来的阎来锁和阎守田不停地讲述她在洪水里起伏沉浮的场景。她一边说一边咳嗽，她说她一下子沉入水里，一下子又被洪水托出水面，每下去一次，就要咳呛两口水，撑得她肚子快要爆了，心想不被淹死也要被活活撑死。一想到死，曲美英害怕了，守富守财守田三个娃还没说下媳妇儿呢，她要走了，这个家可不就完了吗？老天爷呀，菩萨娘娘呀，灶王爷灶王奶奶呀，河神爷呀，东海龙王呀，天底下各路大小神仙呀，我还不能撂下这一摊子不管呀……在她绝望的时候，在她呼天天不应，唤地地不灵的时候，忽然感觉身轻如燕了，呼啦一下跃出水面——她这才发现自己是被好几双手托了起来，托她的人迅速向岸边游去。

暮色朦胧中，有好多人手举火把在岸边吆喝着，使劲拽着水里的几根绳子，她听见有人大声喊，韩书记，你腿不好，赶紧上来吧……

你不要说了，阎来锁给曲美英抻了抻被子，我啥都知道了，是新政府的干部救了你一条命。

第八章

1

旧病未去，又添新疾。

曲美英被人从河里打捞上来后，又落下哮喘的毛病。平时，喉咙里像插了一根苞谷叶子，被风吹了，咝咝咝地抖动；一旦天阴，天凉，遇上急事，呼哧呼哧拉起风箱，风箱还是缺了鸡毛的破风箱。

阎来锁担心的不是曲美英情绪的跌宕起伏，而是风箱在什么时候突然卡壳了。

即使这样，阎来锁还像以往那么懒，田里的活儿干不了，跑事宴又没人请他干，他闲散得像一只无所事事的猫，蹲在磨盘上喝茶抽烟，或盯着百丈崖吼一句梆子戏。

阎二本是阎来锁的发小，不怕阎来锁听了他的规劝会不高兴，每次见了阎来锁就说，我要不是坏了胳膊，早去问田多的财东租田了，政府叫财东二五减租，又叫佃户跟财东四六分粮，多收一斤谷子，有六两进了佃户家的粮囤，你还有啥不乐意的？

又说，你有啥了不起的？不就是个没人用的厨子嘛，拉不下那张厨子脸，迟早要饿死的，你饿死不要紧，家里还有婆姨娃娃哩。

阎二本说话刻薄，不留余地，也实在看不惯阎来锁那股死猪不怕开水烫的劲儿。

阎来锁听是听了，却从左耳进去，又从右耳溜走了。他照例窝憋在家里不出工，像只浅水里蛰伏的王八。

曲美英躺不住，扶炕沿慢慢下地，对院里玩弹弓的阎守田说，不要只顾贪玩儿，娘吩咐的事儿做了没？

守田说，你吩咐我做甚来？

让你把猪圈里的粪土起出来，再把粪挑进田里，猪粪茭子羊粪谷，咱家没喂羊，谷子地里只好上猪粪了。

蹲在磨盘上的阎来锁听了曲美英的话，也慢慢扭回头，说，你这不寒碜我吗？守田能把粪土挑出去？个头儿连扁担都够不着呢。

又说，你都这样了，还惦记那几亩蒿子地呀？

阎来锁没去过地里，他连祖田是哪一块都分不清，总以为地里长的都是蒿子，长不了几棵庄稼的，否则家里也不会时常缺米缺面。他说，我多跑几家事宴，挣下的钱不够你买粮食吗？

曲美英嘴上没说，心里却在嘟哝，家里都快揭不开锅了，你那事宴还没影儿呢。

这年秋天，阎来锁家的山田歉收，打下的一斗谷子连公粮都不够缴，村上催了好几次，他觉得烦，硬撅撅地说，要粮没一斤，要命有三条。又说，啥新政府新政策，我看还不如以前呢。

村长阎老实听后警告他，可不敢乱说，小心把你狗日的抓起来，当汉奸崩了。

隔了几天，县里给阎来锁家发下三百斤小米，说是拥军优属的补助粮。阎来锁二话不说就把小米倒进自家从来都空着的粮缸里，然后才拍打着装小米的口袋笑嘻嘻地问，啥叫拥军优属？送小米的干部说，你家有人在咱们队伍上当兵，你们就是军属，这是给军属的补助，也就是报酬。

阎来锁的绿豆眼忽然瞪大了，你说守富吧？你知道守富在哪支队伍上当兵？

那人说，不是守富，是守财，1 纵队 1 旅 3 团的侦察兵，都立过功呢。

阎来锁哦了一声，没敢把这个消息告诉曲美英。他知道曲美英最关心的其实还是守富的下落。

转天，阎老实也给阎来锁报喜，说，来锁，你狗日的撞上狗屎运了，你家山梁上那三亩坡坡地，村里替你代耕代种，到时候你把种子准备好就行，你狗日的还成天骂新政府不如旧政府哩，你是边吃奶边骂娘呢。

阎来锁眨巴着小眯缝眼说，老实老实，你说这话我不爱听，我不是撞上狗屎运了，是我家守财在 1 纵队 1 旅 3 团当上侦察兵了，这叫拥军优属，村里替我代耕代种，八成也是冲着我家守财的。

阎老实被噎得没话说，反剪手走离百丈崖，很远了，却回头大声对阎来锁说，旮旯里撵狗，回头咬一口，你狗日的还算人吗？

阎来锁辛辛苦苦修起来的三眼窑洞空落落地戳在家宅的艮位上。花格晴窗上，按了两块山里人家很少见的毛玻璃，一尺见方。窑洞坐北面南，器宇轩昂的样子，与土里土气的院子风貌格格不入。另外两眼破旧的土窑，坐落在家宅的乾位上，阎来锁听说这两眼土窑还是他爹的爷爷在世时修的，有好些年头了，窑壁到处是裂缝。

这些天，断不了有平川上跑反的人涌进东峪，人多了，最犯愁的就是找不到合适住处。一般人家，有两三眼窑洞刚够自家挤着住就不错了，略有盈余的，也堆满锹镢锄镰箩筐簸箕粮缸面缸菜缸等各式各样杂物；有钱人家，虽说窑洞多房子多，却不愿收留外人住，他们也不在乎收取那几斤麦子或一升半斗高粱米顶房租。但是，有人开始觊觎阎来锁那几眼新窑洞了。

走近百丈崖的是河边村的教书匠曲养元。

哥家，歇着哪？

曲养元喊磨盘上喝茶的阎来锁叫哥家，其实阎来锁还没有曲养元年长呢，但出门总要矮三辈的。

哥家，曲养元反剪两手，站在阎来锁院子里的那棵核桃树下，对一脸迷惑的阎来锁说，看你这窑砌得又敦实，又亮堂，石头用了不少吧？

阎来锁竖起三根指头，三孔窑，少说用了三十方石头，连备料，带挖窑窟子，带砸根基，带打窑洞，陆陆续续花了我三年时间，才把它砌成，我婆姨说窑砌成了，守富守财的媳妇儿也该有着落了，往后的日子也就有奔头了。哪承想，偏遇了个不开眼的亲家……不扯这些烦心事了，想起来牙根儿酸。

曲养元不住地点头，说的是，家家有本难念的经。

阎来锁不认得曲养元，便问，山外搬来的？

逃难来了，没地方住。

你不会看上我这几间新窑吧？阎来锁一下子警觉起来，语气明显冷淡了不少，你想都甭想，那是留着给娃娃们做新房用的。

曲养元笑了，说，家里有几个小子？

阎来锁又竖起三根指头。

多大了？

一个小二十,一个满十七，顶小的也十四了。

半大小子，吃塌老子，曲养元捻着山羊胡须，仰望百丈崖，我倒有两个闺女还没寻下婆家，大的比你家老大小两岁，小的比你家老二大一岁。

阎来锁琢磨着曲养元的话，小眼一翻，你这不逗我吗？你俩闺女是双胞胎啊？

曲养元说，哥家好脑筋，一猜一个准。

其实曲养元也就随口说说而已，可阎来锁顶真了，眯缝眼忽然瞪得溜圆，盯着陌生的曲养元说，小两岁大一岁不都正好么？哥家，哪村儿的？闺女来了没？我家守富当兵走了，守财也当兵走了，用不了几年就解甲归田了，老大能行医，老二会厨子，不比买卖人赚得少，你看咱这新房都是现成的，东峪十里八村少有我家这条件……

曲养元老谋深算。那天他带着小脚老娘，带着梳有元宝头的婆姨，带着儿子儿媳，还有三个孙子浩浩荡荡涌进阎来锁的小院，在主人阎来锁笑眯眯的引领下住进新砌的石窑洞。

瞅着曲养元的老老少少，阎来锁笑着笑着忽然不笑了，他拽住曲养元的袍袖，拉到核桃树下，问，那个奶娃娃的女人，该不会是你没出阁的闺女吧？

曲养元一愣，继而大笑，笑得两撇房檐似的眉毛一跳一跳的，瞎说啥呢老阎，你也不想想，这翻山越岭，远路风尘的，我能带两个花骨朵似的闺女满世界乱跑吗？她们在姥姥家住亲戚呢。

阎来锁哦了一声，小眼眨巴着又问，你老丈人是哪村儿的？不怕日本人过去祸害了？

曲养元说，远着呢，县城南山里头的董家堰，隔了好几座山呢。

家里来了新房客，曲美英也挣扎着想见见面，阎来锁说别见了，日子长着呢，万一亲事成了，有你见面的工夫。

2

县委没进山之前，一直与县政府一起办公，近五六十号人挤在一个灶上吃饭，灶台是借用老乡家的，先是在芳兰镇，后又迁移到蒋村，地点不停地变，一成不变的是锅里的饭菜和做饭的师傅。

说是炊事班，其实做饭的师傅就三个人，除事务长老姚头外，还有一个小周，一个小姚，小姚是老姚头的侄儿。三个人都不是厨子出身，做出的饭菜没什么色香味方面的讲究，当然条件也有限，顿顿离不了窝头咸菜小米粥，连一点技术含量都没有。

即便如此，到了东峪后，三个人还是吃香得不得了。在山外是一个炊事班做一大锅饭，到了山里是一个炊事班做两大锅饭，而且不在同一地点，一个戎家庄，一个南庄，相隔十里远。炊事员如何分配，老姚头挺为难，他信不过小周，也信不过小姚，都是俩生瓜蛋子，一锅发面窝头都蒸不好，一出笼，酸溜溜的直倒牙，细问，才知道忘了酵碱了。

一开始，他是把小周安排在戎家庄灶上，把小姚安排去了南庄，但很快有同志们反映，小周烙的苞谷面锅巴都烤焦糊了，咬一口，除了硌牙，还有股子酸苦味儿，县政府的同志们都怀念那个面皮白净的小姚。老姚头把小周小姚互换了一下地方，但没出两天，县政府的王秘书把老姚头喊到街上谈话，一针见血地指出这个小白脸小姚，做饭的手艺还不如原来的小周呢。

老姚头真没办法了，为了保质保量，只能两头跑，三顿饭一共跑六趟，一天下来五十来里路，把老姚头累得睡一夜都歇不过来。没法子，只好向上级打报告要人。

胡富华找到张耀山，说，张区长，这是你的地盘，你得替县上解决一下厨子问题呀。

张耀山没有不答应的理由。答应是答应了，却摸着脑袋不知该怎么做动员工作。他先去了白玉沟，穿过好几条小石巷，在一个崖头上找见白拉柱家。

白拉柱的腿已好利索。腿刚伤着那会儿，差不多天天有人上门来请他跑事宴，他倒是想接，可连炕都下不了，只能忍痛割爱，接连推掉十几家红白事宴。等到腿伤好得差不多，也就没人再来找他办事，人们都知道白拉柱瘸了，生意挑子撂了，可没人知道他的瘸腿还能治好，治好之后还能接着再跑事宴。没人请他跑事宴，白拉柱愁得整天长吁短叹，抓耳挠腮的，张耀山在他抓耳挠腮的时候，推开了他家的院门。

白拉柱拍了拍炕沿，算是给区长让座。

一听是给县政府当差，而且是长差，白拉柱激动得不行，把手里的烟袋递给张耀山，又吆喝在院里晒柿饼的婆姨快给区长沏茶。

他们老白家祖宗三代，没一个伺候官府的，一辈子都干耗在这穷山沟里了。可到了他这辈儿，居然祖宗显灵，喜事临门了。

他说，行啊，伺候政府，我巴不得呢。

张耀山笑着说，你先别急着答应，你听我给你掰扯掰扯。

张耀山抽了一口烟接着说，咱们的政府是新政府，也是穷政府，凡是政府工作人员，都没薪水，不过呢，吃饭是免费的，要是不吃政府的饭，每天供应一斤二两口粮，五分钱菜金，你看怎么样？

白拉柱摸了摸那张白斑脸，眨巴着三角眼瞅着对面的张耀山，他认为张耀山在故意逗他，龇牙笑笑，笑着笑着，见张耀山一本正经的样子，他就不笑了，脑袋摇成拨浪鼓，那哪成，我一家五六口人，就指望我跑事宴赚俩钱糊嘴哩。

张耀山说，你知道有个叫张敦圃的人么？这人是太原国民师范的教员，还有个叫班玉书的人，是太原兵工厂总设计师，韩润延是煤矿工程师，都是大本事人，比你我都强。现如今，这些本事人都替新政府做事，包括我张耀山在内，从书记县长到区助理员，没有一分钱的待遇，只管一日三餐，你说大伙儿图个甚？不就是想齐心协力把小日本赶出中国吗？

哎呀，耀山你不知道，人比人气死人，我哪能跟你们这些人上人攀比呢？白拉柱连连摇头，我一厨子，光晓得跑事宴能挣钱养家，真像你说的，白给政府做饭，就混个肚儿圆，我一家老小等着喝西北风呀？

白拉柱从张耀山手里拽过旱烟袋，闷头抽了两口，吐得窑里烟雾缭绕的，他接着说，东峪的厨子多了，你不找他们，偏来找我，不是拿我当软柿子捏吗？我白拉柱这几年是走背字，可再走背字也不能瞅着坑，硬往里跳吧？我这两只眼还没瞎呢。

张耀山不好再说什么。

张耀山像一只忙于采蜜的细腰蜂，嗅着炒勺炒瓢的味道又去了河南坪，去了边家岭，他把说给白拉柱的话又重复告诉了郝二嘎和陶麻子，结果都一样，碰了满鼻子灰。

从边家岭出来，张耀山犯愁了，一个人蹲在河滩里抽闷烟。

阎家坪的猎户周保全提溜了两只野兔，走下六节寨。他看见河滩里像块石头似的蹲着的张耀山，说，想摸鱼呀大区长？蹲在岸上可摸不着鱼，你得下河里摸。

我摸鱼做啥？张耀山翻起脸看了周保全一眼，我哪有心情摸鱼呀？你不看我正愁着吗？

不愁吃不愁喝不愁婆姨不愁娃娃的，你愁啥哩？

愁厨子哩。

张耀山说完，直起身，忽然想起另一档子事儿。他婆姨刚坐月子，早上吩咐他磨几斤绿豆面，他绕世界找厨子，把磨绿豆的事儿倒给忘了。

周保全也是个爱管闲事的人，他不死心地又追问了句，厨子咋了？不会是来锁又捅下啥娄子吧？

张耀山直愣愣地盯着周保全。周保全不说阎来锁，张耀山真把阎来锁给忘了，心想，别的厨子请不动，在家闲得蛋疼的阎来锁总能请动吧？

张耀山把找厨子的事儿跟周保全一说，周保全倒笑了，你不怕来锁给你们下药？他可是蹲过东大门的人，那名声都臭大街了。

张耀山直摇头，慢不要说来锁做不下那事，真是他干的，说明他疾恶如仇嘛。

张耀山是个善于变通的基层干部，他吸取了前几次失败的教训，改变了一下工作策略，把县里交给他的任务又交代给了阎家坪的村干部，等于是把责任下压了。

阎老实嘴上没表示什么，心里却不住地摇头，他说，我倒是能去找来锁，不过我敢给你打包票，八成没戏。

阎老实还没有走近百丈崖，远远听有人吼了一嗓子，头戴黑来身穿黑，浑身上下一片黑。最后的那个黑字拖得很长，好像用丹田气发出的。阎老实有些感慨，这个阎来锁一辈子也就会唱这一句梆子戏，唱着唱着居然有了盖叫天的味道。可见，一个人专注于某一件事，是没有做不成的道理。阎老实隔着院墙提高嗓音说，来锁，你狗日的又走狗屎运了，这回你要说不是走狗屎运，你狗娘养的，真是狗日的了。

阎来锁没有跳下磨盘迎接阎老实，而是面向百丈崖又吼了一句，头戴黑来身穿黑，吼到这儿，停了，扭脸瞅走进院门的村长。

院里有两个小男娃，头顶头在核桃树下走田字棋，曲养元戴了一副老花镜，在窑门口的马扎子上看书。

阎老实问，家里来客了？

看见还用问？阎来锁说，是亲家。

守富不是退婚了吗？

你消息倒灵通，退了不兴再找了？

阎老实没工夫跟阎来锁闲磨牙，赶紧书归正传，你狗日的在县政府都挂号了，那名声响当当的，胡县长亲自点卯，要你给做饭去，这待遇，啧啧啧……

一听阎老实这话，阎来锁竟然愣怔了半晌。半晌后方说，哎呀老实，我没看出来，你也学会兜圈子损人了，一般人吃肉是吐骨头的，你这人吃肉不吐骨头，伸手打我一巴掌，你还跟我说把你的手给打疼了，叫我替你吹吹，你他娘算人吗？

阎老实仰面朝天看了一会儿，突然阿嚏一声，打了个喷嚏，口水细雨一样纷纷落下，说，你狗日的不要动不动就骂人，说好听的，我是给你找个正经营生干，要不你快蹲成石头了；说不好听的，我给你派的是官差，你狗日的不去也得去，以前给你派差事，不是毬长就是毛短，老不去，不去就不去吧，咱们俩父一辈子一辈的交情搁那儿了，我也不能把你咋的。这回可不同了，人家县政府点名要你狗日的阎来锁去哩，你不去能行？手腕子能拧过大腿？

你甭跟我打官腔，阎来锁说，我一个土老百姓不去就不去，他们能把我咋的？你脑子让狗啃了？咋不记得上一回给你们出官差，老子差点回不了阎家坪？

阎老实那张黑脸又让阎来锁骂红了，心想这张耀山也是的，东峪里又不是死得没厨子了，还非赖上这狗日的阎来锁不行？

阎老实要打退堂鼓，脸色蜡黄的曲美英却扶着门框站在土窑门口，说，老实，我们家来锁也是怕了，做一顿饭就给关进大牢，你说谁咽得下这口气？

阎老实忙说，这回没问题，新政府跟旧政府不同，县长书记跟咱们老百姓没两样，和气的很。

又说，绝对亏待不了来锁，这个我敢打一百二十个包票。

又打包票？鬼才信你们的包票呢。

阎来锁不住地冷笑，当初武贤堂也拍着胸脯给他打过包票，他一出事，武贤堂把关系撇得一干二净，连面儿都不照一下。

可曲美英不这么想，听了阎老实的话，竟痛痛快快替阎来锁应承下了，说她天天看见来锁蹲在磨盘上喝茶就眼珠子疼，没工钱不算个事儿，只要他们敢用来锁，来锁就去。

阎来锁不想去，蹲在磨盘上晒日头多惬意的事？去了还要做饭呢，还一日三餐呢，伺候当官的不比伺候老百姓轻松，一顿饭做得不如意，就等着掉脑袋吧……可曲美英替他答应了，再犟着就说不过去了，只好硬着头皮问，这事能行？

曲美英说，能行，咋不行？

3

张耀山再次见到县长胡富华，腰板儿挺得笔直，远远喊，胡县长，厨子做的饭还行吧？

胡富华笑着说，我哪知道他做得好不好，你请来的厨子又不在政府灶上。

阎来锁被分配去了南庄的县委灶。他每天做的饭都简单，简单到只有一汤一菜一主食。汤是能照得见人影儿的清水米汤，菜是咸得掉牙的老咸菜疙瘩，主食是蒸两笼苞谷面窝头。

一日三餐，餐餐如此。要油没油，要肉没肉，是个娘们儿就能做。

不过呢，凡是吃了阎来锁做的第一餐饭的人，没有不翘大拇哥的，连轻易不夸人的县委书记韩玉林也赞不绝口，晚年时的韩玉林还专门写了一篇标题为《抗战岁月话美食》的回忆性文章，发表在一份国家级报纸上。这已是后话。

当时，韩玉林并不是冲着一碗清水米汤和两个黄澄澄的苞谷面窝头去的，而是阎来锁用心做的几道菜令他对这个名声不佳的土厨子刮目相看了，一盆地皮菜炒鸡蛋，一盆凉拌甜苣菜，一盆凉拌蕨菜，还有一盆小葱拌豆腐，都是些寻常菜肴，却做出了不寻常的味道。

韩玉林用筷子点着碗里的小葱拌豆腐，对组织部部长酆隆德说，瞧瞧人家这手艺，都快赶上宫廷里的御厨了。

韩玉林没吃过宫廷里的饭菜，当然也不知道御厨的手艺有多高，可他认为阎来锁的手艺不比御厨差。

因为阎来锁做的菜香，四盆菜被大家哄抢一空，通信员小郭还拿着碗朝阎来锁要菜，大叔，再给一勺吧？

酆隆德说，小郭，你这不成要饭的了吗？

大家边吃边笑。

阎来锁用炒勺敲敲锅沿儿，说，就剩洗锅水了，想喝，给你舀一勺。

一炮打响，对阎来锁来说并非好事。

干组织工作的酆隆德喜欢从鸡蛋里边挑骨头，他对韩玉林说，地皮菜，甜苣菜，蕨菜都是从地里挖的野菜，这没毛病，可鸡蛋和豆腐哪来的？该不会是新来的炊事员不懂政策，从老乡那里硬要的吧？而且饭菜标准明显高了，算不算违反纪律？

韩玉林吃不准这个问题，拐着一条腿，在伙房里找到新来的炊事员。

阎师傅，你这鸡蛋和豆腐哪弄的？

阎来锁翻了翻小眯缝眼，告诉胡富华，鸡蛋是张耀山他家鸡窝里贡献的，豆腐是阎来锁从阎家坪开豆腐坊的阎满堂那里赊的，不用县委还，他初来乍到的，总得有个见面礼吧？

韩玉林直摇头，阎师傅啊，你看错黄历了，咱们这是共产党领导的县委机关，不同于旧政权，豆腐钱我来付，以后再不能超规格做饭了，要不然我们都会犯错误的。

阎来锁不认得韩玉林，也不知道韩玉林是这里的一把手，他觉得这个人说话文绉绉的，酸溜溜的，不是正经味道。哪有吃几颗鸡蛋，吃二斤豆腐就算犯错误的道理？不让做更好，省得四处挑野菜。

从那以后，阎来锁真就很少给大家改善伙食了。

一开始，阎来锁并不看好这件差事儿，做了七八天后，慢慢适应了，反倒觉得挺舒心，活儿不多，做完饭，剩余时间由自己支配。三十多人的饭，窝头咸菜煮地瓜焖山药，闭着眼都做得了，何况还有小周打下手。小周是个勤快后生，不让阎来锁洗锅刷碗，除了和面捏窝头，除了在菜案上切咸菜丝，除了偶尔调配一下野菜，阎来锁基本上无事可做。无事可做就得找地方打发时间，他在南庄村跑事宴不下几十回，认识的村人挺多，大家听说他给新政府做饭，都奉承他说，来锁是做梦爬上六节寨，高升了。一个人这么说，他不上心，两个人三个人都这么说，阎来锁觉得骨头轻了，走路都轻飘飘的，有谁再跟他打招呼，就有点居高临下的味道了。

天凉了，日头落山早，出山晚，阎来锁有了更充足的时间回阎家坪过夜。如果时辰尚早，百丈崖下的院子里，照样会聚集不少人，这些人以往喜欢听阎来锁讲跑事宴的事，现在阎来锁不跑事宴了，大家就打听县委机关的事。阎来锁所知道的都不是秘密，好多人没去过县委，却知道韩书记年纪轻轻的却是个半瘸；姓酆的组织部部长自己咳嗽都治不好，偏喜欢给别人看病；唱北路梆子的九岁红别看名气挺大的，如今成了生成永货栈的脚夫，还经常来县委灶上蹭饭吃，每蹭一次饭，大伙儿让他清唱一个折子戏，或甩一阵头发。一出折子戏能值多少钱？一顿饭又值多少钱？阎来锁一边摇头一边说，我看他九岁红是脑子进水了。

阎来锁就是在伙房里认识九岁红高玉贵的。九岁红长得牛高马大，头上常戴顶黑毡帽，一开唱，窑顶的纤尘也被一缕一缕震落下来。离得近，阎来锁都要用手捂住耳朵，怕给震聋了。阎来锁对村里人说，我就纳闷儿了，都是娘生爹养的，都是一样的嗓子，九岁红咋能挑那么高，都挑到天上去了。

烟头在暗夜里明明灭灭。

靠着核桃树的阎老实说，来锁，我说你狗日的走狗屎运了，你还不承认，这下放心了吧？我不是害你。

4

大老郭进山选在腊月天。

大老郭是陶麻子的小舅子，在县城傅家巷开一杂货铺，大到皮革、布匹、纸张、铁锹、山货，小到针头线脑柴米油盐酱醋茶，差不多样样齐全。买卖谈不上兴隆，反正每年正月初四，大老郭总要骑着骡子来边家岭给姐姐姐夫拜年。他骑一匹骡子，还要牵一头毛驴，毛驴背上总有一个鼓鼓囊囊的布口袋。

边家岭的村人都说陶麻子攀了一门好亲，亲戚又给送好东西来了。陶麻子却一阵冷笑，说做梦娶媳妇吧，咱那小舅子是铁公鸡，一毛不拔。

还真让陶麻子说对了，他小舅子口袋里装的既不是粮食布匹，也不是走亲戚蒸的花馍年糕，而是一沓麻袋和布口袋，是要姐夫帮他贩柿子贩核桃贩花椒用的。

这一回，大老郭不是来东峪驮运山货的，而是来招聘厨子的，所以选的日子既不是正月初四，也不是花椒柿子成熟后的深秋，而是寒风凛冽的腊月初十。

姐夫，我给你谋到个好差事，保管你能赚大钱。

大老郭说这话时，陶麻子正替婆姨蒸过年用的白馍枣山，他没把大老郭的话当回事，又不好给大老郭难堪，装作认真听的样子，坐在灶火前往灶膛里添柴火，脸被灶膛里的火苗照得红彤彤的。

大老郭说他在县城开了一个大大的饭铺，取名得月楼。

既叫楼，说明做的是楼上楼下的大生意。

大老郭问陶麻子知道不知道县知事是什么官？他不等陶麻子开口说话，自己便解释道，县知事就是从前的县太爷，如今的县长。县知事叫郭春雷，郭春雷也是得月楼的大股东，所以说得月楼包赚不赔。可是店小二好招，厨子难聘，因为郭知事想把饭铺做出地方特色来，已经请好专做平川菜的三个厨子了，现在还缺几个会做山里事宴的土厨子。

陶麻子听罢心里发出一阵阵冷笑，心想，这就是给你姐夫谋到的好差事？想当初阎来锁出了一趟山，蹲了三个月东大门，至今儿一条胳膊还没好利索呢，你姐夫可不是好糊弄的人。

大老郭不怕陶麻子不应承，他拍了拍肩头的褡裢，听见褡裢里有叮当之声。

大老郭说，只要肯出山，每人先付五块现大洋的定金，到地儿了，再付十块现洋，试用期满，双方觉得合适，再一次性给付二十块，这算是五个月的底薪，买卖红火，还能提成，姐夫你好好算算这笔账，底薪一个月就是七块钱呐，再加上提成，做两年厨子就成小财主了。

又说，你跑一回事宴也就赚两块钱吧，十回才二十块呢，一年下来，满打满算能跑二十几回就不错了，那得靠你不停地来回跑呀，风里来雨里去的，跑事宴的钱好赚还是得月楼的钱好赚？

又说，冬暖夏凉，不用风吹日晒，一天做两顿饭，你打着灯笼都难找……

大老郭见陶麻子还在掂量这事儿，就有些不耐烦，这么着吧，姐夫你去不去咱们稍后再议，你替我引荐一下其他厨子。

陶麻子转着眼珠子看他婆姨，想从他婆姨脸上看出点端倪。

他婆姨也摸不透弟弟的心思，说，郭子，你可不能瞎蒙你姐夫啊。

大老郭拍了一下巴掌叫屈道，姐呀，我是那种人吗？我蒙我姐夫做什么？我还想不想以后进山走亲戚了？

陶麻子只好说，行倒是行，我能领你去见见他们，人家不应承你，你也甭心里不痛快，东峪的厨子不出山，也不是我们这辈子人定的，是老规矩了。

白玉沟的白拉柱和河南坪的郝二嘎一听大老郭的话，都嘎嘎地笑开了，一边笑一边摇头，最后把大老郭都整晕了。

郝二嘎不跟大老郭说，而是跟陶麻子说，麻子你去，我们也去，你不去，我们免谈，老规矩要坏，咱们一起坏，不能像上一回，咱们在旁边看乐意，让人家来锁出山遭罪受。

郝二嘎说话时，眼睛不住地瞟里屋。

陶麻子知道郝二嘎说这话其实是说给他婆姨听的。郝二嘎娶了个婆姨是只母老虎，他做任何事情都必须征得婆姨同意，婆姨说这事没得商量，他就死了那条心了，谁都知道郝二嘎脾气好，婆姨的话就是圣旨。陶麻子有次对白拉柱说，我要娶这种婆姨，早一勺子戗死她了。当然，现在是在郝二嘎家里，陶麻子不能说那样的话，他要说了，还指不定谁一勺子戗死谁呢。

白拉柱说，前些日子，张耀山找我给县政府做饭，我没答应，嫌他工钱太瘦，你小舅子这活儿，听起来还算凑合，可也不算太肥，再说离家别业的，山外头又不太平，小鬼子逮谁杀谁，我看还是待在山里安稳。

大老郭本来是坐在郝二嘎家炕沿儿上喝茶的，这时激动起来，把茶碗往炕上一墩，盯着白拉柱说，你听谁说山外边不太平？这话可不敢乱讲，我是从山外头进来的，我还能糊弄你们？这饭铺是我大老郭出钱开的，人家县知事都入了股的，我能骗你们？再说这不还有我姐夫呢。

又说，我没工夫跟你们磨叽，你们觉得合适，咱明儿在六节寨山根儿下碰头，觉着不合适，就当我大老郭没提这事儿。

说完，大老郭拽着陶麻子的胳膊走出郝二嘎的土窑洞。

陶麻子埋怨大老郭做事毛糙，他还没好好跟白拉柱拉呱拉呱，怎么就撇下人家出来了？总得说句客气话吧？以后还要见面的。大老郭说，姐夫你不懂，这种人就得用激将法激他。又说，东峪这么大，不能就你们仨厨子吧？

陶麻子想了想说，有是有，可大都摆不上桌面，算是野厨子，估计你也看不上眼。

又说，倒是还有一个，可你就是用九头牛拉他，怕也拉不动的。

大老郭一笑，说，还有这号犟人？我拿袁大头砸他，还怕砸不动他？

陶麻子直摇头，你啥也不知道，老话说得好，一时被蛇咬，十年怕井绳，吃了一回亏，傻子都学精了。

话是这么说，其实陶麻子心里却有另外一层意思，这么好的机会不能便宜了阎来锁，还是叫他白替共产党服务吧。

东峪有三个著名的厨子，在这一年落最后一场雪的早晨，走离八节寨。他们在出门之前，都给各家供在神龛里的彭祖老先生敬了三炷高香，并言明走出东峪是迫不得已，请彭老先生体谅他们养家糊口的苦衷云云。走的时候，他们心情分外激动，因为陶麻子为他们每人争取到十块现大洋的定金，叮当作响地揣进每个人的腰包里。原来说好是五块，陶麻子觉得五块太少，说人都出来了，还怕我们半道儿折回去吗？大老郭又摸出三十块现洋，说再给你们每人十块，剩下的到地儿了给。

白拉柱一直认为自己命不好。命不好不是说他在东峪跑事宴竞争不过郝二嘎或陶麻子，也不是说他在老丈人家倒插门，跑事宴赚的工钱都要如数上交给丈母娘，连婆姨生的娃娃都随别人姓，而是说他习惯轻信别人。三十多年前，因为信了一个阎家坪的老汉，以为阎绪家的婚事真的不做了，没去阎家坪跑事宴，阎绪事后还捎了口信骂他不能遇事；一年前，还是因为相信村里人，以为阎来锁天天守在村外头要用菜刀劈他，就走了一回夜路，从崖头上跳下去险些没摔死；而这一回，他又信了县城来的大老郭，又险些走不回白玉沟。当然在没出山之前，他对这个陌生的大老郭还是充满感激之情的。

大老郭一看就是久走江湖的，说话总是先入为主，从翻八节寨开始，就夸他的得月楼，说盖楼花的钱你们跑事宴的厨子一辈子都没见过，他请的是凤台的木匠，留念的泥瓦匠，青石的石匠，上面是卷棚硬山顶子，下面是花格直棂窗子，材质是红松和香樟木，门口是一公一母的石狮子，房檐下挂了蒙纱的红灯笼，进门又是什么样式的石屏风，一层大堂是什么样式的桌子椅子碗筷壶盅，楼上又是什么样式的包间雅座，还有专门给客人唱戏的小戏台……

大老郭口吐莲花的时候，陶麻子他们也受了感染，一路上虽说天气寒冷，雪飘得眼睛都睁不开，可大家有说有笑，嘴里说的，心上想的尽是好事。

雪慢慢停了，风却大了，吹得人脸像刀割一样疼，地宫沟里到处风声鹤唳。山上尤其明显，他们爬五仙山时只能低着头走，每人手里都有一根棍子，怕脚底打滑出溜下山去。

中午，一行人在白佛堂吃了一顿素斋，每人吃了两个蜜勾糕。过马家窑时，遇见一个同路的后生，后生长了一张娃娃脸，后生说他叫王命年，去陈家营姑姑家吃喜酒，姑姑的闺女要嫁人了。

大老郭见多识广，对陌生人总喜欢猜猜身份，他对王命年说，你是青救会的吧？要不就是农救会的？都不是？我不信，你们村长跟我是拜把子兄弟，你还跟我打马虎眼儿哩，我没说错吧？还不承认？我一猜，你肯定不是去吃喜酒的，你姑姑压根儿不在陈家营，你敢说你姑父叫什么名字？姑姑家有几口人？说不来吧？你一定是出山送信的，你看你还摇头哩，我这人会相面，气色青，主忧惊，你说没说谎，我真就不信，我一相一个准的。

大老郭笑嘻嘻地瞅着王命年，王命年却恼了，脖子上显出蚯蚓一样的青筋，你这人怎么这样啊，跟你说了你不信，不跟你说吧，你还瞎问，我姑父叫郝桂景，是个编席匠，我表哥叫郝金元，闲时卖席子，忙时种庄稼，我姑姑家有六口人，他们家在陈家营村西头，你爱信不信呢。

王命年紧走几步，与大老郭拉开一段距离。

陶麻子袖着手，听了王命年的话，也认为大老郭嘴巴太长，还自以为是，想说他两句，却没开口，只是又白了小舅子一眼。

过了李家庄，走五里下坡路，就看到蔚家梁村东的炮楼了。

那时，云倾西北，雪压东南，收割殆尽的庄稼地高一垄低一垄，也看不出一马平川的样子。大老郭把大家带到一条小路上，走得磕磕绊绊。

王命年附在白拉柱耳边嘀咕了句什么，白拉柱奇怪地看了王命年一眼，却把前面带路的大老郭喊住，指着炮楼上斜挑着的膏药旗说，老郭你这不是坑人吗？放着大路不走，偏朝那炮楼子走，不要以为我们是山汉，毬也不晓得，那个旗是小日本的膏药旗，张耀山早跟我说过了，看见膏药旗赶紧躲着走。

陶麻子也紧张起来，盯着小舅子的脸，郭子，昧良心的事儿咱可不兴做啊？

大老郭停下，转身，在每个人脸上睃来睃去，突然歪着嘴笑了，嘴前荡漾一团白雾，什么呀你们这是？我把你们往鬼子手里送？我是鬼子他爹还是他爷？我得了他多少好处？尽瞎猜哩。我告诉你们吧，我是这么想的，咱们走了这一路也够累的，眼瞅着天色不早了，等走到县城就后半夜了，与其进不了城，哪如咱们在蔚家梁歇一晚，你们说是不是？

就是嘛，这又冷又饿又乏的，也该歇歇了。郝二嘎跺了跺鞋底上越踩越厚的雪接茬说，咱都听大老郭的安排。

前面不声不响走路的王命年忽然回过头来，耸耸肩，朝白拉柱挤了挤眼，说，老虎窝打瞌睡，不怕给老虎吃了？歇脚也挑个没炮楼的村子歇。

大老郭骂道，咸吃萝卜淡操心，管你走你的路吧。

蔚家梁村子不大，几十户人家，这时候家家都关门闭窗黑灯瞎火的，街头甚至连一只狗都见不到，只有雪压柴火的簌簌声。大老郭把几个人带到村公所门前，见大门上落着锁，对陶麻子说，姐夫，你和老白老郝在这儿等我一会儿，我找村长拿钥匙，千万别走开。

陶麻子肠胃不好，天一冷就要加衣，可那天雪下得突然，临出门，穿好棉衣棉裤，仍觉得冷，要婆姨帮他找件棉坎肩。婆姨翻箱倒柜找了半天没找着，大老郭催得又急，只好用布腰带紧了紧棉袄，用羊肚子手巾把头缠了就上路了。路上倒没什么感觉，可进了蔚家梁，陶麻子肚疼得受不了，四处张望有没有茅房。在村公所门口来回走了几遍，他对白拉柱说，我去方便一下，郭子回来喊我一声。

陶麻子不走运，在街上转来转去找不到临街的茅坑，实在憋不住，寻一个背风的墙犄角蹲下，听得嘭一声，一股灼热的液体夺门而出。

陶麻子蹲得时间并不算长，等他觉得肚子空了，再屙不出东西了，从雪地里摸出半块砖头，往屁股沟里一擦。他擦屎的空当，听见村公所那边一片嘈杂。

干甚哩这是，大老郭，你这是干甚哩，你个王八蛋，叫人来抓我们……

陶麻子听出是白拉柱的声音，不由心头一震，知道出事了，却不敢往起站，只好蹲在原地静静地听。

姓白的，你给老子放老实点，再嚷嚷我把你的嘴堵上。

这是大老郭的声音。

大老郭又气势汹汹说，你甭敬酒不吃吃罚酒，给皇军做饭是抬举你们，又不是剜你们身上的肉。

哎老白，我姐夫哪去了？叫你们甭走开，怎么就剩你们俩了？

白拉柱说，你还演戏哩，你姐夫早溜了，当我不知道你们姐夫小舅子设下圈套要我和二嘎往里钻？二嘎，咱们两个傻蛋，上人家姐夫小舅子的当了。

郝二嘎也骂道，陶麻子，我日你娘的，你脚底板抹油，溜得倒快……

陶麻子不敢往下听，胡乱系住裤带，贴着墙根儿朝旁边一条胡同跑去。

5

陶麻子偷偷潜回边家岭，大门不出二门不迈，怕郝二嘎和白拉柱的家属寻他的不是。

过了好些日子，陶麻子打发婆姨出了一趟山，打听他小舅子的底细。没过三天，婆姨回来了，一进院子就骂她弟弟是个黑心肠货。

大老郭的杂货铺开在县城傅家巷的北口。忻口战役打到第十九天，他去宏道镇贩麻绳，留下婆姨和两个小学徒看守铺子。等他赶着花轱辘牛车返回县城，却怎么也找不到他的杂货铺了。眼前的傅家巷房倒屋塌，到处是冒着黑烟的残椽瓦砾，一个趴在地上的血人，手伸在半空，炫耀似地攥着吃了一半的提浆月饼。有人告诉他，那个血人就是他的婆姨，他的杂货铺让日本人的飞机炸没了。大老郭当时就懵了，从花轱辘车上一头栽下去。

转年，日本人占领襄城。已是穷光蛋的大老郭，经人介绍参加了日本人组织的宣抚班，他的身份是一名军嘱托的雇员。宣抚班日常有两个任务，一个是搞奴化宣传，一个是组建各村的维持会。大老郭无牵无挂，干得挺卖力。到了这年冬天，襄城县境，日本人陆陆续续建起不少据点，修了不少炮楼，据点多了，伙房也多了，招聘伙夫成了当务之急。可平川上会做饭的厨子好像一夜之间都蒸发掉了，好不容易从乡下强征到几个厨子，也都是些二把刀，就这，给各据点分派下去，还是供不应求。

当时，县公署建设科有个科长叫武贤堂，他知道据点里急需伙夫，找到县知事郭春雷，把那一年阎书堂做寿他亲自去东峪搬厨子的事儿说了。

郭春雷一听，说，那你还不赶紧回东峪跑一趟？还等甚哩？

武贤堂说他是不敢回去，怕一脚踏上东峪的地盘儿，再想活着出来可就难了。

郭春雷想想也是，便让武贤堂推荐一个能去东峪的人选。

武贤堂想到宣抚班的大老郭。

郭春雷吩咐大老郭，我不跟你兜圈子，直接说吧，你大老郭能从东峪招聘一个厨子出来，县公署赏你 50 块现大洋，招几个算几个，韩信用兵，多多益善。

第九章

1

阎家坪背后的山叫落凤山；戎家庄、边家岭背后的山也叫落凤山。虽然都处于大河一侧，可边家岭、戎家庄都在山背阴地，阎家坪却在山之阳。日头总是先照亮阎家坪，等阎家坪随便一条小石巷都洒满阳光，边家岭、戎家庄才从落凤山的山垭里捡拾一些零碎的光线。所以，边家岭、戎家庄大多生活在岁月的阴影里，冬天阴冷，夏天潮湿。

县委和县政府从平川地带移驻崇山峻岭之间的东峪是去年八月间的事。来年春天，县委和县政府的驻地又做了相应调整，县委从南庄迁去八节寨对面的长舒里，县政府从戎家庄迁到七节寨山脚的赵家庄，而老姚头带着他短小精悍的炊事班也随机关迁徙到赵家庄和长舒里。考虑到长舒里和阎家坪之间隔着几座山，阎来锁回家不方便，老姚头让阎来锁带小周留在与南庄仅一河之隔的赵家庄，他带侄子小姚去了长舒里。

阎来锁的手艺在县委和县政府两套班子里都得到充分认可，大家都说自从吃了阎师傅的饭，连个头最瘦小的通信员小郭，都长出了肱二头肌。倒是曲美英交代给阎来锁随时打听两个儿子下落的任务，他没有认真领会和落实。其实也不怨阎来锁不作为，他也问过韩玉林，也问过进山来汇报工作的自卫队干部，韩玉林也托人多方打听过，反馈回来的信息是守财不在边区 1 纵队 1 旅 3 团了，组织上把他调回县基干自卫大队二中队充实地方力量，仍是二中队的侦察兵，只是没听说有守富这个人。这让阎来锁心里难受了好些日子，他不敢把这个消息透露给曲美英。

县委书记韩玉林在这年春天一个乍暖还寒的上午，带着通信员小郭从驻地长舒里东行八里，去赵家庄抗日县政府找胡县长谈工作。

别看韩玉林血气方刚风华正茂，身体的某些零部件却出了问题，最明显的是老寒腿。冬春两季，磕膝盖比马蜂蜇了都疼，钻心钻肺的疼，万不得已才骑一头从老乡家借来的灰毛驴代步。驴肚子滚圆，撑得韩玉林大腿根儿不得劲，不得劲也不好意思侧身坐，要让老乡看见，会笑掉大牙，只有矜持的小媳妇才两腿并拢侧身骑驴呢。

小郭是个愣头青，那年刚满十七岁，上嘴唇已经附着了一层纤细的黑须，头戴一顶簇新的青缎子瓜皮帽，是上个月他娘托人从山外捎给他的。小伙子一手牵着驴缰绳，一手拎着一根桑木拐棍儿，盒子枪在屁股蛋上摇来摆去，枪把上的碎牛皮条也摇来摆去。

春天的日头容易使人变形，人影拉得特别长，小郭注意到自己的影子很魁梧，很茁壮，很有男人味儿，盒子枪来回晃动的剪影尤其令人着迷。除此而外，小郭也没什么可显摆的，平时跟韩书记下乡，喜欢挎一把大镜面，在老乡眼皮子底下走来走去，腰板笔挺，脸还紧绷着，一副拒人于千里之外的样子。

韩玉林脸白，又是学生娃出身，一脸书卷气，东峪的老乡背后叫他白面书生。白面书生喜欢在东峪大山里转悠，工作之余，经常沿着三道弯走来走去，有时候骑毛驴，有时候不骑毛驴，不骑毛驴时他走得东倒西歪趔趔趄趄的，站在山头的哨兵或藏在石头后面的儿童团，还有在山田河滩地里干农活儿的村人，都熟悉了韩玉林走路的姿态，都觉得挺难受，想帮忙又插不上手。有人会拄着锄杆远远跟他打招呼，他听声音就能分辨出谁跟他打招呼了，总是直呼其名，问问山上的情况，聊聊各自的家常，熟得像街坊邻居一样。一开始，人们从不见他抽烟，阎二本有次见了韩玉林，问他不抽烟嘴里寡不寡？韩玉林说不寡，阎二本说别的话我信你，这话我不信，哪有不抽烟嘴不寡的？又说娘们儿都爱抽烟，你个大老爷们咋不抽烟？打这以后，韩玉林再和老乡们在一块拉呱，就抽上烟了，却不用烟袋抽，只用麻纸笨拙地卷了喇叭烟抽。拉呱半天，人们发现韩书记一根喇叭烟都抽不完。韩玉林拉呱的内容杂，杂到四六分粮，山外打仗，山里种田，娃娃婚事，柿子储藏，谁家劳力多，谁家婆姨生个蛇娃娃，谁家婆婆用鞋底抽烂儿媳妇的脑袋等等，都要瞎扯半天。山里人话长，可比起韩玉林来，还是嫌自己舌头短了半截。

看上去，韩玉林绵善得很，一点没有县太爷的官架子，可有时候也凶。有一次，给晋察冀边区运粮，负责运送粮食的贺永昌，前往各村抽调十六头牲口，说好了第二天用戎家庄擀毡子的任毛小的毛驴。任毛小怕毛驴路上受制，特意加了一升煮熟的黑豆搅拌在料里，喂了两个时辰，天一亮，牵着毛驴去了南庄。谁知道民运部临时改变了计划，只用了南庄和赵家庄的十头牲口，并且连夜出发了。计划不如变化快，谁都不是神仙，能掐会算，可问题是贺永昌给另外五头牲口的主人都捎了口信，唯独没通知任毛小，而任毛小这人有点轴，蹲在生成永货栈外头傻等。过了晌，有人看见一头驴和一个老乡一直在一个地方不动，觉得奇怪，过去一问，才知道是任毛小，赶紧给人赔不是，又叫进货栈做了一碗白面让任毛小吃了。贺永昌以为事情已经过去了，没想到韩玉林知道了这事，拐着一条腿，黑凶着脸，把他叫上，亲自又去戎家庄给任毛小登门道歉。这件事让东峪的老乡对白面书生有了新的认识。

有一天，韩玉林认识了阎家坪的教书先生白文昌。

自认识白文昌后，韩玉林受益匪浅，这才知道白文昌不仅精通四书五经，对东峪的地理环境、历史典故都了如指掌。

韩玉林喜欢听白文昌讲古，经常要白文昌陪他一座山一座山转悠，时间不长，他对东峪的地形也了解得八九不离十。他知道进出东峪并不仅有南路和北路两条通道，从阎家坪的百丈崖翻过去，七起七落，也可以去了东冶镇。南涧村是基干自卫大队的大本营，县委县政府的安危有一多半是靠自卫大队庇护的。大队长杜智德曾开玩笑说，县委是婆姨，自卫大队是汉子，家里婆姨说了算，外边汉子说了算，还别不服气。而翻过八节寨，也能去白佛堂和南涧村。如果顺着河道一直南行，就去了盂县。如此看来，东峪并非一夫当关万夫莫开的险地。

赵家庄转眼到了。在县政府，他们没有找到胡富华。民政科的同志说胡县长参加老乡婚礼去了。

韩玉林打算要那位同志喊一下县长，可又说，不必了，我们也去村里转转吧。

韩玉林让小郭把毛驴拴在一棵梨树上，手里添了那根桑木棍子，往门外走。在门口，碰巧遇见了张耀山。

张耀山披一件半新不旧的羊皮大衣，嘴巴里叼着旱烟袋，正帮一个老乡往驴驮子上装一筐柿子。

韩玉林也想搭把手，被张耀山制止了，得了吧韩书记，你顾你自个儿吧，这用你沾手？

装完柿子，张耀山点着烟抽一口说，韩书记，还是我带你们去吧，那户人家我认得，东家姓苏，五区的治安员，人挺会来事的。

老苏的儿子娶媳妇，娶的是坪上的女子，坪上还不算是东峪的地盘，而坪上人一般看不起东峪的山汉，往来不多，结亲的更少。老苏的儿子也是沾了新政权的光，认为自己是政府的人，非让胡富华给儿子当主婚人不可。

胡富华说当主婚人可以，你把小两口姓名年龄阅历都提供给我，好临时编几句话。

老苏知道儿子的大名叫苏明远，十九岁，属羊，上了两年私塾，后来去张六灯设在大同府的皮货店做学徒，事变以后回村务农，如今是村自卫队队员；至于新娘的情况，他只知道是坪上人，娘家姓郑，家里排行老四，奶名叫四妮子，其他一无所知。

正要让人把媒婆喊来，胡县长一眼看见一瘸一拐走进院的韩玉林，笑着对老苏说，看来你家明远有福气，连韩书记都来捧场了，我这主婚人也该让贤了。

韩玉林没听到他们说什么，只顾忙着跟院里坐席的老乡打招呼。

韩玉林没答应给新郎新娘当主婚人。倒不是觉得丢他书记大人的脸，也不是看不起治安员老苏，而是一个突发事件让他摔了一跤，摔蒙了，等爬起来就忘了当主婚人这事了。

说是突发事件，其实是两个后生娃互相置气引发了肢体性冲突，当然主要是由阎守田引起的。

阎来锁本来是在县政府灶上做饭，一来二去，跟老苏也成了朋友，老苏家做事宴，他不能袖手旁观，对胡县长说，中午县政府这顿饭得让小周来做，他去帮帮老苏。

胡县长说行啊，老苏让我当主婚人，我也去。

这样，阎来锁一早就出现在老苏家的厨房里，他还把小儿子阎守田也带来，长时间不跑事宴，他怕守田连炒勺怎么个掂法儿都忘了。

阎来锁在灶台上忙活，让守田一边看他如何蒸如何炖如何炒如何调配，一边帮着照看灶膛里的柴火。

不断有人进来端菜，阎来锁没留意守田什么时候出去了。

老苏的院子被梅红的颜色点缀得喜气洋洋——梅红的对联，梅红的窗花，梅红的灯笼，梅红的双喜字，还有新娘子梅红的盖头，梅红的袄裤，梅红的绣鞋。戚人们在梅红的氛围里显出少有的矜持与客套，他们坐在四四方方的糕桌旁，互相谦让着你吃丸子你夹菜，一副副文质彬彬的样子，跟平常端个葫芦瓢蹲在碾盘上边吃饭边放屁的那些庄稼汉俨然换了个人。

当然，也有吆五喝六划拳行令的，是几个剃光脑袋既不缠羊肚子毛巾也不戴瓜皮帽的年轻后生，嘴里嚼着花生米，哥俩好呀、五魁首呀比画着手指头，输了的举起瓷酒盅一饮而尽，抹一把嘴，接着划拳。

一旁支应戚人的东家老苏，眼瞅着糕桌上的锡酒壶都添三壶了，有点心疼，说不要光顾划拳，吃菜呀吃馍呀。

后来，张耀山悄声对老苏说了句什么，老苏急忙去招呼韩玉林，并让胡县长一起回上房，说屋里是上席，也暖和。

东峪的风俗是，酒席吃到一半的时候新郎新娘才拜天地。

在等待仪式的过程中，阎来锁一边做菜，一边支棱着耳朵听外面的动静，他炒过油肉时要守田加把火，说急火滚油炒出的过油肉好吃还好看。

他说过了，却听不见回音；回头看，坐在蒲团上往灶膛里填柴火的守田早不见了踪影。

一个响亮的喷嚏就是在这时候打出的。喷嚏打完，他观察了一下锅里的过油肉，倒也看不出有喷嚏残留的分泌物，就想这个喷嚏来得好没道理。

在他走神儿的时候，忽然听见有人喊，来锁来锁，守田打架了。

阎来锁拎着那把油腻腻的锅铲冲出老苏家临时做厨房的老北屋。

老苏那个石砌小院面积并不大，前面一棵柿子树，后面一棵核桃树，十多张糕桌交叉摆放在两棵树之间，一张糕桌坐八个人，辈分大的坐糕桌的正面，辈分浅的分坐糕桌的侧面和对面，而依乡俗，正面的长者动筷子后，晚辈们方可举箸。节气尚早，大家嘴里虽呼出一团一团的白气，倒还能正襟危坐。

阎来锁的目光越过热气腾腾的糕桌和乱哄哄的一片人头，却没看见守田在哪里打架，以为是人们跟他开玩笑，后来是铁匠赵三娃指着街门口的地方对他说，来锁，你家守田捅下娄子了，都敢摸人家小郭的手枪了。

阎来锁这才看到街门洞下扬起一些尘土，有两个人撕扯在一起，也分不清哪个是守田，哪个不是守田。

阎来锁说，守田呀守田，这么大了还不让人省心，你跟你二哥一个路数，尽给我惹麻烦。

他从坐席的人群之间挤过去，走到近前，想分开两人，却被其中一人在裆部蹬了一脚。

哎呀，他失声叫道，一屁股跌坐在地上，手里的锅铲也摔了出去，蹦蹦跳跳进了旁边的茅房，有人还听见扑通一声。

老乡们反应都比较迟钝，举着筷子侧脸看门洞里的格斗场面，不知该不该起身拉架。原因很简单，阎守田毛手毛脚去摸人家通信员小郭的盒子枪了，还说要摘下来玩玩儿。这要搁在过去，不管对方是衙门里的警察，还是晋绥军，还不得把小命儿搭上？

等缓过劲儿来的阎来锁靠柿子树坐着，寻思蹬他一脚的是守田，还是小郭。小郭他也认得，小郭要是知道守田是阎来锁的三小子，一定不会这样小题大做大打出手的。可这一脚蹬的，要换作老苏的儿子苏明远，今晚的洞房都够呛。

在他迷糊的时候，韩玉林拄着棍子从老苏家的上房屋跑出来，一瘸一拐到两个人跟前，一人屁股上赏一棍子，说还不给我住手。

阎来锁这回看清了，他儿子守田突然伸手拽住韩玉林的拐棍，往旁边一带，韩玉林踉跄两步，身子没收住，扑哧摔个狗啃泥。

然后，有人替韩玉林连着喊了几声啊呀呀。

阎来锁又见黑袄黑裤的胡县长急忙过去搀扶韩玉林，胡县长边扶韩玉林边呵斥小郭，小郭你像话吗？因为个甚，倒跟老乡打上架了，看把韩书记都推倒了，你还有没有组织纪律性了？

阎来锁吓出一身冷汗，他虽知道韩书记这人随和，轻易不发火，可毕竟是在大庭广众之下被推了个狗啃泥，他恨自己胳膊太短，如果能拽长胳膊，真想狠狠抽儿子几巴掌。

风起于瞬间，也平息于瞬间。没等阎来锁从地上爬起，打架的不打架了，喝酒的又开始喝酒，吃菜的也开始吃菜，划拳的照样划拳，那个狗啃泥的韩玉林拍了拍裤子上的土，被胡富华搀扶着谦让着重新回到上房屋。

东家老苏过来把阎来锁拉起，埋怨道，来锁，你不好好炒菜，掺和他们打架做啥？你看看你儿子把我的事宴都搞得一团糟，往后我怎么有脸见人家韩书记？

通信员小郭没人去安抚，他被照席的总管安置在核桃树下一张糕桌上吃饭。心情不好，脸上满是壮志未酬的愤懑，也不动筷子，而是一手捂着枪匣，一手揉着额头上撞出的一个肉疙瘩，噘着嘴，拿眼一下一下剜街门口更加没人搭理的阎守田，嘴里嘟囔道，你小子再动一下我的枪，不放倒你我不姓郭。

张耀山去了一趟茅房，想帮厨子把锅铲找回来，没找见，出来时听见小郭嘟囔了，便说，小郭你还有完没完了？他一个毛头小子，见啥都稀罕，又不是真心抢你的枪，再说他可是阎师傅的儿子，你往后还怎么吃阎师傅做的饭哪？

小郭一听，脸上红了一股，后悔了，嘴上却倔倔的软不下来，不吃就不吃，大不了我喝开水，吃凉窝头……

那个闯祸的阎守田呢？阎守田知道闯祸了，没跟他爹打声招呼，头也不回冲出院门溜掉了。

在老苏家的上房屋，四区区长张耀山向韩玉林介绍了跟小郭打架的阎守田长了两条飞毛腿，别看年龄不大，撒开蹦子，一般人还真追不上他，还会水上漂的功夫，那家伙是有真本事……

韩玉林眼直了，不由说道，这么好的底子，荒了就可惜了。

张耀山知道韩玉林说荒了是什么意思，就说，他爹你也认得，咱们灶上的阎师傅阎来锁。

哦？韩玉林夹一筷子红烧豆腐，诧异道，阎师傅做菜的手艺不错，可教育娃娃方面差点劲儿。

2

夜里，二中队把蒋村以西至少半里路的铁道都破坏了。

区干部组织村民把卸下来的铁轨、枕木、螺丝钉和铁板，用木杠抬到南山脚下进行掩埋。

天亮以后，二中队迂回到蔚家梁据点，朝两个炮楼各打了一阵排子枪，又运动到土岭口据点附近，分散开阵型，面向炮楼边打枪边喊话。

没人会日语，只能用襄城方言劝降，炮楼里的伪军除了部分是新二师投降过来的，剩余的大都是当地人，当然能听懂喊话内容。

只有鬼子不知所云，听见外面凌乱的枪声和呼喊声，他们只管从枪眼儿里往外射击，却没人敢冲出据点打打冲锋。

一炷香后，队伍撤出阵地，有序向山区转移。

半前晌，来到自卫大队的大本营南涧村。

中队长段丑槐和指导员张文有把侦查员郭双全喊来，叮嘱他前往东峪给县委送信的同时，顺便提一提中队缺炊事员的事儿。

郭双全是天生急性子，没来得及吃早饭，就从南涧村出发了。他想的挺好，从南涧村去东峪，要翻五六座山，路上少说也要两个时辰，去了县委，连吃饭带汇报情况，又要一个多时辰，然后马不停蹄往回返，又是两个时辰，能赶天黑回到驻地就算不错了。路上耗费的时间是计划内的，郭双全即使腿脚再快，也得一步一步把所有路程丈量完，等他翻过八节寨，走进长舒里村，日头早偏向西山了。

村口有两个穿便衣的哨兵规规矩矩站岗，离哨兵不远的一块石头上，蹲着两个老乡，你一句我一句拉呱着闲话，一个用毛巾包了头，一个戴着毡帽。

从入冬到开春，山民的一日三餐都缩减为一日两餐，这个时候还不到饭点，家家窑顶的烟囱很干净，也很闲散，反衬着湛蓝湛蓝的天空。

按照段丑槐的要求，郭双全没把信随便交给县委某个部门，而是在县委驻地打听韩玉林的办公室。

在卫生所门口有个戴军帽、穿蓝底白花夹袄、腰勒皮带、斜挎一把盒子枪的女同志，不住眼地打量他，弄得他都有些不好意思。

他没说话，那个女同志反而先开口了，同志，你从山外来的？

郭双全点点头。

女同志瞟了一眼他腰里的二十响又问，几中队的？

二中队。

女同志笑出两个甜蜜的小酒窝，你认不认得郗铁柱？

郗铁柱是三中队的指导员。要说二中队的其他战士，或许对郗铁柱还不是很熟，可作为侦查员的郭双全对郗铁柱太熟了，他经常带着段丑槐的指令去找三中队队长郝来全和指导员郗铁柱碰头。

我当然认得，你是他姐？郭双全反问。

你看我面相比他老是吧？女同志故露不悦，你怎么不说是他妹妹呢？我是他爱人韩淑梅。

郭双全有些尴尬，像做错事的孩子，局促不安地用手背抹了抹额头，说，我没细瞅，你比郗指导员年轻多了……

韩淑梅咯咯地笑了，笑着笑着捂住嘴，正想走开，又想起什么，问，你找韩书记吧？他一早出去了，估计去南庄生成永了。昨天晚上，一中队从鬼子手里夺回不少粮食。

韩淑梅是县妇救会主任。她和郗铁柱结婚不到半年，两口子聚少离多。

为赶时间，郭双全没有让韩淑梅帮忙找韩玉林，他自己去了南庄。

襄城贸易局是晋察冀西线边区的转运站，对外称生成永货栈，专门接收运往边区的军需物资。

韩玉林正同贸易局的贺永昌商量运送粮食的事儿，听说自卫大队的郭双全找他，急忙从屋里一瘸一拐出来迎接。

他早听说过自卫大队有几杆神枪，他们打枪从来不瞄准星，一枪一个准儿，其中就有郭双全和阎守财。

韩玉林握住郭双全伸过来的手使劲摇着，双全哪，杀敌英雄，久仰久仰。

韩书记，看你把我捧得，啥英雄狗熊的，不就打死几个小鬼子嘛。

几句寒暄后，郭双全把信件掏出来递给韩玉林。韩玉林撕开信封，揪出信瓤，背过身子去看。

小郭给郭双全倒了一茶缸开水，郭双全刚喝两口，听韩玉林骂了声瞎胡闹么，又见他把手里的拐棍往地上砰地一扔，骂道，简直乱弹琴。韩玉林骂完，手里还捏着那页信纸，眼睛却在生成永院子里来回巡视，本来和颜悦色的一张脸忽然阴了，黑了，像是谁都在跟他闹意见似的。

生成永里的几个伙计都远远地观察韩玉林。韩玉林也发觉自己嗓音高了，失态了，抿着嘴从鼻孔里喷出一股浊气，弯腰拾起拐棍，声音低沉下来，双全，你们杜大队长平时下不下中队？

郭双全想了想说，不大见他的面儿，我们三个中队作战区域不同，联合行动也是打完仗各走各的路，杜大队长一般随通信班和骑兵班行动。

韩玉林说，向老百姓征粮应以动员鼓励为主，强调的是一个自愿，怎么能强迫每家必须交多少粮食呢，这不成财主催租子了吗？这比财主催租子都不讲理，人家起码是租给佃户土地的，咱们租给老百姓什么了？

又说，处置俘虏汉奸怎么能就地挖个坑埋了呢？你得审呀，你得验明正身呀，作为大队长怎么能这么蛮干呢？照这么下去，以后还怎么带队伍打仗？看来，从那边过来的人，真成问题。

郭双全不知道韩玉林所说的那边究竟是指哪边，但他看到韩玉林从上衣兜掏水笔的手有点发抖。

韩玉林把一张白麻纸平铺在膝盖上，潦草地写了一封回信。折叠好，交给郭双全，要他回去交给政治书记杨玉年。

又说，情况紧急，我不留你了，吃过饭连夜出山吧。

郭双全行一个军礼，正要转身，忽然想起什么，张了张嘴又不说了。

韩玉林说，有什么事尽管说，不要娘们似的，吞吞吐吐的。

郭双全不再有顾虑，就把自卫大队居无定所，生活艰苦的事情简单聊了聊，接着提到，三个中队经常吃了上顿没下顿，主要原因是缺个正儿八经的炊事员，有米无炊，做饭都是大家轮着做。

韩玉林皱紧眉头，说，你们三个中队大都分散行动，总不能每个中队再配备一个专业的厨子吧？

那倒是，郭双全说。

话虽这么说，韩玉林还是想替自卫大队解决一下实际困难。

那时，他脑子里忽然冒出一个人。

3

找阎来锁谈话的不是县委书记韩玉林，也不是县长胡富华，而是四区区长张耀山。

张耀山给阎来锁开出的条件是只要肯出山给自卫大队当火头军，月薪七块银元，另发给每月三十七斤半小米票，可以直接由家属来县政府领。张耀山觉得这次谈话蛮有把握，他认为阎来锁没有理由不答应，给县政府做饭，什么都没有，其他厨子都不来，阎来锁来了；现在是给自卫大队做饭，虽说条件艰苦点，毕竟有薪水，有补助，这么好的差事，等于天上掉下了馅饼，而且是肉馅饼。

可等张耀山见了阎来锁，却没提防让阎来锁打个喷嚏，溅了一脸鼻涕唾沫，还白了张耀山一眼。然后，就听阎来锁数落他，好差事？好差事你怎么不去？往后不要跟我提出山的事儿，再提，别怪我跟你翻脸。

老阎，你怎么这态度？我这不跟你商量么？

这态度也是给你张区长了，换个普通人，我巴掌就上去了。

张耀山愣在那里，半天无话。可他还不死心，还想继续做工作，老阎啊，你听我说，给咱们队伍当伙夫，又不要你扛枪打仗，出山不一定有风险啊，一个中队几十号人，有机枪有步枪有大镜面匣子，还保护不了你一个伙夫啊？

张耀山以为阎来锁胆小，他哪知道阎来锁有苦难言，只听阎来锁干脆利落地说道，耀山，咱甭费唾沫了，县政府用我做饭，我还接着干，你要我出山，门儿都没有……

张耀山瞪眼，你也算是抗日政府的一名工作人员了，思想咋这么落后呢？出山咋了？自卫大队的战士们不都在山外打鬼子吗？不是他们拼死拼活跟鬼子周旋，咱们东峪的老百姓能安安稳稳过日子吗？县政府的伙食用不着请你这个大厨子，要油没油，要肉没肉，清水米汤蒸两笼玉米窝窝，是个娘们儿就能做，你这好钢该用在刀刃上啊。

不管张耀山白脸唱完唱红脸，正话说完说反话，嘴皮子快磨出泡了，阎来锁说不去就不去。

张耀山没有完成任务。

从赵家庄回到南庄，把阎来锁不去的理由给韩玉林一说，韩玉林沉默了，一旁的郭双全却火了，一拍腰里的二十响说，我倒要会一会这个硬茬货，不给抗日队伍做饭，是想当汉奸不成?

韩玉林忙说，双全，这老阎是咱县政府的厨子，本身就是搞抗日工作的，再说老乡的觉悟有高有低，做工作不能学猛张飞，依我看，这事先搁一搁，等我想法儿做通老阎的思想工作再让他出山，你看呢?

事情就这么定了，郭双全也不好再说什么。正要离开南庄，却看到从生成永货栈外面进来几匹骡子，赶骡子的是个头缠白毛巾的大个子，方脸大口，吆喝骡子的声音嗡嗡震耳。

张耀山眼前一亮，说，让九岁红跑一趟准成。

张耀山是这么想的，每顿饭做完，阎来锁喜欢吼一句梆子戏，头戴黑来身穿黑，浑身上下一片黑。不用问，阎来锁肯定是个戏迷，是戏迷就一定喜欢九岁红这个名角儿，九岁红要去做阎来锁的思想工作，肯定一谈就成。

在北路，人们常说，水上漂的走，白菊仙的扭，狮子黑的吼，九岁红的甩发观众拍破手。民国初年，乡下女人一般深居简出，街头有要把式卖艺的，扭秧歌跑社火的也是男人们和娃娃们的眼福，唯有临近的村镇过庙会，妇人们才三三两两结伴去看戏。襄城一百三十二村，不一定村村都有庙会，但有庙会的少说也有几十个村。正月十六青石村焰火会，二月二芳兰镇青龙会，三月三凤台柳杆会，三月十五县城赛货会，四月初一季庄漆郎山会，四月初八白佛堂浴佛会，五月十三宏道镇磨刀会……这么说吧，差不多月月有庙会，不管家里有钱没钱，女人们都要坐自家的或邻家的席楼子车赶庙会。在本村看戏叫赶会，在外村看戏叫赶野会，赶会就是为了看戏，看戏就是为了看九岁红的九件衣，看九岁红的汴梁图，看九岁红的宁武关，看九岁红的四郎探母……

阎来锁不是妇人，他很少出村去赶野会。

那天，张耀山把赶牲口的九岁红喊过来，说了他的想法，九岁红却连连摇头，你们政府的人都没说通，我一唱戏的能说得通？弄不好把我九岁红响当当的名声都毁了。

韩玉林不满意九岁红的说法，你这话说的不对，如今国难当头，凡替抗日队伍做事情都是爱国之举，你不要把自己的责任撇得一干二净，都是中国人，不分老幼，不分男女，更不分职业，能出多大力就尽量出多大力，怎么着能把小日本赶出中国就怎么来……

九岁红辩不过能说会道的县委书记，他把骡子赶进牲口棚，往石槽里撒些干草节，然后蹲在棚子外面抽烟。一袋烟过后，九岁红在鞋底上磕掉烟锅里的烟灰，卸下烟锅，吹掉烟杆里的焦油，站起身，说，跑腿行，万一人家不尿我这夜壶，可别怪我没尽力。

你能行，张耀山打包票说，老百姓不一定认得书记县长是谁，可一提你九岁红，谁不买你的账？

甭提九岁红，九岁红摇头说，落魄之人何来声望？

又说，这件事怕一时半会儿谈不拢，你们要不怕耽搁时辰，等明儿一早听信吧。

郭双全听了，想先走一步。

韩玉林说，你进山一趟不容易，多待一夜吧，要能说妥，天一亮你带阎师傅上路，要不，他到哪儿找你们去？

月上树梢。

金灿灿的月光把百丈崖，还有百丈崖下面的小院照得亮晃晃的，仿佛抹了一层釉。

阎来锁还在磨盘上蹲着，对面的核桃树下也蹲着一个人，是他的房客曲养元。

打今年开春，那些进山跑反的老乡已陆陆续续重返家园。虽然，山外面的情况不容乐观，经常有人说哪个村被小鬼子血洗了，哪村的老乡被小鬼子活埋了，但毕竟不能一直背井离乡寄人篱下，跑反的时候走得急，连需要带的粮食衣物都没带全，日子一长，柴米油盐就捉襟见肘，都说回哇，再不回，该饿肚子了；再不回，家里那一亩三分地都撂荒了。

曲养元一家却没有回去的迹象，不单是阎来锁和曲美英当真亲家一样待承着，抬举着，也挽留着，更主要的是曲养元能写会算又会说，已经在县政府谋到一份文书的差事。

因为县政府从戎家庄挪到赵家庄，曲养元嫌上下班来回麻烦，在赵家庄问到一处房子，想举家搬走。阎来锁不让，说，咱两家虽说口头上约定了儿女亲家，可无凭无据的，你这一走，我心里更不踏实了。

曲养元说，定下的事情还能反悔？你把我看成啥人了？

阎来锁说，我越来越看出来了，你这人嘴上没个把门儿的，去县政府才几天，你这个那个的到处海说，我耳朵里就听你的嘴在呱唧了，比县长做报告都玄乎，我不是担心你到时候悔婚，是担心你家里到底有没有两个十七八岁的大闺女。

曲养元一愣，继而又嘎嘎地笑了，似乎笑得很开心。

天黑，阎来锁看不清曲养元的脸，两个人在院子里尖锐地对峙着。

阎来锁有点后悔收留曲养元，他觉得曲养元不老实，太不老实了。正合计着，忽然鼻头一阵发痒，忍不住一个喷嚏打出去，把对面的曲养元吓了一跳，阎来锁却头也不回说，戚人到了。

随后，曲养元看见街门外进来一个黑大个子。

那人披了一身月光，亮声亮嗓说，阎师傅在家吗？

阎来锁欠了欠屁股，扭脸看街门口站着的黑大个子，没看出是九岁红。

曲养元也没看出来，却从九岁红的声音里听出来了，说，老阎你快成香饽饽了，白天区长找你谈，到了晚上，还有名角儿来找你，你看你的待遇有多高？

毬，阎来锁说。

还真让九岁红说对了，阎来锁不尿九岁红这把夜壶。

以往，九岁红去政府灶上蹭饭吃，别人当他是角儿，都允许他插队，还七嘴八舌喊九岁红来一段，阎来锁从不凑这个热闹。九岁红用筷子敲着碗边儿唱——经吩咐人役们急忙挡定，吓得我李志云胆战心惊……阎来锁也没听出有多好听，只是觉得调门儿拔得老高，都高到天上去了，一般人够不着。倒是院子里扑棱棱飞来一些八哥黄鹂云雀什么的，落在一棵老梨树上不走，直到九岁红把折子戏唱完，才又扑棱棱飞走。阎来锁却不以为然，八哥黄鹂云雀在东峪到处筑巢，这些鸟寻常得像圈里养的猪，街上跑的狗一样，没什么稀奇，倒是让他看不惯的是九岁红大大咧咧说唱就唱的样子。有次，九岁红喝了一碗荞面饸饹，又递过碗要阎来锁再给他盛一碗，阎来锁没搭理他，倒不是对九岁红有成见，为的就是杀一杀九岁红那股子满不在乎的傲气。

去阎家坪路上，九岁红想得挺多，既然张耀山都请不动阎来锁，他去了也怕是一样的徒劳无功，只是答应了韩玉林，就不想让韩玉林小看他，他想戏文里经常有兵不厌诈的情节，他何不来个瞒天过海之计，编个故事把阎来锁诓出东峪呢？等生米做成熟饭，阎来锁想不干也由不得他了。其实呢，九岁红走的还是大老郭当初走过的那条老路，只是各为其主而已。

九岁红不是个藏着掖着的人，进了院门，直说是来请阎来锁出山的，看阎来锁赏不赏他这张脸。

阎来锁小眼睛眨一眨，说，夜猫子进宅，无事不来，我不猜都知道你是来当张耀山的说客的。

看你说的阎师傅，九岁红没有直接反驳阎来锁，而是一边拍打裤腿上的土，一边说，我给张耀山当说客？啥叫说客？我是认得张耀山，可我跟他又没交情，凭啥？

九岁红虽不知道阎来锁是怎么拒绝张耀山的，但他知道这个做饭的阎厨子不好对付，一边琢磨一边又说，张耀山找你干甚哩？

阎来锁懒得回答九岁红。

九岁红只好说，他是他，我是我，两码事。

九岁红会唱戏，也会编故事。他精心编排了一个故事，并且带着这个故事来见阎家坪的阎来锁。九岁红说，他们老高家三代人都是唱戏的，他爷爷葵杆红，他姥爷绛州旦，还有他爹灵芝草，年轻时都进过紫禁城，西太后没少给高家戏班拍过巴掌。他是从他舅舅九条龙那儿学的艺，他哥贵贵旦，他弟七岁红，他表兄八岁红，还有他表妹二梅兰，吃的都是祖师爷唐明皇赏给的这碗梨园饭。他来东峪，可他们家的戏班子还留在平川，本来戏班子是不用雇厨子的，给谁唱戏谁管饭，可这年头不比从前，有庙会的地方能出得起钱，却不敢摆饭，怕招惹小鬼子。戏班子唱完，还得自己做饭吃，一个萝卜一个坑，缺了谁都不行，本来人手就少，早想雇个会做饭的厨子了。

九岁红说，我吃过你做的红烧豆腐小鸡炖蘑菇，好吃，不腻，色相又没的挑头，你要乐意干，随我出山相看相看，工钱随你要，做与不做都随你，你看怎么样？

本来，白拉柱、陶麻子他们被大老郭诓出山后，阎来锁的买卖一下又红火了不少，虽还掌管着县政府的食堂，可遇到合适的红白事宴，他还是把灶上一摊子撂给小周，自个儿带了炒勺炒瓢菜刀肉叉急急忙忙去跑事宴。曲美英的病，在阎来锁的事业慢慢步入正轨后，也大有好转，已经能带着针线活儿出门站街了，婆姨们都说美英是大难不死，必有后福。曲美英自己也承认，阎来锁回到家，曲美英对他说，可不敢再吊儿郎当了，老天爷扶持咱哩。阎来锁很珍惜眼下的光景，更没想过要离开东峪。

显然，九岁红来得不是时候，他没办法说动阎来锁，只好把故事再圆下去。

他说他爹今年七十六了，身子骨还硬朗，就是不能上台唱戏，以前来过一趟东峪，好像是永兴寺办庙会时唱了几场，和尚请他们戏班子吃过一回豆腐宴，当时也没觉得与别的地方的豆腐宴有什么不同，但过后回味起来却是满口留香，几十年了都念念不忘，时常吧唧着瘪嘴在几个儿子跟前提那席豆腐宴。九岁红想，有朝一日能把东峪的厨子请出山，给老爹做一顿豆腐宴该多好？有一回，他把这个想法告诉了老爹，老爹说，眼下世道不太平，日本人的步兵中队经常下乡来扫荡，遇上赶脚的货郎，走亲戚的老乡，得看小鬼子心顺不心顺，心顺的话，盘问两句放你过去了，心不顺，嘎巴一枪，把你撂倒了，哪容你解释个子丑寅卯？更何况隔山隔水的，去请人家来做一锅豆腐，实在有点过意不去。这回呢，是想让老高家的戏班子重新立起来，立起来，得有个好厨子啊，还必须是能拿得出手的厨子，戏子们吃好喝好才有精力把戏唱好，有这一出，又加上想圆老爹那个心愿，所以想到了请东峪的厨子。

曲养元说，好事情啊，高家戏班可吃香哩。

他说着就拿眼瞅阎来锁，阎来锁却把脸转向月亮地里的九岁红。

按说，你们唱戏的走南闯北见多识广的，知道啥地方有啥地方的规矩，你没听说过东峪的厨子不出山吗？你没听说阎来锁出过一回山，把脑袋瓜子都险些丢你们县城里？

我耳朵不聋，九岁红说，阎师傅你是老脑筋看新问题，此一时彼一时嘛，不能说你吃了一回阎省长的亏，把我高家戏班也记账上……

得得得，张耀山要我出山，我把他顶回去了，他比你官大吧？他官大都说不动我，你能说动？阎来锁不耐烦了，过了一阵儿又说，跟我阎来锁说话，最好不要提出山的事儿。

第十章

1

五月十三黄昏，韩玉林从南庄返回长舒里，下驴的时候没站稳，腿一软，一屁股坐在地上。

小郭忙去搀扶，他把小郭的手推开，看样子是生小郭的气了。

回到窑里，小郭端来一盆热水，要他泡泡脚。他白了小郭一眼，然后才把鞋脱了，袜子脱了，坐在马扎上。

韩玉林已经把脚伸进水里了，忽然听见什么地方传来几声闷闷的枪响。他以为是岗哨走火了，嘴里嘀咕一声，子弹这么金贵，还乱放呢。

刚说完，轰一声，一颗炮弹在院子里炸了，接着远处传来杂乱的枪声。

韩玉林一脚踢翻木盆，湿着脚冲出窑洞，一团东西迎面撞来，他没来得及躲闪，被那东西打个正着，却不疼，用手一抹，是一块残损的棉褥子。

他把破褥子丢在地上，然后看到硝烟弥漫的院子里出现一个铁锅大小的深坑，坑里还往外冒着黑烟，而院子四周落满碎石和土屑，两棵树之间拴着的麻绳断了，绳子上晾晒的被子和衣物飞得到处都是。

有人飞也似地跑来，韩玉林看清是河南区队的总支书记贾汉臣。

贾汉臣手里握着一支德国造二八盒子，着急火燎地说，韩书记，快往后山撤，河道和八节寨都发现了鬼子。

韩玉林不走，说，不要管我，把郭修真牛连璧他们喊来，一块撤。

郭修真是新上任的组织部部长，牛连璧是宣传部部长，他们正带领机关干部帮助卫生所转移伤病员。卫生所有五十来号伤病员，有基干游击队的，有河南区队的，也有阳曲县大队的，甚至还有新二师和保安队的。而负责根据地警卫的河南区队是晋察冀边区河南分委的一支武装力量，人数不及襄城基干自卫大队，区队总部设在南庄，长舒里只有河南区队一个小分队负责掩护任务。

那时，小分队已经在暮色苍茫的河堤上与突然出现的鬼子交上了火。

趴在长舒里村外一段石头堤坝上的分队长王明礼，一边向强渡滹沱河的鬼子打出一梭子弹，一边布置火力点，同时大声质问身边的队员，怎么搞的，岗哨都跑哪儿去了？

贾汉臣担心小分队顶不住鬼子，也借着夜色跑下河堤。

王明礼扔出一颗手榴弹，对贾汉臣说，老贾，这儿有我呢，你来做啥？

鬼子太多，咱们连挺机枪都没有，还是边打边撤吧，贾汉臣说。

那谁都跑不了，你以为小鬼子能轻易放过咱？

王明礼正说着，眼瞅着一颗炮弹落在贾汉臣身后，滴溜溜转圈儿。王明礼喊快趴下……

嘭的一声，炸了。

王明礼是从一堆碎石乱土中翻起身来的，想看看贾汉臣伤没伤着，眼前却一片漆黑，耳朵里灌满枪声炮声和呐喊声，而那些呐喊分明又是东洋人的，他着急地用手背擦了擦眼睛，只擦到湿乎乎的一片，还摸到一粒珠子样的东西，黏黏的，软软的，很有弹性，他大叫一声，我的眼……然后重重地摔倒在河堤上。

事务长老姚头已经做好晚饭，还没吹开饭哨，就听见枪声了。他嘴里叨着旱烟袋，站在院里分辨枪声传来的方向，从枪声的密集度可以判断出这场战斗的范围不小，但凭他对河南区队的了解，还是认为战斗会很快结束。

他特意让小姚再切一点肉，准备做锅肉汤，等战斗结束，犒劳一下指战员。后来，听得枪声更加密集，有人在街上杂乱地奔跑，并互相传话赶紧往后山撤离。

妇救会的韩主任路过炊事班的院子，看到老姚头还没有撤离的意思，她急了，老姚，鬼子快过河了你还不跑？说完嗵嗵嗵地跑走了。

老姚头也紧张起来，大声吆喝小姚，不要切肉了，把那袋小米背上，快往山上跑。

小姚年轻，手脚麻利，很快背着小米口袋出门了，回头也喊他，叔，你也跑吧，街上都没人了。

老姚头答应一声，返回厨房，他是打算把行军锅带上，却见满满当当一锅小米稀饭，倒掉也太可惜了，不倒掉又没办法带走，急得他团团转。转来转去，还是决定把稀饭倒掉。他是用葫芦瓢把锅里的小米稀饭舀出来，犹犹豫豫地泼在院里，看到汤里夹带的米粒儿，又是可惜又是心疼。

等他把铁锅背在肩上，枪声明显近了，嗖嗖地从窑顶飞过去，打断好几枝核桃树。

本来，他是有充足时间撤离的，快跑出院子时，又想到灶膛里的柴火还没熄灭，怕把老乡的房子点着，又返回去，舀了一瓢凉水，哗地泼在火苗上，然后才拎着铁锅跑。

这回却来不及了，他看见几把泛着寒光的刺刀从街门外伸进来，他愣了一下，慌忙退回屋里，并把屋门关上。

这样，事务长老姚头被日本人堵在屋里了。

他想过可以跳进门后的水缸，又想到水缸里注满了清水，他跳进去，即使不被发现，也要被活活淹死。

老姚头只好一手捏着旱烟袋，一手拎着一把切菜的菜刀藏在门后。门很快被鬼子用皮鞋踏开，老姚头举着菜刀劈头斩去，菜刀没够到鬼子握枪的手，反被另一把刺刀捅个透心凉。

2

阎来锁那天收工早。

戎家庄开磨坊的任学孔他爹死了，说好要请他去掌厨，他把县政府的晚饭安顿给小周去做，自己回到阎家坪带了做饭的工具去戎家庄跑事宴。

戎家庄的事宴一般是陶麻子大包大揽的，可任学孔去了陶麻子家几次，人都没逮住。后来，陶麻子婆姨跟他递了实话，麻子让她弟弟给坑苦了，都没脸见人了，前些天跟蒋村来的几个纸匠去晋东南开纸坊了，所以任学孔只好去请阎来锁。

这件事不该从任学孔嘴里说出来，也是这个开磨坊的任学孔觉得跟阎来锁交情不薄，从他爹的棺材后面转出来，抹了把鼻涕嘚吧嘚吧说了，反把阎来锁闹了个大黑脸，心说你还是看不起我阎来锁，看不起就甭来请我呀，我又不是不跑事宴手痒痒？

阎来锁黑着脸，忽然有了给任学孔糟践食材的盘算，写了长长一溜采购单子，让任学孔买去。

披麻戴孝的任学孔揣好钱，带着单子出门，又半道上折回来，问阎来锁没有算错吧，十桌饭能用二十斤肉？

阎来锁说，一桌饭两斤肉不多，你要嫌多，改做素席也行，素席便宜。

任学孔人虽小气，却好面子，听了阎来锁的话，不再犹豫，还没出村，忽然看见对面山上下来一片黄乎乎的东西，他起初以为是自己眼花了，后来揉了揉眼，仔细再看，才知道那一大片都是人，而且是神龙见首不见尾，能看清走下山来的人，举着枪，呈扇面状向河谷撒开，却看不到山上的队伍尾巴在哪里。

任学孔没见过日本人，只听见有人嘡嘡嘡敲开了锣，那锣敲得人心叶子都颤动起来，听见有人喊，快跑啊，日本人过河了。

阎来锁一直蹲在任学孔老爹的灵堂前等任学孔买办食材，他也听见锣声和喊声了，只是喊话的人有点急，语速太快，听不清是说发大水了，还是有人掉河里了。

直到任学孔跑进院，大声招呼任家所有人快往后山跑，家里什么东西都不要了，再不跑，不赶趟了，他才明白是怎么回事，他把褡裢往肩头一搭，迈开大步跟着任学孔一家往后山上涌去。

任学孔跑出街门又想起什么，急忙返回去，在他爹灵前磕了个响头，然后才拔脚逃命去了。

若在往年，五月十三这天，戎家庄该给关老爷过磨刀会了，要在左台口上唱戏，四乡八村的老乡都来赶庙会，摆摊的，祈雨的，唱戏的，焚纸敬香的，热热闹闹不亦乐乎。自打事变后，人心都不大安宁，村里再没人张罗唱戏的事，可戎家庄的村人做梦都没想到，日本人会挑这么个日子摸进山。

六节寨上每天都有民兵站岗，山下也有儿童团查路条，但在这一天，连消息树都好好站在山巅上，鬼子却已经过河了。

好多人家都是听见民兵们在村里敲锣，还懵懵懂懂站在自家院里，以为是河南人过来耍猴子，说要把戏的快把铜锣都敲破了。

正说着，子弹密密麻麻挂着风声飞来，击打在石窑洞上，迸出灿烂的火星，村人立刻炸锅了，闹闹嚷嚷冲出各家院门，却不知往什么地方逃。

有粗心的妇人一脸惊悚地跑来，忽然想起吃奶的娃娃还在窑里睡着，一拍巴掌说老天爷呀，慌忙返回去，再抱着娃娃跑到街上，日本人的刺刀就顶在妇人松松垮垮的胸脯上了。妇人想急转身，刺刀已经从背后一直捅到前胸，并贯穿了怀里抱着的娃娃，两股血一前一后射出去，一股血落在鬼子脸上，是很规则的猩红色圆点，随着血浆下滑，圆点变作椭圆，椭圆变作条形，在那张脸上凌乱地流淌；另一股血洒在那户人家的街门里，有溅在门板上的，有洒落在地面的，还有星星点点喷射在对面照壁上的。

妇人没有倒下去，被刺刀端着，鬼子用皮鞋踩着妇人的屁股，使劲一蹬，才将刺刀从妇人的身体里拔出去，然后见妇人连同怀里的娃娃麻袋似的甩在门槛上，两只脚留在门外，整个身子扑进门里……

阎来锁爬上山巅时，看到苍茫暮色里的戎家庄，几乎变成一座杀坊，人们像无数群没头的苍蝇，在石巷里来回乱撞，一会儿东，一会儿西，哪头都有持枪的日军把守，女人的尖叫与孩子们的哭喊如同炸窝的马蜂在村里激荡。

相邻的边家岭也好不到哪儿去，好几股黑烟从边家岭升上天空。

山上也不安全。山下的子弹蝗虫一样飞来，任学孔本来跑在阎来锁的前面，一个踉跄栽倒在山路上；阎来锁想扶他一把，却死狗一样扶不起，只见他的太阳穴被子弹凿了个小孔，血和脑浆顺着小孔咕嘟嘟往外冒。

总算翻过山头了，山的这边是阎家坪的地界。

没容阎来锁喘口气，却见村长阎老实带着一群人和七八条狗飞奔上来，男的多，女的少，阎老实拽着他婆姨的胳膊边走边说，女人就是麻烦，不是腿疼就是肚子疼，我一个人，总不能背你们两个吧。

阎老实背着他的小儿子。小儿子才五岁，小儿子的胳膊死死箍在阎老实脖子上。

气喘吁吁的阎老实看见对面走来的阎来锁，忽然瞪起眼说，来锁，你个狗日的，还不赶紧回村去找你婆姨，那是个傻货，她不听我的话，满村找守田哩，我拉都拉不住。

阎来锁跺了跺脚，这个没头的娘们儿。

说完，他拨开人群往山下跑去。

好多村人看到厨子勇敢地往山下跑，都喊他的名字，来锁来锁，你不要命了，日本人早进村了。

阎来锁才不在乎这些呢，他在乎的是曲美英那个没头的娘们儿。

一轮凸月爬上山，视线愈加昏暗。

山路上已很少有逃难的村人，即使有，也是拖儿带女行色匆匆。

他问阎福文的爷爷，见没见我那个没头鬼美英？

阎福文的爷爷耳朵背，走得又急，连看都不看他一眼就过去了。

他问阎七毛的二叔，见没见我那个没头鬼美英？

阎七毛的二叔只顾了赶路，顾不上答应他，直到拉开一段距离，才把声音传下来，你婆姨在村里瞎转呢，我让她快跑，她不听，说找守田哩。

山风渐起，撼动树枝呼呼有声。

除却风声，阎来锁只听到一些忽远忽近的枪声。

百丈崖被他踩在脚底。

村里到处是火光，游动着的是火把，静止燃烧的是被点着的房子，火舌从浓烟里钻出，舔弄着逐渐稀薄的夜色。

有一个地方的火光尤其凶险，火星松散地向上飞旋。阎来锁目测那个大致方位，好像是阎家祠堂，又好像是阎老实的家。

枪声不时从崖底某个地方响起，有清脆的点射，也有哒哒哒的扫射，但都是零星的，间歇性的……

这个没头鬼娘们儿，守田又不是傻子，能待在村里不出来？你以为你挨家挨户就能找见？也不动动脑子！

阎来锁嘟嘟囔囔的，他狠狠掐着自己的大腿，他骂自己是胆小鬼，都走到百丈崖了，离他家的院子顶多百八十步远了，他却丧失了往下走的勇气。他的女人，那个平时病歪歪的女人或许因为找不到守田，正一个人在自家窑洞里呼呼地大口喘气呢，他应该把她从炕上拽下地，再拖着她的手，大步流星地从百丈崖左边的小路上往山顶上跑……

可他总觉得自家院子静得古怪，鬼子在村里到处放火，到处打枪，唯独他家的院子鸦雀无声，会不会鬼子看上他家的三眼新窑洞，把指挥部搬了进去，当官的早早睡了，剩下当兵的还在村里烧杀抢劫无恶不作呢？

厨子阎来锁那么犹豫着，把好些时间都白白溜走了。

忽然，百丈崖下传来密集的枪声，还有无数火把从几条石巷往他家院子方向聚拢。

一团黑影顺百丈崖旁边的小路蹿上来，子弹吐着火舌在那团黑影周围明明灭灭。

阎来锁情知不妙，以为是一条狼，没等那影子蹿上崖，他已经像一只兔子蹦蹦跳跳地顺着来路跑掉了。

3

惊走阎来锁的，不是狼，是猎户周保全。

中午，周保全在家里跟赵家庄的铁匠赵三娃喝酒，喝高了，赵三娃没事，周保全醉成一摊稀泥，连赵三娃什么时候走都不知道。

周保全在家里呼呼睡大觉。整整睡了一下午，等村里开始乱糟起来，有人咣咣地敲钟，他也迷迷糊糊听不明白，直到听见街头传来嘈杂的哭喊声和枪声，他才倏地醒了。

醒是醒了，却躺在石炕上发呆，眼瞅着黑黢黢的窑顶出神，后来他听见一颗手雷轰地炸了，这才彻底醒了，从炕上弹起，直扑挂在墙头的猎枪，并把装有铁砂的袋子塞进夹袄里。

这时，日本人的皮鞋一脚把周保全的院门踹开，火把照得院里明晃晃的，亮如白昼。

冲进院来的是三个鬼子，其中一个举着火把，长枪只好挎在肩上，另外两个都平端着三八大盖。

鬼子们发现院里没人，除树杈上的兽皮外，空无一物，直奔两眼土窑洞去了。

周保全的窑洞分里外两间，他住里窑，迎窑门砌了一堵半人高的炕墙。

一个鬼子用刺刀挑开窑门上的布帘子，探进头，窑内伸手不见五指，但外面的火把却照亮了布帘子，也把鬼子的步枪和脑袋照得格外分明。

周保全紧贴炕墙，两手倒提猎枪，抡圆了，用笨重的枪托，把鬼子的脑袋嘭的一下，砸碎了。

头骨碎裂的声音在前，脑浆和血浆迸溅的声音在后，周保全在这两股声音里，看见鬼子歪着脑袋，软软瘫坐在地上，一包黑乎乎的血，溅落在后面的墙壁上。

这时，那根火把也从外窑伸了进来，接着是一张白白净净的脸，还戴了一副金丝眼镜。

周保全和白脸鬼子的脸贴得太近，几乎是大眼瞪小眼的距离。

周保全张嘴啐了鬼子一脸唾沫，然后又用线膛枪的枪托，把白脸鬼子砸得整个人向后倒去，火把从他手里也扔了出去，落在墙脚一堆兽皮上。

周保全不敢停留，提着枪，风一样刮向外窑，把最后那个用刺刀四处乱捅的鬼子吓了一跳。

周保全在前面跑，听见后面的鬼子叽哩咕噜地喊什么。

周保全听不懂日语，举着枪，回头朝那人脸上轰了一枪。

这个时候，街巷里到处是撞门声，凌乱的脚步声，还有不绝如缕的枪声，根本听不出哪些是三八大盖打的，哪些是普通猎枪打的。

周保全躲在他家街门口，朝石巷里望了又望，他看见阎富有家往日紧闭的街门奇怪地敞开着，像开口要饭吃的鸟嘴。

他家门前这条石巷并不长，仅有三户人家，一个是阎福文家，一个是阎富有家，剩下那个就是他家了。

阎富有住在最末端，院门正对着石巷。

七节村的牛厚登说阎富有的门向犯了枪煞之象，路直朝来最不祥，一条直是一条枪。阎富有不信这个。阎富有过世后，傻子武平对家的概念更加淡薄，周保全经常在阎家祠堂的门洞里，看见蜷曲成刺猬的武平在那里过夜。还有一回，永兴寺的尖牛方丈从天王殿的弥勒佛肚子里，把武平虫子一样捏出来，并在武平的屁股上踢了一脚，单手竖于胸前说，阿弥陀佛，罪过罪过。

巷口外面的街路上，不时有举着火把的日本兵跑过，更多的枪声和狞笑从那里传来。

周保全贴着墙，悄悄溜进阎富有的院子。

阎富有院里到处是荒草，蒿草、白茅草、狗尾巴草应有尽有。草深了，难免有蛇鼠出没。周保全不怕这些，他攀上阎富有茅房前的一棵榆树，看见一股黑烟从他家的窑洞里蹿出，估计是那根火把点着了窑洞里的兽皮，这些都不重要了，还是逃命要紧。

他援着榆树的枝杈，跳到另一条石巷，枪却挂在榆树上了。

他不得不再次攀上榆树，把枪摘下，再次跳到石巷。

巷子里没人，走几步就是阎家祠堂，祠堂门外的石狮子上趴着一个人，周保全知道是傻子武平。

武平一直把石狮子当马骑。

这个时候，武平居然能睡着，而且嘴角的涎水滴答在地上，形成一摊水迹。

这傻子，都不要命了。

周保全嘴里嘀咕着，走过去拍了拍武平，忽然发现武平的后背，石头一样僵硬，嘴角的涎水呈暗红色，已然凝结，而武平的脖子，好像被什么尖锐的东西凿开了，皮层下面的喉管呀，颈骨呀，肉呀，血呀都爆裂在外面了，两条胳膊和两条腿都散漫地垂下去，脑袋枕在狮子头上。

周保全倒吸一口凉气，他想尽快离开这个鬼地方，却看到一束火光从祠堂里流淌出来。

火光是从祠堂的后院照过来的，前院除了甬道，其他地方都塞满黑暗，有一堆火在后院烧得正旺，一些日本兵在火堆旁拍着巴掌叫着笑着，像是在做一场丢手绢的游戏。

后院门口有两个持枪的鬼子面向火光站着，周保全从他们中间的空当望进去，看到有个被扒光衣服的人，四仰八叉固定在一扇门板上，一个头戴钢盔的鬼子，精着屁股在那人两腿之间运动着，还有一些人褪下一半裤子排好队等着。

一股血，呼地涌上周保全的头顶。

周保全就是这样一个人，他在东峪弄翻了不下几十个女人，可他方式很儒雅，很传统，是在你情我愿的情形下，最后把事情办了，而且办出长久的坚持不懈的念想，他对哪个女人似乎都有了纠缠不清的感情，哪个女人对他也就有了说不清道不明的牵挂，他从不认为他有违过人伦，但他看了祠堂里正在发生的事情，却忍不住骂开了，当然是在心里骂的。

他恶狠狠地骂了句一群畜生，然后蹑着手脚从前院的东墙，翻到后院的厢房上。

院里少说也聚集了二三十个鬼子，还有一些戴大盖帽的伪军在看热闹，他们把枪刺收起，手拄着步枪，下巴顶在枪管上，悠闲地看着门板上的动静。

周保全沿着厢房的后脊，爬到对面的云房上。

云房是祠堂的正殿，歇山式的大屋顶，一条正脊，四条戗脊，在月光下起伏跌宕。

周保全趴在正脊后面，往枪膛里填铁砂，端平猎枪，想轰死几个鬼子再走，却听火堆旁传来妇人近似绝望的惨叫，老天爷，快把这些畜生让雷劈了哇，我哪还有脸活呀……

曲美英。

周保全听出是曲美英的声音，他心说，你是没脸活了，阎来锁更没脸活了。

心里这么想，猎枪也响了，铁砂呈放射状喷下屋脊，曲美英立刻哑巴了。

前面说过，周保全的猎枪不一定能轰死人，可受伤是免不了的，而且一打一大片。

周保全从云房顶跳到后面的街上，并没有听到祠堂里有多么乱，估计伤了不少，都在刹那间发着魔怔。

他需要借这个空当逃命，他一边跑一边往枪膛里加铁砂，等他蹿过两条石巷后，才听见祠堂那边枪声大作，并伴有此起彼伏的呼喊。

他不敢往河谷里跑，只能朝百丈崖的方向跑。

迎面又出现了五六条黑影，周保全背对着月光，对方看不清他的面孔，但周保全看见这些人头上的钢盔和手里的步枪了，他又开了一枪，那些人好像没什么反应，他愣了一下，接着才看到他们被铁砂打过后的形态，有抱头的，有捂肚的，也有倒在地上打滚儿的，洋相百出。

趁着这个机会，周保全拄着猎枪像撑杆那样跃上一户人家的院墙，顺着院墙蹿到了窑顶。

第十一章

1

说来也巧，四区区长张耀山很少去南涧村走动。

但是前一天，胡富华要他去南涧村检查一下落实军烈属代耕代种情况。

南涧村不属四区管辖，是五区地盘，可五区区长被捕了，胡富华让张耀山主持几天五区工作。张耀山先去了南涧村，又去了马家窑，本打算第二天再去李家庄看看，从山外回来的交通员王命年却告诉他，李家庄突然住满了鬼子。他不敢在马家窑多耽搁，连夜回到南涧村，准备第二天回东峪，把这个情况汇报给县里。

一夜无话。

第二天一早，张耀山正在抗日县政府办事处吃饭，听见村东头山路上有人唱十字歌，唱的是，一逼雪梅把命断，二度指陈杏元和北番，三娘曾把机头断，四郎探母变机关，五福前把婿宴，六月雪窦娥是屈冤，七星庙里把堂拜，八义图赵盾丧黄泉，九龙盗宝杨小五，十万进瓜是刘全……

其实呢，不用出去看，张耀山已经知道是九岁红来了。

可张耀山还是捧着粗瓷笨碗，站在窑洞门口，一直把九岁红从半山腰瞭到村口，又从村口瞭到院门口。

九岁红带了一队驴驮子准备去三区贩粮。

五月，正是青黄不接时候，根据地人多嘴杂，余粮缺口大，区政府除了向边区各村摊派粮食外，有时也会深入敌占区，经过两面村长的暗中协调，从老百姓那里，议价收购一些五谷杂粮。

张耀山告诉九岁红，李家庄有了日本人，出不去了。

九岁红忙问，那可咋整？

绕道吧，张耀山说，从北涧村绕过去。

正说着，却发现九岁红的驴驮子里有个鬼鬼祟祟的人影。

仔细看，他认出来了，是那个跟通信员小郭打架的阎守田。

他问九岁红，怎么把这灰小子给带出来了，不怕阎来锁找你麻烦？

九岁红说他也不知道什么时候队伍里多出一个人，而这个多出来的半大小子，挺烦人的，一路上磨缠着要他唱梆子戏，他说他封箱不唱了，半大小子说你哼几句也成，他就唱了一曲二十四孝，又唱了两句十字歌。

这一群人，鸡叫两遍从南庄出发，走到南涧村正好赶上吃早饭。

办事处的炊事员只好重新生火做了一锅山药莜面和子饭。

张耀山一边抽烟一边对埋头吃饭的阎守田说，娃娃，吃过饭，不要跟九岁红他们出山了，我把你带回东峪，要不你爹可饶不了九岁红。

阎守田头也不抬说，九岁红到哪儿我到哪儿。

张耀山故意板着脸，说，你跟着九岁红干甚？他又不收你当徒弟。

他不收徒，我也喜欢跟着他。

张耀山虎在那里，一愣一愣的，半天方说，就欠小郭揍你了。

还没等九岁红他们离开南涧村，有两个民兵押着一个人，走进办事处。被押来的这人，张耀山不熟悉，这人叫大老郭。

张耀山把屁股后面挎着的盒子枪拽前来，一只手握在枪把上，问民兵是怎么回事。

民兵说他们在弓背梁上放哨，见大老郭拿着望远镜，趴在一块荒地上朝他们这边偷看。

民兵把手里的一副日式望远镜递给张耀山，另外还有一个土黄色牛皮套。

张耀山大声喝问大老郭叫什么名字，哪个村的，是来干什么。

大老郭并不慌张，说他姐夫是边家岭的陶麻子，想必张耀山他们也认得，跑事宴的厨子，他去边家岭看他姐，路上捡到个望远镜，觉得稀罕，在山梁上朝村子里望了望。

张耀山一脚踹在大老郭的肚子上，你娘的，连个谎都不会撒，这东西你能随便捡到？哄鬼还差不多。

南涧村是县基干自卫大队的大本营。这个季节，自卫大队都外出活动了，那些掩映在白杨树后面糊了白麻纸的土窑洞都空着。

张耀山把大老郭关在其中一眼窑洞里，他让村里一个民兵看着，并在大老郭身上多捆几圈绳子，用毛巾堵了嘴，要大老郭冷静冷静，什么时候想通了，想交代了，再给他松绑。然后，带着那两个民兵往弓背梁上跑去。

临出村，又嘱咐九岁红先别忙着出山，这人来的蹊跷，他到山上观察一阵，没什么情况再动身不迟。

九岁红抱着赶骡子的鞭子说，行。

又说，我歇也是歇着，不如跟你们一块上山放放风。

阎守田说，我也去。

张耀山瞪了阎守田一眼。

阎守田也回敬张耀山一眼。

谁都不服谁。

弓背梁上的田地已经下种，一半属于南涧村，另一半属于马家窑，老乡们种的一般是莜谷，也有种莜麦的。今年天旱，不要说田里的青苗了，连爹不疼娘不亲的苦坡草，都稀稀拉拉的不成气候。

张耀山第一次摆弄望远镜，站在山梁上看什么都觉得稀奇，本来山坳里的南涧村，小得只有巴掌那么大，那些走动着的村人，如同蚂蚁一样微乎其微。

但在望远镜里，再渺小的东西，都被成倍成倍地放大，甚至能够辨认出，那个挑担的老汉箩筐里放着的是南瓜，而不是红瓦盆。

距离弓背梁足有十几里远的黄龙沟，传来密集的枪声。

从望远镜里，张耀山也只能看见几个模糊的小黑点，在沟里蠕动。后来，他发现黄龙沟对面的曹青凹上，密密麻麻下来许多人，枪声一直在沟里回荡，久久不散。

九岁红说，黄泉路上没老少，黄叶不落青叶掉，一打枪，准保又死人哩。

你都看见啥了？阎守田盯着张耀山手里的望远镜说，到底谁打谁呀？

看不清楚么，这玩意儿还是用处不大，张耀山若有所思说，自卫大队拢共两三百号人，一般分开行动，哪会一下聚集这么多人，八成是小鬼子祸害老百姓哩。

又说，咦，不对呀，很少有大队人马的鬼子进山，难不成是要扫荡了？

张耀山让两个民兵继续在弓背梁上站岗，一旦发现鬼子往南涧村这边移动，马上把消息树放倒。又让九岁红马上回一趟东峪，把这个情况尽快反馈给县委。

九岁红把手里的鞭子交给阎守田，后生，你替我回村照看好我那头骡子，万一小鬼子来了，赶紧牵上骡子往五仙山跑，告诉其他脚夫，都跟上你一块跑。

阎守田不伸手接九岁红的鞭子，却说，你去哪儿我去哪儿。

九岁红一听就火了，我有急事么，你替我看管好我那头骡子，你咋听不进去呢？

张耀山看了看阎守田，说，算了算了，这小子是一根筋，你带他一块回东峪吧，顺便把他交给阎师傅，免得咱吃不了兜着走。

又说，你那骡子我替你照顾。

2

五月十三那天，张耀山送走九岁红；过了两天，到了五月十五这天，仍不见九岁红回来复命，也不见进山的鬼子原路返回。张耀山坐不住了，右眼皮不停地跳，跳得眼睛都花了，铜钱蘸了水，贴在眼皮上，还是一个劲跳。他已经派人出山通知基干自卫大队火速驰援，但不知派出去的人是没找到自卫大队，还是带着自卫大队从另一条路进山了，反正南涧村的东西两个路口，都看不到他想要见到的人。

总不能坐壁观虎斗吧？

张耀山把附近几个村子的民兵都集中起来，打算冒险进一趟山。临行前，又改变了主意，十几个民兵连一支像样的步枪都没有，进了山还不是去送死？想了又想，只好把马家窑的交通员王命年叫来，要他想方设法潜回东峪，尽快把县委县政府的情况打探清楚。

王命年虽长了一张娃娃脸，看问题却看得很透彻，他知道此一去凶多吉少，只顾挠头皮，不说去，也不说不去。

张耀山火了，都到这节骨眼上了，你还磨蹭个毬？不想去也得去，由不得你。

王命年慢慢腾腾打好绑腿，带了一根木棍上路了。他走出十多步远，又折回头对张耀山说，我万一回不来，秋后你替我帮我娘收收谷子。

张耀山喉咙里堵了一团东西，上不来，下不去，只好点头，点完头，眼里滚出两粒硕大的泪珠。

东峪在南涧村的东南方，之间隔着桃花沟，隔着五仙山，隔着地宫沟，还有许许多多叫不上名儿来的泉水溪流沟沟坎坎。王命年走得急，他穿过桃花沟，翻过五仙山，日头还没有下山，只是四十里地宫沟没走多远，天黑透了。

地宫沟说是一条沟，其实沟里还套着更深的沟。杂树布满沟底，白天走路都磕磕绊绊的，走着走着路断了，要攀着断崖下行十多米，再重新上路。知道十五这天有大月亮，走时没带马灯，偏偏天上有大朵大朵的云彩，月亮经常躲在云彩后面不出来，王命年只好摸黑赶路。

走夜路最怕一脚踏空，如果不是王命年把这条路跑熟了，早从悬崖上掉下去十几回了。尽管如此，也还是碰得身上到处是伤，直到后半夜，总算走到一个叫大湾里的小村。

村里仅有三户人家，三户人家的房子都被烧成一堆废墟。

再往前走，王命年不敢走了，他知道大湾里到处埋着地雷。虽说石雷不一定能炸死人，可炸不死人，炸个鼻青脸肿也不好受。

他只好离开沟底，沿半山腰走。

山上没有路，保不住什么地方会闪出两盏绿灯笼似的狼眼，王命年一边走一边用木棍前后左右划拉着，替自己壮胆，顾虑多了，走路不专心，难免又要摔跟头，摔得磕膝盖都快碎了。

天亮时分，山里起了大雾，雾气腾腾的，像钻进蒸笼里，头脸都是雾水。

旁边草丛一阵瑟瑟抖动，草分两翼，露出一个不大的洞穴，从洞穴里钻出一个人。

那人把王命年吓得不轻，王命年也把那人吓得够呛，那人猛不防看到山洞外面站着的王命年，咦地叫一声，叫完想缩回山洞去，王命年却一眼认出了那人，不是别人，是他姐夫郝七存。

十三那天，郝七存一家与村里一大帮人逃到山上来避难。他们知道这里有一眼洞穴，洞口仅有水缸那么粗，洞内却豁然开朗，宽敞平坦，干净凉爽，容纳百人都绰绰有余。

逃的时候，郝七存没顾上带粮食和衣物；也不是没顾上，而是怕带了东西妨碍他逃跑的速度，所以他跑得比谁都快，而且是第一个钻进山洞，占据了一个高且清净的有利位置。

其他人没有他那么幸运了，那些没有占据有利地形的婆姨们，瞟一眼郝七存，又回头剜一眼自家男人，说，你死人啊，看人家七存，拖家带口都比咱们跑得快，占的地方又高又平又干净，你看你占的地方，替人家当门神爷哩。

郝七存推推旁边一直噘嘴的婆姨，低声说，你听听，你听听，不是我腿快，你能在这上头舒舒服服睡大觉？

郝七存的婆姨并没有因郝七存抢到一个好位置而高兴过了头，她不停地埋怨郝七存只顾了逃命，没把被子衣服带出几件来，别人都暖暖和和裹着被子睡，只有他们一家三口干坐在石头上，屁股都硌出血了。

这样的局面只是开了个头，接下来的处境，郝七存才明白腿快也有腿快的坏处，大家吃饭时吧唧吧唧的声音，把他的好心情一扫而光。

婆姨说，你跑得倒利索，能抢到金元宝呀？啥都不带，米没带，面没带，衣裳被子也没带，吃啥？喝啥？盖啥？你倒给想法子呀。

郝七存翻了翻眼皮，没吭气。

他也吭不出什么气来，他紧挨着的那家人，都用锅做了两顿饭了，可他们一家人只好饿着肚子听别人吧唧嘴。

谁家都没多带口粮，平时见了面，亲亲热热的街坊邻里这个时候都像不认识似的，背转身偷偷吃自带的食物。

郝七存心里憋屈，一早出来想散散心，或者想趁着大雾天，潜下山去，回家带一些粮食出来应急，不想遇上了像没头苍蝇乱窜的王命年。

王命年是郝七存的小舅子。

郝七存像看西洋景一样上下打量着突然出现在眼前的王命年，说，命年，你可真行啊，好好的不在马家窑待着，到这鬼地方来干啥？

王命年只好说他有任务，身不由己。

又说，有没有吃的？走了一夜山路，都饿坏了。

郝七存有气无力地笑笑，我还想问你要吃的呢，两天了，都饿得前心贴后背了。

郝七存又问他有什么任务。

王命年说，找县委呗。

郝七存说他们村长知道县委在哪儿，昨天还见县政府的一个干部来找过村长。

王命年让郝七存回洞里喊村长。

郝七存说喊不动，连喊人的力气都没了。

然后蹲在一边干咽唾沫。

村长听说王命年是来寻找县委机关的，告诉他有几个干部藏在七节寨后面的七节村，要找就去那里打听。

王命年不敢耽搁，趁着弥天大雾，翻山越岭去了七节村。

七节村不大，三五户人家，临崖筑窑，傍溪而居，鸡在树上安息，狗在树下打盹儿，显出别样的静谧。由其小，才容易藏在偌大的七节寨的山褶子里，不被鬼子发现。

王命年有次跟他爹来七节村找过一个叫牛厚登的风水先生，给他爷爷看阴宅方位。时隔多年，路还是原来的路，只是走着走着，蚰蜒小路让几棵躺倒的枯树堵死了。

王命年从树缝儿里钻进去，转一个弯儿，突然被几支枪逼住，他没看清持枪人的脸，听有人说，是王交通，自己人。

说话的是县政府民政科的一位干事，另外还有赵家庄的自卫队员苏明远和少年阎守田，当然阎守田并不认得王命年。

那位干事问王命年七节村这么隐蔽，怎么找到的？

王命年顾不上跟他解释，说，快带我去见首长。

王命年见到的是县长胡富华和河南区队的边明亮班长。

边明亮挂了彩，脖子被子弹犁了一道沟，用绷带紧紧缠着，想转动一下脑袋都挺费事。

胡富华憔悴了不少，头发乱糟糟的，眼里布满血丝，脸也没洗，还残留有硝烟熏过的痕迹。胡富华原来就脸黑，现在显得更黑，简直就是锅底。他马上给王命年写了一封回信，大意是告诉张耀山，敌人还住在赵家庄和南庄，估计一时半会儿不离开，县委机关损失惨重，尤其负责掩护任务的河南区队打得几乎片甲不留，县政府情况不错，因提前得到消息，转移比较及时，但仍有部分干部群众被鬼子杀害。另据内线报告，鬼子这次大扫荡，纠集了襄城台城盂县三个县的兵力，约有两千来人，带足了轻重武器，显然是有备而来的，所以仅凭县基干自卫大队那点实力，想要赶走鬼子，无异于鸡蛋碰碌碡，要尽快通知自卫大队，不可贸然进山救援……

带了回信，王命年连饭都没吃就踏上归程。

出村时，碰见赵家庄村长赵天赐和唱戏的九岁红，赵天赐问王命年路过赵家庄看没看见村里的窑洞都烧坏没有，王命年说他走的是山尖尖，只看见赵家庄出来进去的都是穿黄军服的小鬼子。

九岁红听说他要回南涧村，托他给张耀山带话，王命年说张耀山快把你骂死了。

九岁红说，任务没完成好，都怪我，我都不敢去见耀山了。

张耀山一直在南涧村村口站着等消息。

远远看过去如一截烧焦的木头。

他拉住王命年的手说，可把你盼回来了，情况怎么样？

王命年直叹气，张耀山心里咯噔一下，知道情况比他想象的要糟。等看完胡富华的信，他对王命年说，命年啊，你的任务完成得很好，快去吃饭吧，肯定饿坏了。

炊事员给王命年做了两碗炝锅面，还卧了一颗荷包蛋，说慢慢吃，别噎着。

王命年哪管这些，呼噜呼噜三口两口吞下两碗面，一抹嘴，回马家窑了。

这天下午，负责看管大老郭的民兵，捂着血糊糊的脑袋踉踉跄跄跑来报告，说他给大老郭送饭，一进门，头上挨了一下，等他醒来，大老郭早不见了踪影，他身上背的步枪也没了。

张耀山骂道，废物，看个人你都看不了，你能做个甚？

又说，赶紧找卫生员把伤口处理处理。

3

龙康是给地雷炸死的。

自打东峪有了共产党，龙康很少在边家岭呆，前几天回了一趟东峪，四处转了转，五月十三这天一早又翻过六节寨，在桃花沟对面的曹青凹，与事先潜伏在山上的日军驻襄城步兵中队汇合。

中队长黑泽原本信不过这个一脸顽相的龙康，并没把他提供的情报当回事，而是打算沿马家窑南涧村一线，一路烧杀过去，再步步为营地挺进东峪。

大老郭只是派出去探路的眼线之一，黑泽按兵不动，等的就是这些撒出去的眼线反馈回消息，但随着河南区队掷弹筒班的突然出现，打乱了黑泽的计划。他一声令下，几百号日伪军从曹青凹洪水一样倾泻下来，他们用精准的三八大盖结果了七个中国兵的性命，却百密一疏，让其中一个跑了。

黑泽怕打草惊蛇，不敢撒开人马搜捕那条漏网之鱼，连忙让龙康带路，朝东峪长途奔袭而去。

台城过来的日伪军，血洗了边家岭、戎家庄和阎家坪，而襄城步兵中队和襄城警备大队，在翻越八节寨山之后，迅速兵分两路，一路直奔南庄赵家庄，一路与盂县日军汇合，主攻长舒里的襄城县委驻地。

龙康想立大功，紧跟在黑泽后面，不住嘴地指点黑泽哪一块是县委住的窑洞，哪一块有地堡设施，应该打哪儿，不应该打哪儿，絮絮叨叨的一直把笑眯眯的黑泽都絮叨烦了，说，八格牙路，说话的不要。

龙康不明白黑泽为什么发火，他狐疑地看着旁边的翻译官。

翻译官也朝他吹胡子瞪眼，你他妈少说两句吧，是太君指挥作战还是你小子指挥作战？

龙康不敢言语了，并且远离黑泽，随警备大队行动。

攻陷长舒里后，龙康又不甘寂寞地举着火把逐一辨认那些缺胳膊少腿死相极惨的抗日战士和疑似共产党干部。他见过韩玉林一面，他想从这些死尸里捞出一条大鱼，却未能如愿。

他把这个情况又小心翼翼报告给警备大队副大队长索炳儒，索炳儒又告诉翻译官，翻译官皱了半天眉头，摸着下巴想了想，还是把原话翻译给黑泽，黑泽又把龙康喊来，要他带人上山搜捕韩玉林。

龙康没想过日本人会让他带路搜山，急忙说他对长舒里的后山也不熟悉，不如抓个长舒里的村人比较稳妥。他不知道翻译官是怎么翻译他的原话的，却发现黑泽突然朝他瞪起眼来，指着完全昏暗下来的山巅说，开路开路的。

龙康自己把自己逼上了绝路。

当时，他正举着火把沿山脊行走，后面跟着一哨日伪军，在草树繁茂的山顶，不要说搜人了，即使找一个容易落脚的平地都相当困难，即使发现一个黑乎乎的洞口，也没有人敢探身进去，只能丢几颗手雷一炸了事，何况走了一天山路，打了半天攻坚战，有的人被树枝划破手，有的人冲锋时摔疼了腿，大部分人肚里饿得咕咕叫，都巴不得吃一顿饱饭找个地方困一觉，偏偏还要连夜搜山，鬼子和伪军都有些泄气，不知谁幸运地踩响第一颗地雷，轰轰轰，一连串爆炸，火药与石子齐飞，血肉共盔甲一色。

日本兵的第一个反应是卧倒隐蔽，他们静悄悄地趴在原地不动，脸孔朝下，双臂也压在身体下面，枪都扔在一旁不要了，等待碎石纷纷落下，等待硝烟慢慢散尽，才抬起头观察情况。

月光下，踩了地雷的人十有八九爬不起来，非死即伤，伤了的开始大声喊疼，那个举着火把的龙康仰面平躺在一个石坑里，火把早炸飞了，头部有一半完好无损，另一半却血糊糊的。

有个主事的用火把在龙康脸上照了照，随后挥了挥手，一干人马原路返回了。

4

那些天，东峪像大开杀戒的肉铺，随便哪个村，窑里院里街头或山地旮旯，躺在地上的肉身一定是死人，溅在墙上地上的色斑也一定是血迹，倒不一定是殷红的鲜血，也有干硬的血渍，也有叮满苍蝇的人体的内脏或器官。

枪声和炮声每一天都会在某个山头响起，持续时间都不太长。

五天后，藏在山洞里的村民，透过婆娑的树荫，依稀看到大队大队的日伪军扛着枪，挑着膏药旗，撤离他们临时落脚的村庄，黄蜡蜡的一大串儿，屎一样抹过去了。

峡谷里洋溢着甜腻腻的死亡气息。

最早从山上回到阎家坪打探情况的，居然不是村长阎老实，而是猎户周保全和阎来锁，接下来才是阎老实和大部分村人。

他们熙熙攘攘嘈嘈切切地从落凤山上下来，像是赶完了一场旷日持久的庙会，他们对于戏台上的情节意犹未尽。

其实在阎老实他们拉拉杂杂进村的时候，县上和乡上的干部已经开始清点统计村里的死伤情况了。

阎老实赶紧把村副和村警喊上，也一家一家的走访探望，他不想让人说他身在其位，不谋其政。

这么一访，阎老实觉得浑身不舒服，阎家坪横七竖八有许多条小石巷，几乎每一条巷子或院里都躺着死人，当然死相不一而足，有人看上去压根儿就是靠着石板墙睡着了，一颗头勾在胸前，两腿大开，两手交叠于腹部，如果不是一堆肠子裸露在外面，还聚集了无数的绿头苍蝇，阎老实怎么也不会相信那人死了。

阎福利胆儿大，他一个一个弯腰去辨认死者是谁，认出了，抬头告诉阎老实，说，茂琴老汉腿不得劲，他是跑不了，脖子和头连一张皮了，肯定是用刀砍的，这下不用受罪了；说，白先生咋也没跑？他腿没毛病啊，天天走两三里路，到永兴寺听尖牛讲经，这下好了，他再上课，没人敢听了；说，喔唷，是武平啊，这傻子比谁都死得洋气，还骑了头石狮子……

死去的如果都是男人倒也罢了，偏偏阎福利辨认那些死去的女人时，也要弯下腰凑到近前查看。

阎老实觉得他龌龊，甚至断定他查看的部位不是女人的脸，而是赤裸裸的下身，忍不住骂了句，狗改不了吃屎，啥时候也是那副德性，不怕眼里生出疮来？

或许是从鬼子撤离东峪开始，各村的木匠忽然吃香了。

以往，山里人家一般是不动用木匠的，除了聘闺女打一只扣箱，打一只梳头匣子外，再就是给死人做寿材了。

可这一年五月天，东峪的木匠都忙得不可开交，许多不幸的村人苦于找不到木匠做寿材而犯愁，有的人家一贫如洗却祸不单行，买不起棺材，只好用破苇席把死去的亲人们一裹，抬出村外，在祖坟里刨个坑，一埋了事。

当然，大部分人家在悲伤过后，还是不愿亏待亲人的，他们执拗地沿着滹沱河一路找下去，哪个村有现成的棺材或木匠，一窝蜂涌向哪个村，也不管价钱贵贱，有钱的付现金，没钱的打白条，无论买方或卖方，都遵循着自古延续下来的乡俗惯例。

阎根有本来不是木匠，也从未摸过锤子锛子刨子，却在自家门口挂了一面幌子，上写根有棺材铺。

阎老实骂阎根有是见缝下蛆的苍蝇，你狗日的，脑袋削得比锥子都尖，见啥来钱快就鼓捣啥。

也不怪阎老实挖苦阎根有，阎根有父子三人，乒乒乓乓敲打出来的棺材，看上去根本不是什么棺材，而是几片板子随便粘连在一起，不要说棺材板上的破纹了，板与板之间的缝隙足能伸进一根指头，更甭说该有的榫头榫舌一概没有，连尺寸也是大小不一，一看就没有吊过墨。好多买主都怕把死人装进去，没等到墓地，棺材散架了。

阎老实忍不住就想多批评阎根有几句，你狗日的做的叫啥棺材呀？你躺进去试试，我看你狗日的纯粹是糊弄死人哩。

阎根有顾不上停下手里的活计回应村长的指责，一边用水胶粘接木板，一边头也不抬说，好我的大村长，本来就是糊弄死人的事儿，要那么结实干啥？就这，好多人都得走后门，萝卜快了不洗泥嘛。

大文二文，别磨磨蹭蹭的。阎根有呵斥着两个儿子，你们怎么不像你弟弟三文啊，你们连三文的脚后跟都拾不上，三文做事从来不用我吆喝……

阎来锁本不愿跟阎根有打交道的，两人碰面，阎根有总提那些陈芝麻烂谷子的事儿，说阎来锁欠他一个儿。这话给别人听，挺突兀的，没头没脑的，但给阎来锁听，就戳痛了阎来锁的脊梁骨，他听阎老实说是三文挑唆阎守财报名参军的，可到阎根有嘴里全变味儿了。

别看阎来锁年轻时嘴巴不饶人，可岁数大了，脾气反倒绵了，尤其守富离开阎家坪后，他很少与人争强好胜。阎根有这么说他，他也认了，反正一个不吭声，全有了。

只是曲美英殁了，总得盛殓在棺材里，阎家坪除了阎根有做棺材，再无二家，阎来锁也只好硬着头皮去了。

阎根有照例对他不冷不热的，连点体恤都没有，这就有点不近人情，村里人都知道曲美英死得惨，见了来锁总要说一两句宽慰的话，唯有阎根有懒得说，但也没再提阎三文和阎守财的事。

阎来锁屈着指头敲了敲一副快要成型的棺材板，说，桦木呀？

桦木轻便，而且容易齐茬断裂。如果在平时，这种木头打制的棺材是没人要的，白给也不要。棺材讲究个结实耐用入土不腐，虽是给死人用的，活人都不想被其他活人指指点点地说，活着不亲不疼不孝顺，死了也舍不得花钱。

曲美英是阎来锁明媒正娶的婆姨，两口子之间谈不上恩爱不恩爱，只能说贴心不贴心，阎来锁不想在曲美英死后纠缠那些七七八八的破烂事儿，他觉得桦木棺材配不上曲美英。

你不用挑肥拣瘦的，阎根有耳朵上别一截炭笔，翻了一眼阎来锁，给你打副楠木棺材你也买不起。

说完，他两边的嘴角一起往下撇，那意思相当明了，嫌不好，别买，没人请你来。

其实也不怪阎根有做事不诚信，柿子树的质地倒是坚硬，核桃树也属上等，可东峪漫山遍野生长的柿子树核桃树都名花有主，山田打不下几斗粮，山里人全指望这些核桃柿子花椒养活家口，随便砍伐别人的树，阎根有也怕得罪村人，只好带着儿子们上山找那些枯死的没人要的桦树，他才不管桦树打制的棺材结不结实，反正是一手交钱一手交货。

东峪的老木匠说起来也有三五个，可阎家坪却只一个。

老木匠的儿子没有继承他爹的衣钵，而是学了吹响器。

日本人进村那天，老木匠的儿子要搀扶他上山，老木匠说他岁数大了，跑不动了，日本人也是人，怎么会拿他一个糟老头子开刀呢。

儿子想想也是，没再坚持。

日本人一脚踢开他家院门时，老木匠刚把解木头的大锯挂在枣树上，一回头，鬼子的东洋刀已经砍上了脖颈儿。

老木匠一死，阎家坪连做棺材的匠人都没有了，他家倒是码放着三口事先打制好的棺材，两个大的，一个小的，其中一个大的，老木匠的儿子把他爹放了进去，剩下一大一小，也被村里人抢跑了。

这个时候，棺材成了比粮食都金贵的抢手货。

阎根有也就在这时候萌生了当木匠的念头。

他把两个儿子动员起来，让他俩上山砍树掮树，他去老木匠家打了张白条子，租来那些凿子、刨子、锯子、斧子、锛子、墨斗、珍刀、马面锉、划线刀等等一整套木匠工具，然后在门口挂上根有棺材铺的招牌。

那天，阎来锁并没有从根有棺材铺带走一具桦木棺材。倒不是他听了阎根有的抢白而一赌气不买了，而是因没带现钱，也不愿赊欠，就没买下棺材。

后来是岭子底的郎中郑雄黄闻讯赶来，见曲美英还平展展地躺在一扇门板上，叹息一声去了阎根有家。

临出门，却与一个人撞个满怀，差点把郎中撞到门槛上，仔细一看，竟然是那个不省心的阎守田。

阎守田背了一支长枪，枪身连同刺刀比他的个头都高。

五月十三那天，阎守田跟着九岁红去赵家庄报信，由于情况紧急，就随县政府的部分同志，撤到更加偏远的七节村去了。在七节村他也没闲着，站岗放哨，传递情报，照顾伤病员……年纪不大，机灵劲儿却得到胡富华的赏识。

鬼子一走，县政府重新回到赵家庄，阎守田不愿回家，胡富华说，不想回就留下吧，给我当通信员得了。

胡富华话音未落，张耀山从后面走来，一巴掌抽在阎守田后脑瓜子上，说，你小子倒自在，还不赶紧回去看看你娘。

阎守田以为他娘担惊受怕又旧病复发了，一路上叽叽咕咕地埋怨张耀山多管闲事。进了村，见许多人家门前扎着倒头纸，贴着讣告，不时有人戴着白孝帽愁眉苦脸走过去。

阎二本在阎家祠堂前烧了一份五色纸，嘴里念念叨叨像跟人说着悄悄话，阎守田朝他喊了声二本叔。

阎二本抬起头吃惊地看着他，看清是守田，就指着他的鼻子骂，守田，你个灰小子，不是因为你，你娘能死那么憋屈么？

阎守田浑身唰地一凉，像兜头被人泼了桶冰水，泥胎似地戳在祠堂前一动不动。

郑雄黄没有让阎守田进院子，怕阎来锁气急了做出什么荒唐事。他把泪眼婆娑的阎守田拉去阎根有家，帮他抬棺材。

郑雄黄虽不懂什么木头适合做棺材，什么木头不适合做棺材，但也嫌棺材板儿太薄，做工又太过粗糙，胶水粘不牢的地方，竟用大巴钉钉起来，便问有没有其他质量好点的棺材。

阎根有冷眼打量一下郑雄黄，说，这个也预定走了，要的话，先让给你。

他们两个在棺材前说棺材的事儿，阎二文那个愣头后生，却把抹眼泪的阎守田拉在一边，伸手十分暧昧地摸了摸阎守田的脑袋，然后就开始眨巴眼睛。

阎守田以为阎二文只是想近距离观察他背后的长枪，没防他的手，被他这一摸，摸出脾气来了，不耐烦地把二文的手打开。

守田，我听人说，是你把你娘克死的。

阎二文把摸过守田脑袋的手在沾满刨花的衣服上来回擦了擦，使劲眨巴了几下眼睛，接着说，你小子的命真硬，你的头也硬，我摸了摸像块石头。

又说，你可当心点，你爹能宰了你。

阎守田说到底还是个娃娃，他没细问阎二文到底是怎么回事，只是联想到在阎家祠堂前阎二本骂他的话，心里乱作一锅粥，突然哇的一声大哭，一把推开身边的阎二文，竟像一匹受惊的骡子，冲出阎根有家的街门，转眼消失在石巷尽头。

郑雄黄和阎根有都不知道发生了什么事，直愣愣地瞅阎二文。

阎根有把手中的一根凿子向阎二文身上砸去，同时吼了一声，你他娘的闹毬甚哩？

后来，是阎二文和自作多情的郑雄黄，一前一后抬着一口白茬棺材，来到百丈崖下的院子。

他们轻轻松松把棺材放在磨盘上，这样就把磨盘上抽烟的阎来锁挤下去了。

阎来锁瞪着小眼觑他们。

郑雄黄挑衅似的说，棺材不能沾土，你想抽烟，到窑洞里抽吧。

阎来锁披了一件破褂子回窑里抽烟去了，一点都不像死了婆姨的人。

阎二文忍不住说，咱给他把棺材抬来，他连句客气话都不说，好像咱们欠他一百吊钱似的。

5

那几天，阎老实差不多天天在村里看望那些有家属出事的村民，陪着叹半天气，也陪着掉半天眼泪，后来转到百丈崖下。

老远就听见有人在百丈崖下放声号啕，以为是伤痛欲绝的阎来锁。

未曾想，哭的那人他并不太熟，是岭子底的郎中郑雄黄。

曲美英的尸体已入棺，棺材摆放在西墙根儿下，上面用葵花杆随便搭了个简易窝棚，算是灵堂。

本该跪在灵前的三个儿子，无一人在场。

看了那个坐在板凳上抑扬顿挫恸哭失声的郑雄黄，倒是让人恓惶，他一声一声哭他亲疙瘩瘩的英英姐呢，边哭边还不停地数落，他数落谁呢？数落他不负责任的表姐夫阎来锁。

阎来锁倒像个局外人了。

那家伙蹲在磨盘边上正喝着凉茶水呢。

茶是砖茶，茶饼长霉了，曲美英在世时，茶饼是不会长霉的，而且每当他揪起裤腿往磨盘上蹲时，曲美英已经把热乎乎的茶水注入粗瓷笨碗里了。

而眼下，阎来锁只能用凉水泡一块茶饼，化不开，水色依旧清澈照人。

村长阎老实背抄着手，站在阎来锁身后，一站就是半天。

站了半天，村长方说，守田哪去了？这灰小子还没回来？

阎来锁一动不动仰望百丈崖。

崖上有一只狼，狼勾着脑袋正往下面俯瞰，他们的目光交错在一起。

美英是个好女人，跟上你受了一辈子罪，死了也算一了百了。

阎老实打量着灵棚前那个号啕大哭的郑雄黄，对阎来锁说，啥脸面不脸面的，落在鬼子手里，还能有个好？你也哭两声吧，憋屈在肚里难受。

阎来锁没哭，眼泪却在眼眶里打转转。

那谁，你狗日的甭哭了，你个外姓人，算毬不长，算蛋不圆的，哭人家来锁婆姨干甚哩？

阎老实忍不住朝郑雄黄吼了一嗓子。

郑雄黄吃惊地看着阎老实，他搞不懂阎老实何以要吼他，他哭他的，又没碍阎老实什么事儿。

阎来锁这时候出声了，老实，你让他哭，相好一场，哭两声也该，等我把美英埋了，他想哭还得去烧份纸呢。

6

阎守田一路号啕回到赵家庄。

同样一脸悲戚的胡县长正收拾乱七八糟的办公室，听见哭声出来问怎么回事。

阎守田不说，还是一股劲哭。

胡县长生气道，咋就知道个哭，哭哭哭，哭能解决问题？

阎守田胡乱抹一把眼泪，哽咽着把家里的变故说了，并把村里人对他的看法也说了。

胡县长把文件卷成筒状，啪啪地抽在守田瘦弱的肩上，守田呀，这就是你的不对了，家里出了这么大的事，你不回去帮你爹料理你娘的后事，反倒听风就是雨，连门都不进，你爹能吃了你？

胡县长这么说，阎守田却不这么想，他总觉得自己委屈，人人都在欺负他，他有什么错呢？娘又不是他害死的，他背着枪，扭头跑掉了，一边哭，一边嘴里还嚷，都是我不对，都是我的错，是我把我娘克死了，你们干脆把我也弄死算了。

这傻小子。胡富华皱着眉，直摇头。

但让胡富华没想到的是，阎守田并没有回家，而是在百丈崖上坐了一夜。

到了第二天，曲美英出殡时，阎守田才跑下山，跪在棺材前大哭一场，后来就失踪了。

有一年，阎富有的婆姨在河里淹死了。后来，每隔三年，总有妇人掉河里去见海龙王，人们都说后来淹死的妇人都是替死鬼。

五月大扫荡，滹沱河里漂满死人，有鬼子，有伪军，当然更多的是抗日军民，男人有，女人有，老人有，娃娃也有，死尸淤塞河道，沿河数十里，腐尸味道久久不散。有人体质弱，呼吸到这股味道直犯呕，身上泛起成片的红疹，痒痒得难受，伸手挠，挠着挠着，红疹更多，隐隐冒出泛有恶臭的脓水。

岭子底的郑雄黄断定是尸瘟，要用沉淀七日的阴阳水泡了花椒涂抹患处，晨昏各一次，另煎服葛根、黄芩、金银花、赤白芍、广木香、升麻、蝉衣、西河柳各一味。人们依着郑雄黄的药方，泡了花椒水，服了透疹汤，果真红疹渐散。

只是，凡害过红疹的皮肤，如白癜风一样漂白。

第十二章

1

连日来，县基干自卫大队在平川上干了几件大事，一件是撬了忻窑铁路三十米铁轨，一列开往甲子湾车站的运煤车，呼啸着冲出路基，栽进牧马河里了；一件是火烧蔚家梁南炮楼，蔚家梁据点一下变成独眼龙，只剩下日本人把守的北炮楼；一件是抢了蒋村日伪合作社，那些囤积的布匹煤油咸盐粮食被一扫而空……

自卫大队马不停蹄地东冲西杀，目的只有一个，把赖在根据地不走的日伪军吸引出山。

大队长杜智德是北路人。那年，杜智德已三十出头，矮胖，敦实，膀子里有股蛮劲儿，闲来无事喜欢学着老红军杨玉年的样子，编草鞋消磨时辰。

说起来，这个杜智德也是流年不顺，在老家，弟兄四个，他排行老二，都是清一色的光棍。为了娶房媳妇，杜智德带着两个弟弟一起参加了大汉义军金宪章的第一旅。锡拉木伦庙哗变后，杜智德和他的弟弟们随金宪章投奔第三十五军军长傅作义。七七事变后，他们的番号变成国民党军第二战区新编第二师，从浑源移师平型关。在平型关战役里，老三被一发炮弹炸得尸骨全无。忻口战役时，新二师撤回襄城县境布防，老四被日军飞机上的机枪打中了腹部，还没等去了战地医院，断气了。临死，老四抓住杜智德的手说，二哥，咱弟兄几个，来到世上还没摸过女人的手，我是没指望了，你替咱弟兄们娶个媳妇。

娶一个媳妇成为杜家兄弟梦寐以求的事情，杜智德也深以为然。

因为枪法好，杜智德很快被提拔为少尉排长。

民国二十六年深秋，也就是忻口战役刚打完，新二师开始向襄城东部转移，在转移途中，杜智德走路不小心掉进一口枯井里，别的地方没伤着，只是脚脖子崴了。脚脖子像发面一样慢慢变粗，他觉得快要爆了。

路是走不成了，卫生员在他肿胀的脚环处捏了捏，说折了，得找郎中正骨。

当时，韩玉林是襄城县委书记兼战地动员委员会主任，天天拄着双拐在乡下苦口婆心地发动群众支持抗日工作，那天恰好遇见坐在一口枯井边龇牙咧嘴的杜智德，又经卫生员介绍，从附近村里借来一头毛驴，把杜智德驮了，去大兴村找一个姓宋的接骨匠，把脚脖儿掰正，用木板固定了，说回家养着吧，伤筋动骨一百天，不出百日，不要走动。

韩玉林让人牵着毛驴送杜智德归队时，才发现新二师已经开拔去了别处，杜智德急得抓耳挠腮的，他拍着右胯上的匣子枪，在驴背上直嚷嚷，什么草鸡队伍，丢下人招呼不打就走了，没见过这么做事的。

杜智德着急也没办法，他被韩玉林安顿在北西力村张连奎家养伤。

第二年开春，韩玉林找到脚伤已好得差不离的杜智德，说经组织研究，希望杜智德伤愈后帮助地方政府筹建县基干自卫大队。

杜智德也知道，新二师的大部队早去了晋南，有一部分人扭转枪口投靠了日本人，一部分参加了晋察冀边区的抗日部队，他不按党组织的意思走，好像连下家都找不到了。

初期组建的县基干自卫大队下设三个中队，中队长分别是刘田禾、段丑槐、郝来全，指导员分别是贾长申、张文有、郗铁柱。

杜智德被任命为大队长，政治书记是老红军杨玉年。

杨玉年是江西九江人，为人和气，不像杜智德平常总是黑凶着脸。

他们一般不同各中队一起行动，只带了一个骑兵班和一个通信班，负责全盘指挥调度。

其时，日本人刚占领襄城，步兵中队的司令部设在城内辛殿元家的三进大院。

中队长黑泽住在中院东边的小耳房，每天有个叫美惠子的女人穿着华丽的和服，在他的耳房里踢踢踏踏走动，女人脸上的宫粉据说有一铜钱厚，又据说美惠子善歌善舞，经常给黑泽唱忠臣藏。

黑泽坐在榻榻米上弹三味弦，给美惠子伴奏，歌舞升平，其乐融融。

县警备大队司令部设在文庙，大队长由县知事郭春雷兼任，副大队长是忻县人索炳儒。

索炳儒习惯刑讯逼供。把白天抓来的抗日干部扒光衣服，手脚分别拴一根绳子，四个人握着绳子站在四个不同方位，索炳儒两只手像打拍子一样高高扬起，嘴里唱道，嗨吆的狠呀，伙计的们呀。

抗日干部被四股绳索拉平，绷展，仰面躺在地上。

索炳儒接着唱，你们给咱围回来呀。

抗日干部被悬于半空，如一只展翅翱翔的大鹏。

索炳儒再唱，撑高定稳往下扔呀。

话音未落，四股绳索同时松开，悬在半空的人扔石硪一样飞速下坠，平展展落在一扇钉满铁钉的门板上。

钉子不长，三五厘米，可嵌进皮肉，如万箭穿心，鲜血会迅速把门板染红，人与门板紧紧粘连在一起，密不可分。

索炳儒给这种逼供的方法取了个名字叫打肉夯，一般人被打一次肉夯后，要么死掉，要么招供，没有第三种结果。

文庙的气氛有点像老百姓砸夯盖房，住在文庙周围的人家，只要听见索炳儒唱上了，立刻屏住呼吸，只等三声唱罢，即使听不见有人惨叫，也会毛发倒竖。

消息传到基干自卫大队，战士们气得直咬牙，说无论如何也得想法儿把警备大队的老窝给端了。

大队长杜智德起初不同意这么蛮干，说凭咱们这百八十号人，几十杆打一枪就卡壳的破枪，能端了警备大队？恐怕不等靠近县城，早让人家的机关枪突突了。

杨玉年虽然同意大队长的观点，但也认为应该瞅准时机，狠狠打击一下警备大队的嚣张气焰。

五月十二日，二中队长段丑槐和侦查员阎守财化妆成赶集的老百姓，去南关梨市街口的韩三车马店接头，想探听点城内的虚实，为下一步行动做准备。

平常熙熙攘攘的梨市街不知为什么，这天却冷清了不少，偶尔有挑水的村人经过，也是一溜小跑，桶里的水泼在地上，绵延成线。

那些摆摊做小本生意的，几乎都没出来，仅有一个卖扫帚的老汉半天喊一声买扫帚来，听口音不像南关人。

段丑槐一问，原来老汉是从滹沱河北边的辛安村过来的，他说他以前来过几回县城，扫帚卖得好，城里人不杀价，十几把扫帚半天就卖光了，这次却日怪了，沿街叫卖半天，连一把都没卖掉，他推了几家街门，都从里边上了门闩。

阎守财也试着推了推，老汉的话没错，街门都从里边关着，他对段丑槐说，我一个人去车马店看看，你不要过去了，一炷香为号，我出来便好，不出来，你管你快走。

段丑槐不同意，却一把没拽住阎守财，眼瞅着守财骆驼似的直奔梨市街口去了。

远远的，看见城门洞那里有十多个伪军来回走动。

段丑槐心里七上八下，像揣了只兔子，他蹲在一户人家的门洞里抽烟，烟也抽不到心上，一只手始终插在怀里，耳朵支棱着谛听街头动静。

一只花猫无声无息地站在他面前，错愕地盯着他看，喵一声，蹿到对面墙上去了。

两炷香都有了，阎守财还没回来，段丑槐心里的鼓越敲越响，抽出手枪正准备去梨市街口闯一闯，他不能把阎守财丢下不管。

这时，一阵急促的脚步声从另一条胡同传来，声音不大，却被段丑槐听出来了，他把身子尽量缩小，蜷曲在门洞角落里，死死盯着门洞外面不大的空间。

斜对面的桑家巷走来了阎守财，阎守财朝段丑槐打个手势，意思是快走。

路上，阎守财告诉段丑槐，韩三出事了，韩三的脑袋血淋淋地挂在车马店门前悬挂招牌的木柱上，门上也贴了封条。他不敢停留，从另一条路上转了过来。

段丑槐耳朵嗡一下失聪了，什么都听不见，古怪地看着阎守财的嘴巴在蠕动。

阎守财用手在他眼前晃了晃，说，没事吧队长？

段丑槐摇摇头，清醒了。

两个人出了南关，一路西行，在古城墙下碰见西河头的村长兰四，兰四给他们提供了一个情况。

兰四的姑父在警备大队做饭，昨天回村取了一件单衣，急急忙忙走了。临走，跟他姑姑说县城马上要戒严，只准进，不准出，少说也要戒严三五天。又说，警备大队的索队长让他把晚饭做得早点，看样子是有行动。出城时，他看到城门口多加了岗哨，有个伪军好像说什么走夜路的话，具体没听清，但走夜路仨字他是听清了。

2

二中队驻扎在南山脚下的藏孤村。

藏孤村后面的山叫武峪山。

村南有条长满酸枣树的深沟叫赵武沟。

村西有条荒径叫赵武道。

赵武道旁边建了座祠堂叫保胤祠。

祠堂门上有一副四言对联，存孤全义，倾盖论交。

祠堂院里有几棵翠柏，祠堂的云房里有个三绺长髯束发弓背的泥塑，老人们说这个神像叫程婴。

说起程婴，好多人都不陌生，十六红焦生玉和九岁红高玉贵合唱过一出赵氏孤儿。焦生玉扮屠岸贾，九岁红扮程婴，说的是大夫屠岸贾谋害忠良赵朔一家的事儿。赵氏家臣程婴把自己亲生儿子让屠岸贾处死了，假说是赵朔遗孤，而赵朔真正的遗孤赵武却被程婴藏于深山抚养。

二中队指导员张文有从县委书记韩玉林那里借到一本明万历石刻的《襄城县志》，里边有一句话他一直记得，程婴藏赵氏孤儿于忻县程侯山，诸将索急，婴与公孙杵臼谋取他人婴儿伪匿程侯山，出赵氏孤远匿武峪，后人号为藏孤。

队伍只要在藏孤村休整，张文有总要去赵武道上走走，进保胤祠转转，举目都是旧模样，觉得孔夫子当年站在泗水河边发出那句逝者如斯夫不舍昼夜的感叹也太贴切了。他发现云房里的程婴有时在笑，有时在哭，左边嘴角往上翘，右边嘴角往下撇，正面看却看不出唇线倾斜。他想程婴这人够狠的，为了一个忠字，连自己的骨肉都肯贴进去。又想，人这一辈子要遇到多少如意和不如意的事，任谁也躲不过，避不开，既然躲不过，就要坦然面对，就要逢山开路，遇水搭桥。

段丑槐在保胤祠找到张文有，把情况简单说了说。

张文有把手里的纸烟掐掉，说，这不对呀老段，城里戒严跟韩三出事应该不搭边儿的，二鬼子说的那句走夜路一定大有名堂。

又说，不管小鬼子有什么行动，总归是把县城空下了，说不定守城的只有几个二鬼子，咱们能不能趁机端了狗日的老窝？

段丑槐说，我跟你想到一块儿了，不过嘛，城里的实际情况还摸不透，既不能胡来，又不能贻误战机，应该跟大队长汇报一下，看从其他方面能不能打探到确切消息。

张文有好像没听见，眉头紧锁的样子让段丑槐欲言又止，但情况紧急，该向上汇报还是要汇报的，他又提醒一句，二中队的人手不够，武器也不占优，得让大队长抽调另外两个中队一块行动。

大队长？张文有苦笑两声，说，大队长哪顾得上管你这鸟事？他一门心思都用在娶媳妇上了。

段丑槐愣了一下，虽知道张文有所指，却只能绕开张文有的话题说，不向大队长汇报，也得告诉杨书记，这个情况我觉得不寻常，时机稍纵即逝。

杨书记就是自卫大队的政治书记杨玉年。杨玉年近来总憋着气，看谁都不顺眼，倒不是仗没打好，事先设计好的伏击战反钻进敌人的口袋里去了，也不是群众工作开展不顺利，两面村长不唱红脸，唱起黑脸了，而是大队长杜智德总拿他不当回事儿，大事小情从不跟他商量。遇到情况，杜智德习惯蹲在一边编草鞋，一边琢磨事情，苦苦地琢磨，琢磨半天，起身，把编了一半的草鞋朝田里一丢，手一挥说就这么定了。这倒也罢了，杜智德的作风问题更让杨玉年如鲠在喉。

有一次，杜智德、杨玉年带领骑兵班和通信班的战士前往管辂村一带活动。闾长董长仁正在田里看麦子长势，远远看见骑马的战士，以为是下乡扫荡的日本人，慌慌张张跑回村，在自家院门口插了一面膏药旗，膏药旗斜插在砖砌的高门楼上。战士们七嘴八舌说，那家人一定是汉奸。

杜智德骂道，他妈的，还有明目张胆替鬼子摇旗呐喊的。

很快，有人把那面膏药旗拔下来送给杜智德。

一旁马背上的杨玉年却忍不住笑了，是一面纸糊的假旗。白麻纸上画个圆圈，大概没有现成的红颜料，只好在圆圈里胡乱涂了些黑墨汁，旗杆是一根葵花杆。

杜智德说，纸糊的也是旗，这户人家肯定有问题。

他挥了挥手，战士们破门而入。

那一刻，杜智德也没有想到他手下的战士用枪托砸开的竟然是他未来老丈人的街门。

董家分里外两进院落。插膏药旗的门楼是头进院的大门，里边还有二门，两进院都是四合头瓦房。前院住着董长仁的儿子儿媳和长工老赵，他们老两口和没出阁的闺女董珮媛住在后院。

骑兵班分散开出村警戒了。

通信班的战士平时很少有战斗任务，他们珍惜每一次大大小小的行动，他们把董长仁的街门用枪托砸开后，听见院里传出女人不正常的尖叫。他们在女人的尖叫声中，呼啦一下涌进董家前院。

董家的男女老少都在前院惊悚地注视着冲进院的战士，只有董长仁恶狠狠地瞪一眼长工老赵，他以为老赵没有把纸旗插好，掉在地上，激怒了皇军。后来，董长仁发现冲进来的战士不像是日本军人，他们的衣服和打扮与普通老百姓没有两样，有的人脚上的鞋都张开了口子，露出里面又黑又大的臭脚丫子，唯一不同的地方就是每个人都有枪，有的是长枪，有的是短枪，有的还背一把大刀，他们分工明确，有用枪逼住董家男女老少的，有冲进前院的正屋和后院去的，冲进房里的人翻箱倒柜找出一些贵重的和比较贵重的金银细软，然后像倒谷子一样稀里哗啦堆在董家人面前，其中有一只扭丝银镯子骨碌碌跑到杜智德脚前，被杜智德又用草鞋的鞋尖踢了回去。

杜智德反剪了手，在董家人面前走来走去。十字交叉的两把驳壳吊在屁股蛋上，背后的斗笠也不住地磕碰着他的屁股，尽管他身量矮胖，却杀气十足。

他本来打算要这家人供出除了插旗之外还有没有其他破坏抗日的行为，后来发现这群人里竟然有个长得很标致的姑娘，一张粉白粉嫩的俊俏脸蛋，又配了一双勾魂眼，让怒气冲冲的杜智德突然变得没了脾气。

他朝旁边的杨玉年瞟了一眼，很快又扭转视线，好像是怕杨玉年发现他心中的小秘密。

这么些年，杜智德天天行军打仗，打仗行军，走过许多地方，也见过许多女人，大家闺秀，小家碧玉，山野村姑，花花绿绿的数也数不清，可以说还没有一个像眼前的姑娘这样生动诱人的，脸白不说，还是苹果脸，眼大不说，还是双眼皮，又是挽袖大袄，披油领子，下边还是绿缎裤子，绣花软鞋呢……杜智德有点晕。

杨玉年看到杜智德一言不发，就把董老汉叫到一边，说，哦，你给我好好说说插旗为个甚？

杨玉年虽是江西老表，但他又是个入乡随俗的人，日子不长，竟学会了襄城方言，而且讲得颇地道。

他把那杆纸旗递给董长仁，要董长仁给这杆纸旗找出一些哪怕站不住脚的理由。

董长仁明知看错人了，也插错旗了，两条腿不听使唤了，抖得像风中的树叶，脸上白一股黑一股的。天是那么热，却把两只手插在袖筒里，嘴里也是颠三倒四的，说他出去看麦子长得怎么样，别人家的麦子比他家好，他家的长工老赵不是个种田的好把式，把好好一块水浇地给种烂了，同样是水地，别人一亩地打三四石麦子，他家只能打两石，两石也要看风调雨顺哩，他约莫今年的麦子也好不到哪儿去……

你这老汉，怎么东一榔头西一棒子地胡扯呢？杨玉年不客气地打断董老汉的唠叨，我问你日本旗是谁插的，你夹沟担梁扯那些没用的干啥？打了盔说盔，打了罐说罐，问你甚，你答甚，不用绕弯子，兜圈子。

不兜圈子不兜圈子，你问甚，我答甚，你问我甚来？

问你插日本旗为个甚？

不为个甚，不为个甚，我在麦子地里查看麦苗长势，一抬头看见贵军的马队，我老眼昏花么，前几天村里开缸房的老崔，骑驴出村撵账，我把老崔看成对门丑生家媳妇儿了，我问老崔回娘家呀，老崔说我眼睛叫屎糊了……

杨玉年再次打断董老汉的话，你不要说了，我知道你的意思，你是说你把我们当成日本人了，你怕日本人祸害你们家，就插了杆纸旗，是吧？

董老汉忙说，是哩是哩，长官说的对，我插旗是怕他们祸害家里人……

杨玉年说，不管你是不是这样想，可我告诉你老汉，插日本旗就是破坏抗日，你一家插了，别人都学你这样儿，家家门头学着插，岂不是明里都归顺小鬼子了？什么是汉奸？这就是汉奸嘛。

杨玉年跟杜智德商量，这件事情虽只发生在这个叫长仁的老汉身上，就怕引起连环效应，应该以长仁老汉为戒，在村里开一个群众大会，着重谈一谈插日本旗对抗日工作的危害性。

我说老杨，杜智德竟然打开了圆场，依我看，这事就算了吧，插个纸旗旗，哪有这么多说道？

杜智德说这话时，一直拿眼瞟那个娇滴滴的董珮媛，横看竖看都觉得耐看。

杨玉年很生气，杜智德总是这样赤裸裸地反对他的意见，他这个政治书记连开一次群众大会都决定不了，党在这支队伍里的处境，就好比当家不做主的丫鬟。

这么想着，他的倔脾气也上来了，大声命令通信员小胡去把村长找来，商量一下开群众大会的事情。

杜智德没想到，一向挺随和的杨玉年竟然跟他杠上了，觉得面子上下不来，脸一下阴沉了。

小胡很快把管辂村村长郑怀龙喊来了。

大家都是熟人，自卫大队虽成立不久，但经常在乡下活动，每到一个地方，总有区长或区助理员陪着，都要与各村村长见面，即使在野外打鬼子的埋伏，也要让村干部事先带着踩点。

郑怀龙那天走得急，额上冒出细碎的汗粒，见了杨玉年和杜智德，连忙掏出一包纸烟递过去，一人一支，用火柴点着，然后摇灭火柴，把杨玉年拉到一边说起悄悄话。

悄悄话其实只是针对杨玉年而言，杨玉年听了悄悄话，知道小胡已经把他和大队长的分歧挑明了。

就算是挑明了，他也不打算再让步，他提高声音说，不行不行，这个群众大会必须要开的，长仁老汉还必须上台去给大伙儿做深刻的检讨。

村长一边说那是那是，一边却对杨玉年诉苦说，村里的老百姓都让小日本祸害惨了，谁心里都偏向自卫大队，可自卫大队来无影去无踪的，平常老百姓见的都是二鬼子，总不能让老百姓拿颗肉脑袋去碰小鬼子的东洋刀吧。

又说，长仁老汉是有点那个了，可也罪不至死，老汉除了胆儿小，啥都好，前年 115 师教导大队路过管辂，长仁老汉还带头捐了五石小米呢。

杨玉年本来也没打算拿董长仁杀一儆百，听了郑怀龙的话，也不好再固执下去，但他很严肃地给董长仁讲了一个真实的故事，说长仁老汉你听着，不要以为你插个纸旗旗，日本人会拿你当朋友看，前些日子，襄城东边的王进村有个老汉，坐在自家门前的马扎上晒太阳，远远望见鬼子进村了，急忙举起一条胳膊，高喊我是老百姓，不要杀我，话音未落，就被小鬼子一枪掀掉了天灵盖。老汉躺在自家街门口，血流了一地，三尺长的烟袋还斜倚在马扎上……

董长仁缩了缩脖子，心想幸亏遇到的不是日本人。

倒是郑怀龙提高声音开始训斥董长仁，长仁叔，你看你荒唐不荒唐，这也是遇上杜大队长和杨书记了，要遇上郝来全他们，还不一刀把你咔嚓了。

转脸又对杨玉年和杜智德说，老汉是个好老汉，纸旗的事就算过去了，不过咱对事不对人，叫长仁老汉宰只羊，款待款待大伙儿，就当将功补过吧。

郑怀龙又把哆里哆嗦的董长仁拉到一边，贴着耳朵说，长仁叔，你看你办的啥事儿，尽惹同志们生气，还愣着干啥？赶紧叫老赵宰一只肥羊，煮一锅荞面饸饹，犒劳犒劳同志们。

长工老赵别看种庄稼不在行，宰猪杀羊倒是把好手。他绾起袖子，嘴里叼着一把宰羊刀，从羊圈里拖出一只两岁口的绵羊，让两个战士帮忙，四脚倒攒蹄摁在一张方桌上，三下五除二把羊脖子抹了。

在老赵剥羊皮的空档，小胡对郑村长说他不吃羊肉，嫌羊有膻味儿，能不能再宰头猪。

郑怀龙脸上笑着，却用目光去征求杜智德的意见，杜智德没说什么，杨玉年反倒批评起小胡，你嘴巴倒高级，羊肉都吃不下，你还想吃天鹅肉哩。

小胡被呛得缩了缩脖子，站到杜智德后边去了。

也没多长时间，董家院里已是羊肉飘香。

战士们蹲在后院，每人手里一只大海碗一双筷子，等着啃羊骨头，吃饸饹面。

当然，炖羊肉压饸饹生火做饭这些零碎活儿，都由董家女人们做。这些女人手脚都挺麻利，饭又做得干净。

经常饥一顿饱一顿的战士，感觉像在过大年，肉没出锅，口水早咽干了。

杜智德连饭都吃不在心上，眼睛总不自觉地扫视一下董珮媛住的那间西厢房。

他看见西厢房窗户纸上的鸭子戏莲的窗花，也格外清丽脱俗。

啃咬羊肉的声音格外果断，战争环境，迫使战士们养成风卷残云的吃饭习惯。

通信班吃完，去村外顶替骑兵班，骑兵班也是三下五除二把饭吃了。

临走，杨玉年命人把搜出来的金银细软打包起来带上，说是没收了，充作抗日经费。

郑怀龙和董长仁把杜智德他们送出村外。

望着战士们远去的背影，郑怀龙心里一块大石头才算落了地，他弹了弹袖子上的一根羊毛，说，长仁叔，你看有多悬，你挂那杆破纸旗干甚哩？以后就是日本人来了，你也甭揽事儿了，显你进步怎么着？

我哪知道他们不是日本人？溜沟子溜到胯上了，董长仁苦着脸说，看来眼神儿不好，是要吃大亏的。

回到院里，董长仁看到一地血水和羊毛，心疼得叭叭地掉眼泪。

管辖人都知道，董长仁惜食，家里人吃完饭，碗里不能剩半颗米粒。

可那天，勤俭持家的董长仁亏大了，损失了一包金银细软，损失了一只羊，损失了一锅饸饹面，他用拳头不住地捶打自己的脑瓜儿，捶着捶着竟骂开长工老赵，说老赵是吃里扒外的白眼狼，别看平时老实巴交的，到了关键时候，当着你面儿都敢捅你一刀，恨不得把老董家一口吃穷哩，羊圈里多的是瘦羊病羊，偏偏老赵挑一只最肥的。

骂着骂着看见西院墙上有人用毛笔写了四句话，夜梦不祥，写在西墙，阳光一照，化为吉祥。一时愣住了，继而吼道，老赵老赵，这是谁弄毬的？粉白的墙上描这些鬼画符干甚哩？

老赵说，我又不识字，我只顾了杀羊拾掇下水了，哪顾上瞅这？

董长仁又大声盘问家里人。

他儿子说，是那个想开你大会的人写的，让我找的毛笔。

3

过了两天，郑怀龙笑嘻嘻地带来一包东西，一进门就给董长仁道喜，长仁叔，好事临头，挡都挡不住。

董长仁丈二和尚摸不着头脑，说，还好事呢，你叔能有啥好事呀，破财免灾就算是天大的好事了……

郑怀龙直摇头，你那叫破财吗？破财还有物归原主的吗？你瞅瞅这是啥？真金白银，不都给你送回来了吗？

说着，把一个沉甸甸的包袱，咚一声丢在八仙桌上。

董长仁眼睛顿时睁得溜圆。

长仁叔，我说你好事临头了你还不信，这回总该信了吧？郑怀龙坐在太师椅上，环顾董家的堂屋，又兴冲冲说，跑走的钱财又长腿儿回来了，这是一喜；儿大当婚，女大当嫁，遣媒纳采，行礼送契算是二喜，今儿我其实是给珮媛妹子当媒人来了。

董长仁其实对郑怀龙前面的话还是充满了无限期待，可郑怀龙把后面的话一说，董长仁不高兴了，他不觉得郑怀龙是给他道喜来的，他倒觉得是来给他添堵的。何况郑怀龙是受杜智德的委托提亲来了，董长仁怎么想都觉得不合适，最后毅然决然地否决了。

不行啊怀龙，他的年龄比你妹子大出一大截，他又是个扛枪打仗的，保不住啥时候脑袋掉了，总不能让你妹子守一辈子活寡吧？

又说，我看这门亲事不成，门不当户不对的。

郑怀龙说，长仁叔，我不知道你是真糊涂还是假糊涂？这事儿能由得了你吗？杜大队长相中我珮媛妹子，说好听点是让我来给提亲的，说不好听点，就是让我给你传话的，答应得答应，不答应也得答应，人家手里有枪么。

又说，如今是乱世之秋，能找个挎枪的女婿，也没啥不好。

又说，我是没个闺女，有个像珮媛妹子这么漂亮的闺女，哪能轮得到你家珮媛呢？

董长仁抱住头，蹲在地上，沉吟半晌。

半晌之后，老汉只好点头。老汉慢慢吞吞起身，嘴里嘟哝着说，我让你婶儿跟珮媛说说去，珮媛性子倔，怕她一时半会儿想不开……

郑怀龙不以为然道，都是你老汉给惯的，父母之命，媒妁之言，你们说定了就定了，还用跟珮媛说道？

董长仁说，还是说说好，女婿不管好与赖，都是跟珮媛一起过日子的。

杜智德要娶媳妇的念头最早在杨玉年那里碰了软钉子。

杨玉年兜着圈子给杜智德讲道理。他告诉杜智德，谁都想娶媳妇，娶媳妇好呀，又能压炕板儿，又能生娃娃，还能做饭洗衣服，可大家都娶了媳妇儿，心里有了牵挂，谁还有心思打鬼子？

杨玉年话锋一转，又扯到政治纪律上，老杜啊，上级有硬性规定，连队干部战士原则上都不许谈婚论嫁，咱不能犯错误嘛，咱更不能带头犯错误嘛，下边的战士都眼睁睁瞅着咱们怎么往下走呢。

杜智德脚上穿了双草鞋，总觉得鞋底有东西硌脚，抬起这只脚看看，又抬起那只脚看看，只看到鞋底粘了一根鸡毛，他脸上笑着说，杨书记，你是饱汉子不知饿汉子饥啊。

这句话把杨玉年捅火了，他知道杜智德是故意讥讽他，他十八岁就在老家成亲了，走长征那年，孩子都会在地上爬了，可这能扯到一块儿吗？但又不好跟杜智德纠缠这事儿，便说，再怎么着，咱也得向县委请示一下吧？县委同意了，我没意见，我又不是专门针对你。

杜智德跺了跺脚，看到鸡毛掉在地上，说，你没意见，县委肯定也没意见，我又没违反政策，上面规定二五八团，男的二十五周岁，八年军龄，团级干部，哪一条我都符合，我老杜如今都三十出头了，总不能让我打一辈子光棍儿吧？

4

襄城正南有座七岩山，山下有条黄土沟，沟里不长庄稼，除了乱哄哄的灌木茅草外，就是圆滚滚的鹅卵石。

当时是午后，阎守财站在那条被山洪冲蚀出来的沟谷外面，分辨着枪声的来头。

不多一阵儿，从沟里跑出两个人，一男一女，男的光头，女的包头，男的在前，女的在后，男的只顾自己往沟谷外面爬，并不理会后面的女的跟没跟来，而女的却不时要回头张望一下，好像什么东西落在后面了。

阎守财觉得这俩人不对劲儿，便抽出手枪，默不作声盯着那个男人。

男的一露脸，与阎守财打个照面，竟吓得一屁股坐在地上，脸白得像要断气。

阎守财看清那人是个没经见过大场合的老乡，伸手去拉，那人却趴在地上一个劲磕头，如同鸡啄米，长官饶命，长官饶命。

阎守财生气了，都哪儿跟哪儿啊，他生硬地说道，起来起来，又不是过大年，你磕头也不给你压岁钱。

那人听了，先是跪着不动，继而抬头端详阎守财。

阎守财头上裹着条羊肚子手巾，腰里勒一条布腰带，手里虽拎着枪，却脱不掉庄稼人的土气。

那人知道看错人了，直起身，瞟了阎守财一眼，不说话，撒开脚丫子，顺着山脚直奔藏孤村方向去了。

阎守财在后面骂道，大老爷们，因为个甚，还吓破胆了。

这时，那个女的也气喘吁吁爬上来，走得却并不慌张。

圆脸短发，眉心有颗痣，一身青布裤褂，胳膊弯里挎个小竹篮。

阎守财一看，竟然认得，三区妇救会主任任嫦娥。

任嫦娥见是阎守财，一边拍打胸脯一边说，守财，你可把我吓坏了，我以为又撞上二鬼子了。

接着又叫起来，守财，甭傻站着，快去接应一下双全，他让小鬼子缠上了，落在后边了。

阎守财提着二十响一根箭似的蹿向沟里，但很快又返回来。

鬼子打过来了？任嫦娥吃惊地看着阎守财。

阎守财没言语，而是绕过沟谷，从外面的庄稼地朝枪响的方向跑去。任嫦娥立刻明白阎守财的意图，他想从土沟的上面给小鬼子来个泰山压顶。

那条沟是从南王村方向延伸而来的，六七里长，两丈多高，七八丈宽，是那种平地上突然下沉的断裂地貌。站在远处，是不容易看到这里会突然下陷出一条土沟的。在凌乱的小矮杨或杂草灌木中，有一条放羊人踩出来的小路。

日你娘的，还咬住不放了。

郭双全像条被丢在沙滩上的鱼，他烦躁不安地在一个凹进去的土崖下站不是，坐也不是，他被七八个日伪军用三八大盖堵在那个地方出不去。

一路上随走随打，子弹所剩无几，但他不敢打光，想给自己留一颗。打过大大小小几十次仗，他还从未像今天这样窝囊过，被人揍成了乌龟。

敌人的火力很猛，别看只有七八条枪，其中有两支马枪，马枪可以连发，机关枪似的哒哒哒地乱响。有人在枪声里劝降，喂，土八路，你跑不了啦，想活命就把枪扔过来，皇军说了，你投降就饶你不死。

日你娘的，你个卖祖宗的王八蛋，老子的枪撂这儿了，你有胆儿，过来取吧。

郭双全大声回应着，仰头看着高不可攀的土崖，爬是爬不上去，但最担心的是怕有鬼子从沟顶绕过来，兜头把他给扫了。

这么想着，上面果真传来急促的奔跑声，接着枪也响了，子弹却不是朝他打来的，他同时听见有个伪军喊，上面有人。

接着是乒乒乓乓一阵对射，眨眼间，枪声渐远，近处的一切复归宁静，沟底如同什么都没发生过一样。

郭双全探头朝西面望去，草丛里，树隙间，横七竖八躺着几具尸体，看上去不像有诈。

郭双全知道沟顶有自己人，但不知道是阎守财。郭双全是个临阵不慌的人，他赶紧跑去打扫战场，当他歪着肩膀，背了四支步枪正不知该往西走还是往东走时，就听阎守财在土崖上喊他。

在二中队，郭双全和阎守财虽都是侦查员，都可以单独行动，但出于习惯，两人一般外出都相跟着，或扮作赶集的老乡，或扮作做买卖的生意人。时间一长，两人成了好朋友，经常出双入对，亲密的样子倒像是两口子，队员们喊阎守财叫二嫂，喊郭双全叫二哥。阎守财在家里排行老二，郭双全也在家里排行老二，慢慢叫开了，郭双全倒不觉得有什么不妥，阎守财却不爱听，谁称他二嫂跟谁急。

现在，郭双全在土沟里捡回一条命，他不仅不感激向他施以援手的阎守财，反而埋怨阎守财枪法不准，沟里拢共才七八个敌人，反倒跑了两个活口。

站在土沟外面的阎守财，对土沟里边的郭双全说，你是站着说话不腰疼，二十响能打多远？再追，快到据点了，我都看见据点里出来援兵了。

又说，我的枪法是不怎么样，有的人还不如我哩，就差让人家活捉了。

郭双全一听，不禁哈哈大笑，你这人不厚道，哪壶不开提哪壶。

两人斗着嘴，往东山脚下走。

任嫦娥还在沟口等他们，见他们都没事儿，远远就笑得合不拢嘴，你们俩是二中队的福将，怪不得人们都叫你们二哥二嫂呢。

郭双全问任嫦娥那个光头哪儿去了。

任嫦娥说早跑了。

阎守财也问，光头该不会是你们区里的干部吧？

任嫦娥笑着说，区干部哪有这号孬种？他是芳兰镇的木匠。

任嫦娥原本是去南王附近的几个村子开展工作的，她扮成回娘家的小媳妇，枪塞在包袱里。她从董家堰出山，怕南王据点的鬼子磨缠，故意绕了很大一个圈子，走到小兴村时，碰见那个光头木匠。

木匠当时背了一大堆工具，说是去庄力村跑活儿的。在去庄力村的路上，木匠遇见了素不相识的任嫦娥，两人一问一答，攀上了话。

他俩走的是一条田间小路，在一个岔路口上忽然遇见十几个日伪军。

日本兵要抓花姑娘，两个人顿时慌了神儿，扭头就跑，任嫦娥说她当时就恨肋下没生出一副翅膀了，从来没跑这么快过，都快喘不过气来了。

又说，那个光头木匠真气人，都那时候了还不舍得把木匠工具扔了，哐当哐当一路响。直到快进那条沟时，木匠摔了一跤，那堆家伙什才撂在地上，抛洒得遍地都是。

郭双全插进话来说，我险些让他的锛子给绊倒。

任嫦娥说，也多亏遇见二哥，要不可就悬了。

三个人在沟口分了手。郭双全和任嫦娥都去藏孤村，阎守财一人去了南山后面的董家堰。

一个时辰后，阎守财已经踏上董家堰村外的那段石头台阶了。

在村里，阎守财没找到杜智德，又去了更远的玉池凹。

这回没跑空，在村口看到骑兵班的岗哨。

阎守财去找杜智德时，杜智德正在老乡屋里编草鞋，一边编草鞋一边与玉池凹的村长商量送亲的事儿，他让阎守财把情报放在桌上。

阎守财从屋里退出来，心里直嘀咕，还大队长呢，这么重要的情报连看都不看一眼，下一步该怎么行动都不知道，就知道娶媳妇，就知道打草鞋。

他在杜智德的门口转了半天，决定去见杨玉年，想让杨玉年提醒一下杜智德。

可通信班的小胡说杨玉年并不在这里，下连队了，至于去了哪个中队，他就不知道了。

第十二章

1

比较起来，端炮楼的事儿更加棘手。

段丑槐带领二中队已经走出藏孤村，他和张文有心里还没底儿。全队三十来号人，二十支步枪，两挺捷克式轻机枪，步枪大多是中正式，而且只是仿造枪，射程最多也就三百来米，拉枪栓比拉一头懒驴都费劲儿，想端蔚家梁的炮楼，谈何容易。更何况，蔚家梁有两个炮楼，村南村北各一个，无论打哪个，另一个都会接应，可杜智德下达的命令就是围魏救赵，说日军扫荡根据地，拿不下一座靠近根据地的炮楼，就不可能吸引回扫荡的鬼子。

段丑槐挠得头皮都麻了，还是想不出端炮楼的绝招。

过了芳兰镇，张文有忽然拍了拍脑门儿，说，你看这么着行不行？挖一条地道过去，用手榴弹把炮楼给端了。

蔚家梁是属于五区的地盘，张文有本意是要五区组织部分民工，从庄稼地里开挖一道壕，慢慢接近炮楼，再用手榴弹和地雷把炮楼炸了。想的挺好，可直接被段丑槐否决掉了，那哪行，不说挖地道费工夫，想找挖地道的人也一时半会儿找不到，再说五区区小队和民兵还有拆铁路的任务呢。

而派出去侦察据点情况的阎守财和郭双全回来也说，即使把壕沟挖过去也够不着炮楼，炮楼外面还有一圈两丈深的战壕，战壕上面还有一道铁丝网，想冲进炮楼院内，必须通过一座吊桥，吊桥每天辰时放下，申时拉起。即使进得了炮楼院，离炮楼还有十来丈距离，敌人的机枪步枪都不是吃素的，就算你膂力过人，也不可能从吊桥外面把手榴弹丢到炮楼跟前。

段丑槐毛糙了，说，要智取嘛，要脑子做什么？不是我给你们画出道道儿来，你照直走就行，得随机应变呀，都是活人嘛，活人还能让尿憋死？

他倒不是训斥两个侦察员，可他分明盯着阎守财郭双全在发脾气。在发脾气的同时，他已经带领队伍进入蔚家梁村南一道黄土沟里了。

张文有让阎守财和郭双全装扮成老百姓，想办法进村摸一摸炮楼上的情况，或许能找出更好的办法。

阎守财和郭双全没有直接去蔚家梁，而是绕道去了芳兰镇。芳兰镇住着阎守财的舅舅。

舅舅是个矬子，矬子娶了个高挑个子的俊俏媳妇儿，这让村人一提矬子立刻想起卖炊饼的武大郎。可舅舅不卖炊饼，他是个驱狐方士。

早年间，矬子曾拜白佛堂从善道长为师，学会了七十二种驱狐术。谁家招惹狐仙，便会请舅舅去作法，举一簇点燃的檀香，拎一柄斩妖的木剑，口里念念有词，念的是盘古初分不计年，元始乘辇下东天；一点灵光流浪去，六万余年不回还；只知生来不知死，混混沌沌过几年；寻到张家为男女，又到李家置庄田……

有人说舅舅念的不是驱狐咒，是十不亲。可偏偏舅舅能把仙狐驱走，其他方士念的是驱狐咒，狐仙没撵走，驱狐的人反中了狐魅。

阎守财的舅舅一时被乡人捧敬为高人，这里请，那里请，一年三百六十五天，差不多有一半日子在外漂泊，家里有个如花似玉的俊俏媳妇儿也成摆设，跟别人明铺暗盖不说，还把肚子弄大了。十月怀胎，婆姨给矬子生了个大胖小子，舅舅虽个头矮小，脸却白净，新生的娃娃脸黢黑，黑得像炭染过似的，他明知不是自个儿的骨肉，也乐呵呵的当亲儿养着。

阎守财去舅舅家借东西，矬子舅舅不在，只有妗妗在。

阎守财打小没见过几面妗妗，印象里的妗妗是个美人坯子，不仅个子高，还有一双色眯眯的桃花眼，脸上洒些碎金子似的雀斑，牙白，腰细，腿长，走路不快，绵绵的，软软的，像踩着一朵浮云，叫男人看一眼自会心生歹意。

庄户人家白天都不关街门，可舅舅家的街门从里边上了门闩，阎守财敲半天，喊半天，不见有人开门，他问一个扛镢头下田的村人，这家人去哪儿了，村人狐疑地瞥了一眼阎守财，却又嘿嘿直笑，走出一段距离，才回头说，他家里有人，白天不开门，想进去，翻墙呀。

阎守财看了看两人高的土墙，不搭人梯是爬不上去的，知道村人在开玩笑。

而这时，院里忽然有了动静，是妗妗嘟嘟囔囔地来开门了。

由于时间太久，阎守财几乎不认识妗妗了，妗妗也不记得这个人高马大的外甥，开口说话，显得有了隔膜，夹在门缝里的妗妗问阎守财找谁。

阎守财说，你是妗妗吧?

不管那女人怎么讶异，阎守财接着介绍他是阎家坪阎来锁的二小子守财，他娘叫曲美英，他舅舅叫曲大贵。

妗妗愣了好一会儿，慢慢想起是有阎家坪这门穷亲戚，当初阎来锁从监狱出来，路过芳兰镇想问矬子借身衣服穿，被她堵在门外不让进，现在想来，不让阎来锁进门也是有道理的，这家人没完没了地烦人。

我知道你是谁，你说吧，有啥事?

街门只拉开一条缝儿，妗妗的脸也只露出窄窄的一条，其中就有一只桃花眼。

阎守财回头看了看来来往往的村人，对妗妗说，进院说吧。

妗妗把住门扇，不让进，说她要出门给本家一个侄女开脸线，侄女明天要嫁人了，嫁的是本县商会会长的大少爷，她没工夫接待阎守财。

阎守财说开不开脸线他不管，他只想问妗妗借个箩筐，再借十来八斤山药蛋就行。他们在舅舅家门口跟妗妗磨缠了半个时辰，两个人才挑着箩筐，一前一后进了蔚家梁。

蔚家梁的老乡没有坐街习惯，或者过去有，自从小鬼子安了炮楼，就不敢在街上晒日头了，家家门户紧闭，连鸡狗都三缄其口。

好不容易在一条街上找到一家开门营业的肉铺，阎守财正打算进去碰碰运气，却不想有人在他身后大声说，梁掌柜，我要的五花肉你给留下没？

阎守财一扭头，看到一张白花花的脸。那人腰里系着水裙，头上戴顶小白帽子。只瞟了一眼，阎守财忽然觉得这人挺面熟，却一时想不起是谁。

这人翻了阎守财一眼，又探着脖子朝箩筐瞅了瞅，扑哧笑了，说，皱巴巴的没狗卵大，这也叫山药蛋？白给人也不要。

又说，小伙子，我看你是想赚钱都想疯啦。

说着走进肉铺。

肉铺的掌柜在里边搭话说，白师傅，你跟谁说话呢？你要的肉我早放好了。

白拉柱。

阎守财这时突然想起这人是谁了，只是不知道白拉柱不在东峪跑事宴，怎么跑到蔚家梁来了？看打扮，倒像在饭铺里做饭的那种坐地厨子。又一想，蔚家梁屁大个村子哪来的饭铺，有饭铺也没人吃啊。

在白拉柱提溜一坨五花肉走出肉铺时，阎守财把他拦住了，我要没认错的话，你八成是拉柱叔吧？

白拉柱本不愿搭理阎守财，听了阎守财的话，就上下打量起这个卖山药蛋的后生。

阎守财不想提他爹阎来锁的名字，知道他爹跟这个白拉柱不对付，只是说他是阎家坪的，见过白拉柱跑事宴，他问白拉柱不在东峪跑事宴，怎么跑到外边来发财了。

这一问，恰好捅到白拉柱的痛处，他眼圈儿一红，伸手拍了拍阎守财的肩膀，哽咽着说，娃啊，叔该咋跟你说呢。

咽了口唾沫又说，你叔是让人拐骗出东峪的，怨我眼瞎么，好赖人不分，认了个朋友还是个大骗子，叔这是身不由己啊。

白拉柱平常很难见到从东峪出来的山民，听阎守财说是阎家坪的老乡，就像见了亲人一样，他把阎守财拉到墙根儿底下，肉放在旁边一块石头上，从怀里摸出一包哈德门烟，给阎守财一支，自己点一支，边抽边把他怎么听信谗言出山，怎么让大老郭卖给炮楼，怎么给警备队做饭，又怎么受警备队那帮杂种的欺负拉拉杂杂说了半天。

阎守财听的同时，也时不时插一句嘴，问的都是炮楼里的事情。

哪想到白拉柱突然不说了，三角眼盯着阎守财看，盯了一阵儿，忽地站起身，说，我认出你来了，你像一个人，像我一个仇人。

又说，我看你也不像是啥卖山药蛋的，你小子八成是这个吧?

白拉柱伸出拇指和食指，你以为我傻呀?你平白无故问人家多少人多少杆枪做啥?你还问人家啥时候换岗，你是想抹我脖子哩。

说完，白拉柱转身要走，走了两步，又返回来从石头上取了肉，再走，就被郭双全的手枪逼住了。

2

蔚家梁有两座炮楼，南边的炮楼修在村民张宝山家的白麻地里。

两栋炮楼戳在蔚家梁村南村北两个地方，相距不足里许，把蔚家梁夹在中间。

平时，村北炮楼上住一个班的鬼子，带队的是麻生太郎；村南炮楼上是一个伪军中队，四十来人，队长姓邓，队副姓王。

邓队长跟王队副尿不到一个夜壶里，不为别的，只为一个女人，这个女人叫齐玉娥。

说起齐玉娥，我们大家都认得，就是阎守财的妗妗，矬子曲大贵的婆姨，芳兰镇颇有名气的一只破鞋。

蔚家梁炮楼没安之前，河边的曲禄祥和边家岭的龙康是齐玉娥家的常客，齐玉娥喊曲禄祥叫祥哥，喊龙康叫龙哥，经常坐了骡驮轿去东峪吃黑枣，吃柿子，或去县城下馆子，一走就是七八天。

矬子惧内，齐玉娥怎么折腾，他都不敢吱声儿，他若敢多瞅齐玉娥一眼，齐玉娥会用纳了一半的鞋底子敲他的脑壳儿，爹呀，我这辈子瞎了眼才嫁你这个武大郎呢，你瞅我做什么？我连出去串门儿的自由也让你剥夺了？我是你喂的猫还是你喂的狗？呸。

齐玉娥的唾沫不偏不倚要吐在矬子吃饭的碗里。

自从蔚家梁有了炮楼，齐玉娥又多了个相好——王队副。

邓队长住炮楼二层，三层是岗哨，王队副和队员们都挤在一层的大通铺上，炮楼里的大通铺是贴着楼墙转了个大圆圈。

王队副把齐玉娥偷偷接进炮楼里过夜，本来想瞒着邓队长，可王队副这人做事癫狂，三四十号伪军耳听得齐玉娥野猫叫春似地喊床，床板咯吱咯吱乱响，被子如波浪一样涌动，肚皮与肚皮之间拍出的那种邪恶的声音终究是把他们的睡眠彻底摧毁了，队员们整宿整宿睡不着觉，度夜如年，轮到换岗，哈哈地直打哈欠。

有人实在受不了，爬上二层楼告诉了邓队长。

邓队长一听竟笑得拍起了桌子，笑着笑着忽然不笑了，他要那个打小报告的队员把齐玉娥叫上去，说，看看这娘们儿什么地方把王队副给迷住了。

那个队员不敢下去叫，怕王队副收拾他。

邓队长骂那人一声废物，自己下去了。

他先是站在楼梯口喊王队副，王队副不知是没听见，还是没顾上答应，反正马灯照在一团隆起的被子上，那团被子欢快地颤动着，这让邓队长一下子想起厨子做的粉面碗托儿，他看见除了王队副的位置，其他的床铺都鸦雀无声。

邓队长走过去，一把掀开被子，把赤条条的齐玉娥从王队副身体下面解救出来，夹在胳膊里，齐玉娥像一条成精的白蛇，软软地缠在邓队长身上。

邓队长噔噔噔上楼去了，回头对瞪着眼的王队副说，以后不准碰这女人一根指头。

一连三天，邓队长没下楼梯半步，三餐饭都是白拉柱亲自送上炮楼的。

到了第四天，邓队长派人把齐玉娥送回芳兰镇。

从这以后，齐玉娥不来炮楼了，邓队长隔三岔五要去芳兰镇过夜。

事情偏偏发生在邓队长去芳兰镇过夜的路上。

那天，从蔚家梁炮楼到芳兰镇的土路上，邓队长被人缴了枪。

也是同一天，白拉柱回据点晚了，吊桥都升上去了，他才背着半扇猪肉，抱一坛烧酒，驴一样慌慌张张往炮楼方向跑。

摇轱辘把儿绞吊桥的伪军赵二红骂道，白拉柱，你个鳖孙，后半晌死哪儿去了，我当你撂挑子跑毬了。

白拉柱隔着壕沟说，看你二红说的，我撂了挑子，弟兄们还不跟着饿肚子？

照往常，邓队长出了吊桥，一般不会当天返回。可这天不同，约莫一个时辰之后，也就是日薄桑榆，倦鸟归林的时候，邓队长又回来了，而且身后还跟着两个穿铁路警服的人，警察后面还有几辆运送粮饷的独轮车。

邓队长在吊桥外面嘶哑着嗓子喊刘肉肉，那个时候正好是刘肉肉在岗楼上值班，刘肉肉让二层值班的赵二红出去放吊桥，说中队长回来了。

赵二红斜着膀子挎一杆长枪，嘴里哼着歌：高高山上一碗油，姐妹三个对梳头，大姐梳的十样景，二姐梳的翠花楼……歌儿唱完了，吊桥也哗啦哗啦摇下来，他看见邓队长鼓着金鱼眼瞪他，好像是嫌他把吊桥放慢了，他连忙吐掉嘴里的纸烟，把大檐帽正了正，说，队长，这些人是干什么的？

邓队长不说话，还是拿眼瞪他，穿铁路警服的阎守财抽出驳壳枪，顶在赵二红的胸前，说，看你管事宽的。

站在岗楼上的刘肉肉一直注视着涌进吊桥的几辆独轮车，他发现赵二红竟然把两只手高高举过头顶，而那些推车的，穿警服的都已刀枪出鞘，刘肉肉突然紧张起来，他举起枪，正要扣动扳机，迎面飞来一粒子弹，他想偏一偏头，却来不及了，觉得脖子一热，身子软软地匍匐在炮楼的堞墙上了。

白拉柱那天给伪军们做了一顿好饭，并声明那坛酒是邓队长专门犒劳弟兄们的二锅头。

王队副摇了摇那坛酒说，不喝白不喝，每人半碗，轮到谁站岗，都他娘自觉点，甭给老子喝酒误事。

酒宴摆在大通铺圈起来的圆形空地上，没有桌子，十几个弹药箱拼成一个大方桌，大家围坐在方桌四周，方桌上摆了一个黑陶瓷盆子，盆里盛着胡萝卜炖猪肉，还有一盘小炒肉。

酒不多，每人半碗。仅有半碗，不好一干而尽，大家只能一点一点地抿，抿在嘴里细品，人人脸上都显出极陶醉的神情。

王队副夹一筷子肥猪肉搁在嘴里，一边嚼，一边说，白拉柱这顿饭做的不赖，以前也没见他露过这手艺，狗日的真人不露相哩。

说到这儿，叭，外面好像响了一枪，王队副一愣，支棱耳朵细听，白拉柱用勺子使劲敲两下陶瓷盆的盆沿儿，又往盆子里加了两勺子小炒肉，虚张声势说，吃起来，吃起来，大家赶紧吃起来，老白我在东峪就靠这道小炒肉打天下了，我一直不想露这手，怕弟兄们天天吵着要我炒肉吃……

炮楼的门板这时被人一脚踹开，有人扯了破锣嗓子喊，不许动，举起手来。

3

东峪根据地在经历一场浩劫后，终于恢复平静，厨子阎来锁没再回县政府掌勺，张耀山找了几次都无功而返。

那个夏天，阎来锁如同他的炊具一样，静静地闲置在家中，并且闲得蛋疼。

天暖和得稍一欠屁股就流汗，阎来锁却仍披一件油腻腻的粗布褂子，在院里的磨盘上蹲着，日头把脑汁都快晒干了。

院子里冷汤寡水的，鸡死了，猪被日本人扔在火堆里烤熟吃了……

房客曲养元一家也早搬走了，阎来锁这回没再阻拦，在他看来，曲美英一死，这个家算是散了，还留个房客做什么？儿女亲家更是扯淡，鬼都不信这个，你看那个曲养元，说十句话你不一定能逮住他一句。

有一次，阎二本用烟锅捅捅阎来锁的心口窝，说，你这玩意儿，比石头都硬，我听老实说，你婆姨死了，你连哭都不哭一声？

阎来锁开始一声不吭，过了半晌，方叹口气，二本啊，你哪晓得我有一肚子苦水，都快从嗓子眼溢出来了。

那年八月十七，我把美英从山外边娶回家，我原以为娶了个好女人，哪想到，七个月头上，美英就生下了守富。你算算，守富能是我阎来锁的种吗？我没吭气，既做了两口子，好果子得吃，虫蛀的果子也得吃，不能挑三拣四的。

后来呢，守富越长还越像那狗日的郑羊鼻子了，我那个气呀，老子忙得昏天黑地四处跑事宴，图个甚？到头来，替别人养了个娃，我不甘心哪，就把气全撒在守富身上了。

你也知道，我以前可不懒，自打戴了个绿帽子，心气散了，田里的活儿我是不粘手的，你曲美英本事么，多找几个野男人替你弄么，我还图个轻松哩。

阎二本的一条废胳膊，在六月的暖风里晃荡着。

阎二本说，来锁，我原以为你是条汉子哩，拎得起，放得下，哪想到你心眼比针尖还小，跟自家女人置气哩，还置了一辈子气，临了，也不让美英踏踏实实走。你呀你呀，我该咋说你好呢，你不晓得七活八不活的道理？女人生娃能一律是十月怀胎么？慢不要说守富不是他郑羊鼻子的儿，就真是他郑雄黄的，还能高了他个看病的，低了你个炒菜的？你养大的娃娃能孝顺了外人？再说了，美英是个好女人，你也不是不晓得，街坊邻里哪个说过她一句坏话？我看你呀，都鬼迷心窍了，你摸摸自个儿的良心，美英是那种人吗？美英哪点对不住你？你守着个七仙女，还当狐狸精哩。

阎来锁的小眯缝眼睁得铜钱大，他像被人当众抽了一掴子，梗着脖筋说，屁话，你管我哩？咸吃萝卜淡操心，你管好自个儿就行了。

第十四章

1

襄城的南山，钢蓝钢蓝的。

天气好，站在盆地里，或站在襄城的古城墙上，能够看清南山每一道起伏不平的褶子，甚至能分得清挂在半山梁上的牧羊人和簇拥在牧羊人周遭的羊群。可惜就是没有植被，没有乔木，也没有灌木，冬天如此，夏天也如此，让人一览无余地看见了可怜的家底儿。牧羊人通常把羊赶到山那面去放牧。

这是民国二十七年之前的南山了。

到了民国二十七年后期，好多人家的羊都被下乡清剿的日伪军赶回据点，幸存下来的羊也被羊主人一刀宰了，与其成了鬼子的盘中餐，倒不如狠一狠心，自家宰了吃，图个肚儿圆呢，还能落张好羊皮。持这种观点的人家不在少数，以后的七八年间，不要说南山了，即使是平川的庄稼地里，都很少有羊或猪的影子。

民国二十八年，靠近南山的霍庄镇修了三座炮楼，南面一座炮楼修在霍光庙的戏台院里，东面一座修在余能元家的菜地里，北面一座修在吕布池旁，三座炮楼呈三角状控制了通往湖村、南王和忻县的官道，同时也监视着南山上的几条羊道。县警备大队三中队有一个小队的伪军驻扎在霍光庙的炮楼里，还有一个小队在吕布池那边的炮楼里，余能元家菜地里的炮楼上是一个班的鬼子，给鬼子做饭的也是个留着八字胡的日本人。

七月初六这天清早，刘喜在霍光庙的炮楼上当班。

南山上下来三个人。刘喜因为走神，一直没留意，没留意就是没入他的法眼，等那三个人引起他的注意时，人已经隐没在一片高粱地与谷子地之间的小路上了，他只能看到三颗头像西瓜一样在庄稼地里一起一伏朝前滚，却判断不出他们是从山上下来的山民，还是霍庄镇的村民。

南山后面有五六个靠山村，窑头，董家堰，百泉郊，玉池凹，炭窑沟，李家坪，还有聚宝庄。山里人出山有两条路可走，一条是居士山东侧的明月沟，沟堑里多水，遇到雨天，斗大的石头都能冲出山外；另一条是霍庄镇南面的羊道了，羊道虽陡，但一目了然。

从羊道下山，炮楼上的岗哨应该看得一清二楚，也是刘喜那天心不在焉，才让这三个人轻轻松松走进了庄稼地。不过走进庄稼地，也没有完全跳出哨兵的视线，他们最终还要拐到官道上，要么往西，要么往东走，往西是小蟠店，往东是霍庄镇。

走在前面的那人个头儿不高，长得却敦实，后面两个都是瘦高个儿，三个人都扛了扁担，扁担上拴着几股麻绳，看样子是下山来买办东西的山民。

刘喜一直把三个人目送到官道上，却见他们一扭头，朝西走了。这让不动声色的刘喜略感意外，山里人一般不去小蟠店赶集，都知道小蟠店的买卖人不实诚，除了嘴巴甜，一贯缺斤短两，比方你要量他们十斤麦子，看见秤杆挑得老高，回家一复称，八斤就算谢天谢地了。

如果不是距离远，刘喜那天完全能够看出那三个人更多的疑点，比方他们压根儿不像土头土脑的山民，山民习惯抬高腿走路，而他们的膝盖都不带打弯，只是穿衣打扮上入乡随俗了，短发或光头，漂白的夏布汗褟，裸着胳膊，青布裤子。所不同的是，各人的衣服颜色深浅不一，而且有新有旧，其中两个人脚上是千层底布鞋，没穿袜子，那个矮个子竟穿一双草鞋。

矮个子的确是大队长杜智德，中间一个是通信员二愣子，拖后的是通信员小胡。

这一天，杜智德是给未来的岳丈，管辂村的财主董长仁送彩礼的。

杜智德从老乡嘴里套出彩礼的具体数目，有个名堂叫三盘两对，外带花红彩礼生米猪卷若干，也就是说，要预备三副银项圈，两对银镯子，一丈二尺的红布和蓝布，一斗白米，一斗白面，一斗绿豆，一斗红枣，一口退了毛的白条猪，二十四个白面馍馍，二十四块现大洋。这些还不是彩礼的全部，另外还有二遍彩礼要送。当然，二遍彩礼的成色就简单多了，仅有一斗白米，一斗白面，一斗绿豆，一斗红枣，简称四斗礼。前些日子，他已经托玉池凹的村长把头遍彩礼送去了管辂村，这一次算是二遍彩礼。

杜智德他们没去霍庄采办东西，而是去了名声扫地的小蟠店。

小蟠店其实不比霍庄差，虽然村里也有鬼子据点，但杠房、鼓房、染坊、杀坊、毡坊、粉坊、纸扎坊等等各式各样的买卖铺子一拉溜排开，都在照常营业。

其中有个说道，这个村汉奸特别多，新民会的，警备大队的，和平救国会的，仅在小蟠店两个炮楼里吃皇粮的就有七八个。兔子不吃窝边草，村里做买卖的也或多或少沾了光。沾了光气就粗，气粗就欺生。

可杜智德不怕店家作弄他，事先已经核实好了价钱，一斤小磨白面过去是一毛一，如今是二毛六；一斤白米过去是一毛钱，如今是二毛四；一斤绿豆过去是四分钱，如今是一毛四；一斤红枣过去是一分七，如今是一毛一，虽说价钱贵多了，但毕竟是个参考。杜智德一口大同方言，他不讨价还价，让小胡出面交涉。小胡绷着脸对米面行老板说，价钱由你定，分量可不能少，少一两，我回来朝你要一斤。

老板是个大白胖子，大腹便便的，拍着胸脯说，你出去访一访，我老董是那样人吗？价钱是村里最低的，斤两上也绝对亏待不了你们。

杜智德一听胖子说他姓董，感觉亲切多了，他未来的老丈人也姓董，管辂距离小蟠店也就十里路程，说不定他们两家拐弯抹角还是亲戚呢，就想问一问这小蟠店的董家与管辂村的董家是不是一个谱系，话到嘴边，又咽了回去，他一口大同音，一说准露馅，还是不开口为好。

二愣子的扁担一头挑了二十五斤白面，一头挑了二十五斤白米；小胡的扁担一头挑了二十五斤绿豆，另一头却空着，米面行里不卖红枣。老董说去年下了一秋雨，把枣子都淋坏了，今年干果铺里都没枣可卖。杜智德心里一咯噔，据说这枣在彩礼中可是重头戏，没红枣咋整？

三个人出了米面行，朝东边一溜店铺看过去，又朝西边一溜店铺看过去，觉得这么大的小蟠店怎么会连二十多斤红枣都买不到呢？

没有就算了，杜智德有些丧气地说。

小胡却说，上一次送彩礼，不也买到枣了吗？

那是在霍庄买的，二愣子跺着脚说，这是小蟠店，你不听人家董老板说了嘛，去年秋雨长，枣都给淋坏了。

这个董老板没说实话，小胡说，他怕咱们在小蟠店买到红枣呢。

为了印证小胡的判断，他们三个往西又走了一段路，街南有一家卖干果的铺子，没等他们进去，二愣子看见门口有五个柳编大笸箩，一个堆满核桃，一个堆满花生，一个堆满栗子，一个堆满瓜子，还有一个堆了一拃厚的红枣。

狗日的，真在骗咱们，他骗咱们为了个甚？二愣子百思不得其解。

杜智德说，要不就是这面这米这豆子里有猫腻。

小胡歪着肩膀，挑着半个担子说，我看他那张脸就不像个好人。

干果铺紧挨合义生中药铺。杜智德要二愣子进去，借用一下铺里收草药的杆秤，复一复称，说，差的不多就算了，差的太多，回去找董老板说道说道。

他娘的，白面少了六斤，白米少了六斤半，还有这号做买卖的？我看他是不想开铺子了，二愣子骂骂咧咧挑着扁担走出药铺，你们等我一下，我回去把狗日的破摊子给砸了。

说着就要往回返，却被杜智德一把拽住，低声对俩人说，不要回头，快进干果铺，狼来了。

干果铺的掌柜也是念过几年私塾的文化人，当时正戴着花镜看一本聊斋志异。读得入神，恍惚看到有人从书本的上方飘过去，以为眼花了，以为看书犯了魔怔，他把书本放在柜台上，闭起眼，用左手的中指和食指慢慢揉着太阳穴，又用右手的拇指与食指捏一捏印堂穴，然后睁开眼，竟然看到柜台外面多了三根扁担和三条拴在两根扁担上的布口袋，他咝地倒吸一口凉气，想走出柜台看看布口袋里装的是什么，店铺外面却传来紊乱的脚步声，呼啦一下涌进许多人，这些人是掌柜的最不愿打交道的。

2

两个多月前，二中队拔了蔚家梁一个炮楼，日军中队长黑泽大发雷霆，把北炮楼的日军小队长麻生太郎给撤了，换了个小队长叫松田。又派人在张宝山家的白麻地里重建一座炮楼，把壕沟又往深挖了三尺，原来吊桥内的铁丝网没有通电，这次也通了电，电线是从河边镇架过来的。在人员配置上，黑泽也做了相应调整，从县城警备大队总部抽调来两个班的伪军。段丑槐和张文有本打算在伪军立足未稳时把这个新炮楼再端一次，算是吃一顿回锅肉，叫警备队的人以后再不敢来蔚家梁安营扎寨，可又想，万一小鬼子在这儿设下圈套，二中队这点人马，不够人家几挺机关枪哒哒的，经研究，还是打县城西边的凤台据点比较有把握。

凤台据点只有一个炮楼，住了三十多个警备队员，没有驻扎日军。

田二苟是凤台据点的伪军小队长，还有一个头衔是凤台那一片的税务官。那年头，苛捐杂税多如牛毛，什么婚贴税、门牌税、房产税、牲畜税、牙税、烟苗税、良民证税，这税那税的，多得数都数不过来，一般由维持会挨门挨户征收，统一交给伪区公所，再由伪区公所交给县公署。也是基干自卫大队经常在乡下活动，伪区公所立不住脚，大都龟缩在县城不来乡下办公，征收赋税的任务就落在据点里的伪军头目上。伪军小队长把各村收起来的赋税都揣在自个儿腰包里，县公署催得急，就上缴一部分，往往是缴得少，截留得多。所以说，小队长是个肥差。郭春雷是襄城警备队大队长，又是县公署知事，他早就想把各据点的伪军小队长换成自己的心腹，只是一时难以找到撤换的理由。这年夏天，郭春雷决定派出几个工作组，深入各据点具体审核上报税款情况，只要查出一点问题，就有理由把那些不听话的小队长们给撸了。

派驻凤台据点的工作组由武贤堂负责，武贤堂有个助手就是那个大老郭，另外还带了四个警备队员以壮声威。

那天，阎守财和郭双全在凤台镇贺老三的小饭馆宴请田二苟。他俩想跟田二苟套套近乎，也就是通过姥姥家对门儿大表兄的二姨娘的三姑夫的四侄子，弯弯绕绕牵线搭桥，三个人才脸对脸坐在一块。因为只要攀上田二苟这层关系，不愁日后混不进据点去，只要能混进据点，瞅准机会，来个里应外合，端炮楼还不等于囊中取物？

饭吃到一半，酒也喝得差不多，田二苟的舌头都长了，一边拍着阎守财的肩膀，一边说往后有什么难处，尽管找二苟哥来。武贤堂就在这时候，带着大老郭走进贺老三的饭馆。

饭馆不大，两间门脸，后边的套间是厨房。一进门左手是柜台，柜台上摆了几个黑酒坛子，右手是饭堂，交错摆了五张方桌，凳子都是四尺长的条凳。正是饭点儿，五张油腻腻的方桌坐满四张，剩下那张好像是专门给武贤堂预备着。武贤堂却没去光顾那张空桌子，而是站在门口四处瞅人，后来就瞅见田二苟他们了。

阎守财一只手捏着瓷酒盅，一只手悄悄伸向桌子底下，他已经注意到了武贤堂；倒是武贤堂毫无防备，他是来找田二苟的，也是来找田二苟联络感情的。

来据点好几天了，他先从各村的维持会入手，把历年来上缴税赋的总数目摸清，然后再回县里比对田二苟上缴的款项。但他没有想到的是，下边的维持会长都不买他的账，说你谁呀，凭啥给你个总数？想知道，让田队长开个纸条来。

武贤堂查田二苟的账是瞒着田二苟的，只说下来搞调研，调研乡下群众对中日友好的认同感，武贤堂故意找了个让田二苟一听就恶心的话题。除了吃饭睡觉回据点，白天的时间都泡在几个维持会里了，他这么辛苦，这么维护大家的面子，下面却极不配合，这让武贤堂心里感到很郁闷，也感到乡村工作之所以难搞，问题的根源在于村干部思想觉悟的普遍低下，低下到敢公开与县里下派干部对着干的地步。如果换个人，兴许就知难而退打道回府了，可武贤堂不想回府，他回去了，在郭知事面前怎么交代？让郭知事认为他是个做啥啥不成的废物点心？武贤堂没办法，才回头来找田二苟的。

他和大老郭在田二苟对面坐下，也不管田二苟高不高兴，也不管田二苟的客人讨不讨厌，就高声亮嗓吆喝贺老三拿酒来。

田二苟把啃了一半的猪蹄子丢在桌上，红着眼瞪武贤堂，你谁呀，你谁呀，谁跟你喝酒了？

武贤堂笑呵呵地说，别介呀田队长，兄弟我最佩服就是像田队长这样的英雄豪杰，爽快，仗义，说一不二，兄弟我因公务在身，一直没机会跟田队长小酌一二，今天兄弟我借花献佛，敬田队长三盅。

不喝了，喝多了，再喝就吐了。

谁不知道田队长海量？来来来，兄弟我陪田队长走两匝，要喝就喝他个一醉方休，那谁，你把田队长的酒盅给我。

武贤堂要阎守财把田二苟的酒盅给他，田二苟却用手压住酒盅，卷着舌头说，说不喝就不喝了，你逼我喝呀？

武贤堂抱着小酒坛子有点不尴不尬，倒酒不是，放下坛子也不是，他只好把视线转向方桌对面坐着的阎守财和郭双全。虽说他也是阎家坪的，却很少回村里，他并不认得阎守财，他用嘴努努阎守财和郭双全，对田二苟说，这二位是……

阎守财忙欠起身自我介绍，我俩是田队长的朋友，在忻县做小本生意。

阎守财不说话还好，一说就露馅了，一口东峪口音，说话带咬舌头，武贤堂听出来了，问，你东峪哪村的？

阎守财一时语塞，就想抽自己一个嘴巴子。

田二苟瞪着眼说，哪村的跟你武科长有屁关系？

听田二苟这种口气，武贤堂就不好再追问了，只是又瞟了阎守财一眼，瞟完阎守财又瞟郭双全。

田队长，我们还有事情要办，阎守财起身告辞，拱拱手说，咱们后会有期。

一直不吭气的大老郭伸手拦住阎守财的去路，着啥急呀，既然是田队长的朋友，那就认识认识吧。

阎守财并不理会大老郭，转脸去看田二苟。

田二苟虎着脸，手里抓住瓷酒盅，在桌子上一拍，酒盅碎了，酒水四溅，你是个什么东西，敢打我朋友的主意？

田二苟早知道武贤堂和大老郭是来翻他老底子的，因为碍着郭春雷的面子，又不好翻脸。他给武贤堂留了天大的面子，武贤堂却不给他留面子，他就想一不做二不休了。倒是武贤堂知趣儿，把酒坛子往桌上一墩，狠狠瞪了大老郭一眼，说，田队长的朋友自然就是咱们的朋友，既是朋友还认识个屁。又朝阎守财郭双全一拱手，我这兄弟是粗人，不会说话，好话都能让他说拧巴了，既然两位急着赶路，兄弟我就不留你们了，我跟田队长还有事商量。

从贺老三小饭馆出来，阎守财看到饭馆门外还站着四个便衣，就向郭双全丢个眼色，他们不往北走，不往西走，也不往东走，而是直奔南面的智村去了。

久旱无雨，茭子叶玉茭子叶都打了卷。阎守财和郭双全在热烘烘的土路上快步疾走，心想，今年的收成看样子又不咋地。天热，注意力就不集中，郭双全总觉得后面有人跟着，回头看，路上没人，旁边的茭子地里也看不到人。想想也是，这个时候所有人都应该在自家院里的树荫下纳凉呢。旷野上，风都懒得刮，除了蝉鸣，除了远处的蛤蟆叫，再没有其他声音。

郭双全说，日怪了，我怎么听见有动静。

阎守财说，不要回头，东西两侧茭子地里都有人，跟上咱们有一阵儿了。

过智村时，他们没有进村，插入一条小路一直往南走，快看到管辂村口的大神树了，阎守财低声说，东边地里有两个，西边地里也有两个，前头拐弯儿的地方是蒲苇地，你躲进去，我再多走几步，咱俩前后一夹。

那个火辣辣的午后，在距离管辂村不足二里的一片蒲苇地里，连着响了三枪，有两枪是阎守财打的，有一枪是郭双全打的。他俩一前一后开枪，然后往中间挤压过去，在凌乱的蒲苇地里，丢着两具尸体，另外两个人朝不同方向逃掉了。

郭双全向阎守财招手，阎守财跑过去问怎么回事，郭双全朝地上指了指，你看这人是谁？

阎守财看到一张熟悉的面孔，是那个在小饭馆伸手阻拦他们的大老郭。但那张面孔已经扭曲，脖子被子弹钻了个洞，血还汩汩往外流，手里仍握着一把王八盒子，攥得死死的。

在距离大老郭七八步远的水塘里，还仰面躺着一个人，那人的颧骨被打爆了，血慢慢染红周边的塘水。

阎守财说，你过去，把那家伙的枪摘了。

郭双全把那人从池塘里拖上来，见那人手里没枪，却抓着一把带泥的水草，身上斜挎着一个黄皮枪套。

枪掉水里了。

郭双全说着就跳进池塘里捞。

阎守财说，算了，王八盒子就是个摆设，比不得二十响金贵，有枪没子弹。

郭双全不死心，还在水里乱划拉。

西南方向传来一阵枪声，阎守财从蒲苇地里拔长脖子瞭望，隔着一个管辂村，什么也看不到，他以为跑掉的两个人想用枪声招来附近据点的敌人，就对郭双全说，走了走了，正事儿要紧。

两个人把两具死尸归拢到一块，沉入那爿臭水塘，还搬了两块石头压在上面。做完这件事，就提着盒子枪，找了条被野草覆盖的小路，准备回藏孤村。

阎守财的脚步却慢下来，支棱着耳朵听，郭双全回头说，赶紧走吧，听见啥了？

阎守财说，枪声不对，不像王八盒子，应该是二十响，还有三八大盖。

郭双全说，难不成是咱们的人让鬼子缠上了？

3

管辂村南有棵大柳树，管辂村北有座奶母庙。奶母庙建在一个洼地里，奶母庙的房脊刚好与村街持平，但是站在奶母庙的院子里，可以看到大柳树树尖上的喜鹊巢。这么大的树在老百姓眼里肯定成精了，村人在柳树底下盖了座小小的柳神庙。

郑怀龙既是管辂村村长，又是维持会长，还是管辂村不带头衔的财主。他有三亩西瓜地，就在柳神庙旁边，他虽是西瓜地主人，自己却不种瓜，也不看瓜，而是雇了个看瓜的叫李丙申。

李丙申在瓜田里搭了个庵棚，每到西瓜成熟时节，吃喝拉撒都在瓜田里。

那天午后，郑怀龙的亲家从庄力村来看闺女，郑怀龙便去瓜田摘瓜，走到柳神庙前，忽然发现柳树上几百只麻雀斑鸠黑老鸹轰一声炸锅了，好像一壶沸水泼进火炉，仓皇地无所适从地在树冠周围盘旋几秒，然后一窝蜂向东北方飞去。

丙申，丙申。

郑怀龙使劲朝庵棚方向喊，他担心有人偷瓜，偏偏李丙申躺在庵棚里睡大觉，听不到李丙申答应，郑怀龙就骂上了，李丙申，你个耐毬货，叫你看瓜，你屌朝天晒驴毬哩，丢了瓜看我怎么收拾你……

正骂得热闹，突然传来一阵枪声，好像就在瓜地那一头。他急忙绕过柳神庙，走出房檐儿似的柳树荫，却见李丙申赤裸着上身，下边只着条大裤衩，站在瓜庵外，手里攥着一根三股禾叉，面向西南方向不住地张望。张望了一阵儿才回转头，却是一脸惊慌，东家，你听见没？有人打枪。

郑怀龙想说我又不是聋子，那么大的动静，听不见才日怪呢。话未出口，就见西侧的葵花地里呼啦一下多了一个人。那人个头不高，却跑得飞快，一边跑一边回头打枪，他朝神树下面跑来，接连踩碎好几颗西瓜。

经过瓜庵时，那人诧异地瞟了李丙申一眼，跑过瓜庵后顺便喊一声，跑呀，日本人来了。

李丙申手里攥着那根五尺长的三股禾叉，一边瞅那人踩碎的几颗西瓜，一边瞅那人手里的盒子枪，不知该不该把那人喊住，踩碎西瓜是要赔钱的。

就在李丙申琢磨这事儿时，葵花地里又蹿出几个人，那几个人手里的长枪短枪一齐开火，子弹都朝瓜庵射来。李丙申平时是个闷葫芦，不爱说话，遇到急事也不吭不哈的，只是喜欢瞎琢磨，人们以为他沉得住气，其实他是三棍子揍不出一个响屁的闷葫芦，面对忽然出现的长枪短枪和扎堆的子弹，他有些懵，心想是该蹲下好呢，还是仍站着好，但又想，这些人一定是追赶刚才跑过去的那人，事不关己，他干脆站在原地不动吧，他把事儿琢磨透了，就决定一动不动。但有一发子弹，毫无理由地朝他射来，李丙申眼睁睁看着那发子弹，凿开他的嘴巴，凿开他的牙齿，往喉咙里钻进去了，然后就在他的后脑勺打开一扇窗户，他只是哎呀一声，仰面躺在地上，黑洞洞的嘴巴里喷出一股血线，那根三股禾叉被他扔在一边。

神树下面的郑怀龙始终没有反应过来，他看见杜智德像插了一副翅膀一样朝他飞来，他是想跟杜智德打招呼的，却被杜智德一把抓住胳膊，踉踉跄跄拽进东侧的一片高粱地里了。

两个人都跑得很被动，脚下有时踩高了，有时踩低了，有时踏在一堆狗屎或狼屎上，有时一脚踩在高粱秆上，几乎跌跌撞撞要倒下了，却又顽强地把身子跑直溜了。

郑怀龙那天真不走运，他的亲家早不来晚不来，偏偏那天要来，他又那么热情洋溢，还亲自来瓜田给亲家摘西瓜吃，他完全可以派一个人来的，可那天他鬼使神差地非要亲自去田里挑一颗包熟包甜包沙瓤的好瓜，这样就遇上了慌不择路的杜智德，还被杜智德扯进一场本不该参与的亡命之旅，在他翻越一道长满狗尾巴草的田塍时，很不幸，就像他的长工李丙申那样，毫无征兆地被一颗子弹打中了，只不过子弹是先从李丙申的嘴巴钻进去的，随后才从后脑勺飞出去，而郑怀龙恰好相反，那颗子弹一开始就击中了他的后脑勺，他本来跑得好好的，忽然像失去风力的风筝，晃晃悠悠地栽倒了。

从小蟠店逃出来，杜智德和两个通信员被追来的鬼子伪军打散了，小胡像只受了惊的母鸡，拍打着翅膀朝山上跑了；二愣子想拼死保护杜智德，他把一小股敌人吸引到路边一条水渠里，双方打开阵地战，子弹如流星一样你来我往；杜智德毕竟是久经沙场的人，他选择撤离的路径非常隐蔽，而且极善于在意想不到的地方给冲在前面的敌人以致命一击，一击过后，对手非死即伤。

从霍庄据点出动的二十多个日伪军，有三四个追赶小胡去了，有五六个与二愣子在水渠上僵持着，剩下的十几个都来对付杜智德，他们都知道这个矮而壮实的杜智德才是一条大鱼。

刘喜指着杜智德飘忽不定的背影大声嚷嚷，看见没，看见没，这个一定是土八路的头儿，你看他的个头儿，没有板凳高，枪法又好，你看他又藏起来了，比鬼都精，千万别过去，谁过去就没命了。

伪军队长马相田踢了刘喜一脚，你他妈是想让人追还是不想让人追？骂完，又挥了挥枪对手下说，都给我听着，谁抓住活的，赏大洋三十块，谁一枪打死，赏大洋十块。

这样，大家心里都有了谱儿，看到杜智德跑，他们就使劲追，看到杜智德身形一闪，他们哗一下也藏起来，一旦捕捉到射击的最佳位置，瞄准的时候也尽量朝杜智德的下三路打；但日本兵不听马相田指挥，他们严格按照步兵操典和射击教范操作，怎样射击，怎样走散兵线，怎样战斗展开都有自己的一招一式，每一枪都奔着杜智德的要害射去。

有几次，子弹就擦着杜智德的头皮或耳根过去了，他听到子弹穿透空气的裂帛声，嘴里不住地嘀咕，你妈的，老子要死哩。

就在杜智德跳进一块高粱地时，脚上的一只草鞋掉了。

从小蟠店到管辂村有十里地，十里地之间双方互相射击，杜智德毫发无损，日伪军却有四五个挂了彩，有挂的硬彩，倒下就断气了，有挂的软彩，伤了胳膊伤了腿，斗志顿时消沉下来，慢慢就掉了队，就一瘸一拐朝据点走，一边走，一边烦躁地打枪。剩余的七八个人在管辂村东头的一块高粱地里终于要追上只穿了一只草鞋的杜智德，并把一个突然加入进来的郑怀龙射死在庄稼地里，大家都很兴奋，呈扇面状散开，嘴里嚷嚷着要抓活的。马相田的左胳膊让杜智德打了一枪，血从袖子里洇出，不住地往地上滴答，他仍亢奋地举着手枪指挥大家怎么包抄怎么活捉。

高粱已有一人高，由于缺雨，叶鞘上积了一层细土，他们把这层细土抖落下来，又沸扬上去，折腾得场面极其壮观，不过透过稀稀拉拉的叶鞘，还是能够看到对面田塍上匍匐着的杜智德。杜智德枪匣里的子弹所剩无几，本来没有打遭遇战的准备，除了一把盒子，连手榴弹都没带，望着渐渐包抄而来的鬼子伪军，杜智德咬牙骂道，一群猪猡，还死咬住不撒嘴了。

4

关于那场发生在管辂村东的小范围的战斗，管辂村人都未能亲身体验，他们听到枪响，只是把各家门户关得严严实实，无懈可击，并上了门闩，并用方桌或碌碡什么重物顶在门里。然后纷纷回房，惶恐不安地坐在自家炕头，屏住呼吸，侧耳谛听村东南不时传来的枪声。那些不谙世事的鸡呀狗呀的两条腿或四条腿的家禽家畜，也被主人的情绪所感染，在那一片杂乱的枪声里，没有一只鸡不适时宜地呱呱呱地飞上墙头，也没有一条狗汪汪汪地吠叫个不停，都待在角落里忧郁地想着心事。

长工老赵胆子大，搭了个木梯想爬墙上去瞭望一下打仗过程，被董长仁一言不发从屋里冲出，一把从木梯上拽下去。老赵一屁股坐在地上，奇怪地看着东家像猴屁股一样通红的脸。

战斗很快进入尾声，突然出现的阎守财郭双全把马相田他们的如意算盘打乱了。阎守财从左翼，郭双全从右翼，两把驳壳枪一阵连发后，七八个日伪军，都像谷个子一样栽倒在庄稼地里，好多人都不知道子弹从哪儿飞来，更没看清开枪的是什么人，就不明不白栽倒了。两个侦查员缴获了六支步枪，两把手枪，还有子弹带若干，沉甸甸地跑过去搀扶半躺半坐在田塍上的杜智德。

阎守财说，大队长，你负伤了？

杜智德用手摸了摸后腿，摸到黏糊糊的一手血，你这不是明知故问吗？

你怎么就一个人啊大队长？郭双全觉得奇怪，又问，怎么连个通信员都没带？

杜智德没好气地说，带了，打散了，小胡腿快，好像朝南山上跑了。

怂包，郭双全忍不住骂道，还通信员呢，他的小命儿比大队长都值钱。

阎守财看见田塍下面躺着的郑怀龙，问杜智德，那是谁？

一个老乡，杜智德叹口气。

第十五章

1

王命年见天要出一趟山，从南涧村县政府办事处带了上级指示，送往大山外面的陈家营交通站；或从陈家营把山外的日伪消息，甚至是更紧急的鸡毛信送往南涧村；再或者从李家庄出山，直接去县城傅家街协字号跟一个账房王先生接头，接完头出城回山。

王命年出山的扮相是小货郎，挑子里多是些针头线脑或染布的红靛绿靛。每一趟差，有一块现洋的报酬，所以王命年不缺钱，经常在县城或中途的芳兰镇，找一家小饭馆打牙祭，一壶老酒，一碟花生米，一碟猪耳朵，一碗刀削面。总是自斟自饮，一壶酒落肚，菜也尽了，面也吃了，结完账，起身走人。

有一回，王命年喝完酒，在县城南城门遇见警备队配合宪兵队搜查过往行人，一查良民证，二查身上有无携带违禁品。说是警备队配合宪兵队，其实是警备队在动手搜身，宪兵队只是冷眼旁观。

那天带队的是副队长索炳儒。索炳儒是忻县奇村人，事变前，在天津卫跑码头，赚的是苦力钱；事变后，他想换一种活法，回到老家，赋闲了一段时间后，找到给黑泽当翻译官的姨表兄，把想谋一官半职的事儿一说，姨表兄满口应承，很快就向黑泽做了举荐。黑泽给索炳儒安排了警备队副队长一职。索炳儒表面上有些不大情愿，其实心里一百个乐意，队副有队副的妙处，油水不比正队少捞，出了问题还有正队扛着。有翻译官这层关系，索炳儒在警备队混得如鱼得水，天天带几个手下在县城周围转悠，就连日本宪兵见了他都礼让三分。

王命年时常进出县城，难免在哪个路口遇见索炳儒，索炳儒对这个娃娃脸的小货郎并不上心。而那次王命年喝了酒，红光满面地往县城南门外走，走着走着就见平常仅有几个岗哨的南城门突然戒严了，警备队和宪兵队掺杂着排成两行，夹道搜查过往行人。

王命年原是个遇事不慌的人，可那天或许是喝了酒的缘故，他看见那么多鬼子和二鬼子用篦梳梳头的方式逐一清查路人，一下就慌了神，挑着担转身往城里返。索炳儒眼尖，一下发现了蹊跷，挥了挥手，带了几名手下，紧跑几步，就把王命年拦下了。

王命年被带回文庙受审，索炳儒不怕王命年不说实话，他自创的打肉夯刑罚还很少遇到过难啃的骨头。在走进文庙的棂星门时，有个人把王命年认出来了，那人喊王命年叫舅舅。

王命年也是一愣，他好像并不认识那人。但那人把索队长拉在一边说，索队，这人犯啥事儿了?

索炳儒说，我现在还说不清，他肯定有事，待会儿就清楚了。

索炳儒问那人，阎顺，这你舅舅?你别随便逮个人乱认亲啊，我还寻思着从他身上扒拉点名堂呢。

那个叫阎顺的人说，不是我自个儿的舅舅，他是我没过门儿的那口子的舅舅，以后我也要喊他舅舅的，他要有个三长两短，我连东峪都回不去了。

阎顺说他知道他这个舅舅胆小怕事，不可能跟八路混的。

索炳儒似笑非笑看着鼻梁高挺的阎顺，说，论咱们兄弟的情分，放个人不难，可我就是看不出来，你说的是真是假，不过既然你阎顺说出来了，我他妈就犯一回错误，我不管他是不是八路，我也不审了，把人交给你，不过你告诉他，往后无论见了警备队还是宪兵队，甭他妈像耗子见了猫似的，抹头就跑，能跑得了吗？

阎顺把王命年领到一间房里，给王命年倒了杯水，叫他压压惊。阎顺没说谎，那年他去白玉沟送契，他和王命年还一块吃过饺子呢。王命年忽然也想起来了，的确有这档子事，那年他姐要他去白玉沟帮他外甥女郝久莲相看新女婿，可他对新女婿并无太多印象，只记住长个羊鼻子，后来又听姐夫说已经把亲事给退了，他就更加对这个新女婿不上心。不过他记得阎顺不叫阎顺，应该叫阎守富。他问阎顺是不是把名字改了，阎顺点头，说他想把从前所有事情都忘了，越忘得干净越好。

王命年说，多亏你没忘干净，要不谁来救我啊？

阎顺救了王命年一命，两人就此成了朋友。王命年常跟阎顺说，人遇缘，丑不嫌，缘分对了倒贴钱。阎顺说，谁贴谁呀？王命年笑着说，当然是你贴我了，我穷光蛋一个，榨干骨头也没二两油水。

从这以后，王命年每次去县城，总要拐到警备队去看阎顺，当然不完全是看阎顺，主要是想打听些警备队的情况。去的勤了，警备队的人都知道王命年是个货郎担，是阎顺的妻舅舅。

王命年发现阎顺并不抽烟，却喜欢嘴里衔着旱烟袋，旱烟袋上吊着一个绣了戏水鸳鸯的荷包。

那天，阎顺掏出一张叠好的二老连麻纸，要王命年替他捎给一个人。

王命年是地下交通员，看见麻纸就往情报上想，他正琢磨这阎顺给他情报做什么，又听阎顺说是写给久莲的一封信。阎顺说这话时，显得有些局促不安，不住地伸出指头挠那只羊鼻梁。

王命年并不打算把这封信送往白玉沟，一来，两人的亲事既然已经退了，就不要再有任何瓜葛，怎么说他也是郝久莲的舅舅，总不能胳膊腕子朝外拧；二来，阎顺在警备队当差，是个汉奸，说不定什么时候就被自卫大队把脑袋砍了，他怎么忍心把外甥女往火坑里推？可再一想，这阎顺也不算什么十恶不赦的大汉奸，保不住也是被迫的，就把那封信揣在怀里，先答应下再说。

说来也巧，王命年揣着那封信回到马家窑，就听他娘唠叨他姐常跟他姐夫怄气，说久莲到现在都忘不了原来那个郎中，整天茶不思饭不想的，可他姐夫是一根筋，要久莲死了那份心，好马哪有吃回头草的。他娘要他得空儿去白玉沟劝劝他姐夫，要不就劝劝久莲，他姐夹在中间多为难啊。

王命年去的那天，正赶上他姐夫发脾气。

你要不要脸了，一个闺女家？你要不要脸了？

郝七存肺都要气炸了，脸憋得通红，把一碗稀饭，连同那只粗瓷笨碗一起扔进锅里，豆面稀饭溅得满锅灶都是。他朝不听话的郝久莲吼，你还是我闺女吗？我还是你老子吗？你要觉得啥都不是，你跟我言语一声，老子一绳子勒死你算了，就当从来没你这个丫头片子。

郝七存在窑里叉着腰吼，郝久莲捂了脸坐在炕沿上山高水长地哭，在外窑纺线的郝王氏觉得委屈了闺女，就停下手中的梭子，忍不住插一句，你轻点喊，想让全村人都看咱家笑话吗？

郝七存一只手摸着快要滑下去的黑粗布褂子，一只手指向郝久莲，她还怕看笑话？怕笑话就说不出那种话了，你不同意，你不同意就由你了？

郝七存又朝外窑的郝王氏说，她不听话，我看都是你惯的。

我惯的？你还像个当爹的吗？郝王氏这时也恼了，动不动就吼娃，娃这么大了，还能没自个儿的主见？我自打入了你郝家门，就受你们郝家人摆布，婆婆在时由婆婆，婆婆不在又由了你，啥事都是你们说了算，我稍微有点看法，你就吼我，在人前你跟天王老子似的，吆五喝六的，我受你气也就算了，娃大了，还接着受你的气，找女婿是给久莲找，不是给你找，还能不问问久莲的意思？

给谁找女婿也得过老子这关，郝七存斩钉截铁说，父母之命，媒妁之言，老祖宗定下的规矩，我不能破，这事就这么定了，阎家坪的阎根有我认得，人欢得驴驹子似的，他家的小子也准错不了，就这么定了，我先通知亲戚，定下厨子，你也甭闲着，赶紧给久莲缝被褥，张罗穿戴，咱家的事宴不能让外人小看了。

郝七存给闺女相中的女婿是阎二文，也不是相中阎二文这个人，而是相中阎家送来的丰厚彩礼：一斗白米，一斗白面，一斗绿豆，一斗红枣，另有三副银项圈，两对扭丝手镯，十块现洋，都用红布包了。

媒人把彩礼送到郝七存家时，那样的阵势把郝七存也吓了一跳，同时也吸引来好多街坊看热闹。白拉柱在人群里说风凉话，这年头生丫头比生小子强，看人家七存，闺女有多值钱，退了一个又找一个，一个比一个礼重。

郝七存要街坊们进屋里坐，大家笑嘻嘻地推让着，竟一哄而散。

因为这些彩礼诱人，郝七存当场就拍板了，说，按理嘛，这彩礼我不能收，别的不说，八字还没一撇呢，可看在亲家的实诚上，我先替娃收着，等娃出嫁那天，一块做陪嫁，我连一根头发丝都不留。

亲事就这么定了，郝七存还让郝王氏包饺子款待媒人和挑夫。郝王氏却把脸拉得老长，说，哪有你这么定亲的，男的是瘸子是傻子还不知道呢，你就替久莲应下了？

郝七存说，我问过了，媒人说阎根有有三个儿，就数老二机灵，人也不丑，粗眉大眼的。

偏偏待在里窑的郝久莲当着媒人的面儿喊上了，我说不嫁就不嫁，谁答应谁嫁去。

郝七存当时没言声，等把媒人送走，回头才吼了一嗓子，反了你了。他是想吼一嗓子就把一向柔弱听话的闺女吓回去，哪知久莲这回是吃了秤砣铁了心，风呀雨呀地折腾开了，郝七存再有涵养，也容不下郝久莲这么油盐不进。他咆哮道，你不要脸，我还要脸哩。

王命年走进郝七存家时，郝王氏正在院里把浆好的白布搭在麻绳上，等晒干以后好给久莲做被里儿，她不住地长吁短叹，一扭头却看见弟弟在身后站着，说，你吓我一大跳，咋不吭不哈的。

又说，你来得正好，下月十七，久莲要出聘，到时候你雇两头骡子，提前两天把咱爹咱娘接过来，我就不用亲自回马家窑安人了。

久莲找下女婿了？王命年说话时，下意识地摸了摸怀里揣的那封信。

你那姐夫是想要久莲的命呐。

郝王氏直叹气，说，明知道久莲心里放不下守富，偏偏听了媒人的撺掇，把久莲许给另一家了，你听听，久莲都哭大半天了。

王命年果然听见窑里传出抽抽搭搭的声音，便说，要搁往年，我姐夫点头了就算板上钉钉了，可现如今不比从前，政府开大会三番五次说男女结婚须双方自愿，禁止包办婚姻，久莲真不待见那个后生，索性到区上找干部评评理去，看看政府管不管这事儿。

到区上评理？那多丢人啊。郝王氏连连摇头，我要把你姐夫给告了，他能把我吃了。

王命年说，难怪我姐夫不把你们放眼里，知道你们也不能把他怎么的，这么着吧，我亲口问问久莲，实在不行，我替她去区里跑一趟。

王命年问郝久莲，你跟舅说实话，你心里到底有没有阎家坪那个阎守富？

郝久莲抬起头，泪眼婆娑看着王命年，舅啊，你帮帮我。

王命年也叹气，随后掏出那封信。

莲，一别经年，甚为想念，辗转流离，命悬一线，幸择明主，重操旧业，调治药饵，验看医方，昼观柳色，夜思芙蓉，期有一日，琴瑟永谐。阎。

郝久莲上过两年私塾，识得几个字，依据前后文，也大概猜出了意思，当时就羞红了脸，忙把信照原样叠好，揣在怀里，这才问信的来由。王命年把阎守富怎么救他，两人怎么成了朋友，又把改了名字的事儿都说了，郝久莲长吁一口气，说，我以为他早把我忘了。

王命年说，别的事好说，就是守富不该伺候警备队。

郝久莲说，你没劝他回东峪？

王命年说，也提过，守富倔，不听我的。

说到和阎二文的婚事，王命年说，我去区里找找张耀山。

王命年到区上找到张耀山。张耀山听完，狠狠地啐了口唾沫，说，这事得好好管管。

又说，政策上的事情我也吃不准，我先去咨询一下县妇联的同志，少则一半天，多则三天，我就去白玉沟处理这事。

王命年说，成。

张耀山正打算去一趟县委，不想在区政府门口遇见四处安戚人的郝七存，就忍不住数落了郝七存几句，说，七存老汉，儿女婚事不比从前，违反了政策可不行。

郝七存不吃张耀山那套，梗着脖子说，家务事嘛，犯不上政府插手。

又说，你咋知道的这么清楚？该不会是阎来锁背后捅我一刀吧？

张耀山当时就恼了，你这老头儿咋回事么？阎来锁闲得蛋疼，管你郝七存的事儿干甚？不让你干涉儿女婚姻是政策上的规定，又不是我张耀山自个儿定下的，啥叫政府插手？这可不是你个人的家务事，这件事要闹大了，小心政府抓你典型，不要以为我在跟你开玩笑。

张耀山本意是想吓唬吓唬郝七存，哪想到郝七存压根儿不买他的账，当下铁青了脸，气鼓鼓地回到白玉沟，二话没说，一脚把正在纺布的郝王氏踏倒在织布机上，转身奔到里窑，一巴掌抽在正纳鞋底的郝久莲脸上，打完了才吼，不要脸的东西，家里的丑事儿往外张扬，还不嫌丢人败兴？还到区里告我一状，他张耀山算老几？郝家的家务事轮得着他姓张的来插手？我告你们娘儿俩，这门亲，老子说成就成，就是天王老子玉皇大帝来了，也给老子靠边儿站。

随后又警告郝久莲，从今儿起，到下个月十七，没经我允许，不能随便跨出家门一步，好好给我待在家里。

王命年站在区政府门口，对从家里逃出来的外甥女郝久莲说，你爹不让你出门，你怎么跑出来了？

当时已是半后晌，回马家窑不赶趟了，王命年只好留宿在区政府。还不到饭点，他想去村里转转。一出门，就听有人喊舅舅。扭头看，不认得，又细看，这不是久莲吗？

郝久莲穿的不是她自己的衣服，而是一身男人裤褂，肥肥大大的，肘部和膝盖都打了补丁，辫子盘在头上，用羊肚子手巾包了，鞋也换成一双黑布砍山鞋，背后挎个小包袱，走得急，满脸是汗。

你不会离家出走吧？王命年惊出一身冷汗。

郝久莲话未出口，先自哭开，抽抽嗒嗒的，越哭越来劲儿，肩膀都一耸一耸的。

王命年说，你甭哭，有啥话慢慢说，你这样子，让人看见多不好。

舅呀，郝久莲一把抓住王命年的一条胳膊使劲晃着，舅呀，你带我出山吧，我找守富去。

那哪成，外边兵荒马乱的，再说守富那地方可去不得，你去了不是给他添乱么？

那也总比我嫁给那个两眼扇风的阎二文强吧？

这事情嘛，我，我还真做不了主……你爹那么犟，比驴都犟。

郝久莲又抽抽嗒嗒哭开了，哭得梨花带雨的。

被哭烦了的王命年想不出更好的办法，只好说，这么着吧，今儿在区政府住一夜，明儿你随我去你姥姥家避一避风头，等政府把你爹说通了，我再把你送回来。

2

郝七存先去了南庄，他把公家的商店货栈都找遍了，问遍了，没找到郝久莲；他又挨家挨户去盘问，同样一无所获。一个丫头片子能去哪儿呢？难不成插翅飞了？他本来打算去河对岸的赵家庄看一看，赵家庄有县政府还有区政府，有可能这丫头又去告他的黑状了。可临过河他又改变了主意，他去政府还不是自投罗网？听张耀山的话，政府的人也未必给他好果子吃。

我日你奶奶的，老子招谁惹谁了，自家的闺女还由不得自家做主了？

他拿着那把从家里带出来的菜刀，胡乱劈着路边的柿子树。柿子树都是有主人的，有人在高岗上往下撂话，那谁，你疯了吗？你把树砍坏了想赔钱咋地？

郝七存气呼呼地朝岗上骂，赔你娘的脚指头。

骂完，顺着河道西去了。冤有头债有主，他想起一个人来，阎家坪的阎来锁。

日你娘的阎来锁，老子跟你没完。

这样，郝七存腰带里别着一把菜刀，威风凛凛地出现在百丈崖下。

阎来锁的街门原本就敞着，可郝七存还是飞起一脚踹在门板上，把院子里正在说话的阎来锁和阎老实吓了一跳。郝七存从腰里抽出菜刀，嘴里不干不净骂道，日你娘的阎来锁，你把我家久莲藏哪儿了？

有意思的是，郝七存并不认得阎来锁，阎来锁也不认得郝七存，郝七存只是把凶狠的目光投向对面的两个老汉，他无法确定哪个是阎来锁，就只好一边瞅着阎老实，一边瞅着阎来锁说，阎来锁，我真没看错你，到底是蹲过东大门的，一般人做不出的事儿你能做出来，你看见我郝七存头上有土是吧？

你就是郝七存呀？阎来锁这时就从磨盘上跳下来，你吃了疯狗肉啦，跑我家来咧咧个毬呀，老子怕你呀？

郝七存伸手推了一把阎来锁，阎来锁想抽郝七存一个大嘴巴子，郝七存另一只手挥舞菜刀斜劈过来，阎老实眼疾手快一把架住郝七存的胳膊，顺手夺过菜刀，呵斥道，你这老汉，因为个甚事儿，还要砍人哩？

郝七存瞪着眼说，你问他阎来锁，他啥事儿做不出来？

阎来锁说，我做啥事儿了？我他娘多少天连门儿都不迈出一步去，能做出啥事儿？看老子孤家寡人了，想骑脖子上拉屎呀？

两个人之间夹了个阎老实，阎老实块头儿大，郝七存沾不上阎来锁的边儿，阎来锁也近不了郝七存的身，两人只是嘴头上言来语去的争高下，声音大得能把百丈崖震塌。好多村人闻声而来，他们七手八脚帮着阎老实把两个当事人分开，有的手轻了，有的手重了，郝七存尤其不满意有人在他屁股上踢了一脚，那一脚踢重了，疼得他直咧嘴，却找不到踢他的是谁，就嚷，谁踢我屁股了？我的屁股招你惹你了？你踢它干甚？谁踢我屁股，谁出门栽沟里把腿折了，把腰闪了……

人们说，你甭疯狗乱咬人了，谁踢你了？阎家坪的人不习惯欺负外村人的，要欺负你，早把你撵出村了。

有人问阎来锁，你闲得没事，跟条疯狗打架呀？

有人朝郝七存说，见过打架的，没见过寻上门来打架的，知道来锁三个娃都不在家，没帮手么。

都别瞎咧咧了，阎老实威武地挥了挥手，对郝七存说，你说你叫郝七存，到底为甚杀来锁哩？

在乱糟糟的环境里，郝七存极不情愿地把丢了闺女的事情添油加醋细说一遍，又想当然地预测阎来锁父子合谋的可能性，还捎带把新结的亲家是阎家坪的阎根有也扯上了，他其实是想要阎家坪的村人明白，不要以为他在阎家坪没靠山。但经他这一说，几乎所有人都开始骂郝七存。

老汉，这就是你的不对了，你闺女丢了，就诬赖人家来锁？

要怪也只能怪你养了个不听话的好闺女。

东峪地盘这么大，指不定藏哪儿了呢，也指不定让狼吃了呢。

有人最后总结说，白玉沟的人，真不讲理。

阎老实拍了拍郝七存的肩膀，七存哪，做事可不能这么毛糙，你这是遇上阎家坪的人，阎家坪的人都讲理，你换个地方试试，就凭你拿菜刀砍人这一条，你就甭想顺顺当当走回你白玉沟去。

又说，来锁做不出这事儿，你冤枉人也不能冤枉到来锁头上，他心里不好受，你这是在他伤口上撒盐哩。

第十六章

1

失踪后的阎守田，几乎被阎家坪人都忘掉了。但很多人都替曲美英打抱不平，别人家发丧，孝子跪了一大片，白花花的，哭声惊天动地，花圈纸扎能摆满一条巷子；来锁家的倒好，连个拄哭丧棒的都没有，三个男娃哪怕有一个在也行。阎二本愤愤地说，守田也是的，哭都哭了，就差去坟地一趟了，他倒脚底板抹油，溜了，依我看，来锁家的白疼他了……

阎守田其实是哭着走出东峪的。他脚快，走路像踩了云朵，四十里的地宫沟没用一个半时辰就走尽了。经过白佛堂，他抬眼看了看南天门。南天门不是人工凿出来的石牌坊，而是两座小山峰，一左一右对峙着，俨然进出的门户。阎守田没有从山峰之间拐进去，也就没有看见本玉打拳，也就没有吃上从善师傅的蜜勾糕，他悲伤地饥肠辘辘地走进山下的南涧村。

从村东走到村西，在村口两棵大白杨下，遇见三中队指导员郗铁柱。

郗铁柱和郝来全是来南涧村开总结会的。会议有两项议程，一是总结五月大扫荡的惨痛教训，二是贯彻陕甘宁边区政府公布的《土地条例》。会议由大队长杜智德住持，书记杨玉年宣读了县委指示和《土地条例》。第一项议程，在座的自卫大队中层干部都是主角，都有不可推卸的责任，一个接着一个检讨，检讨当中每个人的眼眶都是红的，检讨完又从情报工作的滞后到牵制敌军不力，再到如何驰援根据地拿不出切实可行的作战举措等方面，做了深入浅出的分析；第二项议程说是贯彻，也只是听听而已，自卫大队没有土改任务。吃完午饭，中队长和指导员各回各支队，郝来全有事跟杜智德商量，要郗铁柱先走一步。

郗铁柱牵着骡子走到两棵大白杨下，那个一边抹眼泪一边抱着枪坐在一块石头上伤心哭泣的阎守田就引起他的注意。郗铁柱以为阎守田是南涧村的小民兵，挨了批评正委屈呢，可从个头上看，又不像民兵，整个儿一毛头小子嘛，就好奇地弯下腰，问，谁家的娃，怎么还抱着枪哭哩？

阎守田的眼睛哭肿了，他抬眼看了看郗铁柱又低头接着哭。

郗铁柱又问，是不是放哨的民兵回去吃饭了，让你替他在这里顶班，你一个娃娃，还替他守着枪，你害怕了，就哭了？

郗铁柱见阎守田脚底被眼泪洇湿一片，看样子已经哭了好一阵儿了，就有些看不起守田，我还没见过男子汉大丈夫因为个甚事委屈成这样的，天塌了还是地陷了，费这么大劲儿哭？

阎守田不想搭理郗铁柱，只是看到郗铁柱挎着一把大镜面盒子，知道遇上干部了，就哽咽道，我娘死了，人们都说是我把她克死的。

还有这事？郗铁柱觉得稀奇，你是民兵吗？儿童团还差不多，你怎么还带着枪？你不会拿这杆枪把你娘打死吧？

你才把你娘打死呢。阎守田紧紧抱住枪杆，枪刺亮闪闪地戳向他脑后的天空，我娘是让小鬼子糟蹋死的，可村里人都说是我克死我娘了，你说我能不气吗？

这娃娃有故事。郗铁柱从衣兜里摸出烟袋，蹲在阎守田对面，慢条斯理抽烟，慢条斯理从阎守田嘴里套故事。阎守田抽抽嗒嗒把故事讲完，郗铁柱也把两袋烟抽完了，在鞋底上磕掉烟灰，站起身，喊了一声阎守田。阎守田腾地从地上站起，笔挺了腰板，脸上泪痕犹湿，含混地答应了一个字，到。

郗铁柱说，既然不打算回阎家坪，跟我走吧，到自卫大队替你娘报仇去。

这天，郗铁柱带着通信员阎守田去大南庄村见一个人。

他们从二区复兴村出发，一路向南，路边沟峁上有人露一下头，又迅速矮下去，知道是三中队撒芝麻一样撒出去的岗哨。

阎守田说，指导员，那是王二。

郗铁柱摘下眼镜，揉了揉眼，很认真地打量身边这个毛头小子，我都没看清那人的长相，你敢肯定是王二？

阎守田说，肯定是王二，要不咱们打个赌。

郗铁柱很满意从南涧村把这个毛头小子捡回来。这小子身上有许多优点，也有许多缺点，但优点缺点揉到一块儿，还是个很不错的小伙子。就拿他两样缺点说吧，一是刨根问底。郗铁柱没少敲打过阎守田，说革命队伍纪律严明，该你知道的可以知道，不该打听的啥也甭问，阎守田说他记住了。还有一样是爱跟人打赌。郗铁柱也时常提醒他，打赌的毛病要改呀，对就是对，错就是错，打什么赌？阎守田也说记住了。可一遇上事儿，还是喜欢跟人赌一把的毛病却戒不掉，有趣的是，他从不下赌注，只是纯粹的嘴赌，赢了输了也就嘴头上占占便宜而已。

郗铁柱把眼镜戴好，在阎守田屁股上踢一脚，我才不上你当呢，你小子眼尖脚快，在三中队是出了名的，我是雀盲眼，能看清路就不错了。

阎守田脚上换了双新鞋，走路轻飘飘的。

郗铁柱总觉得蹦蹦跳跳的阎守田像只猴子，别人都在大路上走，唯独阎守田喜欢离开正路，在土堰上蹿上蹿下的。即使是急行军，即使鬼子在屁股后面紧追不放，只要路边有棵歪脖子树，有个碾场的碌碡，有个高于地面的土台台，这小子都会轻盈地蹿上去，又平稳地落下来。郝来全就对郗铁柱说，你从哪儿捡来的一只猴子？郗铁柱笑着说，猴子怎么了？猴子关键时候能顶大用，不信你走着瞧。

郗铁柱今天要会的客比较特殊，是凤台据点伪军队长田二苟，牵线人是六区队队长范如喜。范如喜最初并不是把情报直接送到三中队的，而是派人翻过南山送到自卫大队总部，情报上写得清清楚楚，想要大队长杜智德去见见田二苟，田二苟想投诚，又怕自卫大队没诚意，所以就想选个两边都觉得保险的地方，凑一块好好聊一聊。大队长杜智德拿到这份情报后特别纠结，他找杨玉年商量，说他吃不准情报的真实性。两个人碰了头，决定让范如喜亲自来一趟董家堰，详细把情报的来龙去脉解释清楚。范如喜没去，说老娘病重，已经三天粒米未进了，他又是孝子，老娘床前不能没有人照顾。传递消息的是六区队队员韩宝俊，杨玉年问韩宝俊，范如喜的老娘是不是真病了，韩宝俊说病倒是真病了，但不是最近病的，已经躺在炕上三年了，平时都是范如喜的两个姐姐照顾的。他去传情报时，范如喜的两个姐姐恰好都回婆家了，是范如喜一个人在家，看老人的面色也不像病重到粒米未进的地步。杨玉年斩钉截铁地说，这个范如喜有问题，这个田二苟更有问题。杜智德不这么认为，他说宁信其有，不信其无，端一座炮楼谈何容易，蔚家梁炮楼是个例外，不可复制，如今襄城的局面打不开，主要是炮楼太多，到处是封锁线，好不容易有伪军头目要投诚，只要有一分的把握，就不能轻易放弃。杨玉年说，老杜，照你这么说，你不会真想去碰运气吧？杜智德仰起头拍了拍杨玉年的肩膀，老杨，我倒不怕这个田二苟搞什么鬼名堂，兵来将挡水来土掩，他有张良计，我有过墙梯，你等好吧。

这样，杜智德就把与田二苟坐下来好好聊一聊的事情拜托给了三中队长郝来全。双方约定了见面的时间地点和彼此所带人数，并由范如喜做中间人牵针引线。可到约会那天，郝来全恰好有紧急任务，带了一个班的战士护送两个前往晋西北根据地的边区干部，指导员郗铁柱只好自己单独去见田二苟。

郗铁柱是有想法的人，做任何事情，总要往最坏方面去考虑，他是想多带几个人的，可又一寻思，既然田二苟对自卫大队有戒心，人多了，肯定会引起他的猜忌。而范如喜也一再声称见面地点万无一失，六区队会负责警戒任务。郗铁柱还是不放心，大南庄属于二区，你六区队去二区掺和什么？就让人把郭文秀从另一个村找来。

郭文秀是二区区小队长，郭文秀还相跟了民兵联防队长樊铁头。大家在一块合计范如喜的情报靠不靠谱。

让郗铁柱弄不明白的是，范如喜没去策反季庄据点的伪军，反倒舍近求远把凤台据点的伪军说动心思了，他是怎么操作成的，这让郗铁柱心里总犯嘀咕。

指导员这个你放心，郭文秀说，只要在二区地盘上，还轮不到他田二苟撒野，再说除了我们二区队还有民兵联防队呢。

樊铁头也在一旁拍胸脯，我让民兵事先埋伏在大南庄，只要指导员一声令下，十个田二苟都跑不了。

郗铁柱说，那不胡闹吗？依你这么说，我干脆把三中队拉过去不就解决问题了？古人说的好，不战而屈人之兵，善之善者也，我要的就是这个不战而屈人之兵。

七月初七，依旧是个好天气，天蓝得有些假，这样的天气已持续好长时间。从复兴村到大南庄之间要经过七八个村。郗铁柱和阎守田沿田间路走，远远绕开那些人烟稠密的村庄，一来避免遇见出来抢粮的日伪军，二来免得让汉奸发现后通报给附近据点，把计划打乱。

见面地点定在大南庄村东的文昌庙。地点选得不怎么样，南距凤台据点八里，中间隔一条滹沱河，北距寿禄据点六里，中间隔着北庄村。为保险起见，郗铁柱答应郭文秀把区小队布置在村西河滩地里，让民兵联防队隐蔽在村北庄稼地里，只把东面和南面的位置空出来，以免过河的田二苟起疑。

2

文昌庙修在一座土堡内，四面是黄土夯筑的围墙，上窄下宽，净高二丈二尺，底阔五尺，南北三十丈，东西二十丈，山门外栽了一行翠柏，左四株，右四株，另有两根高达八丈高的石头旗杆，旗杆上有对联，字迹已漫漶不清，山门上的对联倒还清晰可辨——宝月卿云瞻厥度，奇文妙墨炳其华。从山门进去，迎面是座石砌的牌坊，重檐庑殿式，由黄色琉璃瓦覆盖三门四柱，挑角四起，斗拱重叠，正面写千秋大业，阴面写看破古今，然后是马殿，碑房，钟楼，鼓楼，文昌殿。

大南庄的文昌庙里没住和尚，和尚不管俗家事；也没住道士，道士也不待见烟火气，只有一个看庙的梁老汉。梁老汉不是村人雇来的，是他无家可归，厚着脸皮强行住进来的，不被村人驱赶已算万幸，更谈不上看庙赚工钱了。梁老汉素来无事可干，养了一只奶羊，一日三餐以奶为主，每天喝完羊奶，便牵羊出去放牧，溜溜达达地观风景，也不管路边是草还是庄稼，羊嘴伸到哪里算哪里。经常有气愤不过的村人找梁老汉辩理，你的羊把我们家的谷子糟蹋了。梁老汉只顾蹲在院里上下其手地挤羊奶，并不搭理村人。村人又提高嗓音把说过的话重复一遍，这回梁老汉听见了，他扭转脸，不解地望着对方，说，羊嘴这么小的一点点，能吃你几穗谷？你还跟羊较上劲儿了？男人们不怕梁老汉耍赖，他们伸胳膊要抽老汉那张脸，抽他那张皱巴巴的没有肉只有皮的老脸，可胳膊挥到半路，又硬生生收住，算了，抽他几巴掌能把谷穗抽回来？抽轻了不管用，抽重了，手还疼呢。

梁老汉的不讲理在大南庄村是出了名的。

只不过，不讲理的梁老汉这一次遇上比他更不讲理的人了，来了一伙伪军，带头的是田二苟。

田二苟一进庙门，就让人把梁老汉控制起来，让他在马殿里乖乖待着，敢吱声儿小心脑袋搬家。梁老汉对看守他的伪军说，快帮我把羊也牵来，它看见生人会跑掉的。伪军用枪管捅了捅他的腰，少啰嗦，顾你吧，你还顾羊哩。

田二苟是被逼上梁山的。他不知道自己什么地方得罪了郭春雷，郭春雷总喜欢给他制造些麻烦。这次假投诚的行动，就是在郭春雷的授意下精心设计的，并由新近反水的范如喜做牵线人。既然是假投诚，再设计得巧妙，也一定有疏忽和遗漏的地方，一旦有所失误，就会有掉脑袋的风险。偏偏这种风险要他田二苟来承担，田二苟又不是傻子，明知山有虎偏向虎山行？可他又没办法拒绝，军令如山，不去还真不行。除了郭春雷事先答应好的派几个据点的日伪军接应他外，他把凤台据点的伪军差不多都调来秘密进入了大南庄的文昌庙，确保万无一失。

范如喜早就等在文昌庙外了，他头上顶了一张蓖麻叶，心烦意乱地在两根旗杆之间来回走动，不时从怀里摸出怀表看时间。

村口有一只黄狗挺烦人的，不停地在那里汪汪汪，汪汪的方向当然是范如喜了。范如喜想吓唬走那只狗，捡了块石头朝狗扔过去，那狗往村里跑几步，又扭头继续汪汪汪。后来就不见了。

又过了好一阵儿，村里慌里慌张走来一个少年。少年把小布衫拧成一股绳儿，搭在肩上，走走停停，左瞅一眼，右瞅一眼，嘴里喊，二黄毛，二黄毛，你个狗日的，死哪儿去了，吆吆。

范如喜知道愣头愣脑的小子在找狗，便从怀里摸出一盒纸烟，用洋火点着，闷闷地抽一口。

少年走过来，瞟他一眼，问，你见没见一条黄毛狗？

范如喜不耐烦地朝少年挥挥手，一边去，谁见你的狗了？

少年嘴里嘟哝道，没见就没见嘛，火啥呀？

说着就要进庙，被范如喜伸手拦住，庙里没你的狗，别进去。

少年佯装没听见，绕过他，还是要进文昌庙。

范如喜说，你这娃娃耳朵让屎糊了？告诉你没见你的狗，怎么不入耳呢？

少年想把范如喜伸过来的手臂推开，没推动，就有点急，我找二黄毛，你拦我做啥？

范如喜铁青着脸一语不发，突然噗地笑了，小同志，装得倒挺像，你哄得了别人，哄不了我，当我不知道吗？你是咱们三中队的通信员，你说我猜得对不对？

少年眯着眼，打量范如喜，说，你这人说话神叨叨的，我听不明白你说啥，我问你。

少年用手上下左右比画出一个范围，见没见一条这么高，这么长的黄毛狗？

身上是黄毛，嘴巴上有圈白毛。

范如喜在少年后脑勺上亲昵地拍一下，还跟我装蒜呢，你当我是吃干饭的？我正等你们等得心焦呢，人家田队长早到了，说好九点半见面，你瞧瞧，都啥时辰了？

说着话，范如喜掏出怀表让少年看。

少年没见过怀表，瞟了一眼怀表后，只一股劲朝后退，退开几步，说，你这人真好笑，我又不认得你，跟我套啥近乎？

少年兜了个圈儿，又往庙里走，嘴里叽叽咕咕的，我找我的二黄毛，关你屁事？我找的又不是你。

这一次，范如喜没再阻拦，只是冷眼盯着少年脚上一双新鞋，脸上的肌肉抽搐了一下。

少年推开文昌庙虚掩的山门，门厅里噗噜噜飞起几只鸽子，随后飘落下几片羽毛，阎守田吓了一跳，回头看了看旗杆下面站着的范如喜，范如喜重新把纸烟点着，一口一口抽着，眉头拧成疙瘩。

吆吆，二黄毛，你狗日的，死哪儿去了。

少年的吆喝，在文昌庙里显得空落落的，像一颗石头落入枯井里。他看到正殿的隔扇门开了一扇，一个伪军模样的人在门口站着，看不到伪军身上带没带枪，只是那人同样用悒郁的眼神注视他。他跨上正殿的台阶，抬头看了看门楣上的匾，他认不得上面的字儿，只知道是三个字。他想进大殿，那个伪军堵在门口不动，他拨了拨伪军的身子，没拨动，就放弃了进殿的念头，嘴上却说，又不是你家，还堵在门口不让进了。说着话，他白了伪军一眼，走离正殿。

老梁头，我咋看不见你？你见没见我的二黄毛？

少年搞不清看庙的老梁应该住哪个房间。他一边喊老梁，一边迈上马殿的台阶。门从里边闩着，趴在门缝上往里看，黑咕隆咚的什么也看不清，但从里边传出一些很微妙的声音。他有些害怕，一回头，范如喜铁塔一样堵在他身后。而马殿的隔扇门也在这时候悄然打开，有人举着枪托呼一下砸向少年的后脑勺，轰一声，他感觉天塌了。

迟迟等不到阎守田从文昌庙里出来，隐藏在不远处的郗铁柱进不是，退不是。

午后的阳光白花花的。

3

在大南庄村通往凤台村的小路上，郗铁柱带领二区队，打了一场伏击战，但伏击战并不成功。战斗进行得很紧凑，别看郗铁柱外表斯文，却不是个拖泥带水的人，等十来个伪军陆续进入伏击圈，郗铁柱让队员们把一头驮着麻袋的毛驴放过去，然后拉响地雷。平地腾起一股浓烟，让人想起铁匠在准备淬火的炉子里丢进几块肥炭，三个伪军被气浪掀起，向不同方向倒去，但很快又摇摇晃晃站起来，脸上涂满烟黑和惊悸。就在他们茫然不知所措的时候，郭文秀和郗铁柱的两把盒子响了，牵毛驴的伪军应声倒地，接着其他游击队员的长枪也叭勾叭勾交错响起，伪军倒地的声音很笨重，还伴着痛苦的呻吟，也有人捂着肚子蹲在地上，子弹击穿了小腹，还有几个想往旁边暖烘烘的高粱地里钻，但高粱地里忽然伸出好几把挑麦捆的铁齿禾叉，禾叉的叉尖透着寒光，伪军只好向滹沱河方向逃去。伏击战只用了短短几分钟就结束了，大家忙着打扫战场，粗壮如牛的范如喜倒在地上一动不动，看上去伤得不轻，脸埋在一堆牛粪上，一条胳膊翻转到身后，指头微微勾动一下，勾着勾着就安静了。

郗铁柱让人把跑走的毛驴截回来，解开拴麻袋的扎口绳，露出来的是一张皱巴巴的老脸，并不是阎守田。有人说这是看文昌庙的梁老汉。郗铁柱的脑袋嗡一下大了。

守田哪去了？

郗铁柱大声叫着，他有些失态。

郭文秀用枪顶着一个伪军的脑袋问他阎守田哪去了，哪个又是田二苟。那人的肚子被打了一枪，血和粪不停地从伤口里往外涌，气息奄奄地告诉郭文秀，他们田队长带了另一拨儿人马回了寿禄镇炮楼，阎守田被装在另一条麻袋里，被另一头毛驴驮着去了寿禄。

郗铁柱傻傻地在那里站了半天，随后把六发子弹都打进范如喜浑然不觉的脑袋里了。

第十七章

1

五月大扫荡后，东峪的各个山头路口都加强了戒备，岗哨增加不少，有固定哨，有游动哨，还有明哨和暗哨。各村的民兵日程都排得满满当当，不是站岗就是操练，除非到了农忙时期。这样的结果是抓住了好些身份不明的货郎担和叫花子，送到区上，一查，果然有鬼子的密探，也有警备队的便衣，当然还有一些的确是外地逃难来的乞丐。

八月初十，阎守富回山了。进村时，他被几个拿红缨枪的儿童团员拦住了，措辞激烈地问他索要路条。

他说，什么路条？

儿童团七嘴八舌说，路条就是路条，还什么路条，没有路条谁都不准进村。

阎守富从裤兜里摸出一把水果糖，说，你们谁让我进村，给谁糖吃，谁不让进，就不给谁吃。

大家你看我一眼，我看你一眼，有的孩子思想动摇了，他们没见过这种包在有色纸里的洋糖，可其中一个小姑娘脸一绷，斩钉截铁说，给糖也不行，糖又不是路条。她说这话时，很轻蔑地瞥了阎守富手里的糖块一眼。

阎守富大笑，说，儿童团就该有这么高的觉悟。

又说，我逗你们玩儿呢，你们知道厨子阎来锁吧？就是守财守田他爹，那也是我爹呀，我也是阎家坪人，这回你们该放我进村了吧？

小姑娘扑闪着黑眼睛说，你说的那几个人我都知道，可就不知道你是谁，不知道就不能放你进去。

守富两手一摊，说，这还真遇上事儿了。

阎老实披了件单褂子，反抄着手从区里开会回来，见村口围一圈人，小的多，大的少，叽叽喳喳像麻雀吵架。走过去，一看是守富，先愣了一会儿，看明白了，就笑呵呵地说，是守富吧？你小子总算回来了。

接着就把儿童团们训了一顿，你们这帮小兔崽子，要眼出气呀？好赖人不分，守富是咱们村儿的，又不是外人。

转脸对阎守富说，这可真是大水冲了龙王庙，赶紧回家，你爹要看见你回来，指不定多高兴呢。说着，就领阎守富去见阎来锁。

本来，阎老实和阎守富可以各回各家，可阎老实还是觉着把守富亲自送到阎来锁面前比较稳妥。路上，他很想把曲美英的死和阎家坪的灾难逐条逐缕跟阎守富说道说道，可细想想，又觉得不合适，只是蜻蜓点水地提了一下，要守富心里有个准备。又说，你爹可怜啊，老也老了，老伴儿又没了，你们兄弟们都不在家，冷锅冷灶的不像话。随后又问了问守富这些年的经历，阎守富一直听阎老实絮叨，忽然鼻子一酸，喉咙里咕地响了声，强忍着没哭出来，他哽咽着对阎老实讲他忻口战役后瞅空儿开了小差，在忻县城的草市巷替一家诊所坐诊，其他都语焉不详。

阎老实说他在县城见过诊所，看病的让人摁在床上，趴下裤子往屁股上扎针，擀面杖粗的针筒一家伙就扎进去了，疼得病人嗷嗷直叫。

阎守富说那是西医诊所，他是中医诊所，主要还是望闻问切针灸吃药。

阎老实说，还是中医好，中医看病不疼。

阎老实本意是来给阎来锁道喜的，哪想到，蹲在磨盘上发呆的阎来锁撩起眼皮待理不理地望了守富一眼，嘴巴嚅嗫一下，竟没了下文。嘴里没话，脸上连丝笑纹也没有，屁股钉在磨盘上，纹丝不动。这让阎老实看了很不舒服，来锁啊，守富好端端的回来，不缺胳膊不缺腿儿的，这是天大的喜事儿啊，你怎么还哭丧着脸给娃看哩？

没等阎来锁有所表示，阎守富把手里的皮箱雨伞一扔，扑通跪在石磨前，抱着阎来锁圪蹴在磨盘上的两只大脚哭开了。

年轻人的哭声雄壮有力，就像九岁红扯着脖颈在戏台上唱嗨嗨腔。阎老实在一旁直叹气，把滑落下来的褂子往肩头颠了颠，对阎守富说，你爹心里苦啊，你也甭怪怨他。说着就走离了百丈崖。

阎来锁怎么能不高兴呢？可你让他笑，又怎么能笑出声来？他也有满肚子话要对守富说，可话到嘴边，都卡在喉咙眼儿里了。

到了晚上，阎来锁给阎守富吃的是豆腐粉条烩菜和蒸米面窝窝。他记得守富喜欢吃米窝窝，有一回跟守财争抢半个米窝窝，还让他一巴掌扇到核桃树上。

父子俩睡下，阎守富的话匣子打开了，也不用阎来锁盘问，他就嘚吧嘚吧讲他怎么被抓壮丁，怎么在猫寨山上险些让小鬼子的大炮炸飞了，怎么在国军撤退时借故尿尿开了小差。他原想是回东峪的，又怕村公所或区公所找他麻烦，又怎么辗转反侧流浪到忻县，怎么应聘到某诊所做了坐堂郎中，这么一大堆事情经他和风细雨一说，鸡都叫了。

黑暗里，阎来锁说，天亮以后，我带你上山看看你娘，自打你当兵走了，你娘差不多天天在村口瞭你，人都瞭傻了。

清晨，水雾蒙蒙。阎来锁带了香烛供果，领着披麻戴孝的守富，踩着露水，去给曲美英上坟。

阎来锁前头带路，阎守富低头在后边跟着，从爬坡开始就哭上，一直哭到坟场。他长长地喊一声娘，在曲美英坟头前长跪不起了。

整整一个上午，阎来锁蹲在坟圈外边抽闷烟，直到荷包空了，嘴也木了，肚子也烧得难受，守富还跪在那里呜呜地恸哭，肩胛一抽一抽的。

从坟场回来，阎守富抹干眼泪，对坐在门槛上剥葱准备包饺子的阎来锁说，他出门办点事儿，晌午饭别等他。

阎来锁问，有啥要紧事，一回家就出去？看你师傅去？

守富摇头，不吭气，过了半天，才说他想去白玉沟走一趟。

阎来锁一听就愣怔在那里，手里的葱也不剥了，盯着一段葱白说，有件事，我一直没给你提，你娘怕你心里不好受，其实呢，白玉沟那桩亲事儿，早黄了，是郝家退的亲。

又说，亏了他郝七存退亲，那是个牲口转的，有这号当爹的，闺女能好到哪儿去？前些天还来咱家闹腾过一回，非说你爹把他闺女藏起来了，真不是个正经东西。

阎守富沉吟片刻，说他知道这些，不过他心里有数。

有数？阎来锁翻着眼皮瞟了瞟儿子，想说你啥时候知道这些的？既然你心里有数，还去白玉沟丢人现眼？可看到守富已经拎着皮箱出门了，就把到嘴边的话咽了回去。

两天后，阎根有站在五道爷庙的滴水檐下，当着众人的面儿跟一个外村老汉吵得天翻地覆。阎根有掐着腰说，世上的理都让你占了，你以为你谁呀？收了人家的彩礼，你说退就能退？吐出口的唾沫你还要舔回去？

阎根有的白胡子气得一撅一撅的。

开始，人们以为外村老汉买了阎根有的麻纸没付钱，或者付少了，两人因钱引发了争执。后来看到地上摆着一斗白米，一斗白面，一斗绿豆，一斗红枣，另有个红包袱，这才明白是因为退婚的事儿。再后来，好多人都认出这个老汉是谁了，那天在百丈崖下拿菜刀砍过阎来锁，大家就知道这个前来退婚的老汉是有前科的。可惜阎根有平时在村里没人缘，大家又说不清谁对谁错，都嘻嘻哈哈地看热闹，也不替阎根有帮腔。阎根有吵着吵着，忽然不想吵了，他烦躁地扫视一圈村里人，恶狠狠地对郝七存说，放下彩礼，滚你娘的蛋吧。

过了八月十五，阎守富对他爹说，娘的百日也过了，我想把媳妇儿娶过门。

阎来锁当时正啃一块提浆月饼，听了守富的话，以为守富知道退亲的事儿受了刺激，忙说，守富你甭急，爹会替你相看一门好亲事的，这么些年你不着家，就是有合适的人家也不敢替你瞎应承，这下好了，爹这就托人给你说媒去。

又说，冷手抓不得热馒头，说媒也不是一说就成的，得慢慢来，歪瓜裂枣的咱还不要哩。

他这么劝守富，守富却不领情，说甭给他乱提亲，他认准了白玉沟老郝家的闺女，他想趁他没出山之前把婚事办了，往后呢，阎来锁身边也好有个端水做饭伺候的人。

守富，阎来锁急了，失声叫道，这哪成啊，老话说得好，好马不吃回头草……

阎守富说，爹你不用劝我，这事儿就这么定了。

阎来锁心里那个气呀，把半个月饼往灶台上一扔，吵架似地瞪着儿子的羊鼻梁，指着窑洞外面的空气说，当初，是他郝七存亲口悔婚的，他看不上咱，咱还看不上他呢。还有你是没见他郝七存提溜了一把破菜刀，找你爹干架，那样子是要吃人呢，不是你老实大伯出手快，把菜刀夺下，你爹我这条老命早见你娘去了。

又说，你爹我不是那种得理不饶人的，你相中郝七存的闺女，我没二话，为了你，我啥气都能忍，可你不能由着性子来呀，不能说风就是雨呀，过门儿得有过门儿的规矩，得行礼呀，得看日子呀，得安顿新被褥新枕头还有婚房啊，得打花饼呀，得安戚人呀，得摆宴席呀，你以为娶个媳妇儿就跟过家家一样简单？

又说，成亲是你小子成亲，又不是我阎来锁成亲，你娶的媳妇儿是给你端水做饭的，扯我个死老汉作甚？你爹我身子骨还行，用不着人伺候。

阎守富把他爹摁在炕沿上，要他爹喝口茶水，坐下来慢慢听他说。阎守富就把那天他如何去白玉沟和郝七存针锋相对的经过详详细细说了一遍，说他是怎么提着皮箱进了郝七存家，郝七存又是怎么用扫帚往外轰他，他又怎么把皮箱打开，拿出一摞用油纸封好的现大洋不行，就拿两摞，拿两摞不行，就三摞，最后他是用五摞现大洋把郝七存的嘴给堵上的。有了这五摞现大洋，其他事都不算事儿了，好日子由咱们定，想今年办就今年办，想来年办就来年办，主意由爹来拿。

阎来锁沉默了，他眯缝着小眼端详面前的阎守富，忽然觉得这个说话有板有眼的守富，与从前那个挨了打一声不吭的守富一点都不一样，从前那个守富什么时候自个儿拿过主意啊？他一巴掌抽出去，守富连翻起眼皮看他的勇气都没有。

八月二十七，阎守富大婚。

阎来锁很想在守富的事宴上露两手，不摆十五六桌也起码摆他十桌喜宴，他亲自下厨，使出浑身解数，非让前来贺喜的客人一个个给他阎来锁跷大拇指不可。守富却说，家里出了那么大的事儿，他娘尸骨未寒，他不想惊动亲戚朋友，连迎亲所需的仪式都能省则省，简简单单把郝久莲娶过门儿，其他的都不讲究了。阎来锁不同意，他说，那哪成？一辈子才娶一回媳妇儿呢。阎守富却说，爹，你依着我，就这么定了。

阎来锁腾地一下，又火了，可他没有火出声儿，他只是把那团火苗，暗暗地在肚里烧，烧得哔哔剥剥的难受。

阎家坪的人听见村口响了几声二踢脚，又听百丈崖下也响了几声二踢脚，这才知道阎来锁要给儿子办喜事。

都说阎来锁怕是伤透心了，连守富的喜事都要瞒着大伙儿，可本乡本土的，一撇写不出俩阎来，哪能不去道喜呢？大家三五成群往百丈崖下走，嘴里都在埋怨阎来锁做事不周全。

村里人以为响过二踢脚是迎娶队伍起身要走，哪想到新媳妇都娶进门了。他们一进街门，新娘郝久莲穿了红褂红裤红绣鞋，披了大红纱绫，顶了大红盖头已经和十字披红的阎守富开始拜天地。

阎老实把阎来锁拽到一边说，来锁，你日能哩，老辈人传下来的礼路都不用走了？

阎二本也说，你穷得连酒席都不办没人笑话你，你不想动用亲戚朋友也没人戳你的脊梁骨，你不请村里人来凑凑热闹，于情于理说不通嘛，你看你连新人面前一五九都不回避，也不让跨马鞍，也不让跳火盆，也不让蹬糕盔，也不让坐莲花，你说这叫啥事儿啊？你干脆关起门叫小两口入洞房得了。

阎来锁脸上挂不住，脸上挂不住也没法子，他端着一个锅盖大小的笸箩，从笸箩里抓一把瓜子给这个，抓一把花生给那个，脸上的笑硬邦邦的，像故意装出来似的。

新婚三日，新媳妇要回门，阎守富借来一头毛驴，把郝久莲送回二十里外的白玉沟。

中午在老丈人家吃了一顿水饺，返回阎家坪，给阎来锁留下两摞现大洋，说，爹，我该出山了，东家来人催了，过几天，等久莲回来，家里有啥事儿，你安顿她做就是了，我逮空儿也会回来看你的。

说完，阎守富提了皮箱，夹了雨伞头也不回走了。

阎来锁直愣愣地瞅着空荡荡的街门，半天没有反应过来。约莫守富已经过了滹沱河，阎来锁突然把炕头摆放的那两摞用油纸包起来的现大洋，朝地上一划拉，破口骂道，谁稀罕你两臭钱，你个白眼狼，以后就甭回来了，养条狗都比你恋家。

2

新媳妇郝久莲在阎来锁漠视的态度下开始了陌生的新生活。

别看阎来锁是个厨子，过去他家的三餐饭都是曲美英在做，曲美英不在了，只剩下阎来锁一个人，即使缸里有米有面，也懒得动火焰；郝久莲来了，百丈崖下重新飘起乳白的炊烟，炊烟里夹杂了烧煎熬煮油酱椒姜的滋味。

秋凉了，但天气还算暖和。郝久莲把阎来锁冬天盖的被子，铺的褥子，穿的棉袄棉裤翻出来，拆洗干净，晾晒好，又一针一线缝好，蓬蓬松松鼓鼓囊囊码放回土窑炕上，她又给公公换了一张新苇席；猪圈空了，她从赵家庄买回两只猪娃，做饭时，顺便把猪食也用开水馇好；家里仅有的一个五斗橱和八仙桌被她擦拭得纤尘不染。

阎老实每次来看阎来锁就夸守富有造化，娶了个又贤惠又勤快又能干的儿媳妇。阎来锁鼻子一哼，说，五十块现大洋呢。郝久莲知道公公在说她爹收的彩礼重了。饭菜端上桌，阎来锁要么不动筷子，要么吃两口就把饭碗往桌上一墩，不是嫌咸了，就是嫌淡了，再不就嫌稀饭里的米稠了，说吃大户呢，米那么金贵，又不是大风吹来的。郝久莲听见也不言声，只管做活儿，回到自己窑里才暗暗打个哭噤。就听阎老实在院里训阎来锁，知足吧你来锁，这么好的儿媳妇，你当是该来伺候你的？

郝久莲把洗出的衣服搭在一条绳子上，衣服上滴滴答答往下落着水珠，绳子一头系在柿子树上，一头系在核桃树上，她隔着绳子看到街门口进来一个小孩儿。小孩儿手里提溜一包点心，郝久莲又发现小孩儿的头大脸长上半身也长，唯独腿短，还是罗圈腿，脚上的方口布鞋像一条船，分明不是小孩儿，是个矬子。

郝久莲长这么大，还没见过矬子，觉得挺逗，又不想笑出声，显得不礼貌，她想问那矬子找谁，矬子朝他睃了一眼，却一摇一摆走进土窑里。

土窑的门是开着的，矬子进去后又把门合上了。

一只花猫从石板墙上蹑手蹑脚走过，没有一丝声响，但郝久莲还是看到猫的身影。

窑洞里有人叫了声姐夫。

阎来锁说，来啦？

矬子说，外面晒衣裳的是守富家的？

阎来锁说，嗯呐。

矬子说，守富呢？

阎来锁说，走了。

矬子问，去哪儿了？

阎来锁说，管他去哪儿呢。又说，他说他在忻县城坐诊呢。

能听得出阎来锁对阎守富的不满。

阎来锁早就想骂娘了，这些天，他心里有股无名火在腾腾地往嗓子眼外蹿，如果不是碍于新媳妇郝久莲，他早炮仗似的发作了。有时他又想，不管守富怎么不懂事，不管他对守富有多大成见，不管他因为守富的婚事受了多大委屈，毕竟人家郝久莲跟这一堆乱七八糟的事情无关，一件事情不该扯上另外一件事情，可矬子提起守富两个字，他还是气不打一处来。

矬子说，我是守富的舅舅，守富成亲怎么还瞒着我？

阎来锁一听矬子的口气，就明白是兴师问罪来了，可他对矬子照例不冷不热的，这事你还怪不上我，要怪你就怪你外甥吧。

又说，守富大了，翅膀硬了，他想怎么着就怎么着，媳妇是他自个儿花钱定的亲，他说他娘刚满百日，不想惊动亲戚，响器没叫，酒席没摆，只雇了一乘轿子，响了几个炮仗，就把媳妇娶回来了，你说我能把他咋的？以前，他不听话，我能揍他，眼下他个头比我都高了，我还能再朝他动手？我就是想动手也未必能打过他。

矬子半天没吭气。

曲美英个头儿不低，可她弟弟即使留两寸长的头发，也只能与她的肩膀持平。曲美英发丧那天，矬子没来阎家坪。阎来锁觉得矬子人小，心眼儿也小，未必有针鼻子大。今天见了矬子，阎来锁就有些待理不理。

矬子说，我姐发丧那天，我正好在忻县城替人家驱狐，等我回到家，我媳妇儿说我姐三天前就下葬了，我在家里蒙了被子哭了三天三夜……

矬子坐在一条板凳上，不住地揉鼻子，眼里却不见有泪花。

阎来锁说，你婆姨说得对，人没了，来不来没多大意思。

听了阎来锁的话，矬子反倒没话说。他想扯些家长里短的事儿把话题引开，却不知该说些什么。就听阎来锁开始数落守富，从守富的不听话说到守富的不孝顺，从守富的不孝顺说到亲家郝七存的蛮不讲理，又从郝七存的蛮不讲理扯到新媳妇郝久莲不会过日子。说到不会过日子，阎来锁话长了，他说不会精打细算，枉有家财万贯，成家好比针挑土，败家就像浪推沙……

矬子打断姐夫的唠叨，说，姐夫你轻点声，不是一家人不进一家门，进了一家门，就不该说两家话。

午饭是郝久莲做的。

郝久莲在娘家不大做饭，手艺就更谈不上，阎来锁说她把食材都糟蹋了，她也没觉得委屈，她委屈的是阎来锁对她永恒不变的态度。那天中午，阎来锁就用筷子指着碗里的莜面山药和子饭对矬子说，凑合着吃，填饱肚子就行。

矬子倒吃得挺香，一边往嘴里扒拉饭，一边对桌子对面的阎来锁谈他驱狐的经历。阎来锁哪有心情听他这个，其实认真听他说的只有外甥媳妇郝久莲。

矬子在姐夫家住了一夜。夜里，仰面躺在石头炕上，矬子对阎来锁说，前些天他给城里一户人家驱狐，那户人家没出阁的闺女被日本人奸污了，事后一直闭门不出，像虾一样弯在床上，不吃，不喝，也不言声。过了几天，忽然就闹开了，咿咿呀呀地唱，唱一阵儿，笑一阵儿，不唱不笑的时候就独自在嘀咕。家里人断定她是疯了，可隔壁有个上了年纪的老人说不像是疯病，八成是缠上狐仙了。就把矬子请去，矬子驱狐要点大把大把的檀香，几十炷香头如点点繁星，大团大团的烟雾从窗户蹿到房顶，从房顶飘上空中，炮楼上的岗哨以为着了火，警备队派人来查看。领头的戴了一顶崭新的日本军帽，白衬衣，下边是绿色马裤，再下边是长筒皮靴，腰里挎一把王八盒子，后边还跟着三个扛大枪的警备队员。矬子听见院里有人大声说话，从窗户缝儿往外瞅，不看则已，一看吓了一跳，矬子认得那个领头的二鬼子，不是别人，是他外甥阎守富。

起初，矬子还不相信自己的眼睛，以为认错人了，后来听那人问东家屋里烟熏火燎的咋回事，矬子没听清东家说了些什么，却坚信那人就是守富，满嘴东峪口音，还有那个显目的羊鼻梁，除了守富还能有谁？矬子把手里的宝剑和宝镜放下，拉开门，叉着腿站在房檐下。他是想让守富主动跟他说话的，却不想守富一见是他，竟然扭头走了。那几个警备队员奇怪地看看守富的背影，又看看房檐下的矬子，不知发生了什么，也跟在阎守富后面出去了。矬子喊了声守富，没听到有人回应他。

夜已深，人未央。

矬子听阎来锁响起呼噜声，像风吹碌碡跑。听着听着，他也翻了翻身睡了。

其实那一夜，阎来锁彻夜未眠，呼噜是装出来的，他觉得胸闷，心口一跳一跳针扎似的疼。村里人在饭场上说起武贤堂，都骂他那个八十多岁的老爹上辈子没做好事，这辈子日下个汉奸儿，阎来锁从不附和别人，但他心里是看不起武贤堂他爹的，当时他想，他要有个儿子当汉奸，他会一炒勺把汉奸儿子砸出脑浆的。

迷迷糊糊的，阎来锁听见院里有猪的尖叫，叫声凄惨，接着听见北窑传来开门声，接着是郝久莲比猪叫都惊悚的声音，狼，狼，打狼呀……

阎来锁和矬子同时爬起，阎来锁随便拉了条裤子穿上就往地上跳，鞋也没顾上穿，摸黑往窑外跑。矬子虽也坐在炕上，但他只是侧耳听着外面的动静，没有出去的意思。视线太暗，阎来锁一脚踩在那只竹筛上，其中有一根竹篾扎疼了脚趾，他顾不上这些，他担心郝久莲被狼吃了。

狼没有吃郝久莲，倒是被郝久莲的尖叫吓跑了；也不是完全吓跑的，是从容不迫地把郝久莲喂了十几天的一只斑点猪崽叼着跑掉了。

阎来锁到底是老了，他虽没感觉自己腿脚有多不便，他听见院里有动静就开始下炕，开始往院里跑，可当他冲出来时，还是晚了，他闻到昏暗的院子里回荡着一种奇怪的味道，然后他看到儿媳妇手里拎一根推磨用的磨杆，磨杆另一头还固定在石磨上，他听见儿媳妇的牙齿咬得咯咯响，爹呀，狼把小猪仔叼跑了，我没敢追，它呼一下就蹿出院墙了……

3

天一亮，矬子走了，连早饭都没吃，说是盂县有个财主惹上狐仙了，把藏在夹墙中间的谷子用葫芦瓢挖出来填井里了。

矬子一走，阎来锁也开始不紧不慢收拾他做饭的炊具。昨天，他已经把菜刀磨好用清水洗净，又用草纸揩掉水渍，晾在窗台上，又把肉叉炒勺炒瓢笊篱之类都用丝瓜瓤擦得锃光瓦亮，寒气逼人，好像看一眼就能碰出响来。他之所以这么做，是打算重打锣鼓重唱戏，趁着还有精力，多跑几年事宴。守富冷不丁回来说娶媳妇就娶媳妇，虽没花销他一文钱，可后面还有守财守田呢，他们说不定也会在某个清晨或傍晚突然回到百丈崖下，对他说，爹，我想把媳妇儿娶回来。守富有钱，不一定守财守田也有钱，没钱想娶媳妇？做梦去吧。

可过了一夜，阎来锁改变了主意，他要出一趟山，不管阎守富是在襄城当汉奸，还是在忻县城当郎中，只要是他阎来锁的儿子，只要还管他叫一声爹，他就豁出这条老命不要，也非把守富拖回来不可。阎来锁虽不是个死要面子的人，可他还是不愿让人背后戳他的脊梁骨，骂他上辈子没做好事，这辈子养了个汉奸儿子。他把菜刀塞进褡裢里，把炒勺塞进褡裢里，把肉叉塞进褡裢里，把炒瓢塞进褡裢里，独独忘了那把捞生炸丸子捞红烧肉捞油炸豆腐的笊篱了。笊篱就放在炒瓢旁边，他却心不在焉地没去拿，只把褡裢搭上肩头。在祖师爷的神龛前焚了香，许了愿。焚香时，点燃的檀香怎么也灭不掉火苗，呼呼地燃烧着，像是浇了油，他不敢用嘴吹，老人们说香火吹不得，他只好使劲摇，摇到胳膊都酸了，总算火苗灭了，香却已燃去大半；该合掌许愿了，他脑子里乱糟糟的，不晓得要许什么愿，许他出山能顺顺当当把守富找回来吧，祖师爷未必那么神通广大；许他出山一帆风顺大吉大利吧，当初他给阎老太爷做寿时，临出门也许了愿的，却未曾料到许来的是一场牢狱之灾。这么想着，干脆就不许愿了。他带褡裢并不是要顺便在山外面跑几家事宴，捞一点外快，也就是个习惯，所以除了炊具，他还带了一点干粮，带了少量的几块盘缠，还有一块油布，大夏天的，免不了遇上下雨，他嫌斗笠箍头，嫌蓑衣笨重，干脆把防雨的任务交给一块土色的油布。

走出街门十几步远，手往褡裢里摸，这样的动作是多年养成的习惯，有时候忘带这个，有时候忘带那个，都可以来得及补救，于是他摸见少了一把笊篱。

心叫狼叼了，丢三落四的。

这话是他说给自己听的，一边自言自语，一边往回返，推开虚掩的房门，从窗台上取了笊篱，塞进褡裢里，重新把房门掩好，忽然想起该把他出门的事儿跟儿媳妇说一声，毕竟是一家人了，毕竟他要出远门，两天三天能不能回来都说不定，免得郝久莲着急。

他来到石窑的台阶前，朝那个玻璃上贴喜鹊登梅剪纸的窗户说，守富家的，我出一趟远门，少则两三天，多则五六天就回来，你嫌一个人闷，就回娘家住两天吧，反正猪也没了。

郝久莲养了两只小猪，一只黑毛尖嘴猪，一只斑点秃嘴猪，斑点让狼叼走了，黑猪也让狼咬断了脖子。窑里没有任何响动，阎来锁以为受了惊吓的儿媳妇出门找人倾诉去了，或是用被子蒙住头呜呜地哭呢，就摇摇头，打算转身走人。而这时，却听窑门嘎吱响了一下，郝久莲出现在门槛里，神情已恢复往日的宁静，爹，你这是去哪儿啊？

阎来锁抬头瞅柿子树，树上星星点点悬挂着许多核桃大的发青的柿子，他说，我给你把守富找回来。

你找守富呀？他不是在忻县替人坐诊吗？

是哩，阎来锁说，山外面乱哄哄的，我怕他吃亏，看能不能把他劝回家来。

改天再走吧，我给你蒸一笼干粮带了路上吃。

阎来锁拍了拍鼓鼓囊囊的褡裢，带上了，都带上了。

翻过六节寨，在半山腰上的两棵松树下有个岔路口。往北，可去台城，往西，可去五仙山。往西这条路会伸进一道深沟里，沟名儿叫地宫沟。而从南面的八节寨下山，最后也要抵达地宫沟，南北两条山路，在沟口合二为一。阎来锁就是在沟口蹲着歇脚的时候，遇见了交通员王命年。王命年骑了一头毛驴，从八节寨下来。

四十里长的地宫沟除了树还是树，凡走地宫沟的人都觉得闷。闷不是一般的闷，觉得头被什么东西裹住了，身子被什么东西缠上了，两条腿也身不由己，闷得让人想哭，想喊，想把整条沟都扒拉开，看看到底是什么东西在作祟。那时，天地间好像只剩下一个人，一条沟，还有满沟的黄栌树了。久走地宫沟的都要搭伴儿出山或进山，像王命年这样的交通员，往往行无定时，有人时走，没人时也走，但有个做伴儿的总比独自一人走路心里踏实，而想在路上遇见相向而行的旅伴要靠运气。今天，王命年的运气就很好，他看到路口蹲着一个老汉，以为老汉下山走乏了，想歇一歇。其实蹲在那里的阎来锁并不觉得乏累，他是不想跟王命年做伴，或者说他不想跟王命年骑的那头毛驴做伴，骑驴肯定比徒步省事得多，阎来锁有些眼气骑驴的王命年，就不想跟他一块儿出山，故意蹲在路边歇脚，把褡裢卸下，搁在脚底，圪蹴在一棵桦树下，用火镰喳喳地引燃纸媒，吧嗒吧嗒抽两口烟，看上去一时半会儿不走了。

王命年拽住缰绳，让驴停下，对不远处蹲着的阎来锁说，叔，出山呀？

阎来锁没拿正眼看王命年，吐出一嘴白烟，不出山，我来地宫沟发发神经。

王命年嗤地笑了，觉得这老汉挺逗的，从驴背上跳下，把缰绳往驴脖子上一搭，问，去南涧村还是马家窑？

阎来锁翻了翻眼皮，南涧村在山里，马家窑也在山里，那还算出山么？

王命年说，叔，你真出山哪？真出山你还蹲这儿熬时辰呀？紧赶慢赶出了山就该天黑了。

阎来锁望望天色，直起身，捡了褡裢，拍了拍屁股上的土，上路了。

一上路，阎来锁就开始后悔，悔不该答应跟王命年做伴儿。王命年自然又爬上驴背，一下就比阎来锁高出一头，优哉游哉的样子特别气人，你骑驴就骑驴吧，还唱上了，他唱道，众人纷纷说不齐，别人骑马我骑驴；回头再看推车汉，比上不足下有余……阎来锁朝驴尾巴吐了口唾沫，心说，狗日的你骨头没二两重，不就是骑了头毛驴嘛，你要坐上轿，还不飞上天去？

阎来锁没见过王命年，当然更不清楚王命年是儿媳妇郝久莲的舅舅，他们也算拐弯抹角的亲戚。头一回见王命年，就觉得这后生不靠谱，是个烧包，走了差不多七八里路，都懒得跟王命年搭话。倒是王命年后来觉察到阎来锁情绪不对，脸又拉得老长，有意无意地拖他后腿，他已经让驴走得够慢了，可阎来锁时不时让驴落下一大截。

到后来，王命年好像明白了什么，再次从驴背上跳下，笑眯眯地等阎来锁走近，把缰绳热情洋溢地递过去，叔，你看我年纪轻轻的骑啥驴呢，还是你骑吧，你骑合适。

阎来锁鼻子里哼了声，没接他的缰绳，绕过那头毛驴，反剪了手，直撅撅地朝前走了。

不骑驴能死啊？阎来锁心想。

王命年见阎来锁不搭理他，知道把老汉得罪了，挺愧疚，至于错在哪里，他心里翻来覆去瞎想，想不出个所以然，只是不好意思再骑驴了，尾巴似的紧跟在阎来锁后面，让驴溜溜达达也跟在他身后。

叔，哪村的？

阎家坪。

这要去哪儿啊？看闺女去？

我没闺女。

出山赶集呀？

不时不节的，赶哪门子集？钱多烧的？

我看出来了，叔你窝了一肚子气，想出山散散心，也好，闷在家里容易生病，又说，那谁惹你生这么大的气？

谁惹我？我他娘见了谁，都气不打一处来。

阎来锁气大了，他有三个愣头小子，一个比一个倔，筋头巴脑的，做什么事情都由着性子做，都想瞒着他这个当爹的，一个比一个不省心，他能不气吗？

虽是深秋，两人都觉得燠热难耐，像各背了一只火炉。头顶到处是树荫，却未见得比没有树的地方凉快多少。

王命年知道老汉心里憋气，就不往下问，而是谈起了地宫沟的传说，谈起五仙山上的白佛堂，谈起白佛堂里的从善师傅，谈起从善师傅做的蜜勾糕。地宫沟走尽，就算走到五仙山的东山根儿了，白佛堂不在东山腰，而在西山腰，等翻过五仙山，才能看到那座石头庙。

白佛堂里有个道士叫从善，从善喜欢养蜜蜂；也不是从善自己喜欢养蜂，蜂群是他师傅的师傅的师傅那辈子传下来的，每只蜜蜂的辈分都比道士高。蜂蜜纯白，羊脂白玉般诱人，香味儿非寻常蜂蜜可比，人称这种蜂蜜叫紫云英。

道士平素吃的是窝头咸菜，到了四时八节，也如寻常人家一样改善一下伙食，最拿手的就是蜜勾糕。他让人把五仙山特产的黍子去皮，碾作黄米，黄米上磨，研成细面，把笼屉放在开水锅上，一层一层往笼屉里撒黄米面，差不多蒸半个时辰，出笼，然后在案板上切出拳头大的剂子，压扁，入油锅炸至金黄，出锅后蘸了紫云英蜂蜜吃，那个甜哟，那个香哟……

阎来锁心说，这不扯淡嘛，他虽没吃过白佛堂的蜜勾糕，却经常在事宴上吃油炸糕，有时也替东家动手炸油糕。油糕有什么稀奇的？不就是软和嘛，不就是黏糊嘛，不就是香香甜甜嘛。

阎来锁没有想到，在地宫沟里还能遇到另一个熟人——郑羊鼻子。地宫沟里不种庄稼，只有树和草，只有流水和走兽，整条沟被两侧崔巍的青山夹着，宽处几十丈，窄处仅容一人一驴通过，取名一线天。越往深走，树种越纯，树又多是些黄栌或小檗，都是秋天叶子变红的那种，能入药。但郑雄黄不是来采摘黄栌叶子的，而是来刨柴胡的。

阎来锁本来耷拉的脸突然变得更难看了，他是想目不斜视径直走过去的，就当看见一条狼，可郑雄黄却捋着山羊胡子咦了一声，说，姐夫，你这要去哪儿啊？

阎来锁不好装作不认识了，只是极冷淡地从牙缝儿里挤出两个字，出山。

郑雄黄说，你们厨子不是不出山么？

阎来锁说，活人能让尿憋死？

郑雄黄把一棵柴胡丢进药篓里，用拿药锄的手指了指远处说，赶巧了，我也去五仙山，正好顺路。

又瞟了王命年一眼，这小子是谁？

阎来锁说，管人家谁哩，你管好你自个儿吧。

郑雄黄跟阎来锁并肩走在一处。郑雄黄是个大大咧咧没心没肺的人，经常把别人的东西当作自己的东西，却不习惯把自己的东西当作别人的，他早想去一趟阎家坪，他听说守富娶媳妇了，想问一问阎来锁怎么不请他吃喜酒，是守富眼里看不起他这个师傅，还是阎来锁记恨他这个表弟？

他对阎来锁说，师徒如父子呀，一日为师，终身为父呀，姐夫，这些话都没错吧？可我想不通，守富在我跟前磕过头，拜过师，每年正月十六去我家，都带一份谢师礼的，我也把他当成儿子一样看待，我有多少本事就尽量传授他多少本事，何况他好歹在我家住了七八年哩。可他阎守富娶媳妇怎么就瞒着我这个当师傅的？你家做事宴就多我郑雄黄一张嘴？

阎来锁那天本不打算跟郑雄黄吵，是郑雄黄咄咄逼人的腔调让阎来锁受不了，索性把一张脸胀得红扑扑的，头也不回说，这个真不怪守富，是我不让守富通知你的，我说你敢把郑羊鼻子请来，你就不要姓阎了。

郑雄黄停下不走了，直愣愣地盯着阎来锁的后脑勺，说，为甚不请我？

阎来锁冷笑道，为甚？为甚你不知道？还用我把事情挑明？

郑雄黄下意识地摸了摸自己的羊鼻梁，不吭声了，继而又嚷道，姐夫，你甭听外人瞎叨叨，我是那种人吗？美英怎么着也是我姐哩……

你姐？我怎么没听说过还有你这个没羞没臊的小舅子？

王命年不知道两个人怎么唠着唠着就吵起来了，还吵得面红耳赤，劝这个不是，劝那个也不是，只好牵着驴站在一边看热闹，后来就看见郑雄黄背着药篓扭头往回走了，一边走一边骂，狗咬吕洞宾，不识好心人。郑雄黄不跟阎来锁同路了，本来说要去五仙山采药，却改道去了杨五郎寨。

4

王命年看阎来锁气鼓鼓的样子，想帮老汉消消气，没话找话说，叔，没看出来，你还是个厨子哩。

阎来锁懒得理王命年，走了一阵儿才说，听你那口气，我就不能是厨子了？

王命年笑道，我不是那意思，我是羡慕你们厨子哩，我在饭馆吃荞面饸饹，跟自家做的就不一样，看上去一样的汤水，一样的荞面，搁嘴里味道大不一样。

阎来锁说，我有一个鼻子两只眼一个嘴巴两只耳朵两条胳膊两条腿，你也有一个鼻子两只眼一个嘴巴两只耳朵两条胳膊两条腿，你说咱俩能一样吗？

王命年说，是不一样。

又说，刚才那人就是郑雄黄？听说他看病挺神的，刚断气的人让他扎一针还能救活？

你听人瞎吹吧。阎来锁吐口唾沫，他成心要诋毁郑雄黄的名声，就说，他要有那本事，还憋屈在山沟沟里？早进紫禁城当御医了。

王命年附和道，我想也是的，死人都能救活，那不成神仙了？

话匣子一开，王命年的话就长了，他给阎来锁说的是他结伴走路的事儿。说他跟自卫大队的郝来全一块走过地宫沟，郝来全原来是岭子底的一个猎户，后来被南军抓了差，再后来又投奔了县自卫大队，打得一手好枪；他跟杨玉年也一块走过地宫沟，杨玉年别看是外乡人，说的却是一口襄城土语，入乡随俗的本领着实了得；他还跟四区区长张耀山扯了一路的淡，张耀山没架子，不像个区长；前几天，他还跟九岁红结伴了一路。

说到九岁红，王命年一下子来了精神，说他们村有一对小两口，在李家庄看过九岁红唱辕门斩子，两口子都迷上九岁红了，男的姓杨，女的姓侯，平时说话都对戏词，有次他家娃娃把邻家的夜壶打碎了，男的要揍娃娃，女的拦住不让，就吵起架来。男的说，打不打我杨家门子，与你侯家何相干？女的说，虽然是你杨家子，他也是我肚里掉下的肉。男的说，我的儿子我要揍。女的说，为娘在此你不能。男的说，要揍要揍实要揍。女的便说，不能不能实不能。我要揍。你不能。我要揍。你揍吧。女的说着说着就松口了，男的再找娃娃，早溜掉了。

阎来锁没笑，王命年倒让自己讲的故事逗笑了，他笑得眼泪都出来了。阎来锁觉得没意思，说，那男的也是虚张声势，我看他就不想出手，想揍的话，早把女的划拉一边，巴掌扇过去了。

阎来锁揍守富揍上瘾了，以至于守富拜郑雄黄学医后，手总痒痒。

两个人在地宫沟里行走，有时淹没在黄栌树的树隙里，有时又被柿子树阔大的树冠罩得严严实实；一些羽翼华丽的鸟，在他们头顶的树隙里穿梭；阳光花花搭搭落在他们头上脸上肩膀上衣服上。

还是热得不行，喘出来的气都是热烘烘的。

前面是芦苇地。

芦苇地仅有三五户人家，孤零零地镶嵌在地宫沟里。村前有一条小溪，溪流四周布满密密的芦苇，芦叶黄了，芦花飘得到处都是，冷不丁会从芦苇深处飞起一两只野鸽或画眉鸡。

王交通。

声音突然从头顶传下来，把王命年和阎来锁都吓了一跳。随后，咚的一声，有人从一棵黄栌树上跳下，手里拎着一杆步枪，笑着对王命年说，我们厂长正愁没人送地雷哩，你们来得正好。

芦苇地有个晋察冀边区的秘密兵工厂，又叫修械所。说是兵工厂，其实一开始只能复装子弹，就是把旧子弹壳收集回来，重新配置发射药，底火和子弹头，然后总装成子弹。郝来全每回去县里开会，都要顺便拐进兵工厂找厂长唠嗑，依他的话说就是处朋友。后来，兵工厂造出第一批子弹，首先装备的是郝来全的三中队。哪承想，郝来全得了便宜说不是，他第一个跳出来骂娘，说他娘的这还叫子弹吗？简直是催命弹。他们在西古城下打鬼子埋伏，郝来全趴在古城墙上，拿一杆步枪瞄准一个日本军曹的后脑勺开了一枪，眼瞅着子弹出膛后，在离枪口不足一丈远的地方砰地炸了。其他自卫队员的枪也是七哑八聋的，郗铁柱竟然看见从他手枪里射出的子弹在空中翻了个儿，走了一半射程，最后不知掉哪儿了。那场战斗打得窝心，拢共不多的几个鬼子，眼睁睁被放跑了。有了这次教训，三中队的战士死活不用兵工厂的子弹了，宁肯趴火车，端炮楼从日伪军手里硬夺。又过了些时候，有个叫班玉书的人去兵工厂当了设计师，工艺有了较大改观，还从边区供给部要来两部原车和一台十五匹马力的柴油机，又招来一批铁匠木匠和石匠，兵工厂的生产慢慢步入正轨。除了复装子弹外，还修理枪械，而且尝试着造地雷，有生铁雷，有瓷雷，当然更多的是石雷，大小和形状都不统一。

从兵工厂出来，王命年脖子里挂了十颗地雷，阎来锁挂了五颗，那头毛驴更跑不了，驴背上左边搭了二十颗，右边搭了二十颗。怕驴乱跑，把地雷碰炸了，王命年紧紧拽着缰绳。

阎来锁岁数大了，而且褡裢里还有做饭的炊具，所以只背了五颗。五颗也死沉死沉的，脸上有一百个不乐意，他说，王交通，我今儿出门不吉利，碰上你这个倒霉蛋，弄不好把命都搭进去了。

王命年说，叔呀，你也是根据地的群众，替咱们队伍背几颗地雷累不死，再说也就到南涧村嘛，又不用你往平川上背。

又说，人家刘厂长说了，这些地雷都没装拉发引信，一般情况下炸不了。

王命年嘴上这么说，心里却是七上八下的。自从出了芦苇地，两个人心情都有些紧张，没走多远，早已大汗淋漓，不是累的，也不是热的，多半是吓的。前些日子，南涧村有个叫赵光银的抗日武装队长，有次不小心踩在地雷上，把一条腿给炸飞的。

你的名字就叫王交通？一路走来，阎来锁这才想起问王命年的名字。

王命年说，我是交通员，咱们这边都称我王交通，我的真名是王命年，马家窑的。

又说，啥交通员，说白了就是个送信跑腿的活儿，风里来雨里去的，去年腊月十六下大雪，我带鸡毛信给县里送，从五仙山上滑下去，多亏卡在一棵老松树上才捡回一条命。

听了王命年的话，阎来锁忽然想起在政府灶上他见过这个王交通，王交通还吃过几次饭，只是两人没有说过话。

第十八章

白佛堂的蜜勾糕是款待所有途经白佛堂的行路客的，每次就那么一盘，多不过二十来个，用筷子夹起，吊着一线琥珀似的紫云英蜜汁。白佛堂偏僻，去五台山敬香的香客很少有绕道过来参拜石佛的，加上住持白佛堂的又是几个束发打结，黑袍黑鞋的道士，僧尼是不愿来叨扰的，居士们也对它反应冷淡，只有前往东峪或出山的脚夫偶尔路过，他们吃惯了粗茶淡饭，对蜜勾糕的诱惑挡也挡不住。他们都用筷子去抢盘里的油糕，夹不住几个，最有效的方法是用筷子扎，一筷子捅下去，少说一根筷子上也要串四五个，糖葫芦一样诱人。所以说，在白佛堂吃饭，尤其吃白佛堂的蜜勾糕，是不能谦让的，你一谦让，只能抢到一个印有一朵墨莲的空盘子了。

途经白佛堂的脚夫多，每到饭点，大家照例去抢蜜勾糕，有时抢疯了，会因一只糕，不顾情面地打起来，你用筷子捅我一下，我用饭碗直接扣你脸上，打着打着就像屎壳郎一样抱成一团，扭打着从窑里滚翻到窑外。这时，听到动静的从善会从道长室里走出来，嘴上说，不要打，不要打，伤了和气对谁也不好。

听道长这么一说，打架的也不打了，都朝从善作揖。

其实从善是有来头的，他是郑雄黄的师叔，论起号脉问诊，道行不比郑雄黄浅。

道观里新近来了个俗家厨子，厨子老了，手艺却如同他的年龄般老道。有了厨子，自然有了好茶饭，道士们觉得每餐饭，都在过斋日。道家的斋日很多，每个斋日都像普通人家过时过节一样改善伙食，只不过没厨子之前，师徒们除了每天必炸一锅油糕款待客人外，别的饭菜，做得都稀松平常，每个苞谷面窝头上，都留有师傅并不讲卫生的手指印。

现在好了，别看老厨子胳膊上的皮肉都松了，手背上布满大大小小的老人斑，弯腰给灶膛喂火的时候都很吃力，但做出的饭菜真是绝了，蘑菇炖粉条，金针木耳红枣汤，插芒花炒土豆丝……都是上讲究的菜肴。从善原来一餐饭只吃半个窝头，如今吃了两个窝头还觉得半饱，摸一摸同样是皮肉松垮垮的肚子说还能吃半个。生活好了，打着饱嗝的从善只顾在蒲团上向东而跪，在袅袅的线香里，一遍一遍诵读经文。

太上台星，应变无停；驱邪缚魅，保命护身。智慧明净，心神安宁；三魂永久，魄无丧倾。

从善好像就会念这篇净心神咒。

白佛堂面积不大，除一座进深两丈一尺，高一丈五尺，阔三丈的石殿，除石殿的梁柱檩椽斗拱瓦当皆以白石雕凿，立柱卧栏上的鹭鸶戏莲百鸟朝凤图栩栩如生，除石殿内的主佛和周列五十三佛同样是白石精雕细琢外，仅有宽不足二楹的关帝庙和龙王庙做配殿。偏偏小小的白佛堂在东峪比永兴寺都名气大。倒不是因为这里有道行深远的方丈，也不是说石殿雕凿于半山腰，是个寻常人想象不来的神秘所在，而是这里的石佛出奇的灵验。凡有攘灾祈福求子嗣者，无有不应。

白佛堂原不叫这名儿，而叫福田寺。宋宣和年间，有人在这里造了一尊碧玉佛像，当时的方丈把福田寺改称为白佛堂。顺治年间，白佛堂来了个道士叫陈颖，陈真人虽为方外之人，却精通生意，在李家庄芳兰镇均开有当铺，在东冶镇开有隆庆号杂货铺，还在白佛堂养了十数巢蜜蜂。乾隆十一年，有个上海商人，从陈颖那里贩了蜂蜜回去，在集市上叫卖，取名叫紫云英，蜂蜜地道，顾客盈门，很是赚了一笔钱。自此，每到夏至时节，外乡商贾云集白佛堂，争购紫云英，白佛堂仅此一项，年可获利白银百余两。

从陈真人那时起，掐指算来，摆放在红花坡后面的蜂箱少说也快三百年了。十几巢蜂箱是嵌在两根天然的石柱之间，下面是绝壁深崖，后面是密不透风的老林子，仅有一座独木桥与红花坡这头相连，说是独木桥，也就是一根枯死的老松，除了白佛堂的道士，很少有人敢涉足独木桥那头。但是，蜂箱丢了，既不是被风吹下山崖，也不是因蜂箱老化，自然解体，而是让人连蜂带巢一起抬走了，一箱都没给从善师傅留下。

南涧村有个民兵叫边海禄，边海禄背了老娘来石殿烧香，听说丢蜂箱的事儿，便说他昨天在村西南的弓背梁上站岗，看见有三个推独轮车的陌生人从五仙山这边下来，绕过南涧村去马家窑了，车上的东西都用被子蒙着，但能够看出那些东西有棱有角的，不是柜子就是箱子。

从善听后，半晌无语。

王命年帮阎来锁把肩头装有地雷的麻布口袋卸下来，又把自己肩头的口袋也卸下来，平放在石殿前的石阶上，嘴里一直念叨着轻点，轻点。至于毛驴背上的地雷，不好摆弄，只好让它继续驮着，谁让它是头毛驴呢。

王命年觉得自己是白佛堂的常客，自己不把自己当外人，径自去道长室拜见从善师傅。

从善连看都不看他一眼，说，施主来的好，来的都是客。

又说，施主昨天来过，今天又来，你与天尊有缘啊。

王命年知道，从善是嫌他来勤了，就说，师傅是好人缘，人缘不好，八抬大轿都怕请不来人家呢。

从善坐在蒲团上咕咕地笑，露出一张黑洞洞的嘴巴。

饭上了餐桌，没有蜜勾糕。王命年有些失望，他拿了两个馍，舀了一碗菜蹲在门槛上吃，倒也吃得狼吞虎咽。见阎来锁不动碗筷，便催促道，叔，吃呀，吃饱咱们好上路。

又说，白佛堂的饭菜越做越香，可惜没有蜜勾糕，有糕就十全十美了。

阎来锁经他这一说，也用筷子夹了点菜，搁嘴里慢慢嚼，脸上是味同嚼蜡的表情。

王命年还在纠结没糕的事情上，他心有不甘地说，蜂箱丢了，黄米面没丢吧，没有紫云英，还不吃油炸糕了？别看从善师傅见了面总是笑哈哈的，眼皮子可薄了，谁给道观上布施，他给谁做蜜勾糕，咱们是两个肩膀扛一张嘴，不招人待见。

阎来锁用筷子夹到嘴里的菜不多，就那么嚼着。嚼着嚼着忽然有话要说，这谁做的饭？这菜是谁炒的？

王命年以为阎来锁咬到一粒硌牙的石子，同时又被他的不满情绪所感染，要找白佛堂的茬儿，便息事宁人说，叔，咱这是白吃人家的，人家没问咱要一文饭钱，好好赖赖填饱肚子就行，别太挑剔了，吃完饭咱们还要赶路哩。

阎来锁急了，我问这菜是谁炒的，我想见见炒菜这人，我又不是嫌饭做得不好。

炒菜的是个驼背小老头，头戴一顶小白帽，脸上的皮肤倒还紧凑，就是麻雀屎一样点缀着许多老年斑，左眼大，右眼小。在白佛堂阴暗的客房里显得有些猥琐。

您是刘二师傅吧？阎来锁声音有些发颤。

从面相上看，实在看不出刘二当年英姿飒爽的影子，但那两只一大一小的眼睛还是勾起阎来锁许多回忆。

小老头揉了揉眼，使劲端详着已经从木凳上站起来的满脸都是期待的阎来锁，他说，是呀，我是刘二，你谁呀？

说话还是五寨口音，说慢了能听清，说快了，听不清。阎来锁激动了，把碗筷撂在桌上，朝前迈了两步，扑通给刘二跪下，邦邦邦，连着三个响头，然后直起腰身，拱着手说，师傅，我是来锁啊，东峪阎家坪的阎来锁，我十三岁那年，在东冶镇庆春堂跟您学手艺，您不记得啦？您告我说肉要在冷锅里放，小火慢煎才能出净油，您又说，跟你个毛孩子说了，你也不懂，想起来没？

阎来锁激动得不行，两只手在脸上胡乱抹了一下，让刘二仔细辨认他的模样。

刘二虽然老了，眼却不花，其实早认出对面的阎来锁了，只是当初出于小气也好，出于艺不外传也罢，反正是没有好好带过阎来锁，甚至可以说没有正儿八经教过阎来锁一道菜。时间过了这么久，他都把这个临时在庆春堂学过徒的阎来锁给忘了，偏偏人家没忘。刘二也激动起来，说，来锁啊，你是个有心人，一眼就能认出师傅来，师傅惭愧呀，没好好带你，这么些年，你在哪儿发财呀？

师傅啊，阎来锁抓住刘二的手就有些感慨了，他已经从地上站起来，声音依旧在打颤，徒弟没出息，自打从庆春堂回去后，在老家跑事宴，从十七八岁，一直跑到黄土埋脖颈子，甭说发财，如今都家破人亡了……

说着话，阎来锁呜呜咽咽哭开了，把旁边的王命年也哭得鼻子一阵发酸。

王命年说，叔啊，不要哭了，这年头，跟你一样走背运的，多了去了。

又说，叔啊，你再哭我们也想哭了。

刘二也不想听他哭，岔开话题说，来锁啊，你是怎么知道师傅在白佛堂的？

阎来锁哽咽着，指了指桌上的碗，说，您做的蘑菇烩菜，我能尝出黑肉烩菜的味道来，除了师傅您的手艺，还能有谁？

又说，师傅您都这把年纪了，不回老家养老，倒在白佛堂做上饭了？

阎来锁这么一问，刘二也开始哽咽。老汉咧着嘴眼看着要哭了，来锁啊，师傅才叫家破人亡哩。

刘二其实早不在庆春堂当大师傅了。他的脾气乖戾，跟谁都合不来，离开庆春堂，又在东冶镇找了一家饭铺炒菜，一待就是四五年。期间也挣下不少钱，还娶了个槐荫村的婆姨。人说东冶馍馍，大贤糕，槐荫闺女不用挑。但在刘二看来，婆姨长得也就那样，好在刘二不是个花心萝卜，是一心一意过日子的男人。

成了家，刘二不再伺候人，自己在东冶镇开了一家饭铺，自己主厨，婆姨做面案，让老丈人帮忙台前照料，雇了两个跑堂的，买卖说好不好，说坏不坏。

直到有了闺女，闺女慢慢大了，就招了个倒插门的女婿。

刘二说，前些天，有个日本兵被什么人把腿打折了，满脸满身都是血，从东冶镇的西街爬到南街，路上留下长长一条血印印。他狗日的不去别人家，偏偏爬到我家的饭铺门口来了。我老伴儿正在门口拆豆角筋，连忙喊我女婿，我女婿见了吓得直筛糠，又来后厨喊我，我扳起那个日本兵的脑袋看了看，早断气了。这可麻烦大了，我闺女说赶紧关门吧，这让日本人看见还不得杀头呀？我女婿说关门不是个办法，得赶紧花钱买平安啊。我老伴儿问他啥叫花钱买平安？女婿说他认得一个炮楼里当差的翻译官，他要我把家里的现洋都给他，他去找翻译官求情去。我一听说要把所有的家底儿都给了翻译官，就有些不情愿，问他万一钱花了，事情还摆不平咋办？我女婿说有钱能使鬼推磨，他没听说过有拿了钱不给办事的。我闺女也在旁边劝我，说留着钱干嘛？如今眼瞅着命都保不住了，留着那钱买棺材呀？我当时想骂她乌鸦嘴的，可不拿钱买平安又有啥法子呢？

来锁啊，刘二使劲拍了拍阎来锁的肩膀，说，这世上啊，最歹毒的是啥？是人心啊。你猜我那女婿后来干了些啥？他把我辛苦攒了大半辈子的积蓄，用一个竹篮子提走了，上面蒙了块蒸馒头的苫布，他一步跨过门外躺着的那个死鬼，说他去炮楼里找翻译官去了，叫我们安安生生等着就行。我们就在饭铺里傻乎乎地等，约莫有一炷香时辰，日本人哼哼哼地跑来了。我当时在后厨心烦意乱地收拾灶上的东西，就听见我老伴儿啊呀叫了一声，一颗血淋淋的人头从门口就滚到饭堂里来了，接着是我闺女的尖叫，她叫了两声，好像喉咙里插进什么东西了，再喊就岔气了，哈哈地喘。亏了我老汉脑袋还不算糊涂，知道出事儿了，从后厨的窗户跳了出去……

这一顿饭，吃得不痛快。

王命年他们走的时候，两人脸上还湿漉漉的。

刘二要帮他们把装地雷的口袋往肩膀上放，被阎来锁推开，师傅，您离我远点，我还想叫您多活几年。

刘二直到把他们望出南天门，也没明白过阎来锁话里的意思。

第十九章

1

在南涧村负责接收地雷的是抗日县政府办事处的几个留守同志。他们把大部分地雷收下入了库，却另拨出十颗雷，要王命年给陈家营交通站送去，并告诉他，每颗地雷上都加装了拉发引信，路上小心出了意外。

王命年不敢接这趟活儿，说，我这人毛手毛脚的，万一给弄炸了，我死了事儿小，交通站收不到雷，把打鬼子的事儿给耽搁了，我可担待不起。

办事处的同志给了王命年三块现大洋，说，除了你，我们谁都不放心，能从芦苇地隔山隔水把地雷背出来，就一定能把地雷安全送到交通站。

王命年见推脱不掉，便咬咬牙说，行，只要你们信得过我。

说着就把装了十颗地雷的布口袋重新搭在毛驴背上。

再次上路，阎来锁跟王命年保持开一段距离。他说，王交通，你不要靠近我，万一地雷磕碰响了，咱俩谁都活不成。

王命年打趣道，我成了没人尿的烂夜壶了。

阎来锁说，你哪比得上烂夜壶，夜里起急，烂夜壶也凑合着能用，谁想死才靠近你哩。

王命年直摇头，拽着缰绳的末端，想让毛驴也尽量离他远点。

爬上弓背梁，日头斜挂西天。谷子地里只剩下谷子茬，一群麻雀在地里觅食，见有人走来，轰地群起而飞之。

王命年说今年天旱，年成不好，他家六亩谷子打下三担粮。

又说，伏天没雨，谷子没米。

弓背梁西头是青崖岭，翻过青崖岭有一条黄土沟，村人称杨林沟。沟里长满钻天杨，有风无风的时候，耳尖的人常听到鬼拍手。兵荒年月，人们在沟里挖了好多便于藏身的地窨子，鬼子一来，地窨子里挤满男男女女和看家狗，还有羊，还有猪，还有叫驴。怕羊和驴叫唤，往往用铁箍把羊和驴的嘴套牢，唯独不带鸡。

穿过杨林沟，马家窑就算到了。站在村西的狮子山上，俯瞰马家窑，怎么看都像个水葫芦，南北两头浑圆，中间略细，还有条叫洪沟的小路，如同葫芦把儿，伸出村外。王命年家在葫芦底的土峁上住着，他没顾上回家，牵着驴过了马家窑。王命年对阎来锁说，他吃亏就吃亏在耳朵软上了，谁求他办事，他都肯下力气帮忙，马家窑一百多户人家，家家免不了修房盖屋挖菜窖起猪圈做事宴，都不是一家人能鼓捣成的，王命年一向随叫随到，从未拒绝过谁，落下了肯受苦的好名声。区里落实交通员，好多年轻人宁肯当民兵，也不愿跑交通，都知道交通员把一多半时间都丢路上了，风里来雨里去的，吃的是刀尖上舔血的要命饭，谁能保证每一趟传递情报不出岔子？一旦出了岔子，脑袋就得搬家。可村长找到他时，他二话没说就应承下来，他是这么想的，反正我不当交通员，别人也得当。他这么替村里人着想，这么辛辛苦苦跑交通，也未见得有谁念他好，都当他图钱不要命的傻子看。王命年说他心里明镜似的，别人怎么想，他不去理会，别人怎么说，他也不去理会，遇到需要他出手的事儿，他照样出手。

阎来锁回头瞟了一眼毛驴，说，你不是耳朵软，是脑子有毛病，你把人贴上，还把驴贴上，你要是我的儿，一巴掌就……

他说到这儿不说了，他发现王命年表情古怪地看他，好像是说根据地的老乡怎么这觉悟。

阎来锁就这觉悟，他记住一句老话，无利不起早。

相处时间长了，两个人关系显得不一般，阎来锁忍不住骂起了守富，他说他要出山找儿子，听人说儿子替警备队卖命，他得把儿子找回去，不能让村里人戳他的脊梁骨。

王命年说，我倒有个朋友也在警备队，那个朋友还救过我的命，警备队的人不一定都是在杀自己人，这要区别对待。

阎来锁搞不懂什么叫区别对待，但他知道他儿子守富也不会杀人，可不杀人，并不等于就不是汉奸。

王命年又问，叔，你去哪里找你儿子？警备队的人都分散在各个据点里，我听人说襄城全县有十六个据点，四十九座炮楼，除了日本人占的十几座炮楼，剩下的都是警备队的伪军。你想找出一个人来，简直是大海里捞针。

阎来锁说有人告诉他儿子就住在县城，他去县城准能把儿子找回来。

王命年说，这么巧？我那朋友也在县城，这么着吧，等我把地雷送到交通站，我陪你走一趟县城。

阎来锁咽了口唾沫，忽然笑了，说，这一路没白跟你搭伙儿。

对东峪的山民来说，翻过五仙山就算出山了，可对南涧村和马家窑的山民来说，只有过了李家庄，才算踏上平川。

李家庄以西是一马平川，越过一大片庄稼地，阎来锁看到蔚家梁村南村北都戳着一个大烟囱。他问王命年，谁家的烟囱那么粗？是砖窑吧？

王命年嘿嘿了两声，叔啊，瞧你这见识，那可不是烟囱，是小鬼子的炮楼。

阎来锁说，哦，是炮楼，打炮用的？

王命年说，哪能说炮楼就是打炮用的，是打枪用的，里边住了小鬼子和二鬼子。

阎来锁还要往前走，王命年把他喊住，不要走了，等天黑再走，我带着地雷呢。

阎来锁看看快要落山的日头，心想也不在乎这一时半刻的。

王命年是有点心虚，这么多地雷往平川上送，弄不好，地雷没送到地方，脑袋已经搬家了。蔚家梁这道封锁线就是个难过的坎儿，过了这道坎，还有忻县到台城窑头炭厂的忻窑铁路，又是一道封锁线。阎来锁身上没贴标签，除了少个良民证外，他就是个普普通通的农民，即使碰上巡逻的宪兵队，也未必有杀头的风险。可王命年不同，王命年倒也没什么，问题是他牵的那头驴驮了十来个祸害。

阎来锁到底上了年纪，走乏了，找个向阳的地方坐下，靠着一棵山榆树，转眼打开了呼噜。

蔚家梁村北的炮楼上有个闲极无聊的鬼子，他把钢盔摘下来，放在炮楼的堞墙上，退后三步，举枪瞄准钢盔上的五角星，指头在扳机里轻轻一扣，嘴里发出砰的一声，在他的想象里，一颗支那人的脑袋爆了，脑浆四溅，如同摔碎一颗熟透的西瓜。

这是农历九月上旬，月亮提前悬在东南方的蓝天上，只是一个小小的半圆。隔着纱一样的暮霭，在李家庄村西的半坡上，除了可以看到蔚家梁两座烟囱似的炮楼，还能听到忻窑铁路传来的火车的汽笛声。

民国二十一年，阎省长修建北同蒲铁路时，顺便给老家也修了条支线，就是忻窑铁路。从忻县车站，经襄城，一直通到台城的甲子湾。甲子湾有窑头炭厂通过索道运过来的煤炭，每天都有一列运煤车从甲子湾驶出，车头和车尾插了鲜艳的膏药旗，车厢里的煤炭坟包一样高高隆起，只是没人知道这些煤炭最终运往哪里。

阎来锁在王命年不停催促下，趁着夜色通过了蔚家梁封锁线。有几次，他被路上起起伏伏的车辙绊倒了，都是王命年一边拽着缰绳，一边奋力把他搀起。有一阵儿，阎来锁觉得他完全成了王交通的一个累赘。

原野旷荡，虫鸣四起。

翻过一条水渠，前边就是铁路线。牵驴的王命年低声说，千万别弄出响动，小心让铁甲车一炮把你吹了。

阎来锁嘴上说走你的路吧，腿上却明显加了把劲儿，他摁住肩头的褡裢，弓着腰往铁路上爬，脚底的碎石头骨碌碌往沟里滚去，他想说他不是故意的，却又听见毛驴把更多的石头踩下来了。王命年用缰绳抽了一下毛驴的脖子，毛驴腾地蹿上路基。刚翻过铁路，那畜生突然呜哇呜哇叫起来，声音在黯淡的月光下，如水一样漫溢开，涌向四面八方。

你个没头货，王命年恶狠狠骂道。他用缰绳使劲抽打毛驴的脖子，本意是要毛驴闭嘴，却适得其反，毛驴激动起来，四蹄乱蹦，极有挣脱缰绳逃之夭夭的势头。阎来锁怕把地雷弄炸了，赶紧过去帮着拽紧缰绳，埋怨道，不要打驴，驴惊了就麻烦大了。两个人好不容易把毛驴安抚下来，牵到平地上，一道强光从极远的地方射向半空，王命年说，快走，鬼子的巡逻车来了。

紧挨铁道是一大片苞谷地。苞谷棒被掰掉了，剩下的苞谷秆还站在原地，这是区干部动员老乡留下的，便于自卫大队活动。王命年和阎来锁慌慌张张跳进齐腰深的苞谷地，也不管有路没路，分开叶鞘呼啦啦往前跑。毛驴身架大，又驮了口袋，几乎在茂密的庄稼地里轧出一条通道。也不知跑了多远，阎来锁实在跑不动了，上气不接下气说，王交通，你管你走吧，我两条腿快断了，我在这块地里歇一会儿。王命年说，那哪成，离铁路这么近，小鬼子一枪就能送你回老家，你实在走不动，就拽着驴尾巴跑。这时，他们听到身后的铁路传来机关枪的哒哒声，子弹没有朝他们逃走的方向射来，而是盲目地呈扇面状消失在月光下的庄稼地里了。

他们从苞谷地里钻出来，拐上一条土路。路在月光下像一条灰色带子，扭曲在一行细柳下面。他们没有直接去陈家营，天太晚，怕进村招来狗吠，一条狗叫，十条狗醒了，十里八村都能听见狗吵吵。

王命年带阎来锁在遗山寺歇了一夜。

2

王命年左脚踩在一只废弃的碌碡上，拍了拍裤管上的土，他要阎来锁站在村口别动，替他看着点官道上的情况，如有异常，咳嗽两声。

郝金元是五区助理员，郝金元家又是自卫大队常设的交通站，王命年几乎是他家的常客，吃饭睡觉都跟在自家一样随便。一年当中，来来去去不下几十次，有时遇到突发情况，一天进出两三趟都说不定。当然，进门前，他总会在街门外的碌碡上歇歇脚，前后左右观察一阵儿。碌碡上是有名堂的，碌碡的轴眼儿里总嵌着一枚鹅卵石，一半青色，一半淡黄，青色向上，平安无事，淡黄向上，情况有变。

正挑着两捆苇席准备出门的郝金元，看到王命年牵着毛驴进来，不由得笑了，你这是公事私事两不误，还捎带做点小买卖呀？

王命年说，你以为口袋里装的是西瓜？是地雷，一踩就炸的地雷。说着，就要郝金元帮他把地雷卸下。

别介呀，你给我卸下干啥？郝金元说，你看我又有新任务了，要去河对岸走一趟，这地雷是给二中队的。这么着吧，你干脆帮人帮到底，把地雷直接送到二中队得了。

王命年像没听懂一样，站在驴的旁边直愣愣地瞅郝金元，憋了一阵儿方说，这不成吧金元？地雷是我昨天从芦苇地好不容易驮出来的，运到南涧村卸了一部分，办事处的人要我马不停蹄给你送过来，你不晓得我们路上受了多大的罪，一直等到天黑才过了蔚家梁，爬铁道时驴不听话，险些让小鬼子当了活靶子，那个没命地跑啊，心都快蹦出来了，跑了半天，才知道跑岔路了，只好在遗山寺歇了一夜，天不明就上路了。

又说，金元，你也不想想，我们俩一直饿肚子呢。

郝金元说，我们俩？还有个谁？

王命年朝院墙外边努努嘴，人家有人家的正事儿要办，跟我瞎跑一夜，再说我上哪儿找二中队去？

郝金元让十三岁的闺女出去放哨，顺便把外面的阎来锁替换进来。郝金元以为外边的阎来锁也是县里的干部，等进来一看，不认识，问王命年，王命年说是东峪老乡，到县城找儿子。

郝金元对阎来锁说，老哥快进屋，先吃饭，后办事儿。

阎来锁拍了拍褡裢，说，不了，我带干粮哩，讨碗水喝就行。

王命年说，叔，你客气啥，这里是咱们的交通站，不吃白不吃，吃饱了好上路。

吃完早饭，王命年还磨蹭着不想动身，他跟郝金元倒苦水。

阎来锁从屋里出来，看到这户人家房子很有些年头了，黢黑的椽头裂开指头粗的缝隙，一张大大的蛛网从房檐上倒垂下来，编织在一丛刺玫花的花枝上。椽眼儿里有个精致的燕巢，燕子估计是南飞了，巢里住一窝麻雀，老麻雀飞进飞出，忙着给几只雏雀喂食，叽叽喳喳，不亦乐乎。

这让阎来锁心里忽悠一下沉重了不少，他想起守财和守田。曲美英活着那阵儿，他跑完事宴，带着东家送的五个油糕，两个白馍，一碟子肉菜，一样一样排在他家土炕上，守财喜欢吃油糕，往往顾不上拿筷子夹，直接用右手的拇指和食指捏了油糕塞进嘴里；守田喜欢吃馍，一口咬下去，左腮鼓起一个包，再咬一口，右脸腮也鼓起一个包。阎来锁蹲在地上抽烟，曲美英坐在炕上做针线，都笑眯眯地打量他们的两个娃如何对付那些油糕与白馍。只有守富没这口福，守富早早就跟郑羊鼻子学艺去了，那些年，他简直把守富给忘掉了……

巷子里传来几声唢呐，不成调儿。有人抱怨道，这饭吃的，早饭吃成晌午饭了。接着就有了娃娃的叫唤和女人的说笑。阎来锁皱了皱鼻子，闻到一股熟悉的油烟味儿。出了郝家街门，往东走不远，再拐个弯儿，有一户人家门楣上挂一块红布，门垛上贴着梅红对联，门口摆着扎了红绸的大花轿，还有一头骡子也披红挂绿拴在门前一棵槐树上，只是没有人看管，人们都在院里热闹着。

看热闹的聚在门洞里，有人把装了大花饼和开脸单的食箓盒抬过来，眼尖的女人说，食箓盒上该蒙一块红布。抬盒子的忙喊东家催要红布。捯饬得焕然一新的新郎官、娶亲人、伴戚和炮手围坐在一张糕桌旁，桌上摆了烫花瓷茶壶，五个瓷茶碗，大家都不喝茶水，等着吃饭。还有一张桌子是招待响器和轿夫的。

这一顿饭有个名字叫起马宴，是给娶亲的一干人马准备的，要摆顺六碗的席面。当然，山里和山外的叫法一样，内容不尽相同。山外的顺六碗是一碗红烧肉，一碗红肘子，一碗蒸肉，一碗红烧豆腐，一碗胡萝卜炖牛肉，一碗四喜丸子。东峪要简单一点，也素淡一点。

端盘子的把菜一道一道码上桌。阎来锁踮起脚看了看，咕地笑了，红烧肉不像红烧肉，倒像猪肉上抹一层黑酱，一看就是煸炒时没把油出净，下锅焖又时间太长；豆腐不是嫩豆腐，是老豆腐，又没在开水里汆，直接丢进锅里了，勾芡也没勾好，本来清汤寡水的，只好用酱来染色。

厨子年龄跟阎来锁差不多，光头，龅牙，自带一脸喜气，一边用水裙擦着油手，一边站在娶亲的那张糕桌前讨彩口，菜做得咋样？还行吧？

娶亲的是新郎官的姐夫，姐夫是个厚道人，一个劲点头称是，做得不赖，做得不赖，一进嘴，肉就化了。

红烧肉不能一口吞进肚里，厨子在科普宴席的吃法，他说，要细嚼慢咽，越咂巴越有味儿。

厨子转完这张桌子，又去转响器和轿夫坐着的那张桌子。

伙计们吃好喝好，吃对哪道菜，我再给你们加一勺子。

说着话，厨子却拿眼不经意瞟了一下站在人群前面的阎来锁。

本来，阎来锁不打算对桌上的菜肴评头品足，他一个局外人，犯不上跟人家平川上的厨子较劲儿，可被那人很粗浅地瞟了一眼后，就忍不住说道，我闻见你做的菜有三多，油多，盐多，酱多，油多腻口，盐多舌头沉，酱多噎嗓子，就拿你这红烧肉说吧，吃一块两块还行，再多了，就腻了。

话说重了，吃饭的和看热闹的都拿白眼觑多嘴的阎来锁。

这话要是街坊邻居说的，倒也没什么，厨子顶多白他一眼了事，可阎来锁是个过路人，那身行头一看就是没见过世面的山汉，厨子就不依不饶了，瞪着眼说，哎，你这老汉口气倒不小，说说看，红烧肉不放盐，不放油，不放酱，还叫不叫红烧肉？

阎来锁笑着说，老哥你又说岔劈了，红烧肉以甜为香，放盐归放盐，可不能太多，多了就不对味儿了，肉是五花三层，你选的这肉是猪脖子肉，肥是肥了，可血气也重，油又大，火候也欠点，不好看，吃起来还糊嘴。

哟哟哟，看把你日能的，你行你来呀，我把炒勺给你，你来给整俩菜。

厨子火大了，返回厨房去取炒勺。

东家赶紧从屋里出来，瞪着眼数落阎来锁，你这老汉哪儿来的，我家办喜事，你瞎掺和啥？我又没请你来炒菜。

其他看热闹的街坊也指责阎来锁是在故意找碴儿，人家的事宴好好赖赖，轮得上你个外人插嘴？

正吵吵着，王命年急匆匆跑进来，一把拽了阎来锁的胳膊就走，说，找你半天了，不见你人影儿，敢情跟人家掐上架了。

又转身对院子里的人说，大伙儿快躲躲吧，日本人眼看着就进村了。

郝金元十三岁的闺女坐在那只碌碡上纳鞋底。纳着纳着，猛一抬头看见远处土路上晃过两道长长的跳跃着的白光，白光下面的土路扬起一片尘土。郝家闺女顾不上纳鞋底，从碌碡上跳起，往院门口跑去，跑了两步又折返回，把碌碡轴眼儿里的鹅卵石掉了个个儿，然后把细麻绳缠在纳了一半的鞋底上跑回家。

郝金元急忙催促王命年上路，赶紧出门往东走，过两条胡同北拐，顶到头再东拐，出去就是河滩了，芦苇有一人高，能藏住人，想办法过了河就安全了。

又说，多绕点路，把地雷送到藏孤村。

王命年牵了毛驴往街门外跑，前后瞅了瞅不见阎来锁，郝金元闺女说她看见那个老汉朝东头走了。王命年也不敢高声吆喝阎来锁，只好依照郝金元的指点出了门往东跑过两条胡同，然后北拐，然后就听见这家人院子里传来吵闹声。

第二十章

1

两人在河滩地里分手，一个往西走，一个往西南走。

那时，陈家营已沉浸在一片鸡飞狗跳的乱糟糟的喧嚣当中，间或有枪声响起。郝金元一家没有和他们一起躲到河滩地里，或许这样的遭际天天都有，但阎来锁总觉得他们这么跑有点不厚道。起初，两个人还能互相从削掉高粱穗的高粱秆上看见对方，走着走着就让一片树林遮挡住了。

不知从什么时候起，阎来锁对脸上长粉刺的人产生了莫名的憎恶感，或者这种感觉是他来到县城东城门以后才产生的，但从此在他内心深处留下了挥之不去的阴影。他来到襄城东城门时，看到四个挎枪的伪军懒洋洋地抽烟，其中一个脸上长满粉刺的伪军龇着黄板牙和另外三个伪军谈笑风生。时不时有人进出城门。

伪军们很少注意这些进出城门的人，可轮到阎来锁却不一样了，等他走到城门口时，那个满脸粉刺的伪军却用枪把他拦住，喂，你这个老乡也是的，咋不看道，撞我枪口上了。又说，什么地方的？把良民证拿出来。

阎来锁无辜地看着那个伪军，他哪有什么良民证啊，他下意识地摸了摸褡裢，摸到一把菜刀，嘴上却说，我没有良民证。

如果他说忘带了，或路上丢了，那个伪军兴许在他屁股上踢一脚，就放他进城了，偏偏阎来锁说他没有良民证，而且语气还相当坚决，这让长粉刺的伪军很反感，甚至把另外几个伪军也吸引过来，他们都笑嘻嘻地说，你连良民证都没有还想混进城？你不会是从东峪出来的土八路吧？

阎来锁惊出一身冷汗，他以为伪军们已经听出他的口音，知道他给抗日县政府做饭，他怕伪军的刺刀在他身上很随意地捅几个血窟窿，再说话就结巴起来，我我我是李家庄的，不是东峪的。

粉刺说，李家庄就有理了？李家庄你也得有良民证啊，没有良民证肯定是土八路，我们抓住土八路都是有赏钱的，到时候把你交给皇军，我们一手拿钱，你老汉可就遭殃了。

他用手在自己脖子上比画了一下。

另一个尖嘴猴腮的伪军说，王二娃，你不要吓唬老汉，老汉肯定带良民证了，让你一咋呼，就忘了放哪儿啦，你说是吧老汉？

伪军里也有好人。

阎来锁一听这个尖嘴猴腮的伪军说话，就知道碰上好心人了，那人凑过一张猴脸来关切地询问他良民证放哪儿了，他却闻到一股有别于葱蒜味儿的口臭。猴脸眨巴着眼睛，那意思是要阎来锁承认他有良民证的，只是一时着急，忘记装在身上的哪个地方了。阎来锁就想，猴脸也是伪军，可猴脸明显是帮他说话的。

听猴脸又说，老汉，你把褡裢里的东西倒出来，良民证估计在褡裢里藏着呢，你拿出来给王二娃看看，他就喜欢疑神疑鬼的。

阎来锁想说他真没有什么良民证，就是把麻布褡裢翻个个儿，也找不出什么良民证的，可猴脸一直朝他挤眉弄眼，他开始相信他自己真的有良民证了。他把褡裢从肩头拉下，蹲在地上，从褡裢里掏出了炒勺，掏出了炒瓢，掏出了菜刀，又掏出了肉叉和油布。他一件一件往外拿东西，不时地还要抬头看一下粉刺和猴脸。最后他把三个苞谷面锅巴都摆放在地上，猴脸固执，固执的人容易钻死胡同，猴脸还在催他再找找，再找找，人上了岁数容易丢三落四的，你好好找就找见了。

阎来锁只好拈着褡裢的四个边角朝下抖一抖，说，空啦，里边没东西啦。

猴脸看见从褡裢里抖落下一些细小的尘屑，便对粉刺说，老汉岁数大了，记不清了，估计把良民证藏身上了。

粉刺就朝阎来锁瞪眼，脱吧，你又不是女人，还用我帮你脱?

猴脸催促道，赶紧把衣裳脱了吧，看看在不在衣裳里，你不脱王二娃不会放过你的，他这人挺坏的，你要是女人，他早自个儿动手了。

猴脸边说边笑边还看着王二娃。王二娃果真一脸凶相，继续瞪着阎来锁。

阎来锁又想说他真没有良民证，可他看见猴脸又朝他挤眼睛，他只好难为情地四处扫视一下来来往往的行人，大家都挺忙，或者都不愿意惹是生非，所以没有人站下来评判这件事的是与非。阎来锁只好往下脱夹袄了，夹袄里边是筒筒布腰子，他把布腰子的核桃纽扣一个一个解开，露出又干又瘦又瘪的胸脯和肚子。他觉得冷，双手捂住肚脐眼儿。

猴脸说，下边，你下边还没脱呢。

阎来锁把裤腰带也解开了。他提着裤腰对猴脸说，再脱就把屁股也露出来了。

粉刺说，你都这么老了，露出屁股来也没人看的。

阎来锁最后把裤子也脱了，裤子哗地掉在脚脖子上，他两只手赶紧把裆部捂住，浑身不由得打个哆嗦。

伪军们像鸭子一样嘎嘎嘎地笑起来，他们说，不要捂了，全看见了，谁不知道你长什么呀。

城门洞里每天都要过往许多人，有出城的，自然就有进城的，不管出城还是进城，他们都免不了要步行，要骑驴，要推车，要挑担，要坐轿，这些人对光着屁股的阎来锁并不太留意，也不敢稍做停留，如果看了一丝不挂的老汉，就会担心自己也会被伪军扒光衣服示众，大家都行色匆匆，带起一股又一股凉风。这样的凉风让阎来锁身上泛起一层鸡皮疙瘩，觉得一会儿热，一会儿冷，仿佛在打摆子。

你们不要笑了，我啥也没有，让我穿衣裳吧。

你这老汉，你把腿夹那么紧干啥，是不是良民证夹腿里了，你把腿分开。

那天，从东峪山来的阎厨了，也不知在城门洞里光着屁股站了有多久，后来听见有个伪军说索队长来了，猴脸就让阎来锁赶紧把衣裳穿好，并警告他不敢把脱衣裳的事告诉他们索队长。

可是索队长已经看见城门洞里有个老汉手忙脚乱往身上胡乱披挂衣裳了。他走到门洞里，一边打量阎来锁，一边问王二娃怎么回事，王二娃说他们怀疑老汉是土八路的交通员，怕他身上有情报，就动手搜了搜。

索队长是个嘴里镶了两颗大金牙的胖子，他蹲在地上把菜刀拿起来，用指头试了试刀刃，说，好刀口。又站起身说，做饭的厨子？

王二娃忙说，一看就是假厨子，他连良民证都没有。

阿嚏，阿嚏。

阎来锁不住地打着喷嚏，他擤了把稀鼻涕，然后把裤腰带扎紧，又一件一件把地上的炊具捡进褡裢里，边捡边说他不是李家庄的，是东峪阎家坪的，他从来都没见过啥叫良民证，阎老实倒是给他开了一张路条，过六节寨时也让牛倾城和阎七毛收走了，本来他们看看就应该还给他的，那俩兔崽子只顾开他的玩笑了，就没把路条还他，他也忘了朝他们要了。又絮絮叨叨说，我是出来找我儿子守富的，我儿子也在你们警备队做事，他上个月才娶媳妇，儿媳妇是白玉沟的，娘家姓郝……阎来锁啰啰嗦嗦说着话，他怕伪军又要变着法子折腾他，他喉咙里有一团痰，想咳出来，又不敢使劲咳，他一直蹲在地上整理他的炊具，他连站起来的勇气都没有。

这时，索队长伸手拍了拍他瘦削的肩膀，你儿子叫守富？他姓啥？

我姓阎，我儿子当然也姓阎了。

阎来锁不敢抬起头看索队长，嘴里仍在嘟嘟囔囔，他说，我的儿，总不能跟郑羊鼻子姓了郑吧，他就姓阎，阎省长的阎。

阎守富？这名字我没听说过。

索队长转脸问旁边的猴脸和王二娃，你们听没听说过有个叫阎守富的弟兄？

他们都摇头，没听说过，估计老汉胡编呢。

索队长却忽然想起了什么，你儿子是不是鼻梁挺高的？我有个哥们儿也是你们阎家坪的，可他不叫阎守富，他叫阎顺。

阎来锁说，守富长了个羊鼻梁，人们都说他不像我，像岭子底的郑羊鼻子，可他叫守富，不叫阎顺的。

索队长无声地笑了，笑出一嘴金光灿烂，你跟我来吧，十有八九你是阎顺他爹。

说着话又扭头对四个伪军说，老汉要真是阎顺他爹，有你们好果子吃的。

阎来锁被索队长安顿在警备队的门房里，索队长给他倒了一杯水。

不多一会儿，有人把阎顺喊来了。

阎顺边走边说，我给人看病呢，哪有工夫跟你开玩笑？谁说是我爹来了？你爹才来了呢，我爹心里哪有我阎顺，他要是来警备队看我，除非日头从西山钻出来……

阎顺说着说着忽然不说了，他看到门房里坐着喝水的老汉就是他爹阎来锁。

阎顺在得月楼摆了一桌酒席，他把他爹安置在首席位置上。他爹右手边坐着索炳儒，左手边坐着武贤堂，他坐席口的位置。

店小二端来几道凉菜，热菜还没上。索队长亲自给阎来锁满酒，武贤堂把酒坛子抢过去，说，索队长，这酒不能叫你满，应该我来满，守富他爹我叫来锁叔，给我叔倒酒就该我来。

索炳儒不跟武贤堂争。别看武贤堂是县知事郭春雷的心腹，索炳儒和郭春雷也是面和心不和，但表面上索炳儒并不拿武贤堂当外人看，见了面总是称兄道弟的。他把酒坛子给了武贤堂，转脸笑着对流着清鼻涕的阎来锁说，我没看错吧，我一眼就看出你是阎顺他爹了，那俩王八蛋还矫情呢，什么土八路的交通员，土八路的交通员哪会自个儿把自个儿扒个精光……

索炳儒说完这话，就有点后悔，他发觉阎来锁浑身抖动一下，连忙转移话题，我让人去喊那俩王八蛋了，等他们一进来，随便你怎么折腾他俩。

猴脸和王二娃早就进了得月楼。他们知道捅娄子了，也知道阎顺的酒席安排在二楼雅座里，他们磨磨蹭蹭不想上楼。后边有个警备队员催促他们快点上去，不然把索队长等急了，他们会吃不了兜着走的。

他们两个只好硬着头皮一级一级踩着木头楼梯爬上二楼。

阎顺端着茶碗喝茶，铁青着脸不看进来的两个伪军；索炳儒用筷子点一下猴脸，又点一下王二娃，你俩王八羔子怎么这会儿才来？老子请不动你俩王八羔子是吧？睁大你们的王八眼瞧仔细了，这个。

他翘起大拇哥指了一下阎来锁，这个是咱们的军医官阎顺他爹，我都得喊一声叔，你俩王八羔子敢当着那么多人的面儿，叫老汉脱光衣服出洋相。过去有句老话叫士可杀不可辱，你们把老汉，也就是我叔的脸都丢尽了，我不说该怎么办，你俩王八羔子自个儿看着办吧。

那天，在得月楼二楼的雅座里，两个伪军衣服脱得精光，一只手捂着自己的裆部，一只手啪啪地抽自己耳光，差不多抽了三四十下，阎来锁看不下去了，他擤了一把鼻涕，抹在八仙桌的桌腿上，对胖乎乎的索炳儒说，算了算了，别折腾他们了，让他们走吧，我一糟老头子丢脸就丢脸吧，反正也已经皮糙了。

那可不行，索炳儒不依不饶，阎顺是我结拜兄弟，有次下乡剿匪，我头痛病犯了，从马背上咕咚栽下去，当时就不省人事，后来是我阎顺兄弟把我救活的，我得知恩图报呀，我不像这俩王八羔子，就喜欢欺负老实人……

炳儒哥，过去的事儿就不提了，阎顺说，我爹远路风尘来看我，我心里真高兴，可我爹受了这么大的侮辱，这口气我实在咽不下。

阎来锁瞥了一眼阎顺，忽然耷拉下脸说，我都能咽下这口气，你咽不下？我不是因为出山来找你，能让人家给拦住？不让他们给拦住，我能在城门洞里把裤子脱了？说九说十，都是你小子给我惹的麻烦，你还有理了？

阎顺本来脸就大，现在越显得大了，他把茶碗里的茶全泼在王二娃脸上了，我日你娘，日你姐，日你妹子，算你们俩走运，这回就饶了你们，往后别撞我手心里，滚吧。

店小二把热菜接二连三端上来，摆了满满一桌。

索炳儒说，言归正传，咱们喝酒。

索炳儒举起酒盅要和阎来锁碰。

阎来锁说，这盅酒应该我来敬你，不是你，我还在城门口丢人现眼哩。

索炳儒说，叔，你这话就见外了，我是当小的，哪能你敬我，这么着吧，贤堂，咱们一块敬阎叔三盅酒吧。

阎来锁把三盅酒都干了，清鼻涕淌下来也不知道，连酒带鼻涕都舔进嘴里了。从小到大，从大到老，还没人敬过他一盅酒，所以三盅酒他不能不喝。武贤堂要他吃菜，他就吃菜，索炳儒掰一根鸡腿给他，他也伸手接了，轮到阎顺给他满酒时，他把酒盅捂住，也不看儿子，只顾啃鸡腿。

阎顺说，爹，我给你把酒盅满上。

阎来锁说，你的酒我喝不起。

索炳儒看看阎顺，又看看阎来锁，突然笑了，叔，你还生阎顺的气？阎顺不知道你来看他，知道的话，他早到城门口接你去了。

阎来锁说，话不是这么个说法。

来锁叔，武贤堂想把话题岔开，我爹我娘身子骨还行吧？

你爹腿不行了，下不了炕，屎呀尿呀，都靠你娘拾掇，可苦了你娘一个人了，你也该回去看看么，养儿防老，人老了，就怕谁也指望不上。

贤堂哥，你娘跟我娘一样命苦，阎顺说。

你还记得你也有个娘哩？阎来锁扭头朝地上吐了一根鸡骨头。

阎顺脸上火辣辣的，他嗫嚅道，我娘一辈子命苦，临死还遭了天大的罪。

闭嘴吧你，阎来锁说，亏你还想得起你娘遭过罪？

武贤堂说，叔，这事儿守富也跟我说过，说他心里憋屈得慌……

阎来锁说，他憋屈？他要憋屈就不会编瞎话骗我了。

索炳儒说，叔，你听我一句话，阎顺有阎顺的难处，你也有你的难处，互相谅解吧。

阎来锁显然没把索炳儒的意思听进去，他嫌酒盅太小，干脆把酒倒进碗里，咕咕地一口喝个精光，又要倒，武贤堂把酒坛子拿开了，来锁叔，酒不是这么个喝法，得慢慢品，得文喝。

不让喝？你不让喝我就不喝了，阎来锁用手抹了把嘴，喝这酒我心里不痛快，我跟守富有几句话说，你们俩听也行，不听也行。

武贤堂看了看索炳儒，索炳儒没有起身回避的意思，他也就坐着没动。听阎来锁说，守富哪，爹岁数也大了，本来身子骨还行，没灾没病的。自打你娘走了，一下子就觉得啥也不得劲了，心里窝了股子气，吐不出来，咽不下去，身子骨一天不如一天。我本来不想数落你，老觉得小时候待你不好，亏欠了你，可有些话不能不说，不为别的，就为你是我阎来锁的大小子。

屋里回荡着阎来锁长一声短一声的叹息。

守富哪，我也看出来了，你压根儿没拿你爹当回事。就说你回去娶媳妇这事儿吧，你去白玉沟相亲也没问我同意不同意，你哪天办喜事，也没跟我商量过，你眼里没我，我不怪你，你就是不认我这个爹也行，可你总得认你娘吧？你的娘叫曲美英，曲美英十月怀胎的事我就不跟你讲了，我给你唠唠你小时候让我揍你的事儿吧。我每回揍你，你娘曲美英总要拦我，总要跟我吵。守富啊，那时候我揍你，不是说我巴掌没地方放，不揍你心里难受，是你不懂事常惹我生气啊，有一回我喝醉酒拿擀面棍打你，你不跑，在核桃树底下傻站着，我打你一下，你娘啊地叫一声，我说你小子喊我一声爹，我就不打你了，你不听我的话，就是不喊，我就不停地打，后来是你娘把我的擀面棍夺下了，她说你要是觉得守富是个害，干脆连我也一块除了吧。这辈子，你娘给我生了三个男娃，除了让你跟白先生识字儿外，守财守田都靠边站，你说为甚？还不是亲你疼你嘛，你跟郑雄黄学本事，你娘吃饭时总念叨你，这会儿是吃饭呢还是顾不上吃饭给人抓药看病呢，哪次你回咱家，你娘总要想着法子给你做点好吃的。后来你叫国军抓了壮丁，你也知道，那时候你娘身子骨大不如前了，可就那样，也天天站在村口瞭望六节寨，她瞭啥哩？还不是瞭你个王八羔子，怕你让日本人打断腿，爬不回阎家坪。守富哪，你娘临了临了还不是死在狗日的日本人手里？死得那个惨哟，我都没法儿跟你说，我第一眼看到她躺在门板上的样子，心都快碎了，她下边让狗日的插了根搅屎棍子，一丈长的搅屎棍哪，捅进去少说也有两尺……守富哪，你也算是七尺高的男子汉，你就是不替你娘报仇，你也不该替糟蹋你娘的日本人卖命吧？你日哄我说你在忻县城替人坐诊哩，我真就信你了，我说守富老实，从来没跟我说过谎话，总不至于做啥事都瞒我吧，偏偏你就把我日哄了，日哄得我团团转，要不是你舅舅告诉我说你在这儿给人家当腿子，我以为你狗日的是干正经营生哩。

阎来锁不管旁边坐着警备队的副队长索炳儒，也不管武贤堂朝他直挤眼，他豁出去了，守富不跟他回东峪，他干脆就不认这个儿子了。

后来是索炳儒对阎顺说，你爹醉了，你把他搀回去睡一觉吧，等睡醒以后就不胡说了。

2

县城往东五里，有个王进村。

新二师当年在王进村村西挖了一条从南山脚下到滹沱河南岸的战壕，战壕没能挡住日本人，却给日后老百姓出行带来实际困难。想过战壕，必须经过一座独木桥，说是独木桥，其实是三根老榆树并排捆在一起的简易桥。人们过桥，通常不敢走两根靠边的木头，只敢走中间那根，而且行人可以过桥，独轮车也凑合着可以过桥，马牛驴羊都可以过桥，唯独两轮牛车过不去，宽度不够。在战壕的东西两侧，每天都要停三五辆或七八辆马车牛车，这些马车牛车扔在那里难免会被附近的村人推回家里去，所以需要有个看车的。不知什么时候起，在战壕东侧有人用苇席和细木棍搭起一个凉棚，王进村的王满意住在凉棚里负责替车主看车，顺便也卖茶水或西瓜什么的以补贴家用。

王满意过去是木匠，专门打制风箱。王进村的风箱挺有名，但王满意家的风箱是砸牌子的风箱，开始还有人买，后来只见有人来退风箱，不见有人来买风箱了。新二师修了这道战壕以后，王满意改行了，冬天生意清淡，他只负责看车，不卖茶水也不卖西瓜，而且是从早晨八点到下午四点之间看车，过了这个点，丢了不管；从清明到十月初一，王满意是一天十二个时辰负责看车。只要清明一过，王满意就住进凉棚里了。

这天，眼看太阳要落山，战壕东侧还停着两辆车，西侧停着四辆车，其中有一辆还是胶轮马车。王满意怕有人趁着天黑把胶轮马车偷走，就格外留意西边的动静。这个季节，野外蚊子少了，可也难免有三只两只漏网的蚊子想尝人血，王满意在凉棚前点了一根蒿草火辫，可时不时还要伸手拍一下脖子。

天色将黑未黑时，战壕西侧来了个哭哭啼啼的老汉。

透过朦胧暮色，王满意看见那个头发花白的老汉慢腾腾走来，边走边哭，看样子哭得很伤心。他一直等老汉走近，才大声发问，喂，你哭啥呢？把我吓了一大跳。

老汉长了一双眯缝眼，肩头背个麻布褡裢，一副失魂落魄的样子，他不理会王满意的问话。

王满意又说，你丢东西了，还是家里死人了？哭得这么伤心，不怕哭坏身子？丢了东西可以再买回来，人死了再也活不成了，还是活人顾活人好……

王满意说话的语气很绵软，很贴心，他完全是站在老汉的角度上想问题的，可这个伤心欲绝的老汉并不领情，他对王满意说，你说得倒轻巧，你要遇上这事，你比我还哭得痛哩。

又说，我没丢东西，我家里是死人了，我老婆死了都出百日了，我哭的不是我老婆，我是哭我自己哩，老婆给我生了三个男娃，三个男娃如今就剩下我一个孤家寡人了……

你是够可怜的，王满意一听这话，也替老汉感到难过，敢情三个娃都死了，就剩你一个人了。

你才死了呢，你才死了呢，有你这么说话的吗？老汉翻脸不认人了，他抹了一把眼泪，怒视着王满意，我的娃，他们一个都没死，活得好好的，都当兵了，都不听我的话了，有两个在那头当兵，有一个在这头当兵，那头当兵我没意见，这头当兵是戳我的心口窝哩，我老婆就是叫这头那帮畜生糟蹋死的，你说我能让他替仇人做事吗？我伤心是伤心他不听我的话，我跟他说，我以前懒，在村里都懒出了名，可为了找你，一百多里路我都一步一步走过来了，我说我住下来好好跟你唠唠这个理儿，他说我快把他的饭碗给砸了，要我赶紧出城，说再不出城他的脑袋和我的脑袋都要搬家了。我老是老了，可我又不傻，我知道他怕我拉他回阎家坪，他就是想在警备队吃香的喝辣的给人家当孙子呢，他就不想想村里人背后都戳我阎来锁的脊梁骨哩。

起初，王满意是让老汉骂懵圈了，脑子里一团糨糊，慢慢听就捋清了头绪，他知道老汉说的那头是指什么，也知道老汉说的这头指哪里，他搔着头皮，想说两句宽慰的话，又找不到合适的词儿。却听老汉又说，你不要管我，我多哭两声就好了，我这儿堵得慌。

老汉拍了拍心口窝。

王满意发现老汉过独木桥时左右不停地晃，像被风吹得失去了平衡，他忙伸手扶住老汉的胳膊，他怕老汉掉进战壕里。

我说老哥，天不早了，你还要回阎家坪呀？

我不回阎家坪还能回哪里？连儿子都不要我了，谁还要我？

王满意说，你都这么大年纪了，还走夜路呀？要不歇一晚再走？

不走夜路我到哪儿歇着？阎来锁不解地问王满意。

这不有窝棚吗？我不也在这儿睡吗？你要不嫌蚊子咬，跟我凑合一宿，明儿再回也不迟。又说，我还没吃饭呢，我做好饭，你也吃两口。

能行？

能行。

阎来锁本来还要客气客气，后来看到王满意忙着去做饭，就没再说什么。进了凉棚，一屁股坐在一堆麦秸上，长长打个哭噤。

3

夜里，凉棚里又钻进一个人。这人显然是熟门熟路，王满意从睡梦中醒来，也不慌张，只迷迷糊糊说，来了？

那人说，来啦。

王满意说，你那个伴儿呢？

那人说，我早单干了，就我一人，回山里走了一趟，来不及回队伍上，跟你凑合一夜。

那人看到麦秸上虾一样蜷曲的阎来锁，问，这谁呀？

王满意说，东峪的老乡，不想让他儿子在警备队当兵，他儿子又不听劝，反倒把他从城里撵出来了。

还有这事儿？那人划了一根火柴，在阎来锁脸上照了照，说，挺眼熟的，想不起哪儿见过。

王满意说，老汉的老婆叫小鬼子糟蹋死了，他还有两个儿子在咱们队伍上。

那人在脸上拍了一巴掌，说，都这季节了，还这么多蚊子。

又说，我想起来了，这老汉跟守财长得挺像，说不定是守财他爹哩，可我没听说守财他哥在警备队里混啊？

那人本打算天亮前上路，因为遇见阎来锁，就拖延了一点时间。

太阳快要出山，他把阎来锁推醒，叔啊，我给你提个名字看你认不认得？这人叫阎守财，他还有个弟弟叫阎守田，哥儿俩也是你们东峪的。

阎来锁睡得正香，被人推醒有点恼火，听见提起他两个儿子的名字，一下紧张了，惶恐地打量凉棚里坐着的陌生人。陌生人浓眉大眼的，毛巾缠头，腰里还插着两把盒子。

阎来锁先是点了点头，接着又使劲摇头。

叔，你不用怕，那人笑了，我跟守财是战友，都在咱们自卫大队当侦查员，我叫郭双全，守财经常跟我提起你们家里的事儿，他说好长时间没见到你，他听说他娘遭了难，难过得好些日子茶饭不思，后来又知道守田也到队伍上了，只是不在一个支队，没见过面……

阎来锁咕咚咽了口唾沫，没等开口，先哭上了。哭了两声，又觉得在晚辈跟前这么哭不合适，连忙用手抹了一把脸，说，我还以为守财那狗日的连家都不要了，他娘死得惨，他连个面儿都不照一下，他娘发丧那天，一个拄哭丧棒的都没有，你说我有多寒心啊。

咱啥话都甭说了，郭双全说，阎叔，你好不容易出趟山，干脆跟我到队伍上见见守财吧。

郭双全决定先把阎来锁带去藏孤村，再让人捎话给阎守财。

头一天，郭双全带着杨玉年写给县委书记韩玉林的一封信回到东峪。本来这封信完全可以让设在陈家营的交通站转送到县委，但杨玉年说信上内容太重要了，重要的稍有不慎能要了人的命，他就对二中队长段丑槐说，你派双全跑一趟吧，一定要把信亲自送到长舒里，亲手交到韩玉林手里。

段丑槐说，派别人不行？还非得叫双全出马？我可就剩下郭双全了。

杨玉年说，我信不过其他人，就让他去。

段丑槐估摸了一下路程，吩咐郭双全送完信直接回藏孤村，明天二中队要抽调一部分同志去管辖村设防。

郭双全走的是南山后面的小径，他从藏孤村后面的武峪山翻过去，到了炭窑沟，过了百泉郊，又经过小明月沟，连尖塔，到了红涧草坡，然后就望见八节寨的山尖尖了。

他把信交给韩玉林时，韩玉林正蹲在伙房门槛上啃窝头，咬一口窝头，就一口咸菜疙瘩，喝一口照得见人影儿的米汤。他对炊事员小姚说，小姚，你蒸的窝头快赶上石头硬了，你叔要活着就好了，当然你叔的手艺跟人家阎师傅一比，就差远了……

郭双全这时冷不丁喊一声报告，把韩玉林吓了一跳。

韩玉林看过信，连窝头也不吃了，让通信员小郭去通知城工部部长、组织部部长和宣传部部长，再把县长胡富华也一并叫来，要开一个临时性紧急会议。会议一完，韩玉林就把一封信交给吃完饭的郭双全，要他连夜出山，亲手交给杨玉年。郭双全虽然不清楚信上内容，但他隐约感觉到自卫大队内部有事情要发生。

郭双全和阎来锁走得都挺快。郭双全说，阎叔，你一点不像五十出头的人，我这一路走下来，腿还抽抽呢。

人贱腿也贱，阎来锁说，跑了大半辈子事宴，钱没攒下，攒下两条贱腿。

又说，山里的路比这难走多了，天天走，天天走，哪天不走还不得劲儿呢。

郭双全就想笑，他听守财说过他爹是个懒鬼，还不是一般的懒，懒起来，锥子都剜不动。守财说他娘经常跟他们说他爹什么都好，就是太懒了。

他们走到藏孤村，天都快晌午了，在一间窑洞里见了指导员张文有。郭双全把阎来锁做了介绍，张文有连忙把手里的一份文件放在桌子上，站起身，两只手在衣服上胡乱抹了抹，然后把手伸向阎来锁。阎来锁见过县政府的干部互相握手，知道这是很重要的礼节，有些受宠若惊，也把手在衣服上抹了抹。

张文有要郭双全告诉炊事员，给老阎做两碗白面。

阎来锁忙说，不要破费了，你们吃啥我也吃啥。

张文有说，客随主便，大叔，你坐着等吃面就行。

郭双全不敢在藏孤村多作停留，韩玉林要他尽快把信送到杨玉年手中，他走的时候想跟阎来锁说一声，他是想告诉阎来锁好好歇着，等他见了守财就把守财喊来。

当时，阎来锁正埋头吃面，面做得不好，不是刀削面，也不是手擀面，而是揪片子，片子有厚有薄，有大有小，用葱花在猪油里烹了一下，调料也不全，算是炝锅面了。好在是白面，好在阎来锁也饿了，吃得稀里哗啦的。听郭双全说要去什么管辖村找大队长，他边吃边说，你去的那个村，守财去不去？

郭双全说，肯定去，守财是大队长的警卫员，缺了谁都缺不了守财。

阎来锁端着半碗面抬起头看郭双全，守田去不？

郭双全说，那可说不准，他是三中队的通信员，一般跟着郗铁柱，我不知道郗铁柱去不去参加大队长的婚礼。

阎来锁把半碗面放在桌上，扯起褡裢往肩上一搭，说，我也跟你一块去。

郭双全愣住了，立刻意识到不该对阎来锁说这些的，就说，那怎么行，你老走这么远的路，该歇一歇了，想见守财守田也不在这一时半会儿。

张文有恰好走进来，也劝阎来锁不要跟郭双全去管辂村，路上不安全。

阎来锁听不进去，固执地说，我出山就是想见见我几个儿子，早一天见到，心里早踏实一天。

张文有见老汉挺倔，便对郭双全说，既然大叔不累，就带他去吧，路上多照顾着点，出了问题拿你是问。

第二十一章

1

两人出了藏孤村，沿一条小路朝正西方向走。他们走过龙门村，又朝南一拐，过了留晖村，又朝西走，过了小兴村，又过了禅村，看日头，差不多走了一个多时辰。

这些村子远看都是灰蒙蒙的，房顶上晒着红枣或谷子糜子。走进村里，许多人家的院墙都是土打的，没有抹白墙皮，墙顶被雨水冲刷得凹凸不平，墙脚的土也糟了，塌了进去，显得头重脚轻。

阎来锁看了看跟他并肩走路的郭双全，想对郭双全说你们平川上的院墙还不如我们东峪的石板墙结实呢，你看看这些土墙再过几年，让雨水一泡，会轰的一声躺倒，溅起漫天的灰尘，人要贴着墙脚走，指不定啥时候就压下边了。可他动了动嘴，什么话都没说。

他尽量不贴着墙根走，天气不冷不热，但他感觉汗水顺着脖颈往下直流，汗水流进胸脯和后背，把外面的夹袄都打湿了，夹袄里边的筒筒腰子前后都紧贴皮肤，他不停地用袖子揩一下额头，再抹一下脖子，一部分汗水被揩掉，但新的汗水又从全身的毛孔里窜出，把他完全泡在黏黏的汗水里了，后来他觉得连千层底布鞋里都铺了一层水，让他的两只脚不停地前后滑动，这就给走路带来不少麻烦，速度也明显慢下来，他对前面停下来等他的郭双全报以讪讪一笑，鞋穿跐了，不合脚。

阎叔，看你热的，要不咱们歇会儿？

热算啥？人又不是一块冰，还怕化了？

郭双全看见汗水把阎来锁的眯缝眼都泡得睁不开，说，你人倒不一定能化了，是怕你把汗都流干了，要不你把褡裢给我，我替你背着。

阎来锁迟疑了一下，还是把褡裢从肩上取下，给了郭双全。

少一副褡裢，阎来锁觉得浑身不那么燥热，还显得有劲儿了，说，你叫双啥来着？哦，双全，我一看你就是个好人，咱俩以前互不认识，你又帮我找守财，又帮我把褡裢背上，不像我家守富，他骗我也就算了，还嫌弃我，我把他的鬼把戏戳穿了，我说我在城里住一宿他都不让，连哄带骗把我推出城门，我知道他心里恨我，他恨我小时候揍过他，不叫他吃米窝窝，他娘活着那会儿老提这茬儿。有时候我也想啊，心里到底有没有守富？说有吧，我一看他的羊鼻梁就来气，恨不得把他撵出去，爱上哪儿上哪儿，我连我婆姨都恨得心尖子疼。要说没有守富吧，他狗日的让国军抓了，我心里怪不好受的，后悔不该让他跟郑羊鼻子学艺。这一次，他不跟我商量就把媳妇儿娶回家，嘴上说是叫他媳妇儿伺候我，可他一蹦子跑没影儿了。你说我一个当公公的，咋好意思跟儿媳妇住一个院里？孤男寡女的，外人不说闲话，我心里也觉得别扭，我就想啊，守富这小子是成心给我添堵哩。我一听说他替日本人干事，就犯毛了，我的儿子不说为他娘报仇了，反倒孝敬上仇人了。可话又说回来了，守富毕竟是我的儿啊。双全哪，你倒是说说我心里到底有没有这臭小子？守财当兵走了，我没下功夫出去找；守田跑了，我连找他的心思都死了。可到了守富这儿，我憋不住啊，我是气的，你不给我钱我不生气，你娶媳妇不跟我商量我也不生气，我气的是他怎么能骗我呢？

郭双全没有马上回答阎来锁，走了一程，才说，阎叔，你寻思的倒也对，可遇上守富这号人，还真不能把他怎么着，儿大不由爷嘛，守富不听你的，你就别管他了，等他碰了南墙就该回头了。

阎来锁说，我是怕刀架到脖子上，他再想回头也晚了。

前面有一个岔路口，离岔路口还有一段距离，阎来锁忽然看见有个男人背着一个娃娃呼哧呼哧从另一条路上奔跑过去，接着有一个女人也呼哧呼哧跑过去了。

阎来锁说，他们跑什么呀？小两口打架呢？

郭双全说，听不见他们叫骂，不像是打架，倒像是遇见狼了。

阎来锁笑着说，狼有啥可怕的，遇见狼可跑不得，你越跑，狼追得越紧。

郭双全很快又推翻了他先前的猜测，说，估计不是遇见狼，是他们家里火烧房了。

2

管辂村一点声息都没有。

红红的日头把这座院子，那座院子，这条街巷，那条街巷，这棵榆树，那棵枣树，这只溜溜达达的狗，那只悠闲啄食的母鸡都照得明晃晃的，晕乎乎的，像包浆一样把它们都包住了，连狗呀鸡呀叫驴呀还有人的嘴巴都包住了。

有个老汉坐在门前的石头上扒开衣服捉虱子，老汉挤虱子的表情很滑稽，瞪着眼，咬着牙，连腮帮子都显出一条一条肋骨似的痕迹，咯嘣一声，挤破了虱子圆溜溜的肚皮。

郭双全看了看老汉指甲盖上殷红的血迹，问，叔，你们村谁家聘闺女呀？

老汉把指甲盖上的血迹在鞋底上一抹，张着黑洞洞的嘴说，长仁家聘闺女，长仁养了个好闺女，就是命相不好，没找个好女婿，拿刀动枪的把日本人都招来了，在村南打了一仗，死了好多人。

这是啥时候的事情？郭双全有点将信将疑，我怎么没听见打枪呢？

有一阵儿了，老汉说，他们都跑了，你还能听见打枪？

阎来锁一下子紧张起来，他想起他的两个儿子，他可怜巴巴地蹲在老汉脸前，说，哥家，你见过我家守财和守田没？守财十七八岁的样子，守田还是个十四岁的娃娃……

老汉翻了翻眼皮，我又不认得你，也不认得谁是守财守田，要问就问董长仁吧，他家来了好多亲戚，他的新女婿用轿子把他家闺女抬走了，那些带枪的也走了，跑得比兔子都快。长仁家摆了三十桌饭，一打仗，吃饭的都散了，长仁心疼得在门口直打转转，他打转转也不行，日本人的枪子没长眼，庆寿没招他们，没惹他们，不晓得谁就把瞎子庆寿打死了……

郭双全依旧不信老汉的话，他迫不及待地说，叔，你告我，去长仁家怎么个走法？

老汉说，你找长仁也没用，宴席早散了，你们这会儿去了啥也吃不上，长仁把桌上的酒菜都收拾光了，也不看看时辰，哪有这会儿才来喝喜酒的？

阎来锁抬起头看了看日头，心里火烧火燎的难受，还想多问点情况，却被郭双全拽着胳膊拉走了。

郭双全边走边说，你听他瞎扯吧，什么打仗了，酒席散了，我临去东峪时，听段队长说，三个中队都要往这地方结集，还有三区区小队，三区民兵联防队呢，小鬼子敢来砸场子？再说真打过仗，村里的房子还能不让小鬼子点着？就是来不及放火，扔颗香瓜手雷也照样能把房子引着哇，你瞅瞅街上静悄悄的，估计村里人都在董财主家吃酒席呢。

话虽这么说，郭双全还是发现一些古怪地方，老乡的街门无一例外从里边倒插着，他推了几户人家的街门，没推开。有个没街门的破院子，他进去一看，发现院子早荒了，满院杂草，东北角有一间老房子也坍塌成废墟，西南角有棵枣树，树上挂着密密麻麻的红枣也没人去摘。从空院里出来，他忽然觉得不对劲了，对阎来锁说，咱们走快点，我闻见火药味了，是从南面飘过来的，咱们看看有没有人在街上走动。

他们从这条街蹿到那条街，又从那条街蹿到另一条街，总算找到一户人家的门垛上贴着大红对联，门头上还挂一块红布，红布旁边是两盏红灯笼，街门外有两个石狮子，石狮子也用红纸包了头，地上散落着一些杂乱的鞋印，还有一顶虎头帽子丢在台阶下，又被人踩了几脚，帽子都被踩扁了。

郭双全在门楼底下还意外地拾到一枚亮铮铮的子弹，是步枪子弹。他把子弹装进裤兜里了。这户人家的街门也从里面关死了，还用顶门棍顶着，郭双全扒在门缝处往里眊，门洞里黑乎乎的，什么也看不见，他仰面看了看这户人家的院墙，少说也有一丈五六，翻是翻不上去的，就从腰里抽出盒子枪，对阎来锁说，咱们来晚了，早来一步，恐怕就能赶上打仗。

阎来锁跟着郭双全朝村南风风火火地走去。村南的大照壁下，果真躺着一个人，那人躺在一摊血上，血流了一段距离就不流了。看上去，那人身上的血已经流干，红血变成黑血。

离那人不远的地方有个深坑，估计是手榴弹炸的。

绕过大照壁，看到那棵几个人都合抱不拢的大柳树。柳树下面，柳神庙里，还有旁边清了园的西瓜地，不远不近躺着一些死尸。郭双全认出其中两个是他们二中队的，一个叫高跳跳，一个叫张隆高，另外他还认出三区队的一个队员，叫郭仁明。他们都是被子弹击中的，可他们手里的枪已被人摘走。他们身体下面都是一摊一摊黑血，苍蝇在他们身上蹿来蹿去。郭双全走过去，那些苍蝇轰地飞起，碰得人脸疼。

郭双全不敢看下去了，他痛苦地蹲在大柳树下，把盒子枪放在地上，双手捂着脸哭。他和高跳跳关系不错，因为两人个头一般高，从背影看，大家经常把他们两人看反了，他脚上的鞋就是高跳跳老娘亲手纳的，有一次执行任务，他顺便去青石村替高跳跳给老娘送去二斤槽子糕，高跳跳的娘就把两双鞋给了他。

郭双全把手慢慢从脸上移开，他找不到阎来锁了。大柳树下没有老汉的影子，他有些急，这个地方不能久留，说不定小鬼子很快又会返回来。他捡起手枪，起身喊，阎叔，你在哪儿啊阎叔？

没人回应他，日头把大柳树外面的庄稼地照得一片白光。

后来，郭双全看见远处的苞谷地里好像有个人，那人猫着腰在寻找什么，不时要蹲下去，但很快又站起来。他朝那人跑去，他看见苞谷地里还躺着一匹死马，死马旁边躺着一个日本兵。阎来锁绕过那匹死马，又去寻找新的尸源，不停地翻看那些死人的面孔，翻起这张脸看看，翻起那张脸看看，连伪军的尸体他也要仔细辨认一番。

郭双全知道老汉是在找谁，他跑过去拽着老汉的胳膊说，阎叔，不要找了，守财和守田肯定没事，咱们得赶紧离开这里……

阎来锁狠狠地甩开郭双全的手，你管你走吧，我不走。

3

杜智德的腿伤并不碍事，子弹仅仅擦破点皮，就因为只受了点轻伤，他才如期做了新郎。虽然杨玉年耐心地开导他，如果是普通老百姓，娶媳妇是再正常不过的事情，就跟人要吃饭睡觉一个道理，他理解杜智德娶媳妇的迫切心情，人不吃饭会饿死，人不睡觉会困死，人不娶媳妇会憋死，可没有规矩不成方圆，世上的事情就这么拧着来，不这么拧着来，都是走无走相，坐无坐样，人前放屁大街上唱，板凳上圪蹴枕头上坐，痛快是痛快了，可又总觉得有失体面，人活脸面树活皮嘛，所以就要用条条框框来约束自己，约束住自己了，战士们才信任你，老百姓才觉得你比晋绥军强，你比二鬼子强。

杨玉年到底是政治书记，说话总是那么和风细雨丝丝入扣。但杜智德娶媳妇的坚强意志早已超乎杨玉年的想象，杜智德听他啰唆半天，也听出他的潜台词了，说白了，无非就是不让他娶媳妇嘛，无非就是明确反对他操办婚事嘛，甚至委婉地告诫他，应该征求一下县委意见。

杜智德可不这么想，他觉得这种事情还是先斩后奏的好，县委怎么可能同意他娶媳妇呢？何况娶的又是财主家的闺女？上一回，有人把他强征军粮和活埋汉奸的事儿捅给了县委，他在全大队中层干部面前做了深刻检讨，事后他把脚上一双穿烂的草鞋脱下来丢在田里，打着赤脚站在杨玉年对面说，襄城人什么都好，就有一条他不喜欢，爱打小报告，有什么事当面锣对面鼓地提出来嘛，背后打小报告算计人，算什么英雄好汉？

杨玉年不以为这个从他手里学会打草鞋，青出于蓝而胜于蓝的大同汉子是在故意敲打他，他还要劝杜智德不要把这事放在心上，同志们也是为了把革命工作干好，都怕咱们的同志走了邪路，同志们对指挥员的监督也很有必要。

杜智德不知从哪儿弄来一把苞谷秸，一条一缕地撕开，慢条斯理地编起草鞋，一边编着草鞋，一边说，杨书记，你看我这手艺不比你差吧？师父领进门，修行在个人，我这人最大的优点就是悟性强。又说，杨书记说啥来？唔，你说得没错，既是革命同志，就要对革命同志充分信任嘛，不信任还叫什么同志？

但杜智德对一个革命同志很生气，这个同志叫郗铁柱。郗铁柱在一次自卫大队干部会议上当着所有人的面儿，毫不客气地指责了杜智德对情报真伪不能做出正确判断的问题，导致他的通信员阎守田同志被捕，至今下落不明。杜智德不同意郗铁柱的观点，他慢条斯理地驳斥郗铁柱的指责，大意是主要问题不是在情报是否准确上，而是在执行者的应变能力上，情报准不准确谁也不好判断，但问题是你作为三中队的指导员，不能够具体情况具体分析，明知田二苟投诚一事可能有诈，还要单独派一个缺乏侦查经验的通信员去侦查情况，出了问题反把责任都推卸给大队领导，这种没有担当的表现，怎么能带好一个中队？一向自诩凡事都要问个为什么的郗铁柱，竟然被行伍出身的杜智德怼得哑口无言，他嘴上冒出一串血泡，很长时间一直好不了，有个游方郎中说他是心火炽盛症，但郗铁柱心里清楚他的病根儿在哪里，阎守田一天救不出，他嘴上的血泡就没法儿好得了。

吃一堑长一智。这一次，杜智德事先给所有中层以上的干部打了预防针，男大当婚女大当嫁，娶媳妇是人之常情，大家有什么意见等他把媳妇娶进门，再给他提出来也不晚，只要大家的意见正确，他杜智德一条一条改，如果他改不过来或不情愿改，大家就是日他的祖宗八辈，他都没话说。

这天，杜智德把三个中队的作战骨干和通信班骑兵班都抽调到管辂村周边设防。他骑了一匹枣红马，带着花轿和响器，从居士山下的明月沟钻出来，绕过黄场峪村，绕过茶房口村，又远远绕过南王据点，直奔管辂村而来。

在路上，他让大家尽量分散开走，三三两两拉溜着走，就像老百姓去某个地方赶集一样，不要拧成疙瘩，容易暴露目标。到管辂村刚过卯时，而事先安排的各中队战士都已到岗，他们在路上树上庄稼地里严密监视着各个据点和县城通往管辂村的大路小路。

杨玉年、郝来全、段丑槐、刘田禾他们蹲在神树下面抽烟，而杜智德的迎亲队伍是从村东口进村的。听到村里传来鞭炮声，郝来全他们才明白，站错地方了。

段丑槐说，咱们是傻老婆等汉，人家早进丈母娘家了，咱们还在这儿傻站着。

杨玉年说，我一个人去见大队长就行，你们不要去了，多留意点庄稼地里的动静，要大家都打起精神来，午饭不在村里吃，我总觉得这地方不安全。

杨玉年来到董长仁的街门口。一班响器鼓着腮帮子站在八字照壁前吹大得胜，响器旁边是一乘十字披红的花轿，四个轿夫穿戴得整整齐齐，并排站在花轿前面。街坊和戚人们喜气洋洋地进出董家的街门，一些孩子在人群里愉快地穿梭，孩子们把过年的衣服都穿了出来。另外还有几个通信班的战士。这些战士看见杨玉年都笑着打招呼。

杨玉年问，大队长呢？

有个战士说，进去了，正插帽花哩。

杨玉年知道插帽花是襄城人娶亲时的一个仪式。他抬头看了看董家门楼两边的红灯笼，忽然想起几个月前，挑灯笼的地方插着一面纸做的日本旗，如果没有那面纸旗，杜智德也未必会当上新郎官。说起来，那杆纸旗还是杜智德的大媒人呢。

董家的前院后院挤满看热闹的村民。村民们傻张着嘴，踮着脚尖往一个地方看，他们把新郎官铁桶一样包围在一张桌子旁。有个妇人在人群里刻薄地指出，新郎官个头不高嘛。有人反驳道，高有啥用？竹竿倒高，给你做女婿你要吗？人家不高是不高，可长得敦实，日起来有劲儿。这些粗野的村人不分男女，都在肆无忌惮地大笑，尤其是那些开过怀的媳妇们，全无妇人应有的矜持，笑得杜智德都有点不好意思了。

但妇人们很快又有了新发现，她们惊奇地看见新郎官脚上穿的不是新做的布鞋，也不是很时髦的皮鞋，而是一双黄灿灿的草鞋，是用金黄柔软的麦秸编结而成，很熨帖地包裹着新郎官的一双大脚板。

妇人们总能发现一些男人们不容易发现的微妙细节。妇人们把这个发现通过互相传递的方式交流以后，很快演变成一片嘻嘻哈哈的哄笑。她们说她们长这么大，还没见过有人穿一双草鞋娶媳妇的，草鞋有什么金贵呀，等于从田里薅了一把草，苫在脚面儿上了，有钱没钱也不能在娶媳妇时穿一双草鞋嘛。

这样的议论都让杜智德听见了，听见了却不愠不火，他虽讲究入乡随俗，但又不愿事事迁就这个乡俗，他有他自己做人的底线。

阎守财被人挤兑到一张放有香斗的八仙桌后面。

香斗里插着天地众神，祖宗三代和喜神的黄纸牌位，还插着一杆钩子称，一把木头尺子，一把剪刀，一面铜镜。其中有个寓意是三媒六证，只是不知六证里缺的那两证是什么。

杨玉年想把阎守财叫过来，问一问路上的情况。可他们之间隔着密密实实的人墙，硬挤是挤不过去的，只好打着手势要阎守财去院门外说话。

阎守财跟着杜智德已有好些日子，当初他和郭双全救杜智德时，也没有想过有一天大队长会相中他，并把他从二中队抽调到大队部来。

大队部经常落脚的地方是董家堰。

董家堰是个陷在南山深处的村子，周边山上没有太多的树木，山地被村人开荒种了庄稼，山上没有泉，庄稼的收成只能靠老天的好心情。

第二十二章

1

阎守财是带着情绪到董家堰村公所报到的。

杜智德当时正饶有兴致地编一只草鞋，一见阎守财就笑呵呵地对陪同阎守财进山的杨玉年说，神枪手来了，这家伙的枪法比郭双全都厉害，这回咱们大队部可算是兵强马壮万无一失了。杨玉年只是笑笑，没有附和他。

编草鞋不是杜智德的家传手艺，他爹只会种田。他的几个兄弟也只会种田。编草鞋是杨玉年走长征时学会的，来到襄城后，就把这个手艺传给了杜智德。但他没有想到，杜智德把编草鞋当成比抽烟都勤的嗜好了，学会了就一发不可收拾。除了行军打仗，只要闲下来，只要有空闲时间，杜智德随手从旁边的打麦场上扯一把麦秸，蹲在地上，慢慢地编，细细地扎，就那么慢吞吞地做一件谁都不愿做的事情，慢得让人以为他编的不是草鞋，而是在一块滑腻的尺绢或丝绸上绣花，一丝不苟的，精雕细琢的，一招一式都能让人很容易记住他的套路。杨玉年后悔当初不该教会他编草鞋，杜智德做什么事情都没有穷尽，不到黄河心不死。

但凡看了杜智德打草鞋的人，都不禁怀疑打仗时的杜智德是不是也这么优哉游哉。当然，他也的确不是在打草鞋，而是一边打草鞋，一边琢磨事儿，琢磨这仗怎么打，这人怎么对付。不过战士们都喜欢他编的草鞋，都争着穿，穿在脚上软绵绵的，还美滋滋的，只是再好看的草鞋总不如布鞋结实，耐穿，御寒，而且不硌脚。

从阎守财进山的那天起，就成了杜智德的贴身警卫。杜智德在哪儿，他必须跟到哪儿，晚上睡觉都在同一盘火炕上。阎守财听不惯杜智德山呼海啸般的呼噜，整宿整宿睡不着，第二天两眼乌青，一副无精打采的样子，连骑马都犯迷糊。

杜智德很不高兴，阎守财，打起精神来。

阎守财挺直腰杆，保持了一会儿，仅一会儿又恢复了萎靡不振的常态。

杜智德有些毛糙了，说，守财，你怎么能这样呢？整天迷迷糊糊的，遇到情况还怎么应付？你以前可不这样。

又说，你心里是不是有什么事，心里有事怎么不跟我说？会不会对我杜智德有成见？

阎守财吓了一跳，忙说，大队长，你多心了，我心里没事儿，是你的呼噜吵得我没办法睡觉。

杜智德听后半天没说话，他心里在琢磨关于呼噜的问题，继而哈哈大笑，你小子天不怕地不怕的，还怕我的呼噜？这叫什么？这叫卤水点豆腐，一物降一物。这一点，我做检讨，从今天起，你跟通信班一块休息。不过嘛，我叫你时，必须随叫随到。

阎守财离开杜智德，果真睡踏实了，倒是他的呼噜声把通信班好几个战士吵得坐卧不宁，只好蒙头睡了。

在提亲之后，杜智德经常骑马或徒步去管辂村看他老丈人。当然也不是为了看老丈人，董长仁没什么好看的，就一干巴老头儿，主要是想见见董珮媛，一日不见如隔三秋嘛。只是董家毕竟是大户人家，每次杜智德去，董长仁总推说闺女身子不舒服，不方便见人。见与不见，要分清见谁，跟他杜智德还有什么不方便的？杜智德不高兴，不高兴也不能表现在脸上，他想把吉日尽量往前提，早早把两道彩礼送过去，并对老丈人说，兵荒马乱的就不要等了，黄道吉日月月有，你们襄城不是有那么句俗话嘛，若要无法走利月，赶赶乱水无烦恼。干脆咱们赶乱水得了。董长仁不敢违拗杜智德的意思，他说，那就由你定吧，定哪天都行。杜智德把好日子定在了九月初九。

九月初九这天，阎守财像只跟屁虫一样一路跟着杜智德从山里出来。他骑了一匹白毛身上有黑点的花斑马，腰插两把盒子。他不习惯打双枪，左手比右手打得准，可杜智德偏要他把两把枪都带上，而且堂而皇之地插在布腰带里，显出别样的威风。除了他和杜智德，通信班的战士都徒步走路，骑兵班没有与迎亲队伍同行，只是远远跟在后面压阵，到了村东头，骑兵班也没进村，十匹马停在村口的一片枣树林里警戒待命。

果不出杨玉年所料，董家的喜宴还没有开席，枪声在东南方向打响了。先是埋伏在村东南一片坟场上的二中队，与南王据点和霍庄据点的敌人交上火；接着是村东和村北的庄稼地里也发现了鬼子，估计这些鬼子是从县城摸过来的，他们以缓慢的极其隐蔽的速度进入一中队和三中队的伏击圈。

听到枪响，郝来全、段丑槐、刘田禾迅速行动，分头赶往各自中队的设伏点。从枪声的密集度，甚至夹杂着迫击炮的轰炸上可以看出，敌人是有备而来。

在董家热热闹闹的两进四合院里，杨玉年大声吆喝吃饭的亲戚不要吃了，赶紧散去，活命比吃饭要紧，凡是本村的，各回各家，不是本村的，最好分散到其他老乡家，等打完仗再出村。他又大声命令通信班，保护大队长转移。

阎守财从院门口跑来，低声对杜智德说了句什么。

杜智德本来很镇定，坐在一张摆满酒菜的八仙桌旁抽烟，看见院里的戚人呼爹喊娘乱作一锅粥，只是微微皱了皱眉头。后来，老丈人董长仁慌慌张张跑来，劝他快走，说，你赶紧走吧，估计日本人是冲你来的。杜智德仍很镇定，他并没有在意这件事，他相信三个中队的实力。他们会把鬼子伪军拒之于管辖之外的。直到阎守财过来告诉他，听枪声，东南方向的二中队有点吃紧。杜智德一丢烟屁股，对一旁的董长仁说，爹，那我把珮媛带走了。说完这话，也不管董长仁是什么意思，就命令小胡去喜房请董珮媛上轿。董长仁搓着两手说，智德啊，这又是枪又是炮的，让珮媛跟上你，我也不放心哪。杜智德说，留在村里我也不放心。

一直在村东口担任警戒任务的骑兵班也进村来接应。杨玉年要杜智德先撤，他去村口看看。

杜智德说，你搞政治思想在行，打仗不行，去了帮不上忙，能帮倒忙。

杨玉年走长征那会儿是连队里的文书，虽也挎了一支枪，但很少遇到扣动扳机的机会。现在被杜智德点到软肋，就生了一肚子无名火，冷着脸问杜智德从哪个方向突围。

杜智德说，西边没有动静，当然是往西走了。

花轿一出门，吹鼓手呜里哇啦吹起得胜回营。杨玉年急忙喝令停止吹打，你们不要命了？都什么时候了还吹响器？

鼓手们不敢吹了。

这一群人浩浩荡荡簇拥着花轿出了村西口，走不多远，又北拐，穿过一片庄稼地，到了被蒲苇覆盖着的牧马河边。

除了四个轿夫抬着花轿外，那班响器也跟在队伍里，有个敲鼓的老汉跑得脸都紫了。杨玉年对吹唢呐的班主说，等一会儿过了河，你们也散去吧，跟上我们目标太大，难免会连累你们。

班主看了看杨玉年，又把脸转向骑枣红马的杜智德，显然是要杜智德放话。

杜智德拧着眉头盯了一阵儿不急不缓向东流淌的河水，突然对杨玉年说，老杨，我觉得今天这仗打得蹊跷，是不是有人故意跟我捣乱，给小鬼子通风报信了？

杨玉年一怔，说，不可能吧，真有人敢通风报信，就算是投敌了。

继而又说，先不要考虑这些事儿，突围要紧。

过河时，阎守财发现杨玉年没有马骑，就把自己的坐骑让给他。杨玉年也不客气，翻身上马，哗哗地踩着水花向对岸奔去，杜智德紧随其后，阎守财跟着花轿夹在通信班中间。接着是五个吹响器的，骑兵班负责断后。

过了河，杨玉年拨转马头，问杜智德该朝哪个方向走。杜智德回头看了看枪响的地方，用马鞭朝东一指，顺河走。他随后又吩咐两个骑兵原路返回，通知各中队迅速分散转移，在藏孤村汇合。

他又对杨玉年说，咱俩别混在一块，要么你在前，我在后，要么我在前，你在后，谁在前头就带通信班把我老婆保护好，在后边就带骑兵班注意观察敌情，你挑吧。

杨玉年心想，你的老婆你不保护让谁替你保护？就说，我还是拖后吧。

杜智德骑马在前面打头阵，但走得并不是很快，他是考虑轿夫和通信班的速度，不停地回头看新娘子的花轿，后来就看到响器班主大汗淋漓的一张老脸。

杜智德说，老乡，你跑得满头大汗的，都上气不接下气了，我看用不了多久，你就跑不动了，我要是你，钻进庄稼地，找个地方睡一觉，一觉醒来，天黑了，仗也打完了，啥事儿都没有了，该回家回家，该干吗干吗，何必跟上队伍担惊受怕的。

班主一边喘着粗气，一边断断续续说，杜队长，你还没付我们工钱呢。

杜智德脸上的笑容凝固住了，皱了皱眉头，从身上摸出五块现洋扔在路上。班主一枚一枚从土里把现洋收拢在一起，揣进兜里，然后招呼四个伙计向北拐上另一条小路逃了。

那天是个好日子。艳阳高照，天上还有白棉花似的云朵，缓缓移动，只是没有风，河谷里飘荡着柳絮一样的芦花。

河对岸隔着一片槐树林，传来爆豆似的枪声，那里激战正酣。

前面是一条岔路口，骑在马上的杜智德突然发现另一条路上尘土飞扬，看样子来的人不少。很快，他看到一些人从尘土里露出了头脸，从穿戴上看，是群二鬼子。

阎守财说，领头的是田二苟，凤台据点的小队长。

杜智德又回头看了看花轿，朝后面的杨玉年挥了挥手，示意骑兵班把伪军截住，掩护前边的通信班。

阎守财说，田二苟是个草包，咱们干脆把狗日的包饺子算了。

杜智德说，瞎胡闹么，你以为三枪两枪能解决战斗？

杨玉年吩咐骑兵班下马，让大家尽量缩小目标，集中火力歼灭伪军。他原想，杜智德会带通信班从东边包抄过来，他带骑兵班从西边压过去，两边一夹，二十几个伪军插翅难逃。可他没想到，杜智德怕花轿里的新娘出危险，已经带着通信班风也似的跑了。

骑兵班有十个人，走了两个传达命令的，剩下的八个加上杨玉年，要与二十几个伪军对阵，而田二苟又是个老兵油子，他让手下各自选好地形，先把自己隐蔽起来，然后用密集的子弹压制对面的骑兵班。杨玉年知道，这个地方距离管辂村并不远，一旦自卫大队的主力撤出阵地，鬼子们有可能涉水过河增援这股伪军，看到杜智德他们越跑越远，他打着手势让骑兵班的战士不要恋战，回到停马的地方骑马转移。

他们没有追赶杜智德，而是朝西北方向疾驰而去。

田二苟见两股人马都追不上了，命令停止射击，整顿队伍继续向管辂村进发，打仗不是重点，与大队鬼子汇合才是他们的首要任务。

杜智德他们风风火火顺着牧马河朝东跑去。过一片小树林，过一座木板桥，管辂村被他们远远甩在后面。

枪声淡了，听起来像鸟在树上啄虫子。

他们爬上一道拦河坝，越过一道引流渠，再听不到枪声了。杜智德故意与后面的队伍拉开距离，他骑在马上，可以居高临下观察前面的动静，他一直担心前面某个地方，会有鬼子布下的埋伏，如果骑兵班在的话，这种担心就没有必要。这么想着，忽然一道白光刺痛他的眼睛。白光是从离河岸不远的一片矮墙上晃过来的，矮墙后面估计是一处菜园子，引起杜智德注意的那道白光稍纵即逝。

他纵身下马，让远远跟在后面的花轿和通信班的战士停止前进，他不确定矮墙后面闪耀的白光是不是刺刀，他对阎守财耳语几句，给警卫员安排了一个新任务，他却牵着马，带着大伙儿向后急速退去，原路退回那道引流渠上，涉水过河，朝南面一个村子跑去。

杜智德知道前面要去的村子叫大兴村。他认识大兴村长，但他没有去找村长，而是带着队伍直奔村南一户人家。他听村长说过，那户人家是伪军家属，还是个破落财主。这样的人家有时比村公所都安全。

2

刘喜的爹这天从赌场回来，走进那个仅剩一间小耳房的空荡荡的院子时，忽然发现有人从他身后把街门堵上了，而院子里呼啦一下，多了六七个人。这些人手里都有武器，长枪短枪，还有长枪上的刺刀，背后还插着飘着红绸绸的大砍刀，杀气腾腾的。

在院门口，落着一乘花轿，四个轿夫脱光膀子圪蹴在墙脚用衣服往脸上扇风，他们胸前后背都爬满一条一条的汗线。有一个挺敦实的汉子，头戴一顶别了簪花的礼帽，身穿一件万字不到头的紫蓝色绸衣，胸前扎了一朵大大的绸缎花，脚上却是一双金灿灿的草鞋，显得不伦不类。那汉子平静地坐在小耳房门口一把太师椅上，就像这个家庭的主人一样大大咧咧。

那把太师椅是刘喜家唯一值钱的家具。

你们……你们怎么进我家了？刘喜的爹愕然问道。

刘喜的爹是个小罗锅，人也瘦，还黑，眼睛却炯炯有神。

坐在太师椅上的杜智德冷冷打量对面形容猥琐的罗锅老汉。

刘喜的爹也在打量杜智德。他看出这个新郎官打扮的人应该是个头儿，他家门前那棵杏树下还拴了一匹枣红马。树叶褪去了原有的色调，黄不拉几的，像害了黄疸病，斑斑驳驳筛下许多细碎的日光，落在杜智德脸上。

你叫刘益寿？

杜智德的鞋底踩着一颗苞谷粒，在地面来回搓动。

刘喜的爹愣住了，他不认识杜智德，可杜智德怎么知道他叫刘益寿？他的大名是叫刘益寿，可村里大人小孩都称呼他刘一手，他有一双贱手，把他爹铁打的家业都输在赌场上了。

刘益寿点了点头，心里有些忐忑，一时捉摸不透这些人的来路，只好说，各位爷，你们是？

杜智德抬起草鞋，看了看鞋底，又看看地面被搓碎了的苞谷粒，笑着说，你猜。

刘益寿很认真地猜了又猜，最后摇头，不好意思道，猜不出来，警备队的？自卫大队的？

杜智德呵呵地笑了，刘益寿啊刘益寿，你脑子蛮好使的嘛，把两个答案都让你说了，告诉你吧，我们是自卫大队的，敝人姓杜，想借贵宝地临时歇歇脚，天黑了就走人，你不会撵我们走吧？

又说，当然啰，我们也知道，你儿子是警备队的，不过我们来你家，可不是找你麻烦的。

刘益寿脸上一股红一股白的，他说，自家人，都是自家人，你们愿意歇多久就歇多久。说完这话又觉得不合适，忙改口说，长官爷，刘喜也是没办法，是让警备队硬逼着去当兵的，我托人给他递话，咱是中国人，不能随便欺负老百姓，不能朝自卫大队开枪，咱做事可不能昧良心啊，昧良心是要遭报应的，刘喜是个听话的娃，我怎么说他，他就怎么做。

杜智德一边笑一边摇头，他才不信刘益寿的鬼话呢。

瞧我这人呆头呆脑的，要不是长官你舔嘴唇，我还想不起给你们烧水喝呢。

刘喜的爹刘益寿紧张得不得了，他一直没话找话，想巴结坐在太师椅里的杜智德。杜智德却示意他蹲下，规规矩矩蹲下，说，不用麻烦，又不到做饭时辰，你动什么柴火？你烟囱里一冒烟，以为日本人看不见？

刘益寿摸着后脑勺，只好蹲下了。蹲着实在没意思，他看着那几个面色冷峻却衣装简朴的战士，想一想刘喜穿的军装，穿的皮鞋，还有大盖帽子，就由不得想笑，笑这些战士太憨，穿这么寒酸，还扛枪打仗哩，图个啥？

杜智德说，你儿子在霍庄据点吧？他平常回不回家？

刘益寿不知该怎么回答杜智德，杜智德说他不是来找碴儿的，可听杜智德的发问，分明就是针对他家刘喜兴师问罪的。他说，长官你不知道，没法子么，刘喜想开小差，那个马相田马队长说你小子跑了和尚跑不了庙，抓不到你小子，就拿你爹是问，我家刘喜是个孝子，他怕他爹受牵连……

突然，村外传来一阵枪声。杜智德从太师椅里一跃而起，他推开小耳房的房门，把里面坐着的董珮媛喊出来。他不敢再等下去了，阎守财迟迟不归，而枪声好像就是从东北方向传来的，说明情况大为不妙。

蹲在地上的刘益寿直愣愣地盯着头戴花冠的董珮媛，忽然看见他婆姨也从小耳房里跟出来，手里拿着新媳妇遗漏下的一块红纱绫说，闺女，你把这个落下了。

刘益寿想骂他老婆贱骨头，他在院里陪着杜智德可怜巴巴蹲了这么一大阵儿，他老婆不声不响在屋里陪人家新媳妇呢，捡块红纱绫还巴结着给送出来，瞧她那份德性吧。

刘益寿家的院门外是一条南北走向的街道，往南过一户人家就是庄稼地。爬上刘益寿家的小耳房，朝南可以望得见南王据点的炮楼，朝西可以望得见通往管辂村的黄土路。

杜智德在村南口布了一道岗，在小耳房上也加了一道岗，另外在村北口的土地庙里还留了一道暗哨。

到了半下午，有一个走亲戚的妇女出现在村北口。那女的长一张小圆脸，眉心有颗黑痣，白花蓝底布帕包头，一身青布裤褂，胳膊弯里挎个小竹篮，经过土地庙时，听见里面传出老鼠啃门的声音，她用手捂在嘴边学一声猫叫，土地庙里跳出一个人，是拎着手枪的二愣子，两个人不言声，一前一后顺着村里的南北街朝南走。

任嫦娥带给正准备离开大兴村的杜智德一个消息，区小队配合阎守财把埋伏在牧马河畔和河南岸的一股日伪军引开了，在东侧闪出一个大缺口，杜智德可以利用这个缺口转移出去。

杜智德他们走后不久，赌棍刘益寿从邻家借了一头毛驴，嘚嘚哒哒朝南王据点跑去了。

3

郝久莲是跟着一队出山运粮的民工离开阎家坪的，她穿了一件阎来锁的旧衣服，头上包了块脏兮兮的羊肚子手巾，如果不发声，是看不出她是女子的。他们在马家窑住了一宿，过了李家庄，她就与运粮队分开了。

郝久莲不熟悉去县城的路，她一边行路，一边打听去县城的方向；每经过一个炮楼，她都尽量装出若无其事的样子，走得不紧不慢。

再往前是一片槐树林，过了槐树林是师家湾村。从一片庄稼地里，忽然乱哄哄地涌出五六个人。他们没有在土路上停留，而是迅速消失在对面的槐树林里了，就像一群猎人，行色匆匆围捕一只麋鹿。

郝久莲毕竟是从东峪出来的，胆子大，她想看看这些人冲进槐树林里做什么，还没等她加快脚步赶过去，那片庄稼地里蓦然响起杂乱的枪声，旷野上凝然不动的岑寂，被枪声划破了。郝久莲不敢再走，她闪在路边一条水渠里，渠里恰好堆放着一些割倒的高粱秆。她蹲在高粱秆后面，探着头观察前面的动静。看到一群头戴钢盔平端步枪的鬼子大步流星冲出庄稼地，他们也往槐树林里钻。不久，林子里枪声大作，像是捅了马蜂窝。

那些鬼子很快又退出来，有人挂花了，被另外两个架着胳膊从里面拖出来，扔在路上。其余的鬼子匍匐在林子外面，朝里面打抢。子弹你来我往，交织在一起；轰轰响了两声，土路上冒起两团烟雾。枪声骤然停歇，间隔了不多一会儿，趴在路上的鬼子，呼呼地又冲进槐树林里，枪声交错着渐行渐远。

郝久莲以为战斗已经结束，她挎着小包袱一溜小跑，想尽快通过那片危险区域。路边躺着一个鬼子，没戴钢盔，脑袋歪一边，脖子上有个很细小的血洞，血在他的身体下面流成一片。郝久莲不由得尖叫起来，叫完就后悔了，她本能地朝黑压压的槐树林里望了一眼，林深似海。这时候，庄稼地里又冒出两个人，两个一胖一瘦的鬼子。胖的戴一副眼镜，瘦的是一嘴龅牙，他们的腿好像都负了点伤，一个伤在左腿，一个伤在右腿，他们把长枪当作了拐棍，走得颠三倒四的，踉踉跄跄走到土路上，然后朝大路两侧张望。

两个鬼子没有看到远处路边躺着的尸体，却看见了郝久莲。胖鬼子朝郝久莲招手，郝久莲心里一沉，心想这可糟了。她正犹豫着不知过去好，还是转身逃命好。转念又想，逃也没那么容易，两条腿肯定快不过子弹，只好硬着头皮往前走，走得心不甘情不愿的。

什么的干活儿，胖鬼子不等郝久莲走近，又是一声呵斥。

郝久莲听不懂胖鬼子一口笨拙的洋泾浜汉语。胖鬼子是北海道礼文岛上的渔民，应征入伍后接受文职教官培训，学习了一些他们日常使用的简单的中文，比方死啦死啦地，花姑娘的干活，大大的良民之类，胖鬼子耳朵背，听教官一字一句教，很吃力，干脆不学了；瘦鬼子不是日本人，是高丽人，对中文同样所知甚少。

他们和郝久莲的交流几乎是在对牛弹琴。胖鬼子用刺刀想捅一捅对面这个不知所措的郝久莲，当然他没有发力，只是想提醒一下郝久莲，对大日本皇军的提问应该有所反应，因为刺刀捅的地方正好是胸脯，郝久莲用手臂把刺刀挡开了。这一挡让胖鬼子很恼火，八嘎。

他朝郝久莲吼了一声，做出要刺杀的动作。瘦鬼子却发现了猫腻，他嘿嘿笑了两声，龇出满嘴的龅牙，拍了拍胖鬼子的肩膀，在胖鬼子耳朵根儿嘀咕了句什么。

瘦鬼子别看是高丽人，却会讲一些普通的日语，他告诉胖鬼子，先不要杀死这个支那人，你看看她的胸脯，看看她脸上的细绒毛，看看她伸出来的那双白手，花姑娘的有。

胖鬼子一听，瞩目打量对面的郝久莲，打量她的胸脯，打量她的脸，打量她护住胸脯的一双纤纤玉手，忽然咔咔地笑了，一边笑一边咳嗽，连夹在鼻梁上的眼镜都颤动起来。他把大枪往地上一掷，忘记了腿伤，撑开双臂要拥抱郝久莲。

郝久莲尖叫着，连退数步，忙乱中头发也从毛巾里掉下来，女人的状态昭然若揭。她退着退着，被一块石头绊了一下，一屁股坐在地上。

胖鬼子和瘦鬼子都是襄城宫本宪兵队的成员，他们在牧马河畔设伏，宫本要他们注意隐蔽好自己，谁都不能轻易暴露目标。但其中有几个伪军打乱了他们的计划，几个伪军一同伸出手臂，指着那个扛了一捆苞谷秆在矮墙对面来回走动的阎守财说，土八路，这个一定是土八路，他又朝咱们看呢，不能让他再看了，应该把他抓起来。

宫本是打算把行迹诡异的阎守财抓起来的，却发现不知从什么地方又冒出五六个中国人，他们和扛苞谷秆的阎守财亲热地打着招呼，也看不出他们接下来会有什么企图。让宫本悔不该的是，他没有立刻下令朝几个土八路射击，直到看见那个人突然朝他们藏身的地方，丢来几颗手榴弹，宫本才暗暗叫苦。

几颗手榴弹几乎同时炸了，宫本的宪兵队和伪军阵脚大乱。他们从硝烟里钻出来，顾不上核实伤亡情况，在宫本的指挥下，迅速投入到追击土八路的长途奔袭中，把一场伏击战，演变成一次猫捉老鼠的游戏。

鬼子们被阎守财和区小队引诱到一片浩瀚的青纱帐里，无论他们怎么加速追赶，怎么瞄准射击，都没有办法在运动中歼灭这一小股土八路，他们如同羊尾巴一样，尾大不掉地被土八路拖来拖去。

后来，胖鬼子的左脚崴了。脚脖子肿胀得像发面馒头，走一步都要倒吸一口凉气。瘦鬼子看上去是伤在右腿上，其实他右腿挺好的，既没挨枪子，也没磕碰出血，甚至连油皮都没蹭掉，他体格弱，跑不了远路，经常自己保护自己，装作膝盖碰坏了，连打弯儿都疼得直皱眉。

两个人从庄稼地里出来，想抄一条近路回县城，不想在这个地方遇到郝久莲。胖鬼子别看脚崴了，见到女人从来都是不要命的，他把自己想象成一座将要倾塌的山，泰山压顶般砸向郝久莲。

瘦鬼子从地上捡起胖鬼子扔掉的长枪。这样，他手里有了两支长枪。他把其中一支挎在肩上，另一支仍当拐杖拄着。他不愿看胖鬼子强奸妇女，他在不远处的路边找到一块较为平整的界石，坐下。

有一颗子弹，吹着口哨从什么地方飞来，那颗子弹不偏不倚从胖鬼子左脖子穿进去，从右脖子又飞走了。瘦鬼子听见子弹穿透骨头的声音，可他不以为那是枪声，他喊了一声井藤君。那个叫井藤的胖鬼子一动不动趴在那女人身上，裤子褪下一半，屁股蛋迎天，一条腿弯成一个马步，另一条腿绷得紧紧的，两条手臂像投降一样高举过头顶，就那样安静地压在那个女人身上。而那个女人的衣服却完好无损地穿在身上。

瘦鬼子笑着骂了句粗话，又喊了两声井藤君，竟然看到那个女人使劲把井藤从身上掀开，双手反撑着地面，不停地向后移动，脸上溅满血迹，像是遇见蛇一样惊悚地尖叫着。

瘦鬼子知道出事了，他站起来，举枪瞄准郝久莲。

又一发子弹斜着穿透瘦鬼子的脖颈。他觉得喉咙里甜丝丝的，热乎乎的，吭儿咳嗽一声，连枪带人栽倒在路上，溅起一片黄尘。

4

阎守财拎着两把盒子通通通跑来，从瘦鬼子身上捡走两杆步枪，随后对坐在地上瑟瑟发抖的郝久莲说，老乡，赶紧回家吧。

说完，朝后面挥了挥手，有五六个区小队战士从槐树林里钻出来，一同跳进路旁的苞谷地。

他们脚步唰唰地在苞谷地里穿行。有个战士说，这回够小鬼子喝一壶的，叫他们狗咬狗吧。

另一个战士说，守财鬼点子真多，东打两枪，西打两枪，就叫疯狗们乱咬起来了。

阎守财说，得亏了那里地形好，要不咱们非让人家包了饺子不可。

他们看到大兴村的土地庙时，有个战士悄声说，后面有人。

后面的人是郝久莲。

郝久莲吃了一次亏，不敢再走大路，只好紧跟在阎守财他们身后。庄稼地里不好走，走着走着把前面的人跟丢了，她正在大田里茫然四顾，却被区小队的战士呼啦一下包围了。有人要搜身，郝久莲大呼小叫地不让那人动她，阎守财怒冲冲地推了郝久莲一把，几乎把郝久莲推倒了，你嚷啥，想把小鬼子引来是吧？

郝久莲委屈地说，谁引小鬼子了，我怕路上再遇见小鬼子才一直跟你们走的。

阎守财说，你东峪的？

你怎么知道？

满口东峪口音，傻子都能听出来，哪村的？

我娘家是白玉沟的，婆家是阎家坪的。

阎守财一愣，你男人叫个甚？

郝久莲想了想，没敢提阎守富的名字，支支吾吾说，你又不是阎家坪的，我说了你也不知道。

阎守财说，你怎么知道我不是阎家坪的？

又说，你不想说就算了，你这是去哪儿？

县城。

你去县城做什么？那可是日本人的天下。

我男人在县城做买卖。

……那你去吧，从这条路一直朝北走，过了那座木板桥，走不多远就是火车站，再朝北，走不多远就是南关了。

阎守财他们把郝久莲撇下，自顾往南走了。

有个队员责备阎守财，你怎么把她给放了？万一真是奸细就坏了。

阎守财说，听口音，应该是我们东峪的，我不认得她，可看面相，她也不像是奸细，她再跟上来，咱就把她给解决掉。

那时，日头将要落山，夕阳把郝久莲的剪影拉得很长，仿佛一根有弹性的绳子被使劲拽长了。

从木板桥对面走来一个货郎担，前面的挑子是一只方方正正的木箱，木箱上面搁着妇人用的针头线脑，一束粉红线一束草绿线一束茄紫线一束米黄线，还有许许多多这色那色的绣花线；后面挑子上是一层一层码放整齐的花市布和白洋布。货郎担一只手扶着扁担，一只手习惯性地摇着拨浪鼓，也不喊什么，只是左右乱摇。

货郎经过郝久莲身边时，略微停了停，上下打量她几眼，又摇着拨浪鼓朝大兴村走去了。

一天都没怎么吃饭的郝久莲，望着货郎担走过的那条被浓柳包裹着的黄土路，忽然眼眶里盈满泪水，她都不知道这么千辛万苦从东峪一路走来，到底为什么？即使顺顺当当见到阎守富，阎守富会听她一句哀求吗？

5

秋天的旷野起风了，风从西北而来，吹落树枝上的枯叶，吹散了天上的几朵云彩，把庄稼地里仅剩的一些秸秆吹得簌簌作响。郭双全嗅到了浓烈的硝烟味道，他把阎来锁带到管辂村的庄稼地里，又把阎来锁带到张村的庄稼地里，除了捡到一些子弹壳和一顶钢盔外，他们没有碰到一个自卫队员，也没有碰到一个鬼子或伪军，甚至连尸体都没看到，只有一些散落在田埂上的血迹，说不来是谁留下的。

日头眼看要落山，他们出现在大兴村北的土路上。阎来锁靠着一棵柳树站下，呼呼地喘气，裤腿上沾满了尘土，双全，叔不能跟你走了，走不动了，再走下去非累死不可。

郭双全有点为难，他想他真不该把阎来锁带出藏孤村，他有很重要的事情要办，他必须尽快找到政治书记杨玉年，可他不知道杨玉年身在何处，而这个碍事的阎来锁又说他不想走了，走不动了。两天来，他也和阎来锁同样走了一百多里路，就是一头毛驴，也该躺在地上打个滚儿了，可他强忍着，他倒想背着阎来锁赶路，可他两条腿也开始不听使唤。郭双全正愁着，却听阎来锁说，双全，你看那边路上，那个人是谁呀？

郭双全看到一个穿黑袄黑裤的人站在土地庙后面的土路上，他说，那是个女人，我不认得，你认得？

阎来锁惊讶地喊道，守富家的，是守富家的。

第二十三章

1

九月初九那天黄昏，藏孤村的村人看见三条通向村里的小路上都有一些黑点在移动，黑点放大以后显出人形。这些人还是照以往那样垂直挎枪，只是每个人之间的距离拉大了，走路的气势缺少了以往的激情，走得有些垂头丧气。而留守在村里的二中队的部分战士，已经被张文有分配去了各个路口，引导和接待三个中队的人马，并由各中队的文书负责清点各自的人头。清点完，把队员们安置在保胤祠前面的赵武道上休息。

已经有村民帮着做好饭。小米稀饭，窝头咸菜，流水的席面，随到随吃。村里一些穷人家的孩子嗅着饭香也朝赵武道上鬼鬼祟祟跑来，他们爬上路边的土崖，在土崖上面居高临下俯瞰低头吃饭的战士，甚至看到好几副担架也停在一口大锅前，抬担架的民兵蹲在担架边胡乱往嘴里塞东西，喝稀饭的声音又乱又杂。如果是往常，这些吃饭的战士会招呼那些孩子过去有福同享的，只是今天情况大不同，战士们都有些心不在焉，捧着饭碗不时要踮起脚尖朝西面或北面的土坡下瞭望，把土崖上的那些馋涎欲滴的孩子们的目光给遗漏掉了。

张文有把临时指挥部搬进了保胤祠。

最早赶回来的是杨玉年的骑兵班，九匹马的马蹄敲击着路面上的鹅卵石，路侧的崖畔上探出一只又一只羊脑袋，这些长胡子和没长胡子，长犄角和没长犄角的与世无争的羊们，被九匹马带来的喧嚣惊动了。它们看到前面纵马驰骋的杨玉年，全然没有了平时的文质彬彬，脸上的表情扭结着，扭结出许多复杂的符号。马够快了，可他仍在用脚后跟磕击着马肚子。

日他娘的，没进保胤祠，杨玉年就骂开了。他跳下马，手里握着马鞭，一路抽打着祠堂外的旗杆、石狮子、山门，还有院里的一行翠柏，嘴里不干不净地说，这仗打得真他娘窝囊，一路让人追着屁股打，就跟做贼似的，娘的！

杨书记，你骂谁呢？张文有提溜着茶壶站在祠堂的台阶上。

我敢骂谁？我他娘谁都不敢骂，杨玉年烦躁地一挥手，我骂我自个儿呢。

又说，他们呢？大队长呢？

张文有说，我一直等你们呢，你们没一块回来啊？

杨玉年瞪眼看着张文有，好像不认识似的，在祠堂门口站了站，转身就走。

张文有叫道，杨书记，你又去哪儿？

杨玉年头也不回地说，我得把他们找回来，我就顾我自个儿逃命了。

杨玉年把正在赵武道上吃饭的八个骑兵吆喝上马，分开三拨儿，向三条小路出发了。张文有在后面喊，杨书记，多带几个人吧，二中队还有十几个人留在家里。杨玉年在马背上回应，让他们在路口上接应就行。

杨玉年去的是正西方向，八里之外有个村子叫龙门村，两个骑兵紧随在他身后，他们听见一向不爱说粗话的杨书记嘴里不停地骂骂咧咧，日他娘的，为一个女人，把自卫大队的家底儿都搭进去了……

骑兵们很快消失在秋阳朗照的平川上的村庄后面了。

不久，三条路上开始有了移动的小黑点。

坐在石料场上的村人，站起身，拔长脖子朝小路上张望。黑点慢慢放大，他们说看见了，看见郝来全了。他们后来又看见段丑槐了，也看见刘天河了。村人对这些永远走在队伍最前面的中队长太熟悉了，倒是骑了一匹枣红马的杜智德和后面的一乘花轿引起村人普遍的怀疑。他们没听说过村里有谁家小子娶媳妇的，还以为是山那头的炭窑沟或是百泉郊的迎亲队伍途经藏孤村呢。村人们都从石料场涌出来，往西边的这条路上走，想看看骑在马背上的新郎官精神不精神。

老乡们都是热心肠，平常每逢二中队打完仗回来，他们都会去帮队员们抬一抬担架，搬一搬战利品，或围着俘虏议论一阵儿。有时还会抢在段丑槐张文有他们前面，七嘴八舌套一套俘虏的口供。当然，他们所关心的不是敌人的兵力配置或行动部署，而是这些俘虏的老家是哪个村的，家里兄弟几个，娶没娶过媳妇儿，小鬼子一日三餐吃什么，是不是每顿饭都是大鱼大肉，警备队的伙食有没有小鬼子的丰盛，小鬼子打不打警备队员等等。可是今天的情况不同，附近各村的民兵都来帮忙抬担架，而陆陆续续回来的战士们也没有缴获任何战利品，甚至连一个俘虏都没有，多了的只是脸上或身上的血迹，还有乌七八糟的被硝烟熏过的痕迹。老乡们插不上手，只好站在村口看那乘摇摇晃晃的花轿和花轿前面骑着枣红马的新郎官。

被打散的队员只要活着，只要还能走动，差不多都归队了。最后回来的杨玉年，铁青着脸在赵武道上把三个中队长都召集在一块询问伤亡情况。一中队牺牲了两名战士，伤了三个；二中队牺牲了四名战士，伤了三个；三中队只伤了一个，而且是轻伤；骑兵班有两名战士失踪；还有就是郭双全和阎守财也生不见人，死不见尸；另外协同行动的一区队和三区队都有不同程度伤亡。而牺牲的战士尸体都没来得及收敛。

杨玉年带着这些血淋淋的数据去保胤祠找杜智德。他打算开个临时会议，总结一下这次贸然行动的教训，也好向县委汇报。当他走进保胤祠后，却发现祠堂里静悄悄的，没人。他说见鬼了，人都哪儿去了？正要往祠堂外走，见张文有着急火燎地回来了，一见杨玉年就说，杨书记，你是不是找大队长？他带通信班和骑兵班回董家堰了，他说藏孤村不安全，不在这儿耽搁了。

杨玉年木头似的戳在一棵翠柏下，脸色变得异常难看，手里的马鞭狠狠抽在树干上，骂道，还要不要脸了，死伤这么多战士，不闻不问，管自个儿快活去了，他到底要搞什么名堂吗？

杨玉年原来是不习惯骂人的，他对谁都客客气气。他经常在一旁观察杜智德打草鞋，觉得他教会的这个徒弟比他这个师傅手艺都精湛。时间一长，他也被杜智德影响到了，他也想找点事儿干，结合到他的本职工作，他把这份闲情逸致转移到找人谈心上。他谈心不是先入为主地用条例和政策直接去约束干部战士，而是慢条斯理和你谈家长里短，谈家里几亩地，几口人，老爷子除了种地还做点什么补贴家用，哥哥娶媳妇没有，妹妹出嫁没有等等，说着说着才拐到党的政策上，革命队伍的纪律上，之间的过渡了无痕迹，容易说到战士们的心坎儿上。不过，杨玉年以前说话可没这么稳，这么一句一字地跟你掏心窝子掰理，以前他在家里也好，在红军队伍里也好，说话都是爆豆似的，一句赶一句的，就像跟人抢东西一样。现在不了，现在的杨玉年与人说话也学会了和风细雨，知道的人都清楚他这个谈话风格是杜智德影响的，不知道的还以为他原来就这样。可那天的杨玉年风格又变回去了，去他娘的慢条斯理吧，去他娘的打草鞋吧，战士们的鲜血都流成河了，谁还有心思压着舌头根儿说话？

天黑以后，又有两拨儿黑影走进藏孤村，一拨儿是阎守财和几名区小队战士，一拨儿是郭双全和阎来锁父女。快接近村口时要经过一段浅沟，路在浅沟里细细地画了一道，郭双全事先掰了长长的一根葵花秆，要阎来锁和郝久莲都抓住葵花秆，他朝哪个方向走，他们必须随他走，千万不敢走偏，因为浅沟里一不小心就踩上了地雷。每到天黑，民兵们会把地雷都搭上引信，谁要触上，那些单雷、双雷、拉雷、吊雷、翘雷、跳雷、黄炸雷、黑炸雷、硫酸雷、扁担雷会把他们炸得尸骨无存。

他们三人小心翼翼走出浅沟，拐一个弯儿，爬一道陡坡，黑压压的院墙横在眼前。

两拨儿人从西面和东面的两条小路上走来，在陡坡前汇合了，他们同时又被提着马灯的两个哨兵拦住。一个哨兵是从几捆秸秆后面钻出来的，另一个哨兵是从一棵大树后面闪出来的，从大树后面闪出来的哨兵用马灯在每个人脸上都照了照，一边照一边惊喜地说，守财，双全，是你们呀，你们怎么这阵儿才回来？

两拨儿人混成一拨儿，没顾上回答哨兵的提问，阎来锁父子一声爹一声守财叫唤上了，倒把郝久莲晾在了一边。

父子相见，本该有太多的话要说，可阎来锁揣了一肚子委屈，见了守财却一个字都说不出，只是一遍又一遍拍打守财的胳膊，像领导在鼓励年轻的下属好好工作一样。自从守财参加六大队离开阎家坪，父子俩还是头一回见面，见面的场合又这么特别，两盏昏暗的马灯，七八双疑惑的眼睛，只有郭双全在一边摸着光头皮傻笑。

2

在阎来锁看来，仅隔一年多，守财早就不是原来那个他想怎么吼就怎么吼，想怎么摆弄就怎么摆弄的淘气鬼了，那时的守财脸小眼小，身量也小，像个永远吃不饱长不大的驴驹子。现在不同了，个头比守富都高，板寸头，宽肩膀，腰里插着盒子枪，英气逼人。

哨兵对郭双全说中队长他们在保胤祠开会，各中队战士都在赵武道上休息。哨兵说完，把两盏马灯訇地吹灭，怕暴露目标。

郭双全对着黑暗中的阎守财说，赶紧找个地方，让你爹歇着吧，这几天把老汉累坏了，少说也走了两百里路。

又说，我有事找杨书记，回头咱们再聊。

郭双全去了保胤祠，阎守财带着他爹他嫂子去老乡家寻房子住，跟阎守财一同执行任务的区小队战士则去了赵武道。

阎守财没想到他在大兴村口像轰猪一样轰走的那个鬼鬼祟祟的女人竟然是他的亲嫂子，竟然是从东峪出来找他哥阎守富的新嫂子，他暗地里掐了自己一把，大水冲了龙王庙，他真够浑的，还把嫂子往县城里撵……

阎守财把郝久莲安置在一户老乡家，又把他爹安置在另一户老乡家。他对他爹说，看这事儿弄的，我都不好意思跟我嫂子解释了。

阎来锁说，这有啥不好意思的，不认得就是不认得嘛，再说了，她一个妇道人家出山来做啥？还不是来添乱吗？这事儿我还没顾上跟她细掰扯呢。

阎守财说，我还没顾上问你，我哥真的在警备队当差？

守财啊，阎来锁在油灯底下吐口唾沫，摸出烟袋，慢腾腾地用烟锅在荷包里挖烟叶，爹上辈子没做好事，这辈子养了你哥这个王八羔子。他小时候我横竖瞅他不顺眼，一瞅他那个羊鼻梁就来气，真不怪我把他一眼看死了，你瞧他那德性，你瞧他做的啥破事儿啊。

阎来锁掰着指头给阎守财历数阎守富的条条罪状，说到被守富撵出县城时，竟然悲从中来，流着泪说，我有三个小子，我没让你守财念过一天书，也没让守田念过一天书，我让他守富念了三年书；三个儿子里我没让你守财跟外人学过一天手艺，也没让守田跟外人学过手艺，我让他守富跟郑羊鼻子学了七年手艺；三个儿子里我没指望你守财成龙变虎，也没指望守田成龙变虎，我就指望他守富成龙变虎了；三个儿子里你守财当兵走了我没出山找过你，守田当兵走了我也没出山找过他，他阎守富混进警备队，倒光彩了，我跑了百八十里路来找他，他管了我一顿饭，就把我撵出城了。

守财，阎来锁拍着炕沿说，你看看，你看看，你爹我寒不寒心哪？

阎守财给他爹找的房子是开缸房的宋大有家的一间东房。东房只有一个两尺见方的小窗户，糊上去的麻纸已变得千孔百疮。推门进去，迎面竟是一盘青石大磨，南墙和东墙旮旯乱糟糟堆放着一些农具，有一副坏掉的木桶，一副荆条长耙，还有一副三脚耧犁，一根牛轭，南墙上钉有一排木橛子，木橛子上挂着畚箕斗笠锄头镰刀牲口缰绳什么的。磨面时，石磨上拴了毛驴一圈一圈地转，磨道上落下的驴粪被驴蹄踩碎了，踩扁了，踩瓷实了，最后嵌入泥土里，屋里挥发着驴粪和面粉的味道；不磨面时，屋门紧闭，成了堆放杂物的储藏间。宋大有后来在石磨旁边垒了一盘炕，没垒锅灶，临时能住人。

阎守财刚安顿好他爹，郭双全就来找他，说杨书记要他过去商量事情。

那天夜里，阎守财回来很晚，他推门的声音也很轻，但还是把阎来锁惊醒了。尽管磨坊一团漆黑，躺在炕上的阎来锁还是感觉出儿子心事重重。他不好过问守财开会的内容，可有些话他还是觉得说给守财比不说要好，他于是就把他出山要办的三件事说了。头一件是想劝老大回头，后两件是想见一见老二老三的面儿。劝老大的事儿碰了一鼻子灰，伤心归伤心，但总归他是尽力了，后两件事他办成一件，守田还没亲眼看到呢，他要守财帮他把守田找来，看见守田啥事儿都没有，他就放心了。阎守财僵在炕上，一声不吭。过了半天，方说，我哥既然不听劝，一条道非要走到黑，你也没必要伤心下去，他又不是三岁小孩儿。

阎来锁还要说什么，阎守财却哈哈打着呵欠说，困了，睡吧。然后就听见枕头上传来铿锵有力的呼噜声。

天没亮，阎守财已经窸窸窣窣穿好衣服，告诉他爹他有急事要进山。阎来锁想说你走这么急干啥，可阎守财已经提着手枪出门了。过了一小会儿，又听守财隔着窗户对他说，爹，你带我嫂子回家吧，守田他们三中队离这儿挺远的，你不一定能见着他。

阎来锁以前不认得宋大有，也就是临时在宋大有家借住几天，两人竟成了朋友。那天，郭双全早早过来喊阎来锁去队部吃饭，房东宋大有拦住说，既进了宋家门，就算是宋家的客，哪有让客人出去吃的道理？他说他家的饭也熟了，他让婆姨多烙了几张饼，还炒了两盘菜，专门款待阎来锁父子们的，并要郭双全去邻家把阎来锁的儿媳妇也喊过来一块吃。

不等郭双全开口，阎来锁倒不好意思了，老哥你的心意我领了，饭就不吃了。

宋大有沉下脸，说，不就一顿饭嘛，你还能吃出亏欠来？我要去你们阎家坪，你还好意思叫我饿肚子？

阎来锁说，那倒是，那倒是。

郭双全说，本来这饭是不能在老乡家吃的，队伍上有规定，阎叔也算是自卫大队家属，不过盛情难却，阎叔你就吃他一顿葱花烙饼吧，吃完饭，我来叫你，段队长说有事想找你帮忙。

吃饭中间，两个互不认识的老汉你一句我一句地拉呱起闲话，闲话说了一河滩。话长了，双方的家底儿都挑明了，阎来锁掏心掏肺把他家里是什么情况，出山来做什么，怎么带着儿媳妇找儿子的事情一股脑儿都说了，说到伤心处，不禁潸然泪下。

旁边的郝久莲也不知该怎么劝说公公，只好埋头啃烙饼，喝米汤。

宋大有陪着阎来锁叹了半天气，也是为了缓和一下客人的情绪，就把自家儿子过几天要娶媳妇的事儿也跟阎来锁说了，并说前些日子定好了龙门村一个厨子给做酒席，可那厨子前几天出事了，来不了了。

阎来锁是个喜欢刨根问底的人，他问，好好的咋就来不了了?

宋大有说，死了。

几天前，龙门那个厨子要去襄城铁匠铺打一个炒瓢，村里的妇女托他捎一些颜料回来染布做军鞋。厨子不知道颜料也属违禁品，出城的时候就被日本人搜出来了，当作八路军的交通员一刀砍掉了脑袋，尸体丢在护城河里，人头挂在城墙上示众。

阎来锁听出宋大有的意思来了，无非是想使唤一下他的手艺，便说他出山来本不打算跑事宴的，以前在平川上跑事宴伤过他的心，可既然宋大有这么看得起他，他也就豁出去了，反正歇也是歇着，白住宋家房子他心里也觉得过意不去。

有人在院里咳嗽两声，宋大有隔着窗户看了看，急忙从炕上跳下地说，段队长来了。他趿拉着鞋跟跑出去迎接，阎来锁嘴里嚼着饼，支棱着耳朵听外面动静，听见来人提到守财的名字，也起身出去了，只是脸上没有宋大有那么热情。

段丑槐不是来找房东宋大有的，而是找阎来锁的，不为别的，就是想请阎来锁给二中队当炊事员。宋大有在一旁听了，忙对段丑槐说，段队长，我家春生眼看就要办喜事了，跟老阎说好做事宴的，你们把老阎请去，我家的事宴不就泡汤了？

段丑槐笑着说，这不人家还没答应吗？再说阎师傅给二中队当炊事员，也不耽误你家的事宴呀，看把你急的。

宋大有也嘿嘿地笑了，摸出烟袋要段丑槐抽。

段丑槐说，不抽了，昨晚开了一夜会，抽了一夜烟，嘴都麻了。

说着就看着阎来锁，等厨子表态。

阎来锁这时却圪蹴在北屋的台阶上，烟锅伸进烟袋里，一下一下挖着烟叶，没点头，也没摇头。

宋大有以为阎来锁不知道段丑槐的身份，忙给阎来锁介绍，这是咱们段队长，你家守财是段队长的兵，你在山里怕不知道段队长的大名，日本人在布告上说段队长的人头值三百块现大洋哩。

段丑槐说，老宋，哪有你这么夸人的？

说着走到阎来锁近前，圪蹴在地上，一边拿一截树枝在地上画道道，一边说，阎叔，我知道你给县委灶上做过饭，也给政府灶上做过饭，有一回去县里开会，我还吃过你做的两块红烧肉呢，过了这么久，还能想起那两块红烧肉的香味儿来。本来咱们二中队有个炊事员老刘，也是个做饭的好手，上个月过蒋村铁路时叫小鬼子铁甲车上的机关枪打死了，再没找到个合适的，我听双全说你来看守财了，就觉得你来接老刘这个活儿挺合适，主要看你愿不愿意。

阎来锁隔了半天，方说，你容我想想。

3

在阎来锁琢磨事情的这几天，宋大有家紧锣密鼓张罗儿子大喜之日的一应杂事，也没工夫陪阎来锁闲唠嗑。阎来锁吃过饭，出门在村里瞎转悠。他在一家人的门洞里，看到三五个妇女穿针引线坐在一根枯木上纳鞋底，旁边的笸箩里放着一摞已经纳好的鞋底，还有一些裁成鞋样用糨糊粘起来的半成品，他知道这些妇女都在为部队赶制军鞋，阎家坪的女人隔三岔五也聚在一块完成妇救会下拨的任务。

他又看到好些村人挑着满满两筐土从院里出来，甩着一条胳膊，忽呀忽呀去了村南一条土沟前，把土倒进沟里，又挑着空箩筐回来。他问一个挑空箩筐的瘦脸后生，你们家里哪来这么多好土？

后生奇怪地瞟他一眼，反问道，你哪来的？你有没有路条？

阎来锁一听又是路条，就没好气地说，我问你挑土做啥，你爱说不说，我也没逼着你说，你扯啥路条哩，没路条还不让人走路了？

偏偏那人也轴，听了阎来锁的话，越发觉得阎来锁不像好人，就一路推搡着老汉往村公所走。

路上碰见指导员张文有，这才给阎来锁解了围。

瘦脸后生知道他是守财的爹后，摸着后脖子窝一股劲傻笑，说，我还以为你是汉奸哩，你要说是守财的爹，我就会告诉你我们挑土是挖地道哩，可你没说呀。

张文有在后生屁股上踢了一脚，你认错了人，倒有理了。

随后把手搭在阎来锁肩上，问阎来锁，想好没有，战士们可都眼巴巴等着你给我们做饭呢。

阎来锁想说，我还没想好，却听村外传来一阵歌声：上起刺刀来，弟兄们散开，这是我们的国土，我们不挂免战牌；这地方是我们的，我们在这儿住了几百代，军令有所不受，将在外守土抗战，谁说我们不应该。这地方是我们的，我们不能让出来……

不知为什么，阎来锁忽然觉得浑身燥热难耐，一股血涌到脸上，他对张文有说，行，我把做饭的家伙什找来。

阎来锁给二中队做的第一顿饭是苞谷面发糕，蒜拌茄子，还有一锅粉条豆腐白菜大杂烩。当然，他所用的食材不是他自行采购的，而是炊事班的库存。

阎来锁有言在先，当初他在县委灶做了几道菜，一盆地皮菜炒鸡蛋，一盆凉拌甜苣菜，一盆凉拌蕨菜，还有一盆小葱拌豆腐，韩玉林找他谈话说他犯了错误，这一次给二中队做饭，他不想犯错误了，即使有错误也不能落到他头上。段丑槐看到战士们把一盆蒜拌茄子，一锅大杂烩抢了个底儿朝天，他和张文有每人只抢到一个苞谷面发糕，就用筷子点着一个空菜盆对阎来锁说，阎叔，你初出茅庐就打了一个大胜仗，要说这也是犯错误，我替你扛着，我段丑槐就认一个理儿，人是铁饭是钢，吃饱饭才能打胜仗。

阎来锁听了段丑槐的话，觉得舒服，知道在山里跟山外执行的是两种规定，就一心一意做了二中队的炊事员。

因人手不够，他把儿媳妇郝久莲也喊来帮忙。郝久莲这几天跟房东的两个姑娘白天纳军鞋，晚上一块上夜校，反倒觉得比在阎家坪心情舒畅了许多。公公喊她来做饭，她还老大不乐意呢。好在郝久莲是个挺开朗的女人，把水裙在胸前一扎，袖子一绾，不管菜案还是面案的活儿，都不生疏，这让阎来锁省了不少力气。

闲暇的时候，阎来锁就看战士们出操唱歌上政治课。没几天，上到支队长分队长，下到普通战士，他都能喊出姓什么叫什么了，有的连在家里排行老几都了解得清清楚楚。战士们不拿他当外人看，有些话就不避讳他，这样，他居然听到一个不好的消息，是说守财的。

守财那天一早进山，并不是有什么急事，而是跟领导们吵翻了，不为别的，就为维护大队长杜智德的面子。中队长们都说杜智德违反了纪律，不该为了个人利益，置战士们的安危于不顾，给自卫大队带来这么严重的损失。而阎守财却不同意大家的观点，说即使杜智德有天大的过错，也不该背后谈论大队长的是与非，大队长虽说是新二师投诚过来的，可人家打过的仗，比咱们吃过的米饭都多。后来，郝来全火了，他拍着桌子骂阎守财是杜智德的一条狗，阎守财把两把盒子都掏出来了。如果不是杨玉年指着两人的鼻子把他们骂得狗血喷头，还不知道事情发展到最后是个什么结局呢。

听战士们的口气，都不向着阎守财，说二嫂不像在二中队当侦查员时那么听话了，变得傲慢了，固执了，学会打官腔了，听不得一点意见了，不就是大队长的警卫员嘛，倒好像自己是多大的官儿似的。别人在议论阎守财，一旁的阎来锁脸上挂不住，挂不住也得听，谁让他家老二不争气呢。

消息传到郝久莲耳朵里，她问公公谁对谁错，阎来锁蹲在一边只顾抽烟，心想，一两个人说守财这不好那不好，他会认为这个人跟守财一定有过节，要是大家都这么说，他就不敢替儿子硬扛着了。这么想着，阎来锁竟然又萌生了撂挑子不干的念头，想回阎家坪。

郝久莲说，都好些天了，怎么还没有守田的音讯呀？

阎来锁说，守田比守财机灵，守财好好的，守田也准错不了。

郝久莲只能听公公的，可她不想这么两手空空地回山里去，她对公公说她想去县城见一见守富。阎来锁起初不答应，说，那是个白眼狼，你去了，他照样能把你轰出城门，我虽是他阎守富的爹，可我还是想掏句心窝子话给你，你嫁给守富，算你瞎眼了。

郝久莲默不作声，只是叭叭地掉眼泪。

阎来锁只好说，去就去吧，一日夫妻百日恩，兴许他个王八羔子还能念在夫妻情分上，听你一句劝。

阎来锁决定临回阎家坪前，带郝久莲再进一趟县城，他找段丑槐辞行。段丑槐说，阎叔，我哪个地方做得不好，你给提出来，我改。

阎来锁说，我没说你做得不好呀。

段丑槐说，那你就甭提回家的事儿，我就是答应你回去，战士们也不答应。

郭双全也埋怨他，叔啊，你怎么七窍迷上一窍了？就知道回家，你回去不也冷锅冷灶吗？跟上自家的队伍还能叫你吃了亏？我是没你这手艺，我有，早当炊事员了，哪还轮得上你呢？

阎来锁翻了一眼郭双全，我当不当炊事员，还不由我自个儿做主了？

正好赶上宋大有家办喜事，阎来锁只顾忙事宴上的事儿，就没再提回家，也没顾上陪郝久莲去县城。

第二十四章

1

董家堰有个财主叫贺老三。贺老三的一间耳房是杜智德亲手布置的洞房，墙壁重新粉刷过，白得晃眼，墙上贴了一幅手捻琵琶的美人年画，靠北山墙摆一只暗红色的立地衣橱，靠西墙是一只大躺柜，躺柜上有一个带底座的四四方方的穿衣镜，还有一只朱红色的梳妆匣子，炕上铺两条新擀的羊毛毡，靠东墙码着一摞新被褥，窗户纸都是新裱糊的，上面贴着红双喜的剪纸角花。新娘董珮媛在铁锅里翻炒着葵花籽，杜智德坐在一个矮脚凳上慢条斯理地打草鞋，炕沿上坐着房东贺老三，警卫员阎守财蹲在地上帮董珮媛往灶膛里喂柴火。

这时，院里传来吵架似的狗吠，贺老三出去骂狗，董珮媛又提起回门的事儿，说，哪有出嫁的闺女不回门的道理？路再远，也不能坏了祖传的规矩呀。

阎守财也附和着说，姑娘出嫁第二天就该回门了，不回门是要让人笑话的。

杜智德不耐烦地说，过两天吧，等把各中队的伤亡情况摸清后，打一份报告上去，再送珮媛回门。

这时，杨玉年推开了房门，接着进来的是一中队长刘田禾，三中队指导员张文有，还有区委书记赵尚志，杨玉年示意阎守财和董珮媛都出去，他们有重要事情跟大队长谈。阎守财和董珮媛一前一后走出耳房，董珮媛进了贺老三家的堂屋，贺老三的老婆闺女在堂屋里剥苞谷粒儿；阎守财去了西厢房，西厢房里住着通信班的战士。小胡问阎守财，张文有刘田禾他们怎么有空进山来了？阎守财说，谁知道，准是有事儿呗。

不多一会儿，杨玉年、刘田禾、张文有他们相跟着出来了，杜智德却没出来送人。这让阎守财觉得不可思议。这几天村里的乡亲们来闹洞房，大队长都是笑脸相迎笑脸相送的，少有窝在家里不送客的时候。

杨玉年站在一个扇粮食的扇车前，大声把通信班班长小赵喊出去，他表情严肃地对小赵低声说着话。西厢房的六七个战士都侧着耳朵听，竟没听见他们在说什么。

等小赵回到西厢房，他们七嘴八舌问杨书记有什么指示，小赵却眉头紧锁，一语不发。

等杨玉年他们走后，又过了好长时间，天都快暗下来，才听杜智德在小耳房喊小赵。小赵迟疑一下，从墙上取下盒子枪，挎在肩上，出去了。小赵出去不大一阵儿就回来了，仍然面无表情，朝阎守财努努嘴。

耳房里没掌灯，黑咕隆咚的，洋溢着一股新鲜麦秸的清香味道，却能够看到某个地方有一星亮光忽闪着，阎守财知道那是杜智德的烟锅，他看不清杜智德的脸，却能感受到一股寒气逼人。

阎守财怯怯地问，大队长，你没事儿吧？

杜智德没说话，只是闷闷地抽烟。阎守财闻到屋里的烟味儿很浓，浓得划一根火柴就像要点爆似的。他忍不住咳嗽一声，杜智德把烟锅里的烟末磕掉，突然嘶啦一声笑了，守财，你往后甭喊我大队长了。

阎守财一愣，咋的了，大队长。

杜智德轻描淡写地说，我让人给撸了。

又说，撸了就撸了吧，不就是个破队长嘛，百八十号泥腿子，百八十条破枪，能把天捅个窟窿，还是能把地钻个洞？三个中队摆一块，都不够人家日本人几发炮弹轰呢。

他停顿片刻又说，守财，咱俩虽说在一块的时间不长，可我觉得咱俩的交情不比其他人浅，这就叫相见恨晚吧，你说是不是？守财。

阎守财没吭声儿。

杜智德接着说，为了革命，我杜智德从新二师投诚过来，没讲过价钱，没说过一句怨言，拼了老命替他们打鬼子，就是没功劳也有苦劳吧？可他们不念你的好，揪住你的小尾巴不放。我不跟他们一般见识，他们想怎么折腾就怎么折腾吧，无非是过河拆桥嘛，老子站着五尺长，躺下也是长五尺，我就不相信了，离开他们，杜智德就能饿死？

又说，这叫什么，这就叫此处不留爷，自有留爷处，处处不留爷，爷爷回家住。算了算了，不谈这些了鸟事儿了，你回去歇着吧，我明儿还得跟他们回东峪接受处分呢。

阎守财原想，杜智德受了处分，心里憋屈，一来是想跟手下人倒一倒苦水，苦水倒完，也就轻松了；二来是想听一听大家的意见，替他把把脉，究竟他错在哪里了。可听了杜智德的话，只听出一些牢骚，并没有征求他的意见，然后就让他抬脚走人了。只能说明一件事，大队长觉得自己受了排挤，有了另择高枝的念头，这让阎守财忽然感到事态严重了，进山前的那个深夜，他接受了一项特殊任务，表面上是与郝来全他们吵翻了，赌气连夜去了董家堰，实际上是在县委没有做出对杜智德处理决定前，要他严密监视杜智德的一举一动。阎守财不是个有城府的人，他对谁有了成见，嘴上不说，眼睛里早露出鄙夷之色，他担心自己的眼睛把自己的内心给暴露了，尽量不敢直视杜智德，和通信班的战士也闭口不提大队长的任何事情，如此戒备森严，让他觉得很累，他知道自己不是干这个的料，迟早要让杜智德看出破绽。他从小耳房出来，没有马上回西厢房，而是去了茅房，他在茅房里装作大便，抽了半天烟，直到听见有人喊他吃饭。

以往，每到饭点，杜智德会带着董珮瑗，相跟着通信班的战士，一起去骑兵班所在的村公所吃饭。一路上大家说说笑笑打打闹闹，全无官兵之分，连新媳妇董珮瑗也受到感染，常常为一些有趣的事儿捂嘴笑。

可这天的晚饭，杜智德没去吃，董珮瑗也没去，还有一个没去吃饭的是通信兵小胡。杨玉年问小赵怎么回事，小赵说房东请大队长两口子吃羊杂碎，他们不来了，至于小胡嘛，他说他不饿。

2

董家堰有两个出山路口，一个是去明月沟的村东口，一个是去老松台的村北口，负责村东口站岗的是骑兵班，村北口的岗哨是通信班。鸡叫头遍，村东的哨兵听见北山上传来一声尖利的枪响，似有呵斥之声夹杂其间，但很快安静下来。

张文有那天夜里睡不着，在炕上翻来覆去烙大饼，把旁边的杨玉年也带醒了，杨玉年干脆盘腿坐在被窝里抽烟，一边抽一边和张文有有一搭没一搭地拉呱，把他们彼此对杜智德的印象各说一遍。从杜智德的脾气扯到杜智德的草鞋，从杜智德身上扯到县委下一步的任命，又扯到杜智德的警卫员阎守财。说到阎守财，张文有把守财的弟弟阎守田被捕的事儿也说了，杨玉年问张文有告没告诉守财，张文有说郗铁柱有次在陈家营的交通站遇见守财，把这个消息说了，当时守财一句话没说，只是恶狠狠地瞅了郗铁柱半天。杨玉年说，守财不会认为守田的被捕是老郗造成的吧？张文有趴在枕头上说，那倒未必，守财虽不爱说话，可做事比谁都靠谱。两个人还要往下扯，就听见一声沉闷的枪声传来，张文有嘴里念声不好，一骨碌从炕上爬起，伸手在枕头下摸出一把盒子，眨眼工夫，人已经站在董家堰的街头了。

那时，山野溟濛，星空黯淡。

谁家的狗忽然叫起来，全村的狗都呼应着叫起来，在山谷里激荡。等杨玉年带着骑兵班的战士来到街头，张文有已经从村北折返回来，低声对杨玉年说，村北的岗哨撤了，估计是杜智德搞的鬼。

贺老三的榆木街门有一丈二高，五寸厚，两扇门除了馍馍大的泡钉，还有一对兽头铜环。这么结实的街门要从里面插上门闩，你就是用顶木猛撞，也不一定能撞开。可那天深夜，张文有伸手一推，街门就被推开了，院里黑灯瞎火的，没有任何动静。

张文有提着枪直奔西北角的小耳房，但很快出来了，对杨玉年说，跑了，屋里没人。

骑兵们点燃一根火把，一个房间一个房间搜索。西厢房住着的通信班连一个战士都没有，被褥倒还铺在炕上，只是凌乱不堪，显然起得急，走得也急，门口窗台上放了一只草鞋，鞋尖朝外。

杨玉年说，这是守财留下的记号，说他们跑了，朝山外跑了。

有人从贺家的东耳房找到贺家老少十来口人，都被人用粗麻绳捆了，嘴里塞了东西。贺老三开口的第一句话就是，天杀的，好心没好报啊，杨书记你得给我做主，他姓杜的不得好死啊。

杨玉年皱着眉头听贺老三的哭诉，张文有不耐烦道，少说些没用的，你知不知道杜智德朝哪儿跑了?

贺老三咧着嘴说，我哪知道，他又不跟我好好说话，他把我的钱匣子抢走不说，还把我全家老小都捆起来，他白吃我的，白住我的……

贺老三眼瞅着这些人不再听他的，呼啦一下涌出去，最后火把消失在街门外，狗吠声洪水一样扑面而来。

张文有他们在村北山路上又捡到一只草鞋，鞋尖直指山顶。山路陡峭，不能骑马，他们手脚并用往后山上爬，一路上谁都不说话，只顾沿着山路疾行。翻过后山，绕过窑头村，再爬居士山时，又听见山上传来几声枪响。而那时天光已渐渐放亮，举火把的战士把火把蹭灭丢在山涧里了。他们在山路上发现一具尸体，不是阎守财，而是通信班长小赵，子弹贯穿了小赵的心口窝。

杨玉年难过地说，小赵是个好同志。

老松台又叫魁星阁，是居士山的最高峰。说是魁星阁，其实就是一个六节形石塔，下面有四方形的砖砌底座。魁星阁对面有三间石砌窑洞，被称作北堡，又叫王居士室。《襄城县志》里说，山下泉流侧畔，石室有古碑，剥落，略云，东魏武定四年任城王居士室。又有传说是唐代大诗人王维王缙兄弟俩的书房。

快要爬上老松台时，张文有发现一道血线，那道血线下留有磨蹭过的痕迹，一定有人负伤了，负伤了还坚持往山顶爬。这样想着，张文有一颗心提到嗓子眼，他撇下后面的人，自己冲上山顶。山顶上除了几处古迹，还有一些迎风摇曳的灌木丛，在魁星阁下边躺着一个人，在朝山下延伸的石梯子上也躺着一个人，两个人都是被子弹贯穿脖子打死的，他们都是通信兵。

那时，太阳还没有出山，山顶的视线不是很清晰，山下的村庄漫漶在一片淡蓝色的氤氲里。

张文有沿着那道越拖越细的血迹，最后在王居士室外面的草丛里发现了阎守财。阎守财还没咽气，手里握着两把盒子，眼睛直勾勾地盯着发暗的蓝天。

张文有抱起他的上半身，觉得他浑身在不住地哆嗦。张文有大声呼喊守财，守财的眼睛艰难地移动到张文有脸上，他说，在后山上，小赵开了一枪，说是有狼，杜智德不信，让小胡盯着小赵，快要爬上老松台，小胡朝小赵后背打了一枪，他们都朝山顶跑，我用枪顶在大队长的脖子上，要他们都停下，可我没提防身后的小胡，我中弹以后就摔倒了，我爬上山顶，他们藏了两个人，想截住我，我没让他们得逞……

阎守财说着，嘴里吐出一串血唾沫。

张文有忙说，守财你不要说了，我全知道了，我这就背你下山。

阎守财还在往下说，守田的事儿，不要，不要告诉我爹，我爹，听了会，会伤心的……

他还要往下说，嘴巴动了动，脑袋却忽然歪在肩膀上。

3

阎守财的尸体是用担架抬到藏孤村的，蒙了一床碎花被子。

抬担架的是骑兵班的两个战士，一个战士是个结巴，说一句话要浪费许多单词和时间，另一个战士虽不是结巴，平时却是个闷葫芦，缺乏与人沟通的方法和技巧，本来一句话就能说清的事儿，他啰啰嗦嗦需要用好几句话来描述，而且越描越乱。段丑槐瞪着眼睛听了半天，总算听明白了，阎守财是被杜智德打死的，杜智德投敌了。

郭双全当时正在赵武道上跟一个老乡摔跤。老乡是个放羊汉，块头大，胳膊有碗口粗，是方圆几十里内有名的跤手。以前乡下经常有庙会，逢会必有摔跤项目，放羊汉一口气能摔倒六个跤手，就算挠了头羊。他家的羊群，有一半是从摔跤场上赢来的。郭双全被老乡摔得趴在地上不起来，可听见有人说阎守财死了，他腾地从地上窜起，朝保胤祠飞奔而去。

郭双全一把将蒙在阎守财身上的被子掀开，看到面如死灰的搭档，扑通跪在担架前，放声大哭，守财，我是你二哥双全啊，你不能这么不声不响走了呀，你给哥挺住，我给你把卫生员喊来，卫生员卫生员，我日你姥姥的，跑两步呀……

卫生员其实是以百米冲刺的速度一路跑来的，他老远就伸长胳膊做出一种动作，等到了担架前，一只手捏住阎守财的手腕，想找脉搏，另一只手去翻看阎守财的眼皮，随后耳朵贴在阎守财的胸膛上听，所有的动作都是徒劳的，他朝红脸关公似的郭双全使劲摇了摇头，说，太晚了，没救了。

郭双全一把将卫生员推开，他的脸凑在阎守财的鼻孔前，想感知阎守财有没有呼吸。他似乎感知到了，歪着脖子瞪着卫生员又吼，他没死，他还喘气呢，你看他的眼珠子还圆溜溜地睁着呢，你他娘是咋看病的……

双全，你冷静点。段丑槐拍了拍郭双全的肩膀，你把卫生员骂死也救不活守财的，守财死了都有一个多时辰了。

谁干的？谁他娘把守财打死的？

藏孤村的宋大有有个亲戚平时不爱喝酒，也不爱说话，但在宋大有儿子的喜宴上，那个亲戚喝高了，喝高了就发酒疯。别人发酒疯是打人骂人摔盆子掼碗，宋大有的亲戚与众不同，他捏着一只锡酒壶摇摇晃晃直奔厨房，看到阎来锁正从锅里往菜盘里舀红烧豆腐，就用另一条胳膊从背后勾住阎来锁的脖子呜呜咽咽哭。

阎来锁一开始吓了一跳，以为有人要卡住他的脖子背口袋一样把他摔倒，他本能地一转脸，竟看到一双泪汪汪的眼，满嘴都是酒气，那个醉鬼哭得稀里哗啦的，嘴里喊阎来锁二姨夫。

曲美英在娘家既没有姐姐，也没有妹妹，她就是家里的老大，矬子算是老二，喊他二姨夫的人肯定认错人了，既然认错了，阎来锁就不好意思用手里的炒勺朝那人光溜溜的头皮上戗一下，只好给醉鬼解释他不是二姨夫，他是做饭的厨子，他还要给大家舀红烧豆腐呢。

这么一折腾，东家宋大有赶过来了，说，二黑子，你不能喝就不要喝，丢人败兴的，快回屋里躺一躺，不要影响老阎炒菜。

说着话，伸手去掰勾住阎来锁脖子的那条胳膊。二黑子胳膊里有股子蛮劲儿，宋大有居然没能掰开，就听二黑子呼哧呼哧哭诉，你不要拉我，我心里不痛快么，我跟我二姨夫拉呱拉呱，你拉我做啥？

又说，我老婆死得冤，怀了那么大个胖小子，都快生了，他小日本一刺刀就把娘儿俩串了蚂蚱，我那天替马西元种荞麦没在家，我要在家，非把狗日的小日本撕成两半不可，二姨夫啊，你说二黑子咋活呀……

宋大有又喊来两个后生，大家就把二黑子的胳膊掰开了，架着他出了厨房。

就在这时，郝久莲风风火火跑进来，拽了阎来锁的胳膊就走。阎来锁有些恼火，挥起胳膊想甩脱儿媳妇的手，有话说话，别拉拉扯扯的叫人笑话。

宋大有见状也急了，说，你这娃娃是咋了，不就是让一个醉鬼搅和了一下嘛，你公公都没说啥，你倒不依了？

又说，二黑子喝醉了，你也喝醉了？

郝久莲脸色煞白，眼里竟闪动着泪花，她拽阎来锁胳膊的手没松，对宋大有说，对不住了大有叔，我家里人出事了，赶紧让我爹去看看呀。

阎来锁走路走得轻飘飘的，像踩在棉花上，又像腾云驾雾。他一直被郝久莲拽着胳膊，他想他这是去哪儿啊，老宋的事宴还没做完，撂下的素菜肉菜还没出锅呢，他这个儿媳妇太不懂事了，怎么能把他从事宴上拉出来呢。这是什么地方？土墙怎么有那么高？天和地怎么翻转过来了？难怪他觉得是在云彩上走着哩。他远远听见有人大哭，哭谁呢？谁又死了？他想起那天在管辂村庄稼地里看到的那些死人，是不是有人把死去的自卫队员抬回来了，抬回来就得哭呀，活蹦乱跳的一个人吧唧躺下死了，活着的人哪有不哭的道理？谁要不哭，除非他们是仇人。可曲美英发丧那天，就没人在她坟前哭，那狗日的守田连哭丧棒都不给拄，不知躲哪儿去了……

阎守财的爹，就是那个从阎家坪出来的厨子阎来锁，竟然傻了。他盯着平放在保胤祠院子里的一副担架出神，他手里还拎着一把油汪汪的炒勺，炒勺上面挂的那些猪油已经皲住，像包了一层白釉。

郝久莲说，爹，你哭两声吧，守财不在了。

阎来锁不哭，却说，守财不在了？守财是谁？这名字我听说过，哪个村的，我不记得了。

阎守财在担架上孤零零地躺着，胸前有两个枪眼，血已流干，人显瘦了，不像原来那样高高大大，眼睛一直睁着，直愣愣地瞅天。

郭双全用手抹了半天，眼还是圆睁着。

4

阎守财的追悼会是和其他八个自卫队员一起开的，这个追悼会最应该参加的是杜智德，可杜智德不在藏孤村，他带了自己新娶的媳妇儿和三个通信班战士投靠了襄城警备队。

追悼会在赵武道上举行，除八个自卫队员家属和县领导参加外，还有晋察冀二分区的首长。只有阎守财没有家属现身，段丑槐亲自去炊事班请阎来锁，阎来锁一手拎着一把炒勺，一手拎着一只炒瓢，泥塑似的戳在屋里。

段丑槐说，阎叔，去参加追悼会吧，送送守财。

阎来锁失神地盯着段丑槐，不说去，也不说不去，就好像是段丑槐把他的儿子怎么着了。段丑槐觉得脊梁骨直冒凉气，他说，阎叔，你没事儿吧？今儿是守财的祭日，你不想去就别去了，我知道你心里难受，难受就歇着吧。

段丑槐不放心阎来锁，返回会场，想找到阎来锁的儿媳妇郝久莲，转来转去，连郝久莲的人影都没看到，一打听，才知道郝久莲一个人出村了，说是去县城找她男人去了。

段丑槐当下就发起火来，他骂站岗的哨兵是吃干饭的，怎么不拦住郝久莲，一个年轻妇女走那么远的路去县城，万一出了差池该咋整？

他命令两个战士骑马去追。

两个战士一路追下去，直到望见襄城火车站的炮楼，竟没遇到郝久莲。

5

阎顺那天在得月楼跟人喝酒。

酒桌上坐了六个人，一个是襄城宪兵分遣队的翻译官，一个是县警备队副队长索炳儒，一个是县公署建设科科长武贤堂，一个是新近投诚过来的杜智德和小胡，还有一个就是阎顺本人。阎顺不再是警备队的军医，他被提拔为新组建的挺身队副队长。

索炳儒对新来的杜智德并无多少客套，反倒是对小胡明显亲切了不少，这让阎守富很纳闷。不用说阎守富了，就连杜智德也是一头雾水。这个谜团在酒过三巡之后就被索队长解开了，索队长呵呵笑着说，小胡不是外人，是他安插在自卫大队的卧底，这次成功策反杜大队长，有一半的功劳应该记在小胡名下。

杜智德觉得这酒喝得没滋没味的，就像喝了一肚白水一样。小胡却是谈笑风生，不停地给这个满酒，给那个敬酒，他对杜智德仍然是毕恭毕敬的。

表面上看，杜智德最近成了黑泽太君眼里的红人，初来乍到，就被黑泽委以重任，他也提供了不少基干自卫大队的机密情报。但亲自带路清剿隐藏在襄城周边各村的地下党组织的却是小胡，小胡带着挺身队在智村一锅端了六个区干部。几天后，三区助理员，区小队长和组织委员在挺身队强大的攻势之下做了缩头乌龟，相继前来投降。黑泽高兴得合不拢嘴，他举着两个大拇指对杜智德和小胡说，你的，还有你的，大大的这个。

有了黑泽的抬举，索炳儒也不敢小看杜智德。杜智德脸上献媚地笑着，心里却一直闷闷不乐，他对身后的小胡，忽然有了一丝隐隐的后怕。

小胡显然是小人得志。初到警备队，他逢人点头，而且面带微笑，而且一个屋子一个屋子蹿，一是自我介绍，二是要大家多多关照。时间一长，就换了另一副嘴脸，拍着桌子，吐着唾沫星子，滔滔不绝讲他是怎么被索队长安插进自卫大队的，自己又是怎么编造苦大仇深的身世博得党组织信任的，又是怎么表现机灵被杜大队长一眼相中并成为心腹的，自己是怎么帮杜大队长的老丈人躲过开群众大会那一劫的，他又是怎么循循善诱地做通杜大队长的思想工作最后心甘情愿地随他连夜逃出董家堰的，他又是怎么一枪结果通信班班长小赵，又是怎么从神枪手阎守财的枪口之下救了杜大队长一命的，还有他是怎么轻描淡写地一枪把阎守财也送过奈何桥的，他们又是怎么从石梯子上走下老松台，怎么在南王据点的吊桥外面向炮楼上的岗哨说明情况，据点里的皇军又是怎么保护他们来到县城的……啰啰嗦嗦这么一说，大家都笑了，都说刘玄德当年携民渡汉，赵子龙长坂坡单骑救主都没有小胡的故事精彩。

唯有听故事的阎顺听到小胡讲他一枪结果神枪手阎守财的性命时，心里咯噔一下。他不知道小胡嘴里提到的阎守财是不是他弟弟，但他有一种不祥预感，他每次见到小胡，就琢磨着怎么能神不知鬼不觉地弄死这个像竹竿一样苗条的小胡。

在得月楼上，别人都主动敬小胡和杜智德酒，夸小胡初出茅庐立了天大的功；阎顺不敬，冷眼瞅着小胡。

酒过三巡，阎顺喝多了，也不管其他人还喝不喝，自顾自醉醺醺地出了得月楼。阎顺独自在襄城街头转悠，看见路边有摆摊卖苹果卖酥梨的，就晃晃悠悠走过去，伸手抓一个咬一口，啐在地上，说，啥破果子，把牙都硌疼了。说着，一脚踹翻果摊，苹果酥梨滚落一地。

卖果子的小贩袖着手站在路旁看阎顺撒野，就像那果摊跟他连半毛钱的关系都没有，直到阎顺摇摇晃晃要走，才伸手把阎顺拦住，甭走呀阎队长，你这一走，我的梨咋办啊？我的苹果咋办啊？

阎顺瞪着眼骂，给老子闪一边去，你他娘的是活得不耐烦了。

那人并不惧怕阎顺，反而把阎顺推个趔趄，阎顺后退两步，一脚踩在一只苹果上，踩趾了，咚地坐在地上，从地上爬起来，手里多了一支王八盒子，嘴里骂道，老子日你十八辈子祖宗。话未完，枪先响了，但子弹不是朝那人身上射去，而是飞向了空中，有人把阎顺的胳膊抬高了。

控制阎顺胳膊的人不是别人，是索炳儒。

索炳儒说，因为个甚，还动刀动枪的。

阎顺拧着脖子吵，说卖果子的小子是活腻了，都敢在太岁头上动土，他非给这小子脑袋上开扇窗户不可，又要重开一次枪，索炳儒一把将阎顺手里的盒子夺了过去，伸长胳膊把阎顺揽住，朝文庙方向走了。

阎顺酒醒后，索炳儒告诉他，那个卖果子的把他阎顺给告了，直接告到黑泽那里了。卖果子的竟然通着天呢，这让阎顺大跌眼镜，他问索炳儒怎么回事，索炳儒说不怎么回事，你把人家的果子摊踹了，还想开枪伤人。又说，这卖果子的叫郭知事姨夫，是郭春雷大姨姐的儿子，人家不怕你这身二鬼子皮。正说着话，有人来告诉阎顺，有个女人要见你，说是你老婆。

6

挺身队驻扎在傅家街，仅有三十来号人，少部分是从宣抚班调拨来的日本人，算是队中的骨干，大部分人都是后来投降过来的中国人，有新二师的，有保安队的，当然也有像杜智德小胡这样投降过来的叛徒。杜智德因为身份特殊，黑泽也任命他为挺身队副队长，跟阎顺平起平坐，倒是大功臣小胡没有被重用，仍像尾巴一样跟着杜智德。阎顺知道，小胡眼里是有钩子的，他总是想从杜智德身上再钩出些什么幺蛾子来，这让阎顺心里也多了一份警觉。

杜智德把家属安顿在财神庙街一个财主家的独跨小院里，阎顺也把家属安顿在那户财主隔壁的一个四合院里，虽说是山屋搭山屋的邻居，又在一个队里共事，职务也没有高低之分，偏偏两人之间像隔着一层什么，表面上打着哈哈，心里却各怀鬼胎。他们的手下也看得真真的，知道阎顺不服气杜智德，杜智德也不敢把阎顺怎么的。杜智德自打进了挺身队，就不爱说话，田崎问过小胡，你们杜队长以前是不是这个样子，小胡摸着头皮说，他以前也总黑凶着脸，不大理人。其实小胡还是替杜智德打了掩护，杜智德有心事，他比谁都清楚。田崎要他好好照顾杜队长，他心领神会，在挺身队就不说了，杜智德要回家，小胡屁颠屁颠就跟上去，帮杜智德开门，挑门帘，提这个，抱那个，但凡杜智德有一点累赘，小胡不等吩咐，抢先一步就代劳了。阎顺没有这样的待遇，阎顺从挺身队回家，总是孤零零一个人跟在杜智德小胡他们后面，像只落单的孤雁。

田崎原来是宣抚班的宣抚官，黑泽让他来带挺身队也是觉得挺身队里的成员太杂，管好了，三十几号人的挺身队作用比几百号人的警备队都大；管不好，那些家伙乱起来就是一堆不定时的炸弹，保不住什么时候嘭嘭嘭地炸了，炸你个中心开花，血肉横飞。田崎深感责任重大，他早就不想在宣抚班呆了，他不喜欢磨嘴皮子的工作，喜欢用军刀说话，他对两个副队长都不满意，一个是军医出身，只知道望闻问切，外出执行任务，从未主动过，而且出于医生的本能，很少滥杀无辜。至于那个杜智德，田崎都懒得理他，如果不是黑泽一再吩咐他们要精诚团结，不可意气用事，他早一脚踢开这个闷葫芦一样屁都不愿多放一个的杜智德了，好像谁欠他两百块大洋似的，什么玩意儿。田崎总感觉自己身边空落落的，缺条左膀，还缺条右臂。

到了霜降这天，田崎忽然身子一轻。

7

索炳儒有天让阎顺给一个犯人看病。犯人是个毛头小子，后脑勺被枪托砸开了瓢，一直好不了。起初只是流脓水，头脑还算清醒。宪兵队提了两回审，用了一点刑，人挺犟的，什么都没问出来。坐老虎凳时，把腿又弄折了。回到监房，开始发高烧；没过两天，整个人陷入了昏迷。

本来，依宪兵队的惯例，犯人到这步田地，就该丢出野外去，在脑袋上补一枪了事。偏偏索炳儒那天和两个负责看监房的牢头儿在得月楼吃饭，其中一个牢头儿说他昨儿个路过警备队，又听索队长唱上了，这回打了肉夯的是个什么角儿啊？索队长就说，是个新近捕获的女八路，听口音还不是襄城本地人。另一个牢头儿感慨道，凡是被索队长打了肉夯的，一般活不过五天。又说，他们牢里有个小犯人，倒是没被打肉夯，是让田二荀用枪托砸坏了脑壳，估计也活不出这两天了。索炳儒对犯人的生死并不上心，他上心的是这个犯人怎么得罪了田二荀，田二荀可不是盏省油灯，他就想见识一下这个犯在田二荀手里的犯人长什么模样。

从得月楼去关押犯人的东大门隔了一条街。路上，索炳儒遇见正准备去挺身队的阎顺，说帮我去看一个病号，看医得活医不活？

阎顺不看则已，一看竟吓得喊了起来，守田？

不是守田又能是谁？

阎顺想从牢里往外弄人。牢头儿倒是看在索炳儒面子想成全这事儿，可阎守田是宪兵队提审的要犯，虽奄奄一息了，若想通融，就得找黑泽。索炳儒说黑泽那里包在他身上，只是看了守田的样子，即使弄出来，也怕活不成。索炳儒发现阎顺的两只眼像着了火，一只手死死攥着东洋刀的刀把。

阎守田没等他哥阎顺把他弄出监牢，就咽气了。阎顺雇了一辆牛车，载了阎守田的尸体，出了东城门，摇摇晃晃朝东北方向的乱坟岗去了。只是走到乱坟岗时，牛车没有停下，而是扭转方向，朝东南走去。面含悲戚的阎顺没有跟着去，一直望着牛车消失在庄稼地的尽头，才径自回到襄城。

8

杜智德的老婆董珮媛这天吃过早饭就出门了，她想去消费合作社买几尺绸缎，打算给自己做一件直领旗袍。出了街门，给街门上落了一把铁锁，正要朝东走，却看到隔壁院门口站着一个和自己打扮很相似的新媳妇，并朝她莞尔一笑。

董珮媛没见过郝久莲，当然也不知郝久莲那张笑脸后面隐藏着什么样的阴谋，出于礼貌，她也朝郝久莲笑了笑。

郝久莲说，你男人不是咱们本地人吧？

董珮媛点点头，大同府的。

郝久莲咂巴着嘴皮说，可惜了，真可惜。

董珮媛有点犯糊涂，她认真打量着对面这个肤色白净，左腮有个小酒窝，右腮没有小酒窝的女人，却觉得女人话里有话，问，啥叫可惜了？

郝久莲叹气，朝董珮媛微微弯曲了两下手指，是要董珮媛跟她进院里说话。董珮媛犹豫了一小会儿，还是走进那所陌生的四合院。

郝久莲一直把董珮媛引进他们住的那间西厢房，用炕桌上的白瓷茶壶给董珮媛倒了一茶碗水，又从炕桌下边，拿出一个木托盘，托盘里有炒熟的葵花籽。董珮媛没喝水，却伸手抓了一把葵花籽，她在娘家最喜欢嗑瓜子了，没事儿的时候，总爱抓一把瓜子倚着门框嗑，她嗑瓜子不像别的女人那样把瓜子皮吐得到处都是，而是攥在手心里，直到手里满了，才扔进灶膛。

董珮媛本不想在郝久莲家待得太久，今天是杜智德的生日，她打算买了缎料后去南关的梨市街买一颗大白菜，回来给杜智德包饺子吃。饺子好吃，但包起来费事费工夫，所以她不打算在郝久莲家待的时间太久，一边嗑瓜子，一边问郝久莲刚才的话是什么意思。

我就随便说说，郝久莲又叹了口气，你还当真了？

董珮媛不信，坚定地摇摇头，你没说实话，你心里想的跟你嘴上说的不一样。

郝久莲伸出手去抓住董珮媛那只没攥瓜子的手，一边摩挲着一边怜惜道，有些话我真不想跟你说，说了怕你难受，可看你长得这么疼人，瞒着你又有点不忍心。我这么跟你说吧，我男人会相面，他看过你的面相，说你红颜薄命，找的男人不靠谱，你这辈子要嫁三处男人，头一处是外乡人，第二处是本乡人，第三处嘛，还是本乡人，你甭不相信，我男人说你十九岁就要守寡，二十五岁上，有个开饼子铺的男人会娶你……

董珮媛冷笑一声，她把手里的葵花籽全扔在郝久莲的炕上了，她不想再听，她觉得郝久莲是在放屁，一边起身要走，一边说，我和你没仇没恨的，你咒我做什么？我今年就是十九岁，你说我今年就要守寡？亏你好意思开得了口，讲别人坏话是要遭报应的。

郝久莲却说，我没讲你的坏话，也不想咒你，你男人活不过今天了。

董珮媛恶狠狠地瞥一眼郝久莲，正要拉开郝久莲的房门，却被里屋伸出一双手把她的嘴巴捂上了，她想挣扎，但几乎是没有挣扎就被那双手拖进了里屋。

很快，阎顺从里屋出来了，他低声吩咐郝久莲，千万看好被绑起来的董珮媛，他要去挺身队一趟。

9

中午时分，杜智德挎着手枪，后面带了一个挺身队的队员，这个队员是原来通信班的小胡。他们回到那个独跨小院门口，杜智德一抬头发现街门上挂了一把大铁锁，嘴里嘟囔道，怎么搞的，这时候了还没回来。

小胡说，说不定嫂夫人已经把饺子包好了，就等你回来下锅了，又临时出门给你买下酒菜去了。

杜智德基本同意小胡的看法，但他不愿搭理小胡，更不愿接小胡的茬儿，甚至连小胡的猜测都想否定，他更愿意相信是他老丈人进城来看闺女了，这个时候，说不定董珮媛正陪他老丈人逛街呢。他开了院门，对小胡不冷不热说，你回吧。

小胡快要拐出财神庙街，迎面碰上捧了一坛烧酒回家的阎顺。阎顺穿着高筒皮靴，挎了一把东洋刀，一边走一边哼着小调，想哥哥呀我真想你，三天吃不了半碗米，想哥哥呀我真想你，头不梳来脸不洗……

小胡啪一个立正，把阎顺吓了一跳。

阎顺见是小胡，抬脚踢了小胡一下，看把我吓得，你个小鬼头，哎小胡，帮我把酒坛子送家里去，我再割一斤猪头肉，中午和我喝两盅。

小胡抱着酒坛子说，阎队，酒我倒能送回去，我可不敢喝，田队长吩咐，下午还有重要任务。

阎顺说，喝两盅不误事儿，你听我的没错。

小胡还想说什么，阎顺扭头朝街外面走去。

小胡把烧酒坛子放到阎顺家的一张桌子上。女主人郝久莲正在里屋做饭，听见响动，出来对小胡说，你放在桌上的是酒吧？谁让你送来的？

小胡笑着说，是我们阎队长让我送进来的，我在你们家街门外遇见他，他说要去买一斤猪头肉。

郝久莲说，我们当家的从来不喝酒的，我看你是进错门了，你把这坛酒带走。说完，就转身回到里屋。

小胡为难了，他抱起那坛子酒，走不是，不走也不是，正不知如何是好，却看见阎顺带着一包东西走进屋来，忙笑道，阎队，嫂夫人不让我放下酒坛子，我跟她解释不清，你……

阎顺说，看你这后生，叫你放下酒坛子你放下得了，还磨叽个啥？

小胡觉得委屈，又不能争辩，把酒坛子重新放在桌子上，刚想转身告辞，劈面扬来一片白色粉末，小胡没来得及躲闪，粉末把眼睛糊了，火烧火燎地疼，他知道是石灰，可知道也迟了，然后就感觉脖子一凉，什么都过去了。

小胡的脑袋骨碌碌在地上滚了几滚，屋里墙壁上齐刷刷喷溅了一线血水。

阎顺是从自家的西墙直接翻过去的。在他稳稳落在隔壁院里时，一只猫呼地蹿上一棵枣树，蹭掉几片泛黄的枯叶。他下意识地蹲在墙角，紧张地观察北屋的动静。

时间是正午，院里一副懒洋洋的样子，八字形的大屋脊下直棂窗被刷成葱绿，房门却是朱红，窗台上晾着一双平绒绣鞋，一只铜脸盆放在门口的台阶上，倚墙立了一块搓衣板，院里收拾得很干净，尽管不是砖墁地，却坦荡如砥。阎顺眼里的一切，都是静止不动的，仿佛一幅临摹精细的水彩。

猫从树下往树上蹿时，把一只草鞋从板凳上碰下去了，好在草鞋柔软，落地的声音若有若无，但阎顺还是看出那只草鞋是用乌拉草编的。

王八羔子，还有心思编草鞋。

阎顺手里握着一把带有鳄鱼皮套的东洋刀，他把刀从刀鞘里抽出，刀身泛起一线冷酷的白光，迅速划过他的眼睑，他明显听到一根丝弦拨动后发出的充满空灵的声音，声音同样是稍纵即逝。

阎顺展身朝北屋走去时，树上那只猫错愕地打量着他手里那把削铁如泥的东洋刀，喵，那猫突然尖锐地叫一声。叫完，如风一样纵身跃向南面的院墙。

那时，杜智德正在屋里发脾气。

杜智德是朝屋里的空气发的，冷锅冷灶的，一点不像给他过生日的样子，他一脚把地上的一个矮脚凳踢翻了，说，搞什么名堂啊，这时候了还在外边疯跑，还说给老子捏羊肉白菜馅饺子哩，捏你娘的脚后跟吧。

这些天，杜智德也不知谁得罪他了，见什么都烦，烦还不是一般的烦，是那种捅心口窝的烦，烦里裹着痛，痛里夹着绝望和恐慌。好几次，他打算把董珮媛送出襄城，却又莫名地打了退堂鼓。田崎旁敲侧击地警告过他，他可以随挺身队出城，女人出城的不要，城外八路的厉害。杜智德倒不是后悔从董家堰逃出来，他后悔的是不该听信小胡，投靠日本人，日本人这边水太深，他怕不小心给淹死。只是事已至此，他想抽身都不可能了。

杜智德不知道死神正朝他急匆匆走来，他连躲避的念头都没有，但他还是听见有脚步声从门外传来，略显沉重了，略显仓促了，这些细节他都没有听出来，他以为他发的脾气起了效果，董珮媛回来了。

房门敞开着，阎顺尽量不让皮靴踩出声音，他把自己想象成一股飓风，如风暴一样卷入房内，在杜智德来不及反应的情况下，一刀结果他的性命。

狗娘养的，阎顺在心里骂了一句，杀人偿命，这狗娘养的没理由活过今天。

这间北屋是一堂两室的格局，杜智德侧身站在中堂屋的八仙桌旁，他把盒子枪随意撂在桌子上，也不是口渴，而是无所事事地伸手取茶壶，却听见了脚步声，随后看到一个人影出现在门口。

阎顺进去时是背着光源的，整个人黢黑，只有个头儿摆在那里，还有手里的刀露出狰狞杀气，他以为他的出现一定会引来一场激烈的格斗，但让他没想到的是，杜智德虽然扭脸朝他看过来，甚至开始关注他手里的那把明晃晃的东洋刀，在他冲上去时，杜智德却连一点反应都没有，杜智德近来一直就这么恍惚着，有种遇事不慌的超然。但寒光闪过，那颗天庭饱满，地阁方圆的脑袋立刻从脖子上掉下去了，如同一颗熟透的西瓜。

阎顺想不到杜智德的脑袋就像小胡的脑袋一样，被他轻而易举从脖子上割下来，在地上也是滚了两下。他手里的东洋刀在杜智德的衣服上抹了抹，把血渍揩干净，还刀入鞘，然后在屋里四处寻找能够打包那颗脑袋的东西。他先是看到屋角的墙头挂了一只竹编的篮子，篮子上面还有盖子，当他去摘那只竹篮时，发现篮子里放着一沓编好的草鞋，一只一只码放得很整齐，有麦秸的，有苞谷秸的，也有乌拉草的，阎顺想不出杜智德编这么多草鞋做什么，杜智德脚上有高鞠皮靴，皮靴比起草鞋来，不仅穿着舒服，而且隔水耐寒，可不知为什么，这个杀死守财的仇人，偏偏喜欢编这些没有多大用处的草鞋。他想了想，又把竹篮挂回原处。

如果杜智德的头发足够长，阎顺就会直接提了头发走出杜智德住的那间北屋的；也是杜智德习惯剃光脑袋，光溜溜的一颗头无从下手，阎守富只好从炕上扯了一块毛毯把头包了，夹在胳膊窝里。

午后两点，有个卖糖葫芦的老汉出现在财神庙街。每逢这时候，杜智德的新媳妇董珮媛会从街门里树叶一样飘出来，也不言语，掏一张准备票，买一串糖葫芦，咬一口最下面的一颗，不嚼，噙在嘴里，风摆柳一样消失在街门里。但是，那个午后两点，那片宁静的时光里，杜智德家的街门上依然挂着一把大铁锁。

老汉朝着空荡荡的财神庙街喊了两声，糖葫芦来，糖葫芦来。然后挑着两捆插糖葫芦的稻草人，慢悠悠朝西城门方向去了，走得心不甘，情不愿的。

这时，有一乘轿子从隔壁院里抬出，轿夫是两个五大三粗的壮汉，呼呀呼呀抬着轿子也朝西城门走了；在轿子后面，是骑了一头青骡子的阎顺。阎顺左边挎着王八盒子，右边挎着东洋刀，脚上是长筒皮靴，戴了一顶战斗帽，后背上挎了个葫芦状的包袱。

没人敢阻拦。

10

田崎得知阎顺出城的消息，已过申时。

索炳儒把这个消息捅给田崎时，田崎正忙着让人分头寻找杜智德和小胡。原来说好，下午要让小胡和杜智德带路捣毁设在陈家营的交通站，但杜智德迟迟未来，那个废物一样的小胡原本是田崎派去监视杜智德的，如今连他都不见了踪影，这让田崎先生气不打一处来。田崎派去寻找杜智德和小胡的人，去了一趟又一趟，每次回来都说杜智德和小胡还没回去，因为门上挂着锁。没回来，你们找呀，襄城巴掌大一块地方，一向是藏得住心事，藏不住人的。田崎火大了，田崎拄着东洋刀不住地说八格牙路。

愤怒的田崎忽略了一个本不该忽略的人，就是他们挺身队的另一个副队长阎顺。阎顺因为是军医出身，挺身队一般外出行动，都不带他，他负责挺身队的日常事务。

田崎亲自去了一趟财神庙街。

派去的队员每次出现在财神庙街，都是看一眼街门上的铁锁，再朝财神庙街的两头张望一眼，基本确认街上走的路人不是杜智德或小胡，就扭头返回挺身队。田崎办事的风格与大家截然不同，他飞起一脚想把那两扇门踹趴下。街门太结实，一脚下去，竟然没踢开，反把皮靴里的脚尖踢疼了。他咆哮一声，从刀鞘里抽出一把两指宽，四尺长的东洋刀，呼一下，把街门劈做两半。劈做两半也没用，本来街门就是两扇，两扇街门被上面的门钉铞和一把大铁锁关得死死的。后来是田崎又用东洋刀把那个大铁锁也一刀劈掉了，然后才一脚踏开两扇木头门。

院东有一棵掉光叶子的梨树，院西有一棵没有掉光叶子的枣树，枣树下的条凳上摆放着两双新编的草鞋，还有一只编了一半的草鞋。编草鞋的材料不是麦秸，也不是苞谷秸，而是襄城市面上很少见到的乌拉草。

院子里很安静，纤尘不染，一看便知这家主人是个勤快人。田崎却嗅到一股血腥味，他没有再往房里走，而是用两根指头示意其他人进去，进去的人立刻惊呼，杀人了，杀人了。他们磕磕绊绊说，杜副队长被人杀了，连脑袋都不见了，只剩下一个血身子。田崎不管这些，他注意到枣树下的那张条凳，还有条凳上的两双草鞋，他拿起一只鞋里里外外看了个遍，又凑在鼻孔前闻了闻，只有草腥味，没有脚汗味，他把草鞋又扔在了条凳上。

有人从杜智德房里找到一个放金银细软的柳条箱子，箱子很重，是两名队员各抱一头抬出来的，放在那个条凳上供田崎过目。

田崎说，统统地抬走。

从杜智德寄居的独跨小院出来，田崎示意他的手下，把周边四邻都带到挺身队去，他要逐一讯问。

在带人的过程中，有人报告给田崎，从隔壁一所房里搜到一个被五花大绑嘴里塞了一团抹布的女人，还有一个失去脑袋的血身子。而那个女人有话跟田崎先生说。

而就在这时，索炳儒也跑来告诉田崎，阎顺出城了，他亲眼所见。

第二十五章

1

阎守财的棺材要运回阎家坪。这个决定是段丑槐做出的。

段丑槐是自卫大队代理大队长。政治书记杨玉年在前一阶段配合杜智德的工作中有一些失误，被抽回山里接受培训，张文有接替了杨玉年的工作。其他干部也做了相应调整，刘田禾仍是一中队队长，郭双全是二中队队长，郝来全是三中队队长，郗铁柱回县委另行分配工作，各中队也重新安排了指导员。自卫大队的名称经上级同意做了更改，变成襄城基干游击队，也就是后来襄城百姓常挂在嘴边的基游队。

段丑槐之所以要阎守财的棺木回家，是觉得基游队亏欠阎来锁一份天大的人情，不仅是守财的棺木，还有守田的棺木也要运回去。他本意是想让阎来锁一并陪同儿子的棺木回阎家坪，但阎来锁执拗得很，他自己不肯回山，他的两个儿子的棺木也不愿抬回山里去，他怕曲美英看见伤心。他又说，守财守田的魂儿扔在平川上了，我不能丢下他们俩的魂儿不管，自个儿回东峪去。

段丑槐和张文有私下里都后悔，后悔当初不该留下老汉做炊事员。段丑槐怕老汉累着，又派了一名小战士，协助阎来锁做饭。但那名小战士是个生瓜蛋子，灶台上的十八般武艺样样不精，还懒，说一下，动一下，炊事班的一日三餐，基本上要靠阎来锁一个人打理。连续多日的早饭和晚饭，都是小米粥，这些小米是阎守财和阎守田的抚恤金，一共一千斤谷子。

二中队队长郭双全看出阎来锁身子骨垮了，比起前些日子，真有云泥之别。首先是背驼了，人显得更老。而且他的记性也大不如前，原打算把团匾里的苦菜摘出来淘洗一遍，中午好调一盆凉菜，转脸就忘了，手里拿着几棵葱，迟迟疑疑不知该做什么，后来决定炒一锅土豆丝。

郭双全说，阎叔，你把窝头蒸好就可以了，不用弄菜，战士们有老咸菜下饭。

可阎来锁很固执，他把一堆土豆用菜刀削掉皮，切得细若发丝，码出一盆，过了水，往锅里撩一勺菜籽油，想起还没切好葱丝，转脸去剥葱，一眼看见旁边的团匾，恍然醒悟，苦笑连连说，看我这记性，让狗啃了，说好要摘菜的，就是想不起来。

他把团匾里的苦菜，摘掉根须和枯叶，倒入筲箕，一遍又一遍淘洗，却把炒土豆丝的事情又忘了。

过去，三十多人的一餐饭，需要准备半个时辰，现在一个时辰过去了，菜都出不了锅。

2

那天下午，从龙门村到藏孤村的路上，颤悠颤悠走来一乘轿子。轿子后面跟着一头骡子，骑骡子的是一身日本军服的阎守富。阎守富挎一把东洋刀，背后有个葫芦状的小包袱，包袱皮儿是郝久莲包裹衣服的那块碎花布。毫无疑问，轿子和阎守富很快就被站岗的民兵拦住了，并且命令阎守富下骡子，有个举枪做瞄准状的民兵说，你个汉奸到藏孤村神气啥？把手举起来。

轿帘子挑开一角，露出一张白净的女人脸，左边有个小酒窝，右边没有小酒窝，站岗的民兵认识那女的，说，怎么是你呀？

郭双全在村里没找到阎来锁，只好领着阎守富和郝久莲朝山坡上走去。

坡上有片椿树林，椿树的叶子落得差不多了，只有风在树梢呼呼地吹。

林地里散落着十几座新坟。

郭双全对郝久莲说，最上面的那两座是你小叔子守财和守田的，你们给守财守田都烧份纸吧，活着他们没喊你一声大嫂，死了你就喊他们一声小叔子吧。

守财和守田坟前各插一根被削平的木头片，上面写着抗日英雄阎守财烈士之墓，抗日英雄阎守田烈士之墓。

郭双全不去理睬阎守富，他扭头朝山坡下的村子望去，太阳暖暖地照耀着藏孤村的房屋、院落和树木，那个保胤祠如同镶了金边。

阎守富把后背上挎的那个碎花布包袱解下，摊在守财的坟前。郭双全以为阎守富的包袱里是一些普通的祭奠用的面食祭品，却见包袱里还有一个烟叶黄的油布包，油布包里又是一层土色的油布，再把油布揭掉，赫然露出两颗龇牙咧嘴的人头，一颗人头很完整，颈项上的切口很齐整；另一颗人头却从头顶被什么东西劈开了，里边的脑浆稠糊糊地流了一脸。

阎守富把那两颗头颅端端正正摆放在守财的坟前，就像摆了一对猪头。

有个老汉驼着背，朝岗上爬来。步履蹒跚。

郭双全的脸被夕阳照得红彤彤的。

郭双全对郝久莲说，你公公来了，他每天都要来陪陪守财和守田。

阎守富不等阎来锁走近，就跌跌撞撞去迎接他爹阎来锁。一把抱住他爹的两条胳膊，痛苦地喊，爹，几天不见，你咋老成这样了？

阎来锁冷冷地瞅着阎守富，他挣脱守富的手，说，你认错人了，我不是你爹，你也不是我儿，我的儿都是有骨气的，宁死，也不当小日本的腿子。

尾声

在1993年版的《襄城县志》里，记载了一些我们所熟悉的名字，他们的名字被收录在卷二十的人物中。

韩玉林，1913年生于遗山村，高小毕业后曾在太原兵工厂当徒工，在本县城内当店员，1930年入学襄城中学，九一八事变后，玉林积极投入抗日救亡运动，七七事变后先后担任襄城动委会主任、县委书记，1939年任襄城中心县委书记，任职期间组建了襄城自卫大队即襄城基干游击队，常带领部队深入日军据点，打击敌伪汉奸，是年，玉林率部与敌周旋，粉碎了日军的扫荡……解放战争期间，玉林任天津市分委书记，中华人民共和国成立后，调北京工作……1984年11月20日，在太原逝世。

郭双全，智村人，1918年生；1938年参加县基干自卫队，历任基干游击队侦察员、班长、支队分队长；1945年春，在滹沱河北岸的二区召开群众大会，遭遇偷袭，双全一枪击毙敌指挥官，日军哗然而退，双全捡拾枪械时，被日军射中胸脯牺牲，时年27岁。

任嫦娥，女，1919年3月生于禅村；1938年任三区妇救会主任；1941年到东留村征税，出村时与日军相遇被捕，连续五天严刑拷打，第七天被敌人用钢钉钉死，年仅22岁。

郗铁柱，崔庄人，1916 年生，1937 年加入中国共产党，七七事变后，历任基干自卫队三中队指导员、中队长，1942 年调盂县工作，被日伪军杀害。

韩淑梅，女，西河头人，1918 年生，本县女子高小毕业，1938 年与郗铁柱结婚，历任区、县妇救会主任，1942 年调任盂县妇救会主任，被日伪军杀害。

郑雄黄，岭子底村人，生于清光绪二十年，师从白佛堂道长学医，其后，锲而不舍，广集验方，刻苦钻研近十年。学成，为乡里治病，每病必详察脉象，参以古方，辨证论治。往往有药到病除之功效。抗战时期，雄黄积极为伤病员疗伤，亲自煎药、喂饭，精心呵护，抗日政府表彰他为模范医生。

高玉贵，艺名九岁红，著名北路梆子演员，中国戏剧家协会会员，工须生。清光绪三十二年生于邱村一个梨园世家。在拐、幡、梢等特技功夫上，随心所欲，运用自如，尤其是梢子功，可根据剧中人物的性格，持续动作七八分钟。日本侵略军入侵襄城后，高玉贵拒绝为日军演唱，赶着骡子为八路军运送公粮。中华人民共和国成立后，与贾桂林等北路梆子名角儿同台合作，多次受省、区嘉奖。1980 年 4 月 19 日病逝。

曲养元，河边村人，清光绪九年生，幼时与阎锡山相好，后拒绝为其做事，在村教书。1938 年避难迁往东峪，1943 年当选为晋察冀边区参议会议员，1946 年被阎军三十九师杀害。

阎来锁及其三子一媳。阎来锁，阎家坪村人，清光绪十三年生，县基干自卫队炊事员。有三子，守富为长、守财为次，守田为幼，郝久莲为守富之妻。1938 年，守财参加我晋察冀军区第二军分区六大队；1939 年 5 月，守田亦参加县基干自卫队。在袭击蔚家梁炮楼的战斗中，守财缴获长短枪七支，晋察冀军区第二军分区授予战斗英雄光荣称号。在大南庄执行侦查任务中，守田负伤被捕，因伤势过重，在狱中壮烈牺牲。在老松台战斗中，守财因寡不敌众，壮烈牺牲。同年，守富投诚县自卫队；1941 年在南王战斗中牺牲。郝久莲任县基干游击队卫生员，1942 年百团大战期间壮烈牺牲。1958 年，阎来锁病逝于河边荣军疗养院……

阎三文，1940 年牺牲，晋察冀边区 1 纵队 1 旅 3 团战士。

这些人，有的是我们东峪的，有的是平川上的，他们和我素昧平生，但他们却于我又似曾相识，我记得他们的音容笑貌，他们最后的一滴血，就在我脚下的土地上汩汩流淌。

我数了数，襄城共有烈士一千一百九十八名，抗日战争时期牺牲了四百八十六名，东峪十村牺牲了五十二名，仅阎家坪就有十六名。

他们都名垂青史了。